无面之神

敖斯汀 著

The Faceless

重庆出版集团
重庆出版社

图书在版编目(CIP)数据

无面之神 / 敖斯汀著. —重庆:重庆出版社,2023.1
ISBN 978-7-229-17070-7

Ⅰ.①无… Ⅱ.①敖… Ⅲ.①长篇小说—中国—当代 Ⅳ.①I247.5

中国版本图书馆CIP数据核字(2022)第155609号

无面之神
WU MIAN ZHI SHEN

敖斯汀 著

责任编辑:唐弋淄 魏映雪 崔明睿
责任校对:杨 婧
装帧设计:徐 图

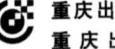
重庆出版集团 出版
重庆出版社

重庆市南岸区南滨路162号1幢 邮政编码:400061 http://www.cqph.com
重庆出版社艺术设计有限公司 制版
重庆豪森印务有限公司 印刷
重庆出版集团图书发行有限公司 发行
E-MAIL:fxchu@cqph.com 邮购电话:023-61520646
全国新华书店经销

开本:890mm×1230mm 1/32 印张:14 字数:390千
2023年1月第1版 2023年1月第1次印刷
ISBN 978-7-229-17070-7
定价:76.00元

如有印装质量问题,请向本集团图书发行有限公司调换:023-61520678

版权所有 侵权必究

目 录

01	一九四零年	1
02	你叫凌婉诗	23
03	书卿	41
04	重庆	77
05	罪人之物	121
06	姻缘	143
07	家事	183
08	看戏	223
09	六月五日	239
010	安魂曲	275
011	遗腹子	309
012	为情所困	329
013	船	373
014	枪声	395
015	你是谁	413

01

一九四零年

那尊汉代陶俑沾满了血迹。它却保持着微笑。是东汉末年的乐舞百戏俑，一只手高高举起，另一只叉在腰上，宽大袖子画出弧形纹样，作扭腰击鼓状。

歌舞着的人，怎能不眉开眼笑呢？此前，它一直被放在我家书房的最高处：它可俯瞰长江，视线往上略抬，是绵延的远山和巨蟒式的丘陵。"洛克菲勒家族也有一尊一模一样的。"我父亲凌成儒说。这几乎可以作为它最佳的解说词。但现在它成了凶器。它圆润的肩击落了一盆兰草，再躲开博古架上明代的瓶、宋代的盏、夏商时代的壶和一棵泛着蓝绿色幽光的摇钱树，向伏在书案上的那个白发苍苍的后脑勺飞去。

成儒说他当时正在梦中。他梦到自己深一脚浅一脚地走着，在一条江边通往解放碑的石阶上。天空下着雨，眼前是雾气，后方却不可思议地挂着满天繁星。有一颗星星落到他手上，又痛又凉。他伸手摸老花镜，没有。反手，他从脖子上摸到了黏稠温热的血。"是谁打我？是贼，是贼。"他仓皇失措地喊起来。他听到汉乐俑落在厚厚的地毯上，心里暗自庆幸当时让地毯增高了五厘米，就是为了防止这些宝贝坠落。

成儒开始喊我："婉诗，婉诗，你在吗？"我家住的这个小区戒备森严，据说绝对安全：三面临崖，空气中红外线交错，是密集恐惧症的噩梦。铁门是智能化的，能识出车内客人的长相。如果一只莽撞的小鸟飞过，警报会持续低鸣，无数黑色的摄像头立即转向天空，为它拍下无数的剪影。

成儒住在三楼，他每天经由别墅内部的电梯上下。每一层有上等的香樟木做的仿古窗，但它们被垂下来的绿色窗帘遮住了。尽量让家里保持墓室般的光线和干燥的空气，是这个家神圣不可侵犯的家规之一。他喊了我好几声，可我昨晚在工作室待到深夜，一回家就睡沉了。他按着流血的伤口跌跌撞撞下楼来。小偷显然是有备而来，关掉了家里所有电路。四千余件来自墓穴的文物珍藏，整齐地保持着阵形。它们从未享受过真正的不被人工灯光照射的时候，摸索了一阵后，我父亲终于在木楼梯最后一个扶手处出现了。"婉诗，你在吗？"

他的声音因为害怕出现了少有的颤抖。

事实上，我当时也和他做着一模一样的梦。只是，他是从江边往上走，而我却迅疾地走向了河边。我还没有做出任何行动就沉入水中，耳边是水没过头顶的"嗡嗡"声。他惊骇的呼喊叫醒了我。湿意还没有从大脑中褪去，我感到全身冰凉。

"怎么了？"我坐起来，显出了年轻人的机灵。父亲告诉我没电，我拉开了窗帘。我们在黑暗中互相打量着对方。光从窗格子爬进来，房子像泡在水中：微蓝、阒寂。

"我正在做梦。"我揉揉头，奇怪我揉的也是后脑勺。这时我看到了他手上的血，抹得额头上也是。这样的父亲脆弱又骇人，我赶紧让他坐在沙发上，打开手机灯，打电话报警。

半夜三点。这是一个麻痹世界的节点。从接电话的警察声音中，我也听出了惺忪之意。一听说人并没有死，警察立即放松下来，说天亮便会上门处理。在等待警察的时间里，父亲给我讲述了他的梦境。而我也给他讲述了我的。我想我们很久没有说过这么多话了。自从我的男友格子失踪以后，父亲对我说得最多的话是：

"你吃药了没有？"

他用力地压着伤口，出血已经停止。"是用汉代乐俑打的，死贼娃子会挑东西。"说完，他狡黠地一笑。

"幸好是汉乐俑，如果换一个尖锐的东西，恐怕……"我说。

"你应该说，幸好是仿品。"

"这件不是真的？"

"这件是专门作陈设的。但材质上不对，差点变杀人凶器了，真正的陶俑哪有这个硬度？"

"假可乱真。"他说，"你呀，你的眼神这么差，说出去我会让人嘲笑的。"

我只好苦笑。"幸好没有挑选画像砖，拍一下颅内估计会出血。"

"出人命可不好玩。"

"为啥不选摇钱树？"我问。

"会弄出声响来，一挥舞就落得满地都是。杀伤力也不够。"他好像不那么痛了。成儒是真爱他的这些收藏，他一边看着手上的血迹，一边还不忘给我介绍他新收的一件孤品。他进入这样一种痴迷的状态时，仿佛坐在他面前的都是他的买主。

"这些东西聚在一起，可能会恢复魔力。"我说。

"嗯，或许……你怎么幸灾乐祸的？"

要说，我们父女间有什么特别的地方，就是一直保持着朋友般的平等。包括他认为我可以直呼他的名字：凌成儒。"我还不是为了活跃气氛。"我穿上厚外套，把窗帘全部拢到一边。

"我看上去是不是很惨？"他严肃起来。

"有点。要通知物管吗？"我问他。

"不了。少让无关人员进我的家门。我都后悔让你报警了。"他说。他披着沙发上的厚呢毯子，不满意地裹了又裹，把脚蜷缩到沙发里去。这使他看上去比平日里瘦小，还带着他特有的孩子气。他闭目养神了。我则对着镜子开始整理乱蓬蓬的头发：我就是光线从他身上"拓"出来的另一个年轻的异性；我遗传了他浓密的眉毛、深陷的眼窝和鼻尖的弧度，有时神态也一样。总体来说第一印象给人忧郁的感觉。

过了一阵，天亮前特有的荧蓝光线絮絮地爬进窗户。夜里有雨，下了一阵后又悄悄地停了，这会儿又密密麻麻地落了下来。不知道哪一条小路的尽头传来雨鞋踩在石子路上的声音，每一步挪动就像舌头在一张开阔的嘴里咂了一下。

天亮后，一老一少两名警察敲响了我们的门。一进门，老警察就以审查一个盗墓贼的严峻表情，审视着房间里的一切。带血的汉俑上只有我父亲的指纹，除此之外，没有丢失任何贵重物品。超厚的绒毛地毯让年轻警察颇费功夫，不得不趴在地上取样。

"如果这是一个墓，那一定是皇亲国戚的。"老警察说。

成儒不喜欢他这个说法。"这是我们的家，活人居住的地方。"

"家？您能说出这些东西，哪一件和死人没有关系？"老警察非常不喜欢别人说出和他的观点不符的话，哪怕是正当辩解。"要我说，你吧，老了就老了，住这样的地方也无所谓，但是她，"他望了望我，"年轻姑娘还是到明亮的地方好。"

"鄙人以为，警察也是一个经常和死者打交道的职业吧？"成儒文绉绉地说。我知道，他生气的时候就爱咬文嚼字，以给自己留足思考空间将对方挖苦一番。"那是，"老警察回答说，"昨天晚上就有人报案说别墅扩建，在地下室挖到一个头盖骨。买房子的人吓坏了。"

"这不是很正常吗？很多房子就建在以前的坟场上。生死之间本来就没有界限，"成儒说，"再说了，死者并不会开口说话，但有时活人却满口胡言。"多年来，我父亲一直有剪报的习惯。他认出这位老警察和一条新闻有关：前不久他急于结案而误导当事人的证词，因此被连降三级，成为普通警察。老警察不再言语了，他抿嘴在博古架前站着，昂着头。他的一侧，还有一尊吹箫的汉代陶俑在玻璃罩子里微笑着。他大约无法忍受这笑容，转头开始欣赏成色较新的清代花瓶。

"嗯，不错。"他脸上带有懂行的自信。

年轻警察则掏出本子对这栋房子的面积、房屋布局、常住人口和最近一个月有哪些人来访进行记录。他问,成儒回答。

"常住人口多少?"

"父女俩。"

"婚否?"

"我吗?离婚多年。"

"有固定女友吗?"

"嗯,这个……"父亲望了望我,"有的。"

"最近与其他人发生了什么纠纷没有?"

"没有。"父亲小声说。

"最近有遇到什么异常的人或者事没有?"

"我想不起来。"

"你检查了没有?有丢失什么物品吗?"

"没有,除了本人的一块头皮。"

年轻警察合上了笔记本。"你这满屋子的东西都是文物吗?"

"没有文物。都是敝人的一点私人爱好,收藏品,收藏品。哈哈。"成儒哈哈干笑了两声。他已经习惯了,要么被人当作是江湖骗子,要么被当作德高望重的大师。年轻警察饱含崇敬的目光黯淡了不少。这时,老警察走到了成儒的书案前,上面有一幅画,还有一个没有来得及收起来的放大镜。

"这是谁的作品?"老警察拿起放大镜。

"怎么我觉得如此眼熟呢?"老警察问。我本来想说,因为这位艺术家太有名了,在机场、酒店等地方都可能看到他的画作,不过都是仿制品而已。成儒用眼神制止了我。言多必失,还是他来与这位"高深莫测"的老警察斡旋更合适。

"这是你收藏的?"老警察终于对成儒客气了一点。

"这是我借来把玩的,呵呵。"

"向谁借的?"

"香港的一家拍卖公司。"

"你说小偷会不会就是冲这幅画来的?"

"这我不知道,因为我不是小偷。"

两名警察又问了一些无关紧要的话题后决定到此为止。老警察临走时扶在门框上喘了一会儿气。他说不知道是墨汁还是其他什么味道,让他的心脏突然感到难受。"我闻到很重的石头气味。"他说,担心再待下去会引发呼吸道过敏。

他们一走,成儒就再次拿起了放大镜。他的脸色有点慌乱。我提醒他最好到医院去看看,打打破伤风针什么的。

"我哪有那个心情!"

最近,成儒的收藏兴趣突然转向近现代艺术作品,这幅画是托人从香港借回来的,预展时曾估价二千余万,不知道什么原因,这次却流拍了。为此,他这个月完全改变了自己的生活习惯,白天和衣而睡,阳光好的时候会出门到房前湖边喂不认识的鸟儿,或在芦苇边闭目养神。夜里,他守候在电脑前,和香港的藏友密切地交换信息,直到昨天晚上突然而至的疲倦将他彻底放倒。那位老警察的提醒,让他生疑,成儒将放大镜凑到纸上,越看脸色越是发灰。

"老狐狸!"他突然说。我也走过去,俯下身子看那幅画。一幅四尺的山水:远景是皴染的山脉,山色迷蒙,山下是隐约的河水。

"似乎并没有什么特别之处。"我说。

"你不懂。我家里这些东西迟早要败在你的手上。"他沮丧地说。

"为什么?"虽然我大学时没有顺应他的想法学考古或者艺术,但我也很喜欢我纪录片导演的身份。

"你连这点眼神都没有。你看不出来吗?这是一幅假画!假的!"

"有没有一种可能,昨天晚上小偷就是冲这幅画而来?在混乱中把真画拿走了？"我父亲摇头，又点头。又摇头。这下我也不知道他是点头还是摇头了。

"也不是没有这样的可能。"他说。他恍惚中感到有一个黑影站在身后，他赶紧站起来，随后就是脑后的重击，他不太记得自己当时是否失去了知觉。现在，我们已经意识到了事情的严重性。到底这幅画从拍卖行出来时就是假的，还是昨天晚上被人偷换了？无论如何，这幅画只有一个命运：再次报警被警方拿走，或者是我们认赔。当然还有一种可能，就是我父亲看走眼了，不识庐山真面目。为了借到这幅作品，他付出了什么代价，我没有问。

"婉诗，你现在就把它收起来。在事情的来龙去脉搞清楚之前，由你来保管这幅画。"他想了想，下定决心似的说。

"对不起，我不能帮您。我要去爱丁堡。"我说。

"什么时候走？"

"后天。"

"好吧，记得带上药。"

雨落到雪山书店门前。一排红色的土砖房。侧门外，一大缸子水养着睡莲。藤椅上生了绿色的苔藓。我小心翼翼地走上被雨打湿的台阶。这片老厂房的人搬走得差不多了，只剩下粗壮的黄桷树，如史前生物般呈现出时间的流逝。书店无顾客。我习惯性地走向那排老书架，破旧之书。我伸手抚摸它们，查找总从这里开始。

"没有人可以起死回生。"店主老萌掀开门帘，跨到我面前来，一叠报纸扔到我面前。"砰"的一下，腾起的灰尘钻进了我的鼻孔，金属和地下室的味道。这是他的地盘，他当然可以无拘无束地弄出声响。"我只是想再看看。"我有点抱歉地说。

"他如果不让你找到，你把重庆翻转过来也……"他面无表情地说。一本书从书架最上方落下来，落到半空中时，他伸手接住了。

"你怎么知道他不愿意让我找到？"我说。

"两年过去了，你找到一点蛛丝马迹了吗？"

"没有，"我回答，"或许就要找到了。"他于心不忍。他朝大门口走过去，随即响起了"哗啦"一声。他打开了紧闭的卷帘门。如一面墙的倒塌，秋日的光从外面涌进来。虽不是晴日的明亮，却足以震撼人心：鱼鳞般的书，按照某种逻辑密集地排列着。靠墙的、黑色的书案上的、书桌底下的，连地上的一点空隙也未能幸免。它们看上去随时都有坍塌下来的危险。但老萌说，书是有灵性的，不会随便自暴自弃地倒下。虽然，他认为最完美的死亡就是被书砸死。

"今天要找什么？"

"前年的所有报纸。"

"看新闻还是?"

"你别管。"

"刚好就是。"他敲敲那叠报纸。

"谢谢你容忍我。"

"女人嘛,乐于做侦探。"我的确已经具有了侦探的特质。据说爱情中的女人对此无师自通。失恋中的女人呢?这技艺一旦上手就不会丢掉。两年前,格子突然失踪了。他留给我的,只有那架在河滩上的摄像机。我打开黑匣子里的储存卡,看见他走入了水里,再消失不见。

"你说,他有没有可能爱上别人?不辞而别。我知道很多男人都是这样干的。"老萌吞吞吐吐地说。我不信。他会爱上远山、石梁、蜂巢般的房子、无风的小巷、滴水的苔藓和虚空的桥梁。但他怎么会爱我之外的人,任何人?

我开始看报纸,寻找社会新闻报道:警方公布的灾难新闻,摄影大赛的参赛者名单,我甚至邪恶地想到去问下游的捞尸人。那念头一闪而过,却叫人痛苦不堪。老萌抱着书频繁地在书店进出,扬起阵阵轻尘。他又抱了几本过来。

"刚收到的。出版社以前的画册,选了几张格子的作品。"

这是几本封面滴满蜡烛油的旧书。我注意到放在最上头的是《魏晋南北朝诗》和《莎士比亚全集》,格子的作品在第三本里。他说格子置身他们之中,应该不会感到孤独。

这本画册里选的是他拍的一道长江石梁。那一道被遗忘在水中的铅灰色的骨头!他因此爱上了河水。再后来,他接受詹姆斯家族的委托时,石梁已经沉到了水底,江面平静如镜。我翻开书的封面,书页已经发黄,一张颜色更深的黄色卡片掉了出来。

借书人:格子。借书单位:重庆图书馆。

他忘了去还。这本书我见过,其中有一张他喜欢的图:1940年伦敦图书馆被炸,两位戴帽子的先生,在废墟里的书架前翻书。

"早知道他会让你伤心,我就不让你们认识了。"

"你是上帝?还能主宰人与人的见面?"

"不是。但我能判断,哪些人气味相投,哪些人可能擦出火花,哪些人可能老死不相往来。"他摇摇头说。

我和格子第一次见面,是在雪山书店。主持人介绍说:"格子。拍摄长江的摄影师。"他站起来。我们中间隔着纸杯、台灯、散乱的书和黑白照片。他有卷曲的鬓发和健壮的肩膀。一列黄昏的列车,拉着进站的鸣笛声从窗外驶过,震得我的头"呜呜"作响。那次他分享的是什么?我忘记了。

我只记住了他嘴唇的外延像一座小山,他的牙是未融化的雪的白。一个月后,他的嘴里有了我的味道。

我们去他那临时的家。他从卖鱼人手中租来的破船,改装成一个带着简易厨房、沙发和书房的小房间,停泊在江边的大桥下。屋顶是半开敞的,他说那是水手以前瞭望的地方。我试了试,晴朗的天气里可以看到月亮和夜晚飞行的航班。每一次,我们都需要在大桥下一条无人的小径步行几百米,再穿过涨水时塞满了淤泥的一条通道,以攀岩运动爱好者的身手爬上一处突出的天然岩石,最后用绳子将他的小船从停泊的趸船后拉出来。渔人说,这艘船没有多长的时间了,到期就会报废。这使我们的相处也带上了一种倒计时的意味。

然而,那时我毫无知觉。并不是所有的天气对小船都是友好的。重庆的雨天如此泛滥。雨从船顶上的缝隙渗进来,很快将屋里变成了滴滴答答的雨棚。几只蟑螂和湿漉漉的老鼠不知道从哪里爬出来,同病相怜地看着我们。

总有一处温暖之地。要么在床上，"要么在你身体里。"他说。

他脱去衣服，裸身站在船头，迎接着雨从天上倒下来。他的皮肤泛着水光，船摇晃着。年久失修的船身有牙齿一样的印痕，寄生着长江的苔藓和水草。雨水从他右边的脖颈处流下来，再顺着受到冷水刺激而收紧的背部、腹部流下，落到轮廓方正的臀部。他微微侧身，嘴里沉闷地哼了一声。他走进来，喘着粗气，冰凉的河水将他冻得更加坚硬。他裹着这一身的潮湿钻进了我的被子里，像一条庞大的从水里游上岸来的长鱼。

他对我用力，和船摇晃的节奏一模一样。

"别睁开眼。"他说。我闭上了眼睛。

他似乎要将我推入某个洼地。而他就是一座滚烫的沙漠，毛孔的肌理或者形状，移动的轮廓，一座任风吹拂的沙丘。其余时候，他喜欢把身体淋湿，再扎进水里，在我惊慌失措时才露出水面。这是他的偏好。如同我偏好在他身下，偷偷透过他的肩头去望远处的山、洞穴般的窗口，以及搭建在高低错落的山地上的直挺挺的房子。黄昏时流动的人群和高处的灯火。如果我忘记这一幕，我就没有拥有过真正的爱情。

爱情最后是什么呢？

我这个年纪，三十岁，本不该有这样的病症：记忆力如过江的泥菩萨，在水中溃散。两年里，我每天吞下一颗氟西汀，它还有一个名字叫百忧解。我努力不想让别人知道，我的大脑里某一段记忆在变成空白，变成死寂的无人区。

老萌抱着一叠书走向书架。他歪着头，想起了一件重要事情似的。

"恭喜纪录片获奖，凌婉诗导演。"他指的是两年前我做的那部《雾》。主角是格子，他受到国外一家族基金的委托，重走一位英国绅士二战期间在长江沿线走过的城市。最近我收到纪录片获奖的通知，来自一家英国艺术基金。

"其实我更希望去英国领诗歌类奖项。"有时,我也写诗。

"别贪心。在哪里发奖呢?"老萌比我还高兴。

"爱丁堡。"我说。

"格子也很喜欢那里,"他正色道,"他一定很高兴你带他去。"

"他还是希望能亲自去。"我不喜欢老萌的暗示。格子离开后,我再没有看过那部纪录片,我怕剧终时刻,他就真的留在了江面上。

自从老萌提出要做一个公共图书馆的想法后,不断有人给他送来一些有年份的报纸和书。将各种书和报纸排列再排列,他的行迹已经疑似孤独症儿童。"1940年的报纸,放在这里有什么问题吗?"他像是自言自语。"小心被顺走。"我协助他,打开一叠据说跟着主人搬了十次家也没有舍得丢弃的旧报纸。

我尖叫起来。从报纸缝里拈出一只已经风干的壁虎的骨骸。这小东西只有食指长,应该是刚生下来便莽撞地爬进去并付出了代价。1940年的报纸。死人的头发,情人的眼泪,或许还有一颗心脏微微跳动时排错的铅字。他嗅了嗅:"似乎有炮弹的血腥味。"

最顶上的一张,铅字竖排,时间是1940年6月。

油印的繁体字有些模糊,发黄的纸页一见到光,似乎活了过来。

是月日机空袭重庆情况：6日，117架次飞机空袭重庆，炸毁民房100余栋；10日，129架次分4批空袭重庆，投弹数百枚，毁房约60栋；11日，126架次分4批空袭重庆，投弹200余枚，市民死伤60余人，炸毁房屋70余栋，苏驻华使馆和德、法两国驻渝通讯处也中弹；12日，154架次空袭重庆，投弹480枚，死伤200余人，毁房屋300余栋，敌机被击落7架；16日，117架次飞机分4批空袭重庆，投弹300枚，炸毁房屋371栋，死伤400余人；19日，190余架次飞机分4批空袭重庆，30余处中弹起火，死伤100余人，2000多人无家可归；20日，170架次分5批空袭重庆，下半城一片火海；24日，117架次飞机分4批空袭重庆，在市区及江北、北碚投弹400余枚，炸毁房屋50栋，英、法使馆均中弹；25日，125架次飞机分4批空袭重庆，被击落2架；26日，90架次飞机空袭重庆，死伤30余人，苏、德大使馆被炸，沙坪坝学校区被炸毁校舍数十栋；28日上午，90架次飞机空袭重庆，被击落1架；29日，90架次飞机分4批空袭重庆，被击落2架。

——《重庆抗战大事记》，76页。选自"1940年战争局势"一节。

船正在穿越一片礁石密布的江面。风的呼号声越来越大，可能是遭遇到一股暗流，船身剧烈地颠簸起来。他没有想到，一场到西方世界的求学之旅，会以囚徒的身份结束。

这是 1940 年 9 月。雾气中，这艘在长江上航行的船声嘶力竭地挣扎着，企图越过这片险滩。船上的乘客们大多数都醒了。有人将手指穿过帆布和绳子捆成的篷布，扒出手指宽的缝隙，向雾蒙蒙的江面张望。所有人——除了他之外，都在心里念着"阿弥陀佛"，这是中国式的祈祷。他们从上海登船以来，一路上没有遇到过这样大的风浪。按照航行的距离，还有三天，就要到达重庆了。

这不是普通的旅行，不少人都携带着家眷，还有家里的全部家当。他们是到重庆来躲灾的。1937 年，国民政府正式确定重庆为战时首都。日军疯狂地推进着，从北到南，整个中国大地裸露在日本人的轰炸机下。每年 11 月开始，重庆有雾，有防空洞，有山峦隐蔽的沟壑和可供躲避的天然山崖，可以暂时地逃过轰炸。

"你叫什么名字？"

"孙汉西。"

"小伙子长相不错。"盘问他的人说。他闭上眼睛，眼前晃动着各种盘问的场景。让他难逃这一场灾难的，也仅仅是因为他的长相——亚洲人面孔。如果眼前有一面镜子，他也不会认得自己的模样：长头发遮住了方型的脸，乱蓬蓬地散落在耳廓边，只随意地分出发缝。瘦削的颧骨上方，是一双眼尾开叉的大眼睛。眼皮上有一道浅浅的疤痕，十岁时撞到石头留下的。

他的回家路堪称坎坷:从伦敦到奥地利,再从奥地利转到香港,香港乘船到上海;在数不清的盖章、签字、画押中,他觉得自己的名字就像墓碑上的阴刻文一样,从他的皮肤穿过血肉抵达骨头。

船上有人呕吐起来。其实颠簸的程度并不大,至少对他来说是轻微的。让人反胃的多是因为船舱里污浊的空气。他享受这颠簸,从小他就喜欢坐船在长江上漂游。有次,他乘坐的小木船在靠岸的时候触了礁石,毫无经验的新船长猛地一扳舵,船翻了。他站在船头,毫无防备地被倒入江水中。船随即又扣了过来,将他死死地罩入江底。他想起父亲教他的憋气法,一直憋着气,不乱动,更不要呼吸。大人们合力将小船掀开,他闭眼漂浮在水中。人们手忙脚乱地把他捞上来,他还沉浸在水的感觉中:他听到了水流本身的沉闷、单纯、飘渺,如同地底语言。他醒来后说:"我还可以憋很久的气。"这多少有点吹牛的成分,但他天生不慌不忙的个性,正是父亲对他身为长子的期待。

他转动手上的镣铐,要拿到钥匙不是难事。可他不想让押解他的那两个人受牵连。一路上,他们除了好点酒色,没有无事找事地虐待他。现在他们正在船长室旁边喝着烈酒。"就算是死,也得吃饱啰。"也不知道是从哪个码头混上来的妓女,也挤在那个房间里。兴致来了,在走廊或者是厕所就可以彼此消遣一下,不过价格是要事先说好的。那个穿蓝袍子的妓女在桌下和押解他的人比画了手势,价格是一块大洋。于她来说,这趟航行就是无本生意,到重庆时她得攒够一个月的生活费。那男子用油腻的手指捻了捻,意思是两次。她撩开袍子,坐到他身上去。"那个囚徒谁去看着?"一个押解人问另一个。

"铐上了的。跑不了。而且就算是跑了,这乱世谁也管不了。"当初他俩申请押解他回重庆,本来也存了私心。他俩就是这一带的人,借公务回家看看老母亲和家人。至于还回不回上海,他们也没有拿定主意。"要我说,我们还得把他看好了。听说他家在重庆也是数一数二的大户人家,说不定咱们还有赏钱。"

"出了这么大的事,他爹还认他吗?你说这小子也是,放着好好的公子哥不做,非要翻筋儿①。"

"嗨,就是读洋书读多了。老祖宗不是说了吗,明哲保身。这套在国外一样管用啊。"他们的话有一句没一句地从船的窗台漏下来。机动船的发动机降到了最低挡位,这一带河水湍急,如果速度过快则船身变轻,硬碰硬有翻覆的危险。有经验的船长已将马力调小,横着向江边靠近,航迹呈现出一条斜线。

这几个月来,他的交通工具包括了海船、马车、汽车,还有这熟悉的长江上的小汽轮。满世界转悠了一大圈。有很多个夜晚,他醒来也不知道自己置身何处。他会根据月亮的方位,来确定自己在往什么方向行进。今晚,长江上没有星星和月亮。灯的余光扫过去,能看见黝黑的山峦的曲线。船在离开上海的时候,他像一个体面人那样,自己走着上船,只是手腕间搭着一条围巾。因此,谁也没有注意到他。他发现,他可能是船上唯一没有行李的人,其他人都尽可能多地带着锅碗瓢盆,有的还带着猫狗和粮食。

有家人赶着一头牛准备上船,遭到了船员的阻拦。

"船上已经够挤了,牛就不要上了。"

"可这是我们家最值钱的东西。"

"人重要还是牛重要!"旁边有人帮腔。

"行行好,让我家的牛一起走吧!"

就在船第二次鸣笛的时候,一辆小货车疾驰而来。从车上跳下来一名穿军服的军人,他打开货车车厢的插销,十几个拎着布褡裢的孩子跳

---

① 翻筋儿:叛逆。

下车来，有男有女，衣服都是统一的灰颜色，上面还编着号码。军人走上船头，和船长耳语了几句，只看船长涨红了脸，不住地点头。河滩边上，那一家人还在和船员苦苦求情，船长室里传来扩音器的声音：

"乘客们，我们的船已经满员。大家可以看看身边，已经没有任何的位置了。但是我们接到通知，还要增加12个乘客，他们都是战争中的孤儿。我们得安全地把他们送到重庆去。乘客们，为了减轻船的负担，请大家把不值钱的行李都放到码头上去，人命才是最重要的，留得青山在，不怕没柴烧……"他看了看自己的"行李"，那仅有的灰色的围巾，是他在英国时和女朋友简在邦德街上购买的。

他看到，在船长播音完后，第一个走下船的，是一位穿青绿色裙子、身形窈窕的女子。她将自己的一床用方格子毯子包起来的棉被放在了码头上遗弃物品的地方。她在那棉被前站了一会儿，眼里有一丝不舍。

女子扶着船员伸出的竹竿，正面朝他上船来。这下他看到了，她的脸圆中带方，眼窝微微凹陷，有西方人式的高鼻梁，方方的下颚骨显出几分英气。她不是惊天动地的美，却让人看着不想挪开视线。

她快踏上船头的时候船摇晃了一下，她慌张地抬起头来，目光刚好与他的相遇。她赶紧将裙子下摆往下拉了拉。确定没有失态后，她没有像其他深闺小姐一样慌乱地别过头去，而是朝他微微一笑。

船上堆积的行李越来越多，人群上上下下，确实是腾出了不少地方。其他等候进港的船只因为没有空位，向天空拉响不耐烦的汽笛声。军人带来的孩子们都上船了，他们被安排在客舱靠里的位置，都一致地沉默，有着超出这个年龄孩子的成熟和懂事。等待他们的，只有"重庆"这个遥远的地名，他们过早地体会着失去父母的不幸。船内湿热难耐，孩子们却安静整齐地坐着，有的望着江面出神。他这间小小的囚室仅容一个人席地坐下，以前可能是船长放置救生衣的地方。上船后，那两个人就放松了对他的看管。

"船上有个美人儿。"一个押解人说。

他知道他们说的是她。"可能是个军官太太。但怎么没有随从呢？需要我去打探一番不？"另一个押解人说。这俩家伙可不是什么良善之辈，如果被他们盯上，可不是什么好事。"也有可能是从'民生号'转过来的。'民生号'上这次装的都是达官显贵，不少是大学生。"

"我看她不像学生。看那胸。""就是，看着就想伸手。"

他干呕起来。那两人转头看他。他缓缓地扶着铁板站起来："没事，太闷热了，有点儿想吐。"他们也不管他了，端起小凳子上的搪瓷缸子，准备去找水来喝。第三声汽笛响起，船已经缓缓地离岸。舱室内，响起了一片歌声：

> "茫茫荒原，千里绵长。
> 铁蹄踏遍，颠沛离伤。
> 血如海棠，染我衣裳。
> 从南到北，奔向四方。
> 问一声，何时回故乡？
> 唔，唔，唔，唔……
> 还我河山，还我河山。
> 愿归去来兮，愿山河无恙。"

"谁作的词？"他想。这么小的孩子还理解不了山河破碎、流离失所的情感，但失去父母已经足以让这些年幼的孩子担惊受怕。他们的歌唱在江上显得断断续续，一些小孩子记不住歌词只跟着含糊地哼唱着，那和声却透出另一番悲凉和无助。他回头看去，那个女子正坐在孤儿们中间，揽着一个孩子的肩膀和他们一起轻唱着歌。她的神情那么专注，专注中有一丝忧虑，随着船身的起伏，她的眼里忽明忽暗，似有泪水。

他不明白为什么隔着船舱那么远的距离，他还能清楚地看到她哭泣。

有人开始扶着栏杆走到生锈的甲板上。他看到她也走了出来,她那束身的裙子既不是旗袍,也不是西方女子的裙子,是经过改良的符合她身材的裙子。现在她的身上布满了褶皱,线条一览无余。这些褶皱使他产生了一种隐蔽的心动。

六年前,他从广益中学读完高中后就去了英国。时间被折叠得更加短促,一切像是昨天。开始,他父亲孙廪实刚去了一趟上海。溽热的6月还是7月,人如坐在水蒸气中。他们一家人在树下乘凉,院子里刚洒完水,泛着土腥味和熏蚊子的艾草香味。

他是被家里寄予了厚望的孩子。父亲孙廪实几乎从不对他流露过多的温情。他常常看到父亲把小妹妹茉莉举过头顶,心里生出对妹妹的嫉妒。当然,他弟弟云晓在家里的地位就更尴尬了,作为次子,云晓渐渐地成为一个不声不响的人。

父亲说:"上海吴家的两个孩子一个送到了法国,一个送到了英国。这两个国家,你喜欢哪一个呢?"廪实没有问他去或者不去,给他的选项只有国家。他刚从同学的手中借了一本被翻得残破不堪的《莎士比亚全集》。学校里开设了英语课,去英国没有多少语言障碍。他说:"那就英国吧!"

那两个押解人早就在船长室旁的过道里呼呼大睡起来。从他们的聊天看,他们都是周边城镇的人,稀里糊涂就参加了国民党。

"来抓壮丁那天,我从堂屋跑到黄屋,一埂田坎接着一埂田坎跳,还是被抓住了。"

"我家里已经出了一个兄弟,往北方抗日去了。可怜我奶子[①],两个儿子可能都要出脱[②]了。"

---

① 奶子:母亲。
② 出脱:死。

"咱们本来就是穷苦命。好歹,还是享了艳福的,你说那个公子哥,他不一定有咱们开的洋荤多。"

"是啊!大家庭里规矩多,活活憋死人。谁知道哪颗炮弹落到身上就见阎王去了,来世上一趟,这样不划算。"

在他们眼里,他就是一个阶下囚——至少现在是。他蓬头垢面,生死未卜,不知道回到重庆等待他的是什么。是继续投入监狱中不见天日地坐剩下的牢,还是提前得到大赦?天知道。人们没有办法想三天以后的事情。

他闭上眼。他哪里配拥有什么欲望。

02

你叫凌婉诗

从伦敦搭乘火车到爱丁堡，我早就忘记了家里失窃的事。金色的草场在车窗外掠过，英国乡村正以她迷人的景致回应着天幕的蓝色。我的包里有一封灰色的请柬。这封国际邮件是三个月前收到的，寄信人是英国爱丁堡的"河流艺术基金"。

亲爱的婉诗女士：

我们得知，您跟踪并拍摄了一位摄影师重走长江的故事，拍摄时间长达两年之久。我们向您的工作表示敬意。今年10月，敝会将在爱丁堡举办一个关于世界河流故事的影展，希望您拨冗参加。

您只需要将个人信息在9月前回复到我们的邮箱。届时，我们将为您安排往返差旅和住宿，每一项日程都将通过电子邮件的方式提前通知您。

期待见到您。问候。2017年5月31日。

我拿出请柬，深蓝色的丝绒请柬边缘烫着金色的丝线。请柬寄来的时间太久了，一直扔在办公桌上，边缘洒上了咖啡的污渍。车厢里乘客稀少，我裹紧风衣，倚靠在软座沙发上想睡一会儿。不愉快的场景却荡入脑海，难以驱散。

中秋节那天，父亲对我说："过了中秋就是重阳了，你知道吗？"

自从他和鞠兰离婚后——鞠兰是我的亲生母亲，为了在家庭教育中保持民主、平等的氛围，他建议家庭成员之间，彼此可以直呼对方的名字，那我母亲，我们提起她时就叫她鞠兰。他们离婚那年，我才十岁。成儒告诉我，鞠兰只是无法忍受重庆。"整个冬天，屋檐和树叶都在滴滴答答地往下滴水。"

没有一个中年女性来为我的婚姻大事操劳，成儒亲自下厨，安排了中秋节的家宴。棕色的圆桌上摆满了菜：大闸蟹、红烧黄牛肉、最早上市的清炒油菜。"过了中秋就是重阳"这句话有什么特别的意思吗？我从汤里挑起一根鹅黄色的姜丝，摇摇头。

"看来你对时间毫无概念。"成儒失望地说。

"婉诗，"他得寸进尺起来，"我一直觉得你活在过去。那个事情吧，过去两年了你还什么都不信……"

我放下了筷子。他的表情愈发显得痛心疾首起来。"过了中秋节，在重阳节这天就是你的生日。三十岁了，你该开始新的恋爱了。"

"您绕了这么大个圈子原来是说这个。"

"重阳节这天，我准备给你办一个特别的生日聚会。你蔡叔叔的儿子也要来，刚从澳洲回来。或许你们谈得来。"我眼前出现了一个脸白白的、长相比女孩还甜美的小男孩，不过那是他二十年前的样子，打那以后我没有见过他。"叫如柏？"

"你还记得人家的名字。"

"我可以不去吗？我有见生人恐惧症。"

"可我已经和你蔡叔叔说好了呀，"他很为难的样子，"我们两家是患难之交，你和如柏过节陪两个孤老头儿喝几杯，难道不是你们晚辈该做的？"

我和如柏？他看着我，希望我给一个答案。"我给你保证，这次就我们两家人。"他伸出手来放在我的手肘上，眼里流露出温情。"再说了，主角也不是你。是螃蟹。蟹肥了，好时节不要虚度。"他决定的事情，向来只是通知，而不是征求我的意见。我觉得，他的话语是一个又一个挽圈的绳索，总有一个会套在我头上。

前方，爱丁堡火车站灰白色的招牌若隐若现。一种从未体会过的沧桑，正从黑色的火车轨道上升起来。按照邮件的内容，我很快就找到了主办方为我预订的 H 酒店。一栋古老而优雅的建筑。门开得很小。爱丁堡的风游荡着。

我放下行李，金色的光线让人有出去走走的欲望。沿着那些窗帷低垂的窗户和小路，我毫无目的地走着。爱丁堡的门好看，有的漆成白色，有的是肃穆的黑色，还有活泼的红色，点缀在深色的墙海下。路上的小石头闪闪发光。时间的灰烬正和着暮色，从天空洒落下来。转角有一家中国餐馆。中国红和熟悉的方块字，在城堡般的城市里有些突兀。门关着，玻璃上贴着菜单，以快餐为主，有大盘鸡、饺子和盖浇饭。我想再逛逛，往前又走了一公里多，一个人也没有碰到。眼前有一个传统的桥洞，不知道尽头是哪里。我拐了进去，这是一条有几百年历史的马道，通过一个窄窄的类似护城河一样的吊桥后，我跑动起来。

我感到身后有人。

从走出酒店大门开始，我就察觉了，有一双眼睛一直在盯着我，在我走过那一扇扇木门的时候，在我观看中国餐馆菜单的时候。我借助玻璃，看到身后一个穿灰色大衣、戴鸭舌帽的人。他保持着一段不远不近的距离，身材不算高大，从那略略内收的胸廓看，不像一个西方人。

耳机里传来地图的实时位置更新，往东，再走二百米，就是中国使馆。如果遇到困难，可以上那求救。

这条路已经走到尽头，前头是一家人的庭院。墙外，足球大小的白绣球花开着，小木门虚掩，呈现出油画般的景象。我无路可走。仅在庭院和木墙之间，有一条松木屑铺就的小道。我轻轻咳嗽了一声，为大声呼救开嗓。我所处的位置在使馆附近，往右手边就是苏格兰城堡大道。松木屑小路之后应该会豁然开朗，地图显示这条路连接着城堡下的公园。

也就是在脚踩上松木的瞬间，我有了主意。灰衣人一直在后方远远地跟着我，他显然很熟悉这里的地形，所以他并不需要亦步亦趋地跟着。

他知晓道路的尽头在哪里,他只需要在远处守候就好,像等待惊慌失措的猎物。他点燃了一支烟,在冷风狠狠地吸了一口。松木道上只有两个出口。一个通向公园,另一个连接着王子大道。他判断我会选择公园,此时谁能拒绝光线下绿丝绒般的草坪呢?而且我没有注意到他,不然刚才在路口时我就会去敲那家西方人的门。

他站在转角处的围墙边,一簇接骨木花遮盖住他的身形。今天他特意穿了不引人注意的灰色。转角就近在咫尺了,他几乎是毫不迟疑地跨了过去。

突然,他停了下来。

我在这里截住了他,手上还提着一钵盆景。我本想跑向公园,使我改变主意的是转角这处中国人的家:灰白外墙上覆盖着灰瓦,墙上有着扇形的中国园林花窗,门口种着一丛竹子。其中一个窗格上放着盆景。我拿下来。我的脸颊发红,耳朵外廓也发烫。这是一名华人长相但与我素不相识的男子。他这时注意到,我手上拎着的盆景——他惊诧地停下了脚步。

"你是谁?"我把手中的花盆攥得更紧了。

"我是谁?"他舔了舔嘴唇,像是口腔里一阵发干。

"女士,您误会了,"他举起双手,这场景一定很滑稽,"您手上拿的并不是您的东西,我可以告您盗窃。这是我家的。"他眼里的笑容在我看来很狡猾。

"盗窃?从 H 酒店你就一直跟踪我。我从中国来,就是为了你家的盆景吗?"

"您叫凌婉诗,对吗?"他问道。我的手不觉松了一下。

"您是来爱丁堡参加艺术节的对不对?"他摊开双手,"是的,我从 H 酒店就开始跟踪您。不,应该说是今天中午,我就到车站去等候您了。您穿一件米色的风衣,拖着白色的箱子。您去附近的咖啡厅买了一杯拿铁。您一直在打电话,看上去很忙。女士,整个爱丁堡也找不到比您更忙碌的人了。"

"你为什么要跟踪我？"

"我会告诉您原因的。但您突然把我堵在这里，还准备袭击我。"他指指我手中的小树。"它有十岁了，很稀缺的品种。"

"你整天没事干，专门跟踪酒店里的中国女人？"我说。

"您怎么就不问，为什么我会跟踪您？我想您已经联系过邀请您的人，但是您联系不上他们。您所拨打的那个电话是一个华人艺术基金，但没有人知道谁邀请您来的。"他说的没错。到了酒店后，我就按照邮箱里的联系方式与主办方联系，但对方的电话一直无人接听。酒店前台告诉我，艺术节早在9月份就闭幕了，我参加的是一个非常小众的艺术影展，活动简单到只有几位独立导演的电影放映和一个华文学校的募捐活动。

夕阳向西边沉落的速度是不知不觉的。随着光线的位移，暖意也被它悄悄地收走了。"小众影片播映会？这是对我的特别礼遇，还是羞辱？"在得知这个展会的规格后，我有一种沮丧的感觉。

"我想您误会了，艺术成就与其举办的规模，并不是成正比的。"他像看穿了我的心思。

"那是谁邀请我来的？"

"是我。"他平静地说。

"你这样做有什么目的？"面对一堆纷繁复杂的线索时，最让人措手不及的提问方式就是：你有什么目的。"目的？"他眼里有一丝困惑，大概没有想到我这样直接。但他随即笑了，他笑起来更年轻一些。"可以说是有目的。"

"那说吧。"

"如果我不说呢？凌小姐会马上返回中国吗？"

"那不会，"我将盆景放回小窗格上，"既来之则安之，我会好好地享受我的旅程。"

"谢谢您这样想。"他拿下了帽子，鞠了一个躬。这下我将他看得更清楚了些——亚洲黄皮肤再加一层太阳晒黑的颜色，鼻子略高，眉眼柔和。四十岁上下，一头灰白的头发。我问他："你是英国人还是……中国人？"

"我祖父是……中国人。"他迟疑了一下说。他从包里掏出一张事先写好的纸片。我接过来，将印有纹理的米色硬纸片举到眼前。是地址、电话，还用中国字写着他的名字：约翰·孙。

回到 H 酒店那条街上时，我有一种混乱感。如果不是自己亲自经历，谁会相信，我千里迢迢赶过来的爱丁堡艺术节，是一次虚构之旅。小巷路面的石头更老了，像一块块碎了的镜面。但这只是一种错觉，我走下路面，没有车辆经过，只有风擦着建筑的声音。呜呜呜的。远处教堂晚祷的钟声在高空回荡，有些骇人。

清晨的爱丁堡沐浴在明亮的光线中。顺着与王子大街平行的新大街一直向前走，我在百度地图里输入"爱丁堡华人美术馆"，地图显示一个环状的线路。美术馆就在酒店隔壁，但没有路通过去，我得混杂在各种肤色和语言的游客群中绕过一间教堂，再穿过去。

　　格子，我现在就在去爱丁堡华人美术馆的路上。今天，你的脸会再一次出现在大屏幕上。想到那一幕，我的心撕开了一个小口子。你还没有来过爱丁堡。我带你看看。

　　影展在一楼，同时展出的，还有意大利、印度和日本几位导演的作品。展厅有一千平方左右，五部片子循环播出，一直都有流动的水声——最开始我还为自己的作品不够分量而胆怯，直到看到几部片子滚动播出时浪花簇拥而出，仿若江河的涌动，我心里暗暗钦佩策展人的能力。这些匿名和我邮件联系的策展人，我至今不知道他们是谁。他们的姓名用字母代替，有时是 J，有时是 W，都是以机构名义开展工作。

　　你的脸出现了。方下巴，深陷的眼睛，长刘海在眉毛上方。我的书卷气男孩。镜头从一段废弃的宋代城墙开始，再移向那艘白色的客船。我怀疑它停泊在这里的时间，比我出生的时间还长。你选了从码头开始。就像委托你的詹姆斯先生所说，他的爷爷老詹姆斯当时从武汉到重庆，是在朝天门下船的。

　　我在你的注视下，在你举起相机的背影中，开始了对它的介绍：一位受到委托的中国摄影师，从重庆到宜昌。

　　现场来了近百人，将展厅里的座位坐满了。窗台上还随意地坐着几个中国留学生。"那些曾经居住在岸边的人去了哪里?""为什么你会选择追拍这个人的故事?"坐在窗台上的几位学生开始举手问问题。我不能讲述我们的故事,因为这不是主题。那些人哪里去了?他们移民了,迁徙到大地上。

"我上一次关注到这条江是因为一条濒危动物保护新闻。消失的白鲟。"一位辫子里编织了红色、黄色丝线的女孩子说。她自我介绍她已经是第三代移民,英语才是她的母语,学习中文只是父母的情结。但她对长江感兴趣。她指指手机,说互联网让世界就像水和水一样融合起来。"我喜欢用地图软件看长江流经区域的俯瞰图。"

角落里,坐着一位白发的华人老太太。她圆润的颧骨上扑着淡淡的腮红,眼线向后微微地上斜,显示出东方式的精致。辫子女孩儿替她拿了一杯水,她皱皱眉头,似乎不太习惯苏打水的味道。"我很久没有听到江水流动的声音了。"她说。

"我以前在那里演戏,是1940年。"老人说。她突然用手指着我,拉了辫子女孩的手,示意她有什么话要说。她的孙女俯身听完后,向我走来。她有些不好意思地说:"您能移步到我奶奶的身边吗?她说她有事想问您。"

谁会拒绝这样一位雍容秀美的老太太的要求呢?我走了过去,站在她面前——看到她黑色的眼珠先是变成黑亮,渐渐又铺满水银般的亮光,有眼泪从她眼角渗出来。我不知道发生了什么事,只好站在原地。她的孙女赶紧蹲下去,半跪在地上握着她的手。老人的手抖得厉害,像触动了身体里的某一个战栗的开关。

"对不起。"她充当着翻译老人举动的角色,她将耳朵贴在老太太的嘴唇边,想听清楚她说什么。可老人只是哭个不停,好几次想开口喉咙却被什么堵住了,我看到她的眼泪湿濡濡地布满了半个脸庞。

"要不,您带她回去吧。"我抱歉地说,我在想,到底是什么触动了这位老人情感的阀门。老人目不转睛地盯着我的脸,我却不感到害怕。

辫子女孩从她随身的包里摸出笔和纸，写下几行字。

"我叫丹尼莉丝。"

我陪着她推着老人往门口而去。路过大厅时，从圆形穹顶投射下来的光铺在大理石地板上，光柱呈圆形，构成一个家族族徽的样式：边缘是首尾相连的龙——而不是西方传说中的首尾蛇，中心则是一只像鹰又像凤凰的鸟类，栖息在波纹状符号上。没错，给我寄来的请柬，蜡封上是这个图形的戳记。我和她们挥手道别。展厅内发黑，室外的光像天空撑开了金伞。我站在门廊下，想着那图案上龙的形象，似乎有无数的龙朝我游过来。

此行到爱丁堡，我还有一个愿望，就是见见我的大学同学温妮。在来爱丁堡的火车上，我一直给她电话。电话总是一声长长的忙音后，又转到了电话录音，我听到一个熟悉而遥远的声音说："这里是温妮家，有事请留言哦！我会尽快联系您。"说是"尽快"，其实两三天都过去了。

温妮回电话过来后，告诉了我一个她大胆的决定："婉诗，明天晚上你怎么安排？我要到一个华人家里去参加一个聚会。"她提议，我们可以在那里好好聊天。

我正走过爱丁堡城堡下的铁塔。塔中，司各特端坐着。塔外，《勇敢的心》里的那位华莱士的雕像，在公园路边"享受"鸽子的粪便。"我对华人土豪的生活没兴趣。"我说。

"哎，这么说吧，在海外的华人分两种，一种是极力忘记自己的中国人身份、努力融入西方的；一种是努力留住中国传统、老死不和洋人往来的。""这个华人家庭是哪一种？""神秘莫测，"温妮说，"不知道上一代哪来那么多钱。有意思的是，长相很好。"

"我没礼服。"我做出让步了。"没关系。你有所不知，很多老移民还生活在他们出来的那个年代。时间在他们身上停滞了，就像时间博物馆。"

第二天黄昏，温妮给我发来信息，十分钟后她就到了酒店的楼下。我穿好了黑色裙子。我毫无娇小妩媚可言，而且裙子领口开得过低。我在行李箱里找到一条丝巾挽成结，遮住了那个大大的"V"字，这才感到举止自然。"好久不见！"温妮在门口向我挥手。她挽住我的胳膊，像一块冰绺子挂住我——她还穿着夏天时的碎衣裙，胳膊上只随意搭了一件风衣。

"我敢说，我八十岁也会光脚不穿袜子。"她说。

"你是不会向世界投降的，温妮。"我用手轻轻撞了撞她的腰。在穿过城墙之后，远远地我就看到了公园的一角，还有那道苏州风格的院墙。庭院前的青石板刚刚清洗过，像泼了一层薄光。

我拿过的盆景还在那个位置，松针疏朗朗的，根部涂着新的石灰粉，我能回想起那满手粉末的滑腻感。温妮已经快步地走上了青石板。到了门前，她抬起手按门铃，一边对愣在后头的我喊道："婉诗，就是这儿呢！"门铃叮咚叮咚地响了起来，落在石板上。我踩着那声响，快步地跟了上去。门开了，我看到的第一个人，是一位穿着深色西装的男子，四五十岁的年纪——幸好不是孙约翰。这男子身材高挑，头发微卷，单眼皮，眼神警惕而淡漠，让人想到鹰。

走进这庄园——中国院子名曰四合院，总有一个四方的想象。而这院子，叫城堡或者庄园比较合适，四五座独立别墅用中国围墙圈起来，最大的一座排在最前头。连接它的是一条二三十米的中国式回廊，亭台楼阁皆有。我注意到，庭院中心摆着一颗颗像是土生土长的太湖石。

"从中国空运来的？"

"用3D打印机打印的。"

"哦，那太逼真了。"我说。

"有钱人的癖好都很古怪。"温妮将大衣挂好。木质的挂衣架上，黄铜钩子有做工精细的雕花。客厅传来"嗡嗡"的谈笑声。我们穿过了花园，到了一个灯火辉煌的圆形建筑前——笑声在房子里回荡，一棵细叶子的高大乔木遮住了天空。

门开了，我看到了孙约翰。

他也看到了我，脸上露出吃惊的表情。我注意到，给我们开门的那名男子也在客厅的边上站着，我在心里叫他鹰男。鹰男正双手交叉叠于腹部。孙约翰望向鹰男，但是他只是微笑，随后将头转向了窗外。

沙发上坐着几位男女。男士都穿着清一色的西装，女士们在室内也没有拿下帽子，造型夸张的帽子有水滴状、丝带状、百合花形状。有一位女士的帽子低低地压着眉毛，帽檐下一双眼线画得太宽，像没有卸妆完的京剧青衣。

孙约翰坐在沙发扶手上，方便随时起身招待客人。他穿着粉色的衬衫，领口处有一个黑色的领结，正拿着放大镜看一瓶酒上的日期和说明，对着温妮和我这个方向点点头，表示了礼节。落地窗垂下红色的丝绒窗帘，显出这是一个喜气洋洋的夜晚。

温妮悄悄对我说："那就是主人。"

"谁？"我虚假地问了一句。温妮大方地拉着我过去："孙先生，这是我国内来的朋友婉诗。"他和温妮拥抱。这时又不断有人鱼贯而入，都一一上前向孙约翰问好。我趁乱转身走到客厅一角，抬头看墙上挂着的几幅字画。来宾们自发地分出了男宾和女宾，男士们讨论着新闻和股市，女士的话题则是减肥、儿童教育和时装。温妮说，华人圈子其实和国内也差不多，现在信息便捷了，都时时关心着国内的动态呢！陆续有新的客人进来，将我和他隔了一层又一层。

爱丁堡，我只是过客而已。

有几位来客和温妮熟悉，她穿插在她们中间。那位描夸张黑眼线的"青衣"也疲累了一般，歪在沙发上，轻转着涂着黑色指甲油的中指上的指环。

这时孙约翰向我走了过来。"凌小姐，"他和我打招呼，"您和温妮是朋友？"

只是，他也立即感受到这是多余的问题。他看了看四周，低声问："对影展还满意吗？"

"不是您安排好的吗？"我反问。

"听上去不太满意。"他说。

"我不知道今天晚上是来这儿。"我得给自己的突然拜访做一个解释。

"放松一点。我家又不是……那什么……刀山火海。"他笑了。

温妮这个晚上一直在忙。有一个中文学校邀请她去任教，她和那家华人学校的女校长正在一起剥大蒜。华人聚会有个不成文的约定，最好带上自己的一两个拿手菜。今天也是如此。温妮没有带，而我住在酒店。温妮便自告奋勇到厨房帮忙。剥完大蒜，还有切水果、给甜点里的草莓点上奶油等。"婉诗，你也过来帮忙。"温妮在厨房里叫我。

来自大卫奥斯汀玫瑰园的几枝"朱丽叶"，插在花瓶中。我扯下叶子，揉搓。直到房间里有了淡淡的植物香气。叶片的汁液把指甲染绿了，我举起手来，除了植物的气息，指尖还有一股陌生的香水味，男士的硬朗香气。这香气不是温妮的。那一定是孙约翰的了。我竟然又抬起手闻了闻。

耳边，又重现了叮咚的钢琴声。

当来宾们用完餐点后，有人提议跳舞。客厅的灯光，调试成舞池才有的暗光。音乐也变成了舞曲。我一直站在角落。孙约翰绕过那几位戴帽子的女宾，朝我走了过来。我把头转向窗外。如果他邀请我跳舞，我要是拒绝，会显得对主人不敬，但和他跳舞？我没有想过。弹钢琴的人按下键盘的手，仿佛迟疑了起来。他伸出一只手来，一只掌纹清晰、造型优美的手，指甲修得很平整。

让我想到给我看病的那位神经科男医生的手。

谁想到他会邀请我呢？我第一次来。我向温妮求助，她站在钢琴边，正往嘴里送的甜点停在刀叉上。她吃惊之余,随意地挥了挥刀叉,意思是接受他的邀请也没有什么。我"哎"了一声,弯曲着腿半跪下去,扶住自己的脚踝。我脸上甚至挤出了一丝痛苦的表情。

"来的时候磨到后跟了,现在每走一步都很痛……"我指指后跟,望着他。

"没关系。"他微笑着转向了客厅那些人。

"我记得裹脚布一直是中国女性不自由的标志。没有想到女孩们解开了裹脚布,又穿上了高跟鞋。我提议,今天晚上,我们的女士都脱下高跟鞋,随意地跳一曲舞,如何?"有男士吹响了欢快的口哨,表示赞同。钢琴声换成了莫扎特的,欢快而带点调皮。

孙约翰笑着看着我,意思是:你还有什么借口?他的兴致不错,舞步也流畅,他的手掌轻托着我的手,我的手指刚好放在他掌心的纹路上。只有一根明显的掌纹。可以想象我的身体僵硬得像一只笨拙的企鹅。我脚下的木地板缝隙中,发出咯吱咯吱摩擦的声音。

一曲终了,他绅士地将我领到一旁坐下,一位女孩主动向前,她很年轻,大约还是学生。她谦虚地要学跳舞,说是因为学校的社交需要。他愉快地答应了。突然,他歪头在我耳边轻声说:"你忘了香水?"

他像成功袭击了我似的,转身离开的步伐中也满是愉快。他牵起年轻女孩回到了舞池中。音乐又变成了小提琴,从墙角的音响里放出来。我弯腰穿鞋时,温妮已经走到我身边来。"漂亮的舞步。"她说。盘子里的甜品换成了牛油果沙拉。

我问她:"我们什么时候走?"我希望尽快离开这里。

孙约翰又走过来了。问我,能否再跳一支舞?我指指脚,意思是我已经穿上鞋子了。"那我可以请你品一杯威士忌?"在他的家里,他的节目可以不断翻新出来。我只好点点头。他带我走到窗边,白色的餐布上放着威士忌酒具,我挑选了一个钟型的容器。精巧的玻璃杯上刻着无数的小菱形,显得杯子里有更深的空间感,万花筒一般。

"我很喜欢您的作品。"他说。

"我很德高望重？您？"我说。

"太好了。你。"他朝我靠了一靠。

"刚才我说你忘了什么？"他看着杯中的咖色液体说。

"香水。"

"你听不出来我在称赞你？"

"真是别出心裁啊。"

"你生气的时候更真实。"他用杯子碰碰我的杯沿。

"所以没有待客之道吗？"

"真生气啦？"他压低了声音。

"明天晚上可以再来我家吗？就你一个人。"他在"一个人"上加重了语气。

"几个人都行。只是，我没有空啊。"

"一个爱情故事，你有空吗？"爱情故事？不管怎样的爱情故事，这开头也显得轻佻。"我没空，"我断然地拒绝，"我订好了去伦敦的车票：泰特美术馆、奥斯汀花园、坎特布雷大教堂……如果时间充足去湖区也不一定。"

"就一天的时间。"他偏了偏头，眼里有恳切的神态，不过在我看起来，是他不服输的个性使然而已。"一天时间也没有啦。对不起。"这时，温妮从华文校长的车上取了点心回来，说冻得手指要僵住了。孙约翰还想说什么，我没有商量余地的表情让他打住了话头。

"两位看上去认识很久了？"温妮想活跃气氛。她无意的一句话，却击中了他。他的脸红了。

"我们在说重庆。"我赶紧转移话题。

"汉斯先生听到应该很高兴。"温妮说。

"汉斯先生？"

"对，就在院子里。"温妮指了指窗外的绿色草坪。"汉斯先生埋在院子里。"她轻声说。"他正在偷听我们谈话,欢迎重庆来的客人。"孙约翰接过话。我第一次听说,有人死后可以埋葬在院子里。"听上去好让人感动。"温妮将双手拱在下巴下。她的感动是发自内心的,我看到她情不自禁地闭上了眼睛。

    酒店的床太软,暖气太热,也许这些都是让人失眠的理由。但我知道不是。温妮所说的让她害怕的宁静,我在夜里深刻地体会到了。窗外只有风的声音。天地间的所有声响,落入黑夜,没有精灵的出没和石头城墙的呓语。我努力地平静,远方的河流仍在我脑海里奔流不息。

    这样一来,我到爱丁堡似乎有了合理的解释。孙约翰费尽心思,只是为了给他的祖父呈现一件多媒体作品,让他听听河流的声音,聊以自慰。

    有钱人的世界,或许我们不懂。温妮总这样说。我想起了那位白发红唇的老太太和她的孙女丹妮莉丝。那老太太说:"我想听听河流的声音。"人老了总有些奇怪的癖好。

    我坐起来找药。从重庆出发前,成儒特意提醒我要带上药。到了爱丁堡我才发现,收拾行李时,我匆忙中拿走的只是一个空药瓶。我把它握在手中。那时,我并不知道,就在爱丁堡距离我不远的地方,有一个人也正经历着失眠的煎熬。后来,他告诉了我。

03

书卿

此时已是凌晨。

来宾们散去了,他们走过来和他拥抱道别。这是农历的十月中旬,月光铺陈下来,在那棵大槐树的上空,枯枝弯曲倒挂,月亮像鸟巢中的一枚蛋,泛着柔光。

当最后一名客人的脚步声消失在墙后,大门的遥控系统发出"吱"的一声。夜幕下的摄像头如同敬业的管家一样,自动地360度上下左右旋转,看不见的红外线在黑暗中交织成一道稠密的网。空气中没有一枚来历不明的尘埃。监控系统所有绿灯亮起,大门徐徐落下。亮着灯的房间则自动关闭灯光,沉入夜晚。放置在客厅一角的钢琴刚才不知道谁演奏过了,盖子打开着,他走过去。月光从拱券形的窗户进来,铺在琴键上。他随意地按下一个键盘,发出了轰然的空响。

这声音在夜里竟然这样大,将他的酒意也拂去了大半。客人的话语还在耳边轻响,身影也还在穿行,每个人的气味,还堆积在墙角。沙发上还有体温。空气中还有女士们的香水味。他打开窗户,让夜晚的空气进来。这可以冲淡人群的气味。他们吃过的食物,鸡肉、培根、中国饺子,还凌乱地堆在桌上,有的只吃了一半,食物在光线下哀怨地腐朽着。只有中国月饼被大家传递着吃完了。

中秋其实早就过了。

作为主人,他被推选为切月饼的人。他从乔——就是那个眼神像鹰的男子的手中接过晶亮的银器,他看了看刀,这把刀根本没有想过自己最闪亮的时刻,是用来切中国月饼。他切下一只蛋黄月饼,人们爆发出对食物充满情感的赞叹声,他将每一个切成了小小的六份。月饼用银色的小叉叉着,传到众人手中,大家品尝似的慢慢吃着。

今天他刻意没有让任何人留下来。乔临走前问他:"需要帮忙吗?"他说:"不用。"乔知道,有时来客中会有爱慕他的女人留下来陪他过夜,这是他和乔之间心照不宣的秘密。乔会在第二天下午再来,帮他收拾清理房间。他们有时看起来像朋友,有时更像兄弟。他也从不问乔为什么不求回报地帮他家里做事。或许仅仅因为孤独,而他这里聚会多。乔来英国也有三十年了,他在国内学的是中医,离开了中药,乔几乎没有办法从业,于是他改为家庭保健医生。通过饮食、针灸和日常的保健来预防疾病。

乔第一次来他家时,他祖父汉斯先生就坐在这间客厅里。乔从随身携带的布包里,拿出一根根闪亮的银针,在小茶几上一字排开。他一边给祖父把脉,一边用中国话谈笑着,舒缓他的情绪。

"不要怕,你放开扎。"汉斯先生说。

"听说孙先生的祖辈也和医学有关?"看来,乔来之前还是通过华人圈子做了功课。

"我父亲是做药材生意起家的。"汉斯看了看在门边站立着、眉头紧皱的孙约翰。约翰不太相信那根小小的银针会具有什么力量,他的同学说,那是中国人之间才流行的邪恶的仪式。

"药材?那一定是中药了。"

"是的,抗战时期,中国西南最大的药材市场就是孙家的。在重庆的储奇门。"

"储奇门。"他记住了这个地名。

他坐在那只右边扶手已经有些发毛的皮沙发上。他抚摸那磨得纹路粗糙的地方,就像抚摸着汉斯祖父的手背。他是汉斯先生领养的孤儿。

从法律上来说他是养子，但年龄上却是孙子。这在华人圈算不得什么秘密。

汉斯65岁那年，突然萌生了要领养一个小婴儿的想法，他向周围的华人打听哪里可以合法地收养一个孩子。一位华人朋友来拜访，带来了消息：一对英国夫妇领养了一个华人小婴孩。一个雨夜，这对夫妇去取放置在花园里的木凳。当晚雷电交加，院子里的大树在狂风中挂断了电线。男主人出去看时，踩在了电线掉落的水洼中，一声不吭地就死去了。女主人点着蜡烛，她还没有搞清楚状况就被脚下的尸体绊倒在地，倒下后再没有醒来。唯独阁楼上的那个小婴儿，不足半岁。在厨房飘上去的面包和牛奶的香味中，甜憨地睡着。第二天清晨，隔壁邻居发现惨案后冲进房间抱起他时，他还没有醒。

"孩子在孤儿院里。镇子上的人说，这个黄皮肤的男孩子是不吉利的。"

"这些人总对黄种人有偏见。"汉斯说。

在这位热心人的带领下，汉斯先生带上一位对哺育婴儿有经验的女帮佣，三人从伦敦出发——那时他还没有搬到爱丁堡。他们乘坐火车、马车，同时采用了最古老的交通方式——步行，按照地图的指示，走过了一个又一个村落。空旷的海岸线让人绝望。同行的两位热心人经过一个星期左右的辛苦跋涉，有一点泄气。但汉斯先生精神很好，似乎心里笃定地认为孩子在等着他。

在狄更斯度过孩童时期的肯特郡海边村落里，他们找到了那个破烂不堪的孤儿院。孤儿院长如释重负地将这个不爱哭闹的婴孩交给了他们。旁边教堂门口的木板上雕刻着"圣·约翰教堂"的字样。"就叫约翰吧，中文名字在约翰前加上一个孙字。"汉斯先生姓孙。

当他慢慢长大，长成一个可以交流且不再需要用婴儿车和儿童车推着的孩子时，汉斯先生越来越乐于带他出去玩。有人看到，汉斯先生常常把面包精心地切成几份，喂进他的小嘴里。

他在伦敦的私校读完了小学到高中。和周围保持井水不犯河水般的关系。他们不参与政治，不向往进入最顶级的俱乐部。但日子过得比大部分人好。唯一受苦的是，每周有四个风雨无阻的下午，他必须去一位中国厨子家里学习中文。这位厨子精通书法和汉语，自称是诗人，开餐馆是为了生计。

十三岁时，他们从伦敦搬到爱丁堡。说是举家，不过是他和祖父两名主人，还有不断换来换去的华人帮佣。当然还有点别的，被称为财产或者收藏品的东西。汉斯先生天生就很有钱，而且善于把钱变成土地、农庄、牧场和收藏品。最开始到爱丁堡时，人们对他们的财富和关系议论纷纷：因为这个家庭模式很奇怪，只有男性而没有女性。只是，他从一出生就接受了这一点，也不觉得有什么奇怪。

他想，汉斯先生终生未婚，或许和藏品中那张裸体画像中的女人有关系。

她从不曾活生生地出现在这个家里，没有肉体和话语。除了汉斯，没有人知道她是谁，那是他遥远中国故乡的秘密。

前天，他第一次在公园看到凌婉诗时，他在心里感叹了一句。

"就是她。"

他很清晰地感到秘密揭开了一个小边角。他穿过走廊，端着酒，沿着旋转的木楼梯缓缓而上，在二楼楼梯的阴影下，有一扇常年紧闭的门，锁孔像眼睛凝视着他。他轻轻地转动把手，因为太久没有使用，门锁有点发涩。他用力地推了一下，门开了，他走了进去。

不用开灯他也知道这里所有的景象。这间房几乎占据了除楼道外的整层，有三四百平方米，在夜里凝固了静。他平日里不来，祖父活着的时候，更是刻意地回避了，因为那是他的领地。

他闭上眼睛，逐渐地适应了这里的黑暗。这一层是祖父的画室，墙上挂的全是他不会出手的画。有一部分收藏的作品是可以销售的，他全部委托给了苏富比，最新的一季拍卖会上将有两幅。汉斯祖父的画像在朝东北的方向。是他刚来英国那几年找人画的，穿西式衬衫，戴着窄檐的帽子，坐在一张椅子上，手指上夹着当时流行的雪茄。在汉斯祖父的画像旁，是一幅速写的山水，宣纸已经泛黄，寥寥几笔倍添灵动。画的是雨雾中的长江。

他在黑暗中向前走了几步，这面墙上现在是空白。这个位置的那幅画，几十年来都不曾挪动过。但是几天前，他自作主张将她暂时地送到了华人美术馆去。他有他的考虑。他一步一步地推演好了。一旦那位凌小姐拒绝自己，美术馆是他的最后一张牌。

他第一次看到那幅画，是大学毕业那年的夏天。他刚谈完一场恋爱。一天，祖父突然带他到这里来，说："有幅作品你可以看一下。"

他有点诚惶诚恐。汉斯祖父脸色严肃。他赶紧清了清嗓子，老实地站在原地。那是一幅底子浅灰色的油画布。粗看是大面积的藕白，像要铺满整个画面。明白过来是一幅人体画后，他不自觉地睁大了眼睛：一名裸身女子半卧，身体细部纤毫毕现。她躺在沙发上，微微侧身，整张脸转了过来。月亮般明净秀美的脸。黑眼睛看着画她的人，妩媚中，有坚毅的神态。

他眨眨眼睛，往后站了站，皱起眉头开始拿出欣赏的姿态。他想他最好是从脚开始往上看。他的心却牵引着眼睛往上方看去。他在纤细的小腿上只停留了一会儿，往上是丰腴的臀部。再往上，腰明显地变细了，是恰到好处的。他望向她身体中央。她的腿微微弯曲着。他真是惊得魂飞魄散，眼睛却无法从画布上移开。直到听到祖父咳嗽了一声才回过神来。

"幸好我当年没有毁了她。"汉斯祖父说。

"她是谁？"他站近了一步，又看了看祖父的眼睛。他苍老的眼里有难过和甜蜜糅合的表情。

"我每天都想把她撕得粉碎，有那么几年……"汉斯祖父说。他没有想到，祖父也有被激怒的时候。他绝不会认为，那女子是自己的母亲。

因为他对这画中的女子有莫名的悸动，异性之间才有的冲动。

"真美。"他还在看。现在，他用手抚摸墙壁，丝绸墙布传来柔滑的触感。那个女人占领了几十年的地方，有一个淡黄色的印子，灰尘也有临摹时间的力量。即使这样，他也能感受到她的存在，甚至是复活了。就在这栋房子里，在几个小时前：她的微笑、她低沉的嗓音，她甩头发的样子。

他走上前，将头抵在空白处。

就像这幅画还挂在这里一样：她藕粉色的皮肤，乌黑的头发。他将手覆盖在他意念中她乳房的位置，仿佛感到女人的身体在他的手掌下升温、起伏。他像地理探测师测绘地图一样沿着腋下、腰线、腹部，又往上而去，再次，他的手指停留在她的胸前。在她左胸上方，一块红色的胎记如海底的珊瑚透出红色，滚烫地炙烤着他的眼睛。

天快亮时,我给温妮发了信息,问她有没有时间陪我转转。她说要去华文学校面试。"你怎么还醒着?"我问。

"半夜就搭乘火车下乡了。"她说。我脑海里出现了一列火车孤独地行驶在荒原上的画面。我告诉她,我也不能免俗,已经预约了去爱丁堡城堡的门票。如果她不能回来,能否推荐除此之外的其他地方?

"不妨去看看昨天那家人的藏品展。就在你影片展播的楼上。"温妮说她的列车正在穿越隧道。"有时间一定去看看啊!"她抛下一句话后再无回复。

天亮后下起雨来。我在箱子里翻出黑色大衣。昨晚的裙子沾染着红酒、油炸食品和古怪香水的味道,箱子里还仅存一条皱巴巴的旗袍丝绒裙子。我把头发挽在脑后。看看镜子中的自己:一个缺少睡眠的、穿旗袍的中国女人。

第二次去华人美术馆,感觉距离短了不少。一位黑人女士正在门前的草坪上翻晒地毯和褥子。她应该是常年在此工作的,动作熟练。她有粗壮的四肢与和善的笑容,一双眼睛大而有神,透出憨厚。

她抬头看见我,往后退了一步,嘴里嘀咕了一句什么。抽打褥子的棍子也扔到了一旁。她用大眼睛像安检仪器一样将我全身上下又扫描了一遍。我指指楼上,用英语问她,我可以上去看看展览吗?她让我等等,从草坪上捡起棍子迅速地进门去了。美术馆的小木门今天只开了半扇,看得出来平时这里很少有人光顾。木门开了,门后还闪出一位穿长袍子的华人男子,他五十来岁,个子矮小。眉骨微微突出,我猜他是香港人或者广东人。黑人女士一直用好奇的目光看着我。

"现在我可以进去了吗？"

"欢迎。"长袍子华人用中文说。

"前几天我在这里开过影展。"我想和他们拉近一点距离，让他们对我少一些防备。

"我俩都休假了。"长袍子不好意思地说。

"哦，怪不得。"我把大衣下摆微微提起，往二楼上走。楼上一片黑暗。背景音乐却是流动的水声。细细地冲洗着耳膜。我适应着光线。这是隔出来的阁楼，四壁没有一扇窗户，全部用木板装饰。整体感觉，像一艘木船的船舱。水的声音也使我产生了联想。

"有哪些特别的作品吗？"

"怎么说呢，是一个特展。往年汉斯先生会展出中国主题的藏品，全部是与长江有关的。今年，风格有一些变化。"他打开了墙上的灯。偌大的展厅，只有一幅画，远远地挂在正对着我的墙上。这幅作品的尺寸并不大，目测一米左右，在墙上显得孤零零的。

"只有一幅作品？"我怀疑我走错了地方。

"是的，今年，只有这一幅作品。"这时我注意到，在距离作品五六米远的地方，一道红线挡住了参观者的脚步。

"只能在此远观？"我问。黑人女士和长袍子交换了一下眼神。

"对您可以特别放行。"他小心翼翼地说。我向那幅唯一的作品走去。

没有什么比看到自己的裸体画像更为惊悚的了。

那是我：半卧在沙发上，侧过三分之一的脸，全身一丝不挂。我眨了一下眼，没错，千真万确是我。那乳房上的红色胎记，在我身上三十年零一个月，不会出错。血一下子涌到头顶，我的脸热得发烫——从认出自己到内心被深深地震动，大概几秒钟的时间，然而时间在我身体里停止了。

我回过神来，赶紧回头看了看，黑人女士和长袍子华人已不知去向。我下意识地裹紧了身上的黑色大衣，但有一束光照得我无处可逃，躲避在黑暗中的好像还有很多双眼睛在看着我。

让我千里迢迢到爱丁堡来看自己的裸体。

谁会这样对待我？谁又会有我的照片？

更重要的是，我不记得曾经摆过这样的造型。

在暗房般的黑中，我的手机突然响了，在我的大衣口袋里颤抖。我接通电话，是我父亲。"你现在在哪里？"他的声音很急促。

"还在爱丁堡。"我听到自己声音很干涩。

"家里事情变得有点糟糕。"他说。

"我……"我头脑里一片混乱，感到自己站在深不见底的河水里，脚深陷淤泥般发软。

"记得吃药。"我父亲竟然没有从我的声音中听出来我这边也情况不妙吗？他挂断了电话，屏幕瞬间熄灭了。后面传来了轻轻的脚步声。"这幅作品是采用欧洲贵族画像的写实手法，几可乱真。如果再走近一点，模特的睫毛和瞳孔也清晰可见。"是那位黑人女士。

"什么？这是一幅绘画作品，不是照片？"我不相信她说的。

"是的。这样的写实手法需要非常好的功底，造型、色彩。这样的艺术家是和摄影师抢风头的。"她说。

"那……这个人为什么要画她？"我感到自己说出的那个"她"字在发抖。

"这我就不知道了。难道……您……也不知道吗？"

我摇摇头。

"无论您是否知道，都得承认，她很美。"她微笑着说，看着我的眼睛像一潭深水。

我用力拍打着挂着铜环的门。孙约翰像是没有在家。我抬起头，椴树垂下枯枝，像画的一个个问号。

我想，他一定是掌握着所有秘密的那个人。包括我的影展、包括我的老同学温妮。所有的巧合不过是设计。我当然不会自恋到认为对方是因为我的长相，或是因为我父亲那一屋子藏品。我出发的那天，家里发生了失窃的事件，或许有点关系也不一定。除此之外我想不出其他理由。还有一种：他脑子有病。欧洲人闲出病的也不是没有。

我坐在门口的台阶上，叫不出名字的藤蔓植物跃出墙头，碎雪般的花，针尖大小的花蕾绽放出的阵阵香气。清苦后是微甜。

温妮，我不能求助她了。我拿出手机，开始搜索当地华文媒体的网站。关键词：汉斯先生。2014年9月17日的《欧洲时报》新闻。

"著名侨领、爱国人士汉斯先生不幸辞世。本报代表广大华人及重庆同乡会表示沉痛哀悼。汉斯先生，本名孙汉西。重庆人，出生于1920年，1935年留学英国圣约翰艺术学院，主攻油画。后于1940年返回故乡重庆，时逢第二次世界大战，重庆为战时陪都。孙先生及其家族成员积极抗战，为抗战后方人员提供大量物资，组织捐赠无数。1941年汉斯先生再次来到英国。因右手受伤不再画画，转向收藏。汉斯先生一生收藏颇丰，其大量收藏品价值贵重。据了解，汉斯先生热心公益，去世后家族收藏及收益将用于推动华人艺术发展。孙先生乃侨界之幸，华人之幸。"

新闻旁配发的是汉斯先生参加华人春节联欢晚会的照片。他满头白发，穿着中式立领上衣，袖口和衣领处翻出白色。黑白照片有些模糊不清，只看到他眉毛很浓，身材不算高大，但给人威严、深沉之感。

我想了解孙约翰的消息，但输入"英国华侨，孙约翰"，却没有任何消息。

门开了。我从石台阶上站起来。孙约翰从门里探出身子。"幸好我反应快,不然我又要去大街上追你了。"他脸上还留着水珠,只穿了一件黑色短袖上衣,头发全湿。我一时不知道说什么好,脸上应是怒气冲冲。我用牙齿咬着嘴唇,尽力让自己平静下来。

"你不是让我一个人来找你吗?"我说。

"但你提前到了。从你敲门引发警报声到我走过来,需要五分钟以上。幸好我的耳朵好。"他歪了歪头。"喂。"我沙着喉咙喊道,"这里邮编多少?"邮编是比地址更加严谨的系统。只要输入邮编就可以准确地找到街区和门牌号。他头也不回地进了门。一会儿,屋内传来一个声音:"别傻站着了,让人家以为这里有中国人的好戏上演。"

"好戏,你不是总导演吗?"

"胡说。"

我快步穿过那阴沉的回廊。他在客厅里,正在柜子里翻找什么,递给我一瓶矿泉水,又把一张小纸条递给我。"邮编。"

"告诉使馆工作人员,你在我家。"他说。

"我有我的紧急联系人。"我说。我紧急联系人的电话,还是格子的。这两年没有来得及更换,如果真的拨出去,我听到的只有"您拨打的电话已关机"这句话。

"昨天晚上使馆的参赞还在这里用过餐,对,就是你身旁穿西装的,头发梳向一边的。"他做了一个将头发拢向一边的动作。因为夸张而显得滑稽。我想起来,是有这样一个人。

"如果我对你有任何不轨的想法,何必邀请你到我家里来?推理小说你读过没有?只有'完美的不在场证明',哪有像我这样'完美的在场证明'的?"

听上去有些道理。我拧开矿泉水瓶子,毫无淑女仪态地直接对着嘴喝掉了半瓶。这样站着与他说话比较好。窗外草坪上,几只鸟儿在小心翼翼地走动。一只红嘴的鸽子在啄食面包。

"你喜欢惩罚自己站着。"他按响了咖啡机,打磨的声音嗡嗡地响起来。他看了看墙上的时钟。"我需要你的帮忙,从水果台里取水果做沙拉。你还没有吃午饭吧?一点钟。在英国,下午茶也可以开始了。"

"我想知道那张画是谁画的?"我直截了当地说。

"什么?"他又按下了咖啡机的开关。

房间里只有响成一片的空气。我再次审视这栋圆形独立住宅的一楼。从墙壁到家具,整体透出陈旧感,没有一样物品是当下流行的式样和颜色。客厅进门处地砖是摩洛哥的异域风情,其他地方铺着木地板,棱角处磨出了木的肌理。黑色的皮沙发上,一组米色的抱枕显得洁净。另一边靠着一个西班牙风格的五斗柜,上头陈列着一尊不知真伪的铜鼎。

我不得不加入了他的家务活中,找到了几个苹果和香蕉,很快削出了一盘水果沙拉的分量,再挤上酸奶。孙约翰一进厨房则变了一个人。头天晚上的那个向人介绍各种高端玩意的人消失得无影无踪,只剩下一个精力充沛的厨师。"中西结合的下午茶。"他端着烤热的面包片放到桌上,又端上了烤鱼和一份蒜香调料的拌黄瓜,算是一点中国味儿。

"喝什么茶?"他说好久没有中国客人来访,大吉岭红茶如果在一个大白瓷壶里泡着,味道会浓得发涩。他转身去厨房里找中式茶具。很快捧着一堆混杂着志野烧、信乐烧的拙朴茶具过来。

"台湾茶'东方美人'。我也是第一次喝。"他有挺拔的肩胛。敏捷的步态。看不出实际年纪有三四十岁。没有年轻男子光洁白皙的皮肤,类似我父亲博古架上灰尘落在表面的宋代杯盏。另一种类型的男人是青花瓷。比如电梯广告里总是出现的男明星,以及我父亲给我物色的男友人选——如柏。这样联想或许并不恰当。

"我不是来喝茶的。"我说。

"你可以问任何问题。"隔着我们膝盖的是茶几。他深不可测。我望向他的眼睛。"别这样看着我,审问犯人似的。"他端着茶杯的手歪了一下,差点把茶水泼出来。

"那就从我今天看到的那张画像开始吧。是谁画的我?"我说。

"你也觉得那是你吗?"他呷了一口茶。我点点头。

"你相信灵魂吗?"

"不。"

"你相信人可以死而复生吗?"

"不。"

"你觉得一个人的灵魂可以无数次地寄居于新的肉体吗?"

"这是什么意思?我没有听懂。"

"你相信在八十年前,这世界上有一个和你一模一样的女人活过吗?"

"谁?"

"她。"

"她?"

"1940 年的她。"

一艘小船在和他们会船时，差点被浪头掀翻。汉西心里也一阵紧张，同情那个艄公，也为自己所坐的船担心。在江上，经常会发生两败俱伤的事情。他知道水的凶险，看上去一片平整，如果一股漩涡过来，铁船也会折断。天亮之后，船行驶到了平稳河段。两旁绝壁嶙峋，绝无人可攀援之地。灰白的石壁裸露着。毫无破绽的石壁。悬崖上挂着无数黑色的木箱子。三峡悬棺。看稀奇的人发出阵阵惊呼。奇异的是，湍急流水中，还有一艘小篷船在礁石中穿行。

在朝天门码头，他亲眼见过一艘从下游上来的装满了榨菜坛子的船，和另一艘船交会时因处置不当瞬间倾覆。有一个幸运者，抱着一个空坛子，往下游漂去。如果运气好，在下游的回水沱唐家沱，他还有生还的机会。

船一程一程地停靠，像一条打了结的绳子。码头上总有人上下。他看着码头上赶路的人，离开家五年了，心里时起时落。他想，这大概就是近乡情怯。到了一个小县城，船长说要换油、采购一些蔬菜，另外在这县城码头的邮局里才有通讯设备，可以问问码头船该在哪个位置排队——上一站，他们在一个叫泥巴溪的地方等待了两天两夜，才被通知可以靠岸。他内心里希望船越慢越好。他渴望早一点见到家人，但近乡情怯。五年来的思乡之情，在日日夜夜的煎熬和荡涤后，变得黏稠。但另一方面，看到他这失魂落魄的样子，不知道严厉的父亲会如何想。

船往露出了河床的尖嘴码头靠拢，这是一个叫丰都的地方。水手从甲板上扔下去一块厚实的阴沉木，将沙坑砸出一个凹槽。这小县城和其他的县城没有什么不一样，它一定有一条街叫"下河街"，一定有一个到处布满油污却又人满为患的茶馆叫"下河茶馆"，餐馆的土坝子里，七成熟的白米饭在竹编的筲箕里过滤着水，浑浊的面汤带着碱水的咸涩。看到这横七竖八的景象，你难以相信，他们端上来的饭菜会如此美味。但事实上就是美味无比的一顿饭，江风吹拂，河水流淌。那碗里的滋味，呈现出刻骨铭心的香浓。

船一靠岸，早就有等不及的人奔向船头。那押解他的两个人，其中一个就是丰都人。他早已准备好物品，怀抱着下船就能遇到自己老乡或者家人的天真劲头。他把着最好的位置，一直张望着。果然，船一靠稳他第一个冲了下去。紧随其后的是几个兴致勃勃的中年男女。那群孤儿没有一个下船，和逃命的人群比起来，他们显得安静。

汉西期望看到的那个女子的身影很久没有出现了。

押送他的人放松了对他的警惕，给他解去了铁链子，让他自由活动。

"孙汉西，"押解人喊他，"你可以下船去，但千万要回来，这里是鬼城，人死了都会来的，不着急。"他的押解人心情不错。

"你信？"

"我只相信天堂在女人身上。我得下船去看看有没有桃花运。"

"祝你好运。"他不知道怎么竟然赞同起他的话来。那押解人一回头，敏锐地捕捉到他脸上有一股愉快的神情，并问他："你从英国回来的，外国女人有什么不一样？"

"女人都是一样的。"他望着江水说。押解人走了，他也站了起来，靠在船舷边上，大口地呼吸带有河水腥味的凉风。船熄火了，仿佛一个人身体里的兴奋也渐渐消失。自从上了回家的船，他再没有像在伦敦时那样梦见重庆：总是做与船有关的梦。听到船的汽笛，船却开走了。他追赶，踏入淤泥中，他挣扎，醒来。

初到伦敦，他明显落入了一口孤独的深井。学校是上海的吴先生联系好的,在伦敦北部的一个小镇。他去了十天以后,吴家的大少爷就回国了,他成了学校里唯一的中国人。吴家大少爷给他留下了一些生活用品,一间还差几个月到期的老旧英式公寓。一天,他正在房间里用电炉烤黄油面包吃,门缝里塞进来一封信。信的大意是说,每天早上五点,隔壁邻居都会听到一阵不明言语的说话声,在二十分钟后,又会响起一阵抖动身体的有节奏的声音。

请问这是什么声音?这声音让人在醒来后无法再入睡,不知道他能否小声一点,或者调整他这古怪的"身体习惯"?他明白了。邻居所指的声音,是他每天早上五点的晨读。虽然到了伦敦,他还是保持着早晨读诗词的习惯,也是想这样不至于丢了中文。至于那身体发出的声音,无非是打一套自创的拳法,以迎接新的一天。酣畅淋漓时,他不禁"呵""啊"发声,听上去愉悦而享受,也不知道隔壁有没有理解为其他声音。

他从此早起只练习书法,墨汁是在刚刚兴起的唐人街购买的。拳法也改了柔和的太极,且注意出拳时只呼吸吐纳,避免发出影响他人的动静。

到圣诞节时,他又收到一封信,还是那位邻居写来的。说希望邀请他参加花园里圣诞节的活动,他才知道,邻居是一个犹太人后裔。写信人说,她英文名字叫简。他去唐人街,给简买了一盆绿黄色的菊花,装在青花陶瓷盆里。

这是他眼中很符合中国气质的东西。

自那以后,他们常常在一起喝咖啡,约着外出。他们的第一次就那样水到渠成地发生了。有时在他的居所,有时在简的家里。她有西方人的长相和体格,他进入她的身体时,她总会发出欢快的叫声,她浑身热气腾腾的,浓烈的体气和汗液简直要淹没了他。

"Bite me."简的T恤胸前印着这句英文。

她教他这句英文的发音。

是咬我？还是要我？

他掀起她的白T恤，轻咬住了她的乳头。更多时候，他喜欢触碰她金色的头发和宛如希腊美神的眼窝。他的手指滑向她那脖子处有着浅色绒毛的凹陷处，那里戴着一条银质的项链，有圆形的精巧图案，还篆刻着她的名字"Jane"。简说，那是她家族的信物。"你有祖传的东西吗？"简问。他仰卧在沙发上，一丝不挂。

"不是没有，也有的。"

"你的家族信物是什么？"我的家族？他寻思着。他的父亲的父亲的父亲，以前是有祠堂和族谱记载的。在他十岁的时候，父亲曾经带他到南方去寻亲，他们一厢情愿地认为，那个父亲和家人走散的地方就是他们血缘的起点。后来，他的教科书里说，人都是从猿猴变来的。

"我的家族在中国的南方。我们经常更改居住地，更改一切，包括我们的姓氏。"

"你说的更改居住地我知道，就是孟母三迁。"她总是翻他带来的中文书，也知道了这个故事。"人为什么要更改自己的姓氏？"她不能理解他说的"更改姓氏"是什么意思。"四海为家。"他总算给自己找到了一个理由。他的手又再次触到了她饱满的乳房，使他又有了亲密的渴望。他侧过身去。"Bite me."

简曾经问他，你觉得我的身体像什么？他不假思索地说："河水。"就是涌流的河水，在黑暗中起伏，无边无际，他却能感受到河滩轻轻的叩击。那河水带给他多少欢愉！简带他去英国人经常聚集的酒吧，在一片宛如蜜蜂嗡嗡飞舞的声浪里，他也像一个欧洲贵族一样单手托着酒杯，轻轻地品尝杯中的白兰地或者烈酒。在黑白线条的都铎风格的骑楼下，在圆弧的大理石拱门的柱廊边，他的东方面孔显得忧郁又内敛。

现在，他的押解人已经变成了一个。船从丰都离岸的时候，汽笛声才响了一次，就把那些男男女女从街巷中唤了出来，人们生怕被抛在这个地方。但那位下船的押解人再没有回来。留在船上的押解人脸上有复杂的表情:既期盼又失望。

"人走了吗?"他漫不经心地问押解人。

"嗯,他就是丰都人。"

"可以和亲人团聚了。"

"我看悬。一旦被发现,不死也要剥层皮。可是他太想他的老母亲了。"

"你可以说他落入河里了。"

"我这好交代,可是他回家总要露面的呀。上次一个押解人也是这样,还没有走到村口就被当地的保长发现了,打得半死。"

"半死也好过当炮灰,至少知道葬身何处。"

"可是那些人打起人来狠得很呀!搞不好就一命呜呼了。"

"他们打起人来,那么狠?"

"他们就是打自己的同胞时最狠。逃兵也好,俘虏也好,总还是为国家出了力。可有一种人呢,就横行乡里榨老百姓的血汗吃。"

"还是那样?""还是那样。"这头顶的旗帜从黄龙旗换到了青天白日,再换成了青天白日满地红,旗帜变来变去,人的性格脾性却一点没有变。他虽然在欧洲,对国内的变化也有所耳闻,但没有想到,就像一个回水沱,命运的水又把他冲了回来。

"你呢?大少爷。我看犯人情况介绍上说你是在国外参加革命?你走的地方可真多。"听不出来他是嘲讽还是羡慕。他苦笑了一下。"其实我也不知道自己革了什么命。"

那天晚上,他和简就在牛津街附近的一家酒吧里。酒吧外响起了一阵密集的枪声。他穿过人群走到外面,全副武装的警察也刚刚冲到门口。后来他得知,一伙戴着面罩的年轻人从牛津街与邦德街交叉的路口开始,持枪扫射沿街的店铺,但并没有伤到人。这伙人的口号很一致,反对种族歧视。警察命令打开酒吧全部的灯。所有人如梦初醒,他和简被挤压在墙角,第一次面对这样的突发情况,他不禁有点紧张。警察开始检查证件,有证件的人登记后被依次放走。

终于轮到他了。他掏出随身携带的中国护照,庆幸今天换衣服的时候及时地带上了,之前偶尔还会忘记。什么时候来英国,姓甚名谁,他都一一用英语回答,努力保持着镇定。警察把证件翻来覆去检查了两遍后,还给了他。

"Next."他宣布。他收起证件,如释重负地望向简。"没事了。"他用眼神告诉他。"请等一等。"警察说。另一位警察已经完成了对简的查验。简也赶紧走到他身边来,望着审查者。"还有什么问题?"她问。

"你的这位中国朋友,我们发现他曾参加过一次聚众闹事。谁能证明他十几分钟前在哪里?"

他费劲地想起,几个月前,中国留学生旅英联合会一位学生来找过他,要求他参与一战华工碑一事的游行。他没有去,但是捐了钱,对方说会将他的名字写在捐款名单上,他谢绝了。一名警察走过来向他出示了逮捕证。他们不顾简的解释和哭喊,等待他的将是三个月的监牢生涯。在那里,他果然看到了那个向他募捐的中国人。

简来看他。她带来了一个好消息和一个坏消息。"好消息是你不会被枪毙。"简说。坏消息是她父母在知道她和一个中国人交往后,将她在伦敦房产的管理权全部收回,而且快速为她联系到了一所位于南部的学校。

"那你是怎么从监狱里出来的?"押解人已经对他的故事着迷了。

"三个月后,警方意识到抓错了人。刚好这个时候警务系统有一次大清查,所有的冤假错案都一律赦免。"

"那你就回来了?"

"他们调查了我的家庭,知道我的担保人和英国的地铁集团有业务往来。刚好,有一个华人犯人需要遣送到奥地利去,但那个人不幸死在了监狱中。他们让我冒了那个人的名字,被遣送到了奥地利。"

他在夜里被押上囚车,穿越英伦岛,又乘船穿过英吉利海峡。当他在奥地利一座暗无天日的无名监狱里被宣布无罪时,来领走他的是当地大使馆的人员。他知道,这一定是父亲在背后组织的营救——他已经失去消息一年零三个月了,中国有句古话,"死马当作活马医",他不知道他那英语水平仅仅达到"你好吗?"的父亲是如何查到他的行踪的,他一定是卖掉了好几间药房,用尽了他全部的关系和路径。想到这,愧疚和不安填满了他的胸膛。

"哦!我们接任务的时候,上海警察局的郭局长交代好好照顾你。怎么样,这一路我没有虐待你吧?"

"感激不尽。"他笑着说。他今天说了太多话,感到口渴。他舔了舔嘴唇,口腔里只有风吹过后凉快干燥的感觉。

1937年淞沪会战打响后,长江就像一头受伤的巨龙,江上随处可见满载军用物资和难民的船只。码头上,人头攒动,举家搬迁的人带着他们可怜的行李和家当,连家里稍微大一点的孩子也被派上用场,负责看护行李或者是抱着比自己更小的孩子,摇摇晃晃地跨上甲板。

所谓的码头,没有广场,没有避风挡雨的屋檐,不过是一小段地势相对平坦的河床。这河床上原本有小草,有宛如人的眉毛一样弯弯的沙滩,但现在被一双双穿着布鞋和草鞋的人踩得比水泥地面还硬。人踩过以后,再经过一些牵着的牛、羊、猪的反复踩踏,这河床就像铁疙瘩一样,雨也无法泡软。

离重庆越近,船空余的位置越少。汉西看着码头上的人。他虽然幸运地上了船,但心里却轻松不起来。售票的窗口前,人群摩肩接踵,上个厕所,就可能失去了自己的位置。一个中年男人就是这样,他发现孩子不见了就赶紧去寻找。等他终于找到孩子,队列已经没有他的位置了。

"我在这里!靠着这个穿蓝色衣服的,他可以给我作证啊!"他拼命去拽那位穿蓝衣服的大姐,期望她能帮帮他,不然他要走到队列最后去,别说今天,明天也买不上票。"我已经等了一个月了啊!"他仰起头,几乎是嚎啕着大哭起来。码头上乱哄哄的,他拉长了尾音的哭声震得脸上的皱纹不住地抖动,有几个妇女也忍不住擦起了眼泪。

"我们也等了一个月了!"队伍中不知道是谁喊了一声。

"到底什么时候才能走得了?"等待的人们心中反复地问着。好几次看到有船靠了岸,但是并没有空地儿上人。不少船上装着军用物资和一些帆布罩着的机器,很多工厂设备还在往上游转移。这些人,平常你不能说他们不善良,看到路边的乞丐,或者是左邻右舍、乡里乡亲有个什么难处,大多数人都愿意帮一把。但在码头上餐风露宿了十几天甚至一个月后,狂躁和六亲不认的决绝,已经占据了他们的心。

长江河道的天气时晴时雨。这一阵,乌云又从最高的那个山头赶了过来。没有阳光穿过云层,来帮他们烤烤湿了的衣服和没有干透的被褥。那个男人还哭着。穿蓝衣服的妇女露出为难的表情。"兄弟,不是我不想帮你,我都以为你找到了其他门路,不会再要这个位置了。"她还要说下去,旁边她的男人拽了拽她的衣袖。

"妇人之仁!你是准备心软了吗?世界上哪有那么好的事情,你走了,别人会给你留着吗?"

"我真的是找我孩子去了。她妈在过河的时候落到河里死了,不然我会连个帮手都没有吗?看在死人的面上……"他那一直在一旁默不作声的女儿,看上去只有七八岁的年纪,突然"扑通"一声跪在了地上,开始打自己的耳光。"如果不是我乱走,我爸就不会丢了位置,是我的错,我的错……"

那蓝衣服妇女一把把孩子拉到了自己身边的队列里。"咱们大人就别为难孩子了!还不知道什么时候才能买上票呢!大家算做点好事吧!"没有人再说出反对的话了。前方又响起了一阵骚动。那个被十几只手层层叠叠遮住了的卖票窗口,有快一个小时没有售新的票了。买票的人的手心能捏出水来。售票员被问得不耐烦了，只得起身到桌子后面去问她的上级，但是她回来的时候带来的消息却是坏消息。

"武汉被日本人占了，上来的船越来越少。大家想别的办法吧！"她关上卖票的木箱子，拿出搪瓷杯想喝水。但是缸子里没有水了，她生气地将茶杯重重地扣在玻璃台面上。

"我们要坐船！""我们要回家！"

码头上的哭喊声和江面上轰鸣的马达声一起，交织成了震耳欲聋的呼喊。然而没有人能回答他们什么时候才有船票。远处的乌云更深地压了下来，似乎离江面只有几米的距离。一场倾盆大雨即将到来。

在伦敦的时候，他每天零星地从报纸上看到中国的消息。但在奥地利是与世隔绝的几个月。他没有想到，才几年而已，中国已经处在了这样的战争阴影之中——他不知道的是，还有更大的厄运像黑色的蟒蛇一样，直袭重庆。

他疲惫地靠着铁板。如果不是遭遇那街头的无妄之灾，他毕业后，最想的还是回中国。他看见，那些慌张的人群中，也不乏有曾经和他一样家境优渥的人，提着藤编的精致箱子。他们糯米一样的方言，柔柔地轻言细语着。他父亲孙廪实在家里的时候会讲江苏话，送他去英国的吴伯伯讲的也是上海话。

"上海丢了，武汉也丢了。重庆不能丢啊。这中国，不知道还有哪里安全？"押解人自言自语。

为了避免日军沿着长江攻城略地，国民政府封锁了下游的城市。恐慌的人群像失控的菌群，沿江逆流而上。汉西想，逃命的人难得有一点优雅的姿态，可那位同船的小姐却处变不惊。这两天来都没有见她出来放放风。

她从哪里来，要到哪里去？

他发觉自己在想着她。

一辆小火轮突突地从他们的船边上开过,震得他的血液不断爬升,他感到了脸上的热度。"永丰号"放下了桅杆上悬挂的帆布。船长瞪眼从驾驶室出来。刚才他去码头调度室得到的指令是,上游的涪陵码头挤满了卸货的货船,他必须在丰都原地待命。

"永丰号"的背后老板是一个意大利船舶商。自从上海开始交战,将大型工厂和人员转移到内地就成了当局的共识。外资客轮不运载军用物资,只装载人和普通物资。但需要赶路的人太多,沿途要运载的人远远超过了长江上船舶的运能。就这一会儿工夫,码头上又钻出来那么多人。哭泣的中年男子和他的女儿终于挤上了旁边的那条船,没有票的人站到水里,把行李扔上船就往船沿上爬。少数水性好的人也通过这样的方式上船了,但也有行李上来了人上不来的情况。

"把行李给他们扔下去。"船长让水手把行李还给他们。站在水中的人伸出双手来接,接不住的,眼巴巴看着布包裹滚落江中。为避免更多的人涉水爬船,船长决定把船停到一公里外一个叫麻柳溪的地方去,再等可以行船的通知。大副说,那个地方是这段水域埋溺死者的地方,不太吉利,平常很少有船去。但现在讲究不了这么多了。船从密集的船舷中退出来。

"鬼并不比活人更可怕。"汉西像看透了他们在畏惧什么。

"要来一支烟?"船长转头和他说话。船长从裤兜里拿出已经压得有点变形的一包香烟,上面的美女脸颊粉嫩,两条细眉向鬓角画过去,如同唐朝侍女换上了现今的服装。这和面黄肌瘦的灾民们形成了鲜明的对比。孙汉西接过香烟也不抽,只缓慢地转动着香烟。

"这趟挣了不少钱吧。"他无话找话。

"没有什么挣的,很多人的船费不忍心收,只求平安到达了事。再说,日本人每天都在轰炸重庆,谁知道接下来会如何,这个时候命比什么都重要。"船在这个河段又突然剧烈地摇晃,是遇到了河底有暗流和礁石的路段。这个麻柳溪的水底下不太平。

这个时候,他又看到她了。

几天里,她似乎没有走出船舱,在那又闷又臭的舱室里,所有的人昏昏沉沉。各种杂乱气味扩散。她能待得住,一定不是哪家的娇小姐了。和前几天比起来,她只是发髻有点乱,头上像顶着一圈绒毛。船上又没有什么吃食,她的苗条和单薄,被江风勾勒出线条,宽宽的髋部和平坦的小腹在裙子上塌成一个三角形,随呼吸起伏。

他几乎可以穿透她的衣裳,知晓她那窄窄的肩头往下,骨骼的走向,肌肉的名称和弹性。他的视线可以将她的身体旋转过去,背对着他,腰往上是一块美丽骨头的起点。最中央是脊椎,如一道垂直的温热的浅峡。在他关于绘画的学习生涯中,人体是每天的必修课。

他赶紧把目光转开了。他看着她,船长也注意到了。

"留过洋的大小姐。"船长说。他不置可否。男人背地里议论女人,哪有什么好话。这是对她的亵渎。他回避了,船长也转头关心起航行:"大副!不要命了吗?顺着水走45度,再擦着信号灯边上走。注意,不要甩盘子!"所谓盘子,是驾驶室方向盘的别称。他不想聊天,但船长又说起来。

"她嫁的那个人在国民党政府里做事。有特别通行证,上头特批她跟了我们走。"

他想,至少要在下船前知道她的名字。他离开家乡的时候,重庆到海外留学的人凤毛麟角,也是因为时局飘摇,这些天南地北的人才漂落进重庆城里。

她出来换口气,双手扶着船舷。她仅有的一个包袱上,有她的名字:书卿。用绣花针绣在白色的棉麻布袋上。旁边还有一个英语名字:Jane。她在看着远方起伏的山峦。

"船老板，救命啊！"竟然有人要在麻柳溪下船，说是吃坏了肚子。船上的厕所有限，闹肚子的人捂着肚皮在甲板上走来走去，众目睽睽下又不敢宽衣解带。几个显得痛苦万状的人急匆匆地走下了跳板。船停稳后，书卿也转身回到了舱室。她发现自己放行李的地方只剩一条空板凳。老木凳露出的纹理像老人沧桑的眼睛，望着她。

她的心突然狂跳了起来。有人将她的行李拿走了。就是那假装上厕所的人中的一个。她扶着栏杆跑向船长室："有人拿走了我的行李！"但船长室里并没有人，船长停了船就和大副下到机舱检查油量去了。她失措地跑过孙汉西的角落，软底布鞋像鼓槌擂动，发出咚咚的声音。

"我去看看！"

汉西从地上站起来，她这才发现他很高大，是北方人才有的体格，他跨出舱外。她来不及描述自己的行李有几件，外形如何，已经看到他直接从船头跳了下去，落在了河沙码头上。

这对孙汉西来说不算难事。出国前，他和弟弟云晓每天早上坐轮渡过江，到黄桷垭的广益中学读书。往山上行时，松枝上挂着厚厚的霜。从湿冷走向干冷中。他和云晓约定，一个骑马，一个沿步道爬坡，看谁先到。通常他已经到了山顶，还能听到云晓催促牵马人"快点！快点！"的声音在林间回荡。

所以，基本没有费什么力气，他就追上了那几个因为饥肠辘辘走路东歪西倒的难民。说起来，他应该感谢他们不是？这些人也是临时起的贼心，他没有教训他们，拿到行李就转回来了。他拎着行李，一步就跨上了船头。她还在船长室外，脸上由忧转喜。

"书卿！"他把行李举起来，看了看上头的字，叫了她的名字。她的脸红扑扑的。他又认真地重复了一遍："书卿，还是Jane？"

"Jane是我的英文名字。"

"我知道。"他把行李交还给她。

"我姓凌,凌书卿。"他把包裹递给她,趁她低头接的时候,他又忍不住多看了她几眼。这下连她旗袍外露出的那截细白的脖颈也看得很清楚,还有圆柔的耳廓上的一颗浅色的小痣。那是性情温柔的痣。

"我叫孙汉西。"刚才跑了一下,他觉得人很舒服,似乎那渗透在关节和毛孔里的霉运在奔跑中消失殆尽。她点点头,抱着包袱转身进了舱室。

船上的晚餐是开水泡白米饭。水从江里舀上来,放一个大水缸里再以白矾沉淀半日。用江水做出来的饭菜带着铁锈的味道。汉西简单地吃了几口,把碗放在门外的木凳上。他知道要不了多久,那下等舱室里就会走出一个老年的难民,把他吃剩的饭菜端去给他的小孙子。他没有什么胃口。躺在船上看着两边。长江像跌入了一道深深的窄缝里,却让人平静。

书卿过来了。她的脚落在甲板上很轻,像是只用前脚掌触地。肩头上搭了一件灰绿色的毛衣。两岸未褪尽的绿色也浸透到她身上来。他很想问她去重庆做什么,她是向他打开的一张白纸,因空白而更增添了想象。话多说了几句后,他听出了她南方人发音中的含混,南方人说话发音位置比较靠前。他感觉她是南方人,应该出生于一个别致的城市,比如成都、杭州或者苏州。他想,猜她的籍贯也是一件有趣的事。

她却有心思一样,一言不发地望着江水。过了会儿,她主动把头转向他,说起话来。

"孙先生从上海过来吗?"她问。

"在上海上船的。"他老实地回答。

"那之前从哪里来的?"

他苦笑起来。和一位刚刚认识的女士倾吐自己的艰苦历程,有将苦难当作谈资之嫌。他不是那种喜欢把自己说得无坚不摧的人。

"起点是伦敦。"

"伦敦?"她的眼里充满了光彩,"我在英国读了七年书。"他们在英国时却毫无交集。船摇晃了一下,她大方地朝他这边又靠了靠。一路上,他的嗅觉功能因为要逃避囚禁和牢狱中的各种怪味,已经自行封闭了很久。这时却奇异地闻到一阵馨香,加之船的起伏,他只感到心神如水澎湃。

"书卿小姐到重庆是走亲戚吗?"他把目光转向一边。他不知道他还有多少机会和她聊天,他想知道最重要的信息。

"我是去工作的。"说完,她就脸红了。她固然是去工作的,这个时候,满眼都是拖儿带女投奔亲戚或者跟随丈夫患难的女人,她却显得不同,因为是去工作而不是依附于某人。但这不完全是真的。

"第一次去重庆?"

"是的。"

"现在重庆也不多么太平,书卿小姐在重庆可有其他朋友?"他已经知道了她姓什么,但他更喜欢这样称呼她的名字,显然有点过于亲近了。一开口他听到自己声音也在发抖,幸好水中的船上一切都在轻微地战栗着。

"朋友?也算是有的。"她迟疑起来,大概不明白他为什么会问这个。他洞察了她言辞中的语义不明,心里隐约有些失望,看来押解人和船长他们的议论是真的,她是有家室的人。

"也不一定要有朋友。慢慢地就熟悉起来了,是不是?"她微笑着说。他告诉她,自己是土生土长的重庆人,虽然离开了五年,但同学、朋友的交情还在,因此全世界没有比重庆让他感到更自在的地方。他说如果她遇到困难一定要来找他,他还说自己家住在储奇门,那个地方因为有一个大药房而特别好找。

"只有遇到困难的时候吗?也许以后我们会经常碰到。"她笑了,对重庆的生活似乎很憧憬。见她不反感自己,他受到鼓励,又问:"书卿小姐是南方人？"

"我在成都出生。"

"为什么不留在英国呢？"

"所有中国人都在想方设法回来。"

他心里想，她这样一个文静秀美的女子，很适合坐在英国的花园里喝着下午茶，看着孩子在边上跑来跑去。但那样的她，也不会吸引到他。不过，眼下他们虽然回了国，未来却充满了不确定性，甚至有些身不由己。

"你呢？"她看着他，问道。

"您看不出来我是一个囚徒？"

"囚徒？您犯了什么罪？"

"长了中国人的脸。"

"中国男人的脸。"

"您真会安慰人。"

她笑了。

船长从底舱上来了，船开始缓慢地起锚。发动机声音灌进了他们的耳廓。江水一会儿拉宽，一会儿压窄。随船倾斜，他们距离时远时近。甲板上风大，人站不了一会儿，就得下到舱室。和汉西说完话后，书卿回到舱室里。河风变成了舱室里夹杂着酸馊、粪便的气味，有人受不了，将帆布解开透透气。但一会儿就有衣着单薄的人反对，舱室里为这个也要争吵个不停。她闭上眼，靠在木柱子上，旁边系着一头山羊，抬起头朝她"咩咩"地叫了两声，一只瘦骨嶙峋的羊。一个头上包着白色麻布头巾的老太太，像是丧事上才有的打扮。

她昏昏沉沉地睡着了。

她和丈夫霍子崖是在英国回香港的船上认识的，去年秋天的事。一个黄昏，她在甲板上教一个华侨太太说英语的时候，一位个子不高的年轻男士走过来，自我介绍说是她的老乡，看着她很眼熟。书卿知道是男女之间套近乎的说辞，没有搭理他。突然，那男子拍了拍头，恍然大悟地说："你会嫁给我。"

她被激怒了。正转身要走，男子却说起来："我是霍子崖。你比我还大一岁呢！我母亲老说要给咱们攀娃娃亲。那次，我甩了几颗苍耳到你头发里，你忘记了？"

这样一说，她想起来了。她家以前有一个姓霍的远方亲戚，离成都市区有一段距离，但名头和资产却让其他家族肃然起敬。只是她父亲是矜持人，怕被人看轻，很少主动去走动。有一次霍家太太出门走亲戚，路上遇到暴雨天气，顺道拐到她家坐了坐。

不过那不是美好的回忆。衣服和穿戴加起来有十几种颜色的霍太太，头上抹着发亮的油，和书卿母亲聊天的时候眼睛却老是居高临下地看着书卿。霍太太一直只关注着天气，忧虑着何时可以启程回家。她对亲戚间的寒暄和礼节显得心不在焉。她带着三个仆人和一个八九岁的小男孩，小男孩在院子里跑来跑去，先是将堂屋里供着的先人牌位打翻在地。他被仆从引到院子后，又用木棍子将菊花砍得七零八落。墙角一丛全身是刺的苍耳引起了他的兴趣，他听说这个丢进女孩子头发里后会越裹越紧。

霍太太和书卿母亲说话的时候，书卿在一旁坐着。她没有关注那个男孩，她不喜欢他，觉得他太吵闹。突然，男孩像一阵风般刮到了她身后，他在她头发上用力地揉搓了几下，然后笑着跑开了。

一把苍耳落入书卿头顶，还被男孩的小手使劲儿地揉进了头发缝里。霍太太只是轻声地责怪了男孩子几句。"雨停了。"霍太太站起来，牵着男孩的手准备回家。

时间过去了很久，书卿对于苍耳子还心有余悸。眼前这个青年和她记忆中的小男孩不太像。婴儿肥褪去了，他的单眼皮还在，显得精明。唯独他眼里的笑意还一如往常，笑起来让人感到坏事即将发生。不过他笑的时候，并不多。

他们一起到了上海。子崖很轻松地在一家银行找到了工作。有次，他请她吃饭才透露了实情。上船的时候他就偷偷地翻了船上人员的名单，看到了她的名字。

她想尽快回成都，但她父亲托人带信来说，回家的路上不安全。在上海，她父亲在租界高价购买了一幢小洋楼，日常也有一个老妈子常住着打扫。楼下栽种了海棠、鸢尾、山茶花和月季。这期间子崖天天来，落雨吹风都不能让他止步，比闹钟还准时地出现在她住处的花坛外。

她等了三个月，零零碎碎地从老妈子那里知道，父亲不让她这么快回成都去也是有其他原因的。她姨娘又生了一个小孩，说家里帮佣都要围绕那个小婴儿转，根本没有人力接待她。那本来是她自己的家，她也不是娇生惯养的大小姐，在英国能自己动手剪草坪和搬家具。这一个借口就把她挡在门外，她还没有出嫁，就成了泼出去的水。

子崖陪在她身边，经常说："那个家不回了，成都不是还有一个家吗？"这让她心里聊感安慰，似乎他的那些小气、刻薄的缺点也变得可以忍受。他正式委托她父亲的一位旧识上门提亲，她答应考虑考虑。战争让每一天都变得像末日，她一个人总有诸多不便，子崖聪明，做事又处处缜密。在这兵荒马乱的时候，结婚也是一种互相照应——后来她想起来觉得自己好荒唐。她只能自我宽慰：婚姻的一大魔力，就是将两人捆绑在一起，并在漫长的时间里越来越紧。

子崖答应到重庆后，就回上海去接她，两个月了，他无法抽身，寄来一封信，还有一张特殊时期需要的通行证。不过通行证也是有时候灵有时候不灵，在武汉她就等了整整两个星期才上船。

她的包裹里带着那封信。

书卿吾妻：

　　时下时局混乱，相隔千里，甚为挂念。吾本次前往重庆，至汉口时改乘飞机。吾也是第一次，还颇为激动。念及当年在太平洋上颠簸漂泊数月,美西方工业革命突飞猛进,而我中华算是农业国家。故当时发愿,吾当为国之崛起而全力以赴,哪怕粉身碎骨……我抵达重庆已经数日,感慨万千也!还不知未来如何,是否梦里依稀醒来时山河破碎?书卿吾妻,在我心中,自那日上海别离后我即将你视为我一生一世最珍视的人。盼与你在重庆相会。

子崖

在下船以前,押解人显得有些兴奋,不断地跑到甲板上去。

"嘿,我告诉你,我看上了一位姑娘。"这两天,他几乎没有露面,这时眉飞色舞,方型的脸膛上泛出阵阵红色,正是被爱情冲昏了头脑的样子。清晨,晨曦照在江上。两岸的丘陵向后开阔地延伸,俨然已经告别一路的险滩激流,正在往一片丰沃、水流平缓的陆地靠近。一路经过了众多听上去意味深长的地名:白沙、梁砣、清溪、长寿、洛碛……

押解人所说的"她",是一位从地主家逃出来的童养媳,她穿着靛蓝的对襟上衣,也系着白麻布头巾,走起路来却不像小脚女人那般摇摇晃晃。据她说,她本来也是一家之主,要在家里侍奉那比她小几岁的男人,她把脚放开了,主要是为了增加一个劳力。她不仅会像男人一样挑谷子、背玉米,还像男人一样抽叶子烟。

"你的牙齿真白。"押解人说。叶子烟是农民自己栽种的土烟,叶片肥大时将其摘下,风干,一片叶子卷起来再切成丰俭随意的长度。烟雾浓烈,吸烟者多数牙齿黑黄。

"我到池塘边照镜子啊,牙齿黄了就用井水漱口。"

"那你过来,闻你嘴里还有烟味儿?"押解人趁机说。在一堆萎靡不振的人群中,押解人一眼看到了女人。她并不高,因而显得身材像粽子似的——一看她就有好胃口和好睡眠。在一片哄笑声中,她表情严肃地说她为什么跑出来:这几年她的男人吸上了鸦片。禁止种植鸦片的禁令早就公布了，但是在一些隐蔽的山村，还是有人种。

"那花好看。"她指罂粟花。开始他们只种在竹林里，可长工偷偷地带走了一些种子，这件事就传开了。在一个阳光灿烂的中午，她敏捷地从竹林这边放倒一大片罂粟花，站起身来欣赏镰刀刀刃上白色的浆汁时，挎着一支火药枪的保长到了。天空中的云层低得要命，云中响起了密集的轰鸣声。那显然不是雷声，而是多架飞行器并列飞行时发出的回音。那声音如此之大，甚至淹没了保长训话的声音。大家都抬起头来望着天空，但是他们什么都没有看见，只有长工的老婆喊了一声："天是不是要垮啊！"

"胡说八道，天都没有窟窿，怎么会垮！"保长还是读了几天书的，他立即一针见血地指出了她的逻辑错误。但是今天到底是什么声音震得人眼冒金星？他也找不到说法，只是隐约地感到，那一片巨大的声音往上游而去，往离他们似乎很遥远的重庆而去。这个声音以后会在头顶不定时地响起。一段时日后，有乡绅带回了报纸，替他们解释了那头顶轰鸣来自何处：是日本人的飞机在轰炸长江沿线的城市，他们刚刚处于日军飞机往返的航道下。

她动了想跑到重庆去的心，旧报纸上有画着鹅蛋脸型的美女。她认字不多，但觉得好看。她也对着缸里的水理了理头发，看到自己一双不认命的眼睛。至于押解人，这个当差的愿意接近她，他给她买饭吃。他的眼神不自觉地在她身上擦来擦去，她想他不是本分人，甚至也不是好人，但是这块垫脚石已经递到了脚边上。至于坐在她身边的这个看上去就像大小姐的姑娘，她对她有天生的好感。

"你叫什么呀？我叫红莲。"她和书卿闲聊。她的方言是川东一带的土话，听上去费劲，每一句话像不会拐弯的木棍。"你结婚了吗？"她得寸进尺地问个不停，"你怎么看起来没有新娘子的喜气。"

"都在外逃难呢，有啥喜气。"书卿说。

"嗯，喜气就是喜气，吃青菜粑粑喝盐水，也挡不住喜气。"她不由想到她那小男人，在吸鸦片之前，他们还是有几年幸福的日子的。他每天晚上得要了她才入睡，她嘴上说烦人，但是早晨却满脸喜气地把窗户的木门闩打开，那"咔哒"一声可真是悦耳。书卿只有苦笑。她看上去和书卿年龄差不多，但是两个人眼里的世界却如此不同。但这并不妨碍她们此时坐在同一条柳木板凳上，一个人站起来，另一个人则下意识地为对方压住板凳以免翘起来绊倒。这一船人的命运也如是。

"你身上没有喜气，是不是你的男人没碰你？"书卿不生气，也不接话。子崖一会儿会到码头接她吗？她在武汉给他发了电报的。

"船要到了！"帆布拉起来了。有人摘下草帽，向心中码头的方向挥舞。她走到船头，刚好看到押解人又重新给孙汉西戴上了金属的镣铐，押解人正体贴地给他的双手间搭上一条围巾。

他也刚好向她这边张望。她于是在心口画了一个十字，意思是她会为他祈祷——事实上她并不是基督徒，西方生活的习惯而已。他朝她微笑。

04

重庆

"约翰先生,你让我坐在这里,听这个八十年前的古老故事?"

"抱歉,我得花一点时间,从我祖父开始说起。

"关于我祖父,你能查到的只有那几十个字的介绍。在爱丁堡,人们对他巨大的财富表示好奇。但这些没有一桩是通过非法的买卖得来,我们之所以能在爱丁堡拥有一席之地,是因为他一生下来就很有钱了。这句话听上去有点矫情,但事实就是这样。

"那天早上,汉斯祖父像往常一样起来在院子里打太极。进入秋天以后,他开始失眠。院子里的鹰一声声地叫着,就在他的窗外。他告诉我,他突然出现了某种幻听。那是一个他害怕,但又魂牵梦萦的声音。那是来自遥远记忆中的轮船发出的一声汽笛。在爱丁堡,他已经几十年没有听过汽笛,但那声音如此清晰和真切,从他的脚底升起,浑厚的气流像浪一样差点将他掀倒在地。

"'我听到船来的声音了。'他说。

"清晨阳光中,汉斯祖父的呼吸和步伐却越来越沉重。一种从未体会过的伤感,正在走廊、楼梯、卧室和树下飘荡。到了午睡的时候——我听到他在床上长吁短叹,并且第一次用中国西南的一种方言自言自语。我轻轻地走进他的房间,他却介于做梦和现实之间。通常是闭眼的时候说话,而睁开眼睛的时候他却睡得很香。他用含糊不清的方言说,他可能要回去了。我坐在他临终的房间里,汉斯祖父喜欢将物品分类,一切陈设有序、整洁,像一张没有错字的楷书字帖。书桌上有一盆兰草。这是他要求唯一可以带进卧室的植物。兰草下,放着他的老花镜。还有一本日记本。

"'约翰,'他拉住我的手,'帮我去把那些事情办了,我回不去了。'

"我突然发觉,他的手在一瞬间变得很小、很轻,骨骼失去了重量和硬度。我握着他空气般虚无的手。'要急救车来吗?'我再问道。'不了。我已经多活了这么多年,累了。''让我抱着你。'他点点头,表示应允。我坐到他枕边。'这不是坏事,孩子。'说完,他顺从地躺在了我的怀里,又睁开了一次眼睛,眼里升起了水雾。他就这样静静地躺着,也没有告诉我,那些事是什么。他看上去胸有成竹,觉得我能懂。他的瞳孔慢慢变成深灰色,前所未有的黑暗,正在占据他对世界最后的感受。直到他的心脏渐渐地停止了跳动,我看了看他的脸,他安详地闭着眼睛。"

在清幽森然的院落里,他和逝去的汉斯祖父等待着。几位同乡正在赶过来的路上。马路对面,教堂下午的钟声准时地响起。鸽群在雕塑、屋顶、走廊和林间跳跃、走动,振翅时发出噗噗的声响。

"几天后,我们按照他的遗嘱,把他埋葬在院子里。他说他就喜欢一个人待着。不愿意去白人在海边的墓地。"几位年长的华人几天几夜没有离开。在他们的帮助下,汉斯祖父葬礼隆重而富有人情味。大家都说汉斯祖父活到这把年纪,寿终正寝,是喜丧。不过各种规矩还是不能少,中式西式都做了一遍,总算显得万无一失,汉斯祖父可以安然地长眠在院中大树下了。

"我并没有在第一时间里去着手处理他留下的'那些事'。"他一厢情愿地认为,只要他不去处理,那个嘱咐就会像一个结实的包袱,挂在连接着他们的纽带上。而处理,就是解开包袱,让它松动、打开、消失。

"几个月后,也是一个下午。我终于有勇气再次走进他的房间。那些日记原封不动地放在书桌上,和他离开那天一模一样。""日记?"这些海外华人恐怕想不到,在中国,日记已经成为一种过时的记录方式。

一来到爱丁堡,我就像坐进了时光机器,不过一直是在倒带。

"对的,有的地方已经发黄、破损,字体也变得模糊。幸好我大学的时候选修了文物保护和修缮课程,才不至于无从下手。"他说他的职业是建筑师,整修的都是大东西。

"日记在哪?"

他起身上楼。下来的时候,手里抱了一个木板夹子,橡木色。他脸色凝重地打开它:板子中小心翼翼地夹着一本卷边的日记,他把夹子平铺在茶几上,再轻轻将日记取出来。他摩挲卷边的地方,我陡然感到一种神圣,心竟然狂跳不已。他示意我坐过去。

"一九四零年九月三日。"我默念第一页的日期。我看了看他,在他鼓励的眼神中翻开了第一页。潦草的字迹透着逸秀,写下的时候似乎小心翼翼。暗黄的纸页间,还夹杂着另一种字体和质地的笔记,似乎一种记述在对另一种记述做出说明,或者二者彼此补充,镶嵌。它们亲密地挨在一起,在夹书板里沉睡多年使一张纸印上了另一张纸的纤维和墨迹。

"是两个人的。"我说。

"三个人的也不一定。"

"你确定我可以读?"对于进入日记里的私密世界,我有些犹豫。

"你只是不能读得太快。"他说。在一盏台灯下,我屏息凝神,坐在跨度八十年的时间河流里。一个和我有关的故事投射到我心上来。短短的几页,我身体的某一个部分已被拉扯到那发黄的纸页里。几处拼贴的字迹、夹入其中的另一张手写的卡片、不明其意的几笔线条。一个三角形的折痕,遥远的轻微的脆响。

一道黑影掠过裱花的玻璃。

我心里一惊。接着是翅膀扑棱的声音,轻如猫爪的脚步迅即地跳起又落下。窗沿下的鸟类发出"咕咕"的声音。"不用害怕,鸟儿经常把狐狸耍得团团转。"他笑起来。他起身把蜡烛点上。下午时下起了小雨,天色转成了深灰色。太阳被藏起来了,和重庆的天气一模一样。"她就是日记中的她吗?"我眼前又出现了那位画中的女士。

我父亲从未提起过,我家族里有一位独特的女性。他对于过去讳莫如深。人总有自己家族的传说，用于为自己脸上贴金，但我父亲选择了沉默。

"你从来没有听说过凌书卿？"

我肯定地点了点头。

"但我感觉我在哪里见过她。"

"那应该是在镜子里。"孙约翰似笑非笑地说。

如石头投入水中，涟漪散开来。每年夏天，我照例是要协助父亲翻晒旧书的。每次都有新的发现：一张旧书签、一张借条，欠条更多。那天早上他告诉我，要趁着晴朗晒晒最靠里的那一叠书时，我很高兴地应允了。我十四岁了，终于能将书架扛进扛出。书上布满了霉斑。满屋子层次分明的气味开始苏醒。我闻到墨汁的气味，还有土壤的味道。书架挪开后有动物的干尸，其间的气味有洞穿肺腑的钩子，搅动胃液。我屏住气，一切该翻晒的都搬到了院中，我看到了那个小木箱子。小小的樟木箱子。我凑近闻，香樟精油的甜香。初夏时我走在香樟树下，闻见过，我闭上眼。父亲却很快就拉着我走了。

"不要那么多愁善感。"他说。

"我只是和你一样，在看树。"我喜欢和他争执。

我决心打开父亲的小木箱子看看。常年放置在他枕头边的棕色木箱，盖子上用刀子刻了一个"凌"字，宣布了它带有祖传或过去的印记。我用衣袖拂拭小木箱上的灰尘。它没有任何灰尘。透出的是被人把玩或者抚摸后的哑光。凝结在上头的一层薄薄的油脂，似乎透露了它的拥有者对它经常的造访。它没有上锁。父亲可能忘记了，他的心思全在将我安全地锁在家里，竟然百密一疏。我轻而易举地就打开了它。它有黑色的丝绒内里，里头孤零零地躺着一张黑白的老照片，我拿起来。

是一张全家福。以前排最中间的男人为核心，所有人的站位和他像一棵树的主干和枝叶的关系。中国人讲究"开枝散叶"，一对夫妻，四个孩子，这是一个家庭枝繁叶茂的模样。

这是父亲成都老家的家族成员。人家问，怎么来重庆的？他说，移民来的。问哪里移民来的，他笑而不语，生怕人家刨根问底，漏了他的底细。他说的移民其实是一个大的范畴，很多人理解为清朝末年的"湖广填四川"。但口音是顽固的，虽然他在外时一直讲一口北方话，但在家就会说几句成都话。

坐在中间的那位老人，和我父亲的长相并不相似。他瘦小，威严中有一丝拘谨，深色的袍子领口有毛茸茸的装饰。他身边坐着一位穿着宽大旗袍的体态丰腴的女人，脖子下有三排白色的圆珠子扣子，她的眉夸张地挑到了两鬓，单眼皮眼尾上扬，显出几分精致。这是"老爷"和"太太"了。他们身旁，则分立着一男一女两个幼童，穿着的棉袄垂到了脚背，照相的时候理得平整，显得很懂规矩。他们看着镜头，紧紧地抿着嘴，面容显得毫无个性。

惹人注意的是站在后排的两个十四五岁的大孩子———男孩站在左边，比那女孩子矮一点，穿着西装，虽然不太合身，也是时髦的装扮。

女孩子侧着身，她穿着大衣，严实地扣着，腰身也束得紧紧的，脖子处系着一条方格子围巾。这张照片已经发黄，但仍能辨认出她在大方地笑着：一字眉下的眼睛眯缝起来，如黑色深渊般占据了显眼的位置，下巴在笑容中显得更尖了。

我被后排的这两个人吸引住了。这个男子明显就是我父亲的长相，如果他再高大一点，和他身旁的女子就像一对孪生姐弟或者兄妹。尤其这个女子，五官秀美——天生的，画笔画出来的好。只是，她显得很遥远，好像只是偶然出现在照片中，偶然地笑了，然后就转身不见了。

我父亲忌讳谈论出身，我觉得，他或许出身不太光鲜。谁都把自己往名门望族的边上靠，比如我父亲的生意搭档蔡叔叔就考证说自己的祖上多少代，和东汉时期的蔡伦有关系。

每当蔡叔叔鼓动父亲说说他祖辈的事，父亲的脸就红起来。他们赚钱后会选择喝酒的方式庆祝,谈资也自然十分有限,但喝醉后蔡叔叔就会说个不停,像酒搅动了他身体里死去了又活过来的先人的魂。父亲也喝得满脸通红,一双眼睛里布满了红血丝。他可能的确是没有什么可以拿出来炫耀的。他乐意当听众,而且是一个非常好的毫无抱怨和苦楚的听众。就算是蔡叔叔照顾他,分给他一点时间让他说说,他也含糊地说,没有,真的没有。

"我就不相信你是从石头缝里蹦出来的?"蔡叔叔一定要知道点什么才有安全感。

"鬼信你。你肯定做了什么见不得人的事。不会,连你的姓也是假的吧?"

"姓是从来没有改过的。"父亲正色说。

"你的父母、兄弟姐妹呢?"蔡叔叔又问。

"没有,真的,不记得了。"

接下来,蔡叔叔他们就转换了话题。终于有一回,父亲放松了警惕,迟疑了一会儿说:"他们都死了。"他说的时候像自言自语。可惜其他人已经喝醉了,他们谁都没有听清楚他在说什么,自然也不会感兴趣。

我一只手举着全家福,另一只手在书堆下翻找到一面巴掌大的小镜子。我看向镜子中,我的脸和另外一个人的脸重叠在一起。我还带着稚气的脸变得瘦削了,眼睛里有了一丝大人才有的轻愁。是她。我摇晃了一下镜子,她不见了,是我。从那以后,我总是不经意地在镜子中看到一个成熟的、充满了善意的女人,她注视着我。

我望向孙约翰。我们的目光撞在一起,又各自赶紧望向了别处。"她应该和我爷爷是一代人,四川方言叫姑婆。就是我爷爷的姐姐或者妹妹。"我说。但我对她一无所知。我甚至不知道我爷爷叫什么名字。在我父亲生意做顺之后,他带着户口本,到公安局去改了一个意蕴深刻的名字：凌成儒。他之前叫什么，没人关心。"我不明白，我能为这段陈年旧事做什么？"我把手伸进口袋里，捏到了我收集的一张旅游门票。我不希望为不相关的人付出时间。

"我也希望这和你没有关系。"他像知道我想什么。"最好，和我也没有什么关系。这本日记像个阴谋。"他说。

"阴谋？我来爱丁堡之前，我父亲在家里被人打伤，还丢了一幅画。现在，我好像又和另外一幅画有关。你觉得我会怎么想？"我坐直了身体。

"你担心什么？突然落入一个英国纨绔子弟的情感陷阱，还是沦为暗无天日的地牢里的奴隶？"他很直接。

"我什么都做不了。如果你对我了解得多一点，就知道我是泥菩萨过江，自身难保。"我说。

"你怎么知道我不了解你？"他向我转过身来，走到我面前，蹲下来双手按住我的手臂。虽然感到被冒犯，我却只能一动不动。"听着，婉诗。这不是你。你这样冷漠，真让人意外。你无法从一段破碎的关系中走出来：两年前，你的男友失踪了，你满世界找他。你有药物依赖。你不再相信爱情。没有爱，你可以做什么？你就像行尸走肉。"

"对，就是你说的这样，我是个活死人。"我想挣脱他的手，但他像铁钳子固定着我。他低下头，手上松了一些。

"谁也无法自我带离。"他说。我站起来，我必须到院子里去回避一下。他也紧跟在我身后。门一打开，一股凉风就钻了进来，脚背上像刀片贴着一般沁凉。他又转身取了一条厚围巾抱着。

"不要跟着我。"我说。

"你不怕孤魂野鬼？"不远处，一只白色的狐狸在树的枝丫上安静地蹲着，似乎和孙约翰已经很熟悉了。待他走得近一些，它才跳起来，攀爬到更高的枝丫上，再轻快地跃入了一楼的窗台上。温妮说过，汉斯先生的墓就在院子里。我没有夜里参观墓地的习惯。但沿着这碎石铺就的小路只有一个方向,在花架拱起的空地我就转身。硬着头皮,我也得走下去。孙约翰大约看出了我的踟蹰。他停了下来。"汉斯先生的墓地在那栋房子之后。"他抬手指指三四十米外一处像城堡的圆形建筑。

"别离开我的视线。"他说。爱丁堡夜里的风是干冽的,我却觉得脸上似有一层雾气,那是白绣球或者紫色丁香吐露的新陈代谢的水汽。我被暂时地放置在这陌生之地,和那幅黑暗中的画像一模一样。

日记里,有一张素描图:层叠的山地、屋顶,长长的阶梯。它似乎被揉搓过了,又舒展开来。吊脚楼下,一条大江铺上了灰色的笔触,在日夜不停地流动。

在重庆,河流的水汽向上升腾,形成雾。因为地形的凹陷,山野的湿气无法升到空中,又在山林深处形成了雾霭,徐徐落到平地,将天与地之间的一切紧紧凝住。雾是它的天气,也是它的宿命。招来了躲避的人,也招来了从空中落下的一枚枚炸弹。年份标注着从1937年开始,直到1941年。全世界都不太平,一场少数人的欲望,让全世界生灵涂炭。

储奇门。一个听上去和重庆所有城门差不多的名字,一个连接着城市上和下之间的关隘。十七座城门连接着山和江,从空中俯瞰时,像一个个洼地,像女性平坦的腹部,有被江水冲积出的山脊和平缓的河床。自然之手捏出来的褶皱。从下到上,阳光照不到的水沟和石缝里,爬满了苔藓。无名的水蛾和虫类徐行。

越往下,则越感到那股常年不散的湿气,像风一样在徘徊,游荡,四处寻找可以落脚的地方,生出一块常年不干的水迹,一块暧昧不明的积灰的旧印子:落在地面、门、墙壁和台阶上,凌乱着,潮湿着。夏天的时候,这湿气会升高,淹没了人。冬天的时候,那湿气就是一条凉凉的蛇,钻进你骨头缝里,像蛇用它的牙齿轻轻咬住你。

它是遗忘在天地间的巨兽骨架。它的头在长江里喝水。它的脊柱从头到尾,就撑起了这个地方,供人生活、吃饭、生老病死。它的口鼻和嘴唇、肩胛、前爪、腹部、膝盖、臀部，凡是接近水的地方，就是人最先经商、生存的地方。那是城门。

它的背上，爬满了房子。像动物老去的表皮一样，掉落、发霉、退化……有的地方爬满了污水，有的地方搭建起寄居的吊脚楼。旧的新的，彼此纠缠覆盖，混合了、搅拌了，又生成了新的旧的、深的浅的痕迹。我喜欢它的千疮百孔。

整整八十年了。被炸弹夷为平地的地方，重新修建了房屋、街道和人们生老病死所需的一切。废墟上开出花朵。一座新的城市诞生了。往事的记忆在变淡，人们渐渐不再谈论它。只有河流还在流淌。

"先生，是那艘船！"孙家的仆人九月因为兴奋，声音有些颤抖，吓了孙廪实一跳。九月将双手揣在衣袖里，踮着脚往下游方向张望。看到船出现了，他的舌尖发出"啧啧"的感叹声。那是他高兴时独到的表达方式。孙廪实看了他一眼。"老九！等下客人到了你要周到点。"

"是的，先生。文书我去和那押送的人交接，不麻烦您亲自去，我还给他准备了一包上好的人参片。他们一路上应该很照顾咱们少爷……"

"要是被熟人撞见了就不好了。"孙廪实看上去有点愠怒，嘴角却泛起了一丝微笑。

"汉西恐怕都长成大人了。"他若有所失地说。

"您不是天天说他还是个孩子吗？我看未必，今年少爷虚岁也才22岁，半大不小的……孩子。要是云晓和茉莉也来接哥哥不知道多高兴啊！总算是盼回来了呀。"

"你别老是那么多话，说得我心烦意乱的。"

"好的，好的。好像少爷下来了！"

"在哪里？"孙廪实四处张望。但是他看到的只有蝌蚪群一般的人流。那些赶路人的衣服颜色也是黑色为主，和沉郁的天气一模一样。长期在药房昏暗的灯光下看账本、分辨药材的质地，他的眼睛不太好使了。一阵冷风吹来，眼泪又流出来糊住了眼。九月的眼睛却比他的好。再说了，九月也没有他这样思子心切，人一紧张眼睛就会找不到重点，今天他有点手忙脚乱。

孙汉西已经下到岸边，他往之字形的上坡路上看，试图寻找书卿的身影,他的手被铐住了,脚下却在上台阶,他差点绊倒在地。他终于看到她了,她也回头在望他。看他就要摔倒,她朝他喊了一声,意思是小心,得到的是他并不在意的一丝笑意。

石梯子走了一段,是一段平缓的沙路。汉西贪婪地用脚去踩沙,沙层像认得他的脚一般,充满力量地托着他,回应着他。在船上坐了这么久,一开始,他踩到地面的时候很不习惯,甚至有点趔趄。慢慢地他就习惯了沙滩微微发硬又充满弹性的属性。河滩回应着他。他知道,到家了。这眼前的一切,街巷、台阶、屋檐下裸露的木头,几年没有看到。熟悉中有几分凋零,习惯了欧洲的景物和风光,对于眼前简陋的街巷他觉得恍若隔世。这几个月来,他的心可以说已经麻木了。提心吊胆也好,绝处逢生也好;有时感到是自己,有时又不是自己。各种感受在身体里穿行。在大西洋的海船上他仰望着月光,几乎认定自己不可能活着回来了。

现在他呼吸到这带有江水铁锈的空气,身体里的信心和元气却在一寸一寸地涨起来。他站在沙路上眺望对岸。河床的曲线和水的边缘亲密咬合,山坡上的木板屋连成一片。最高的房子也不过两层,是吊脚楼板壁房,阁楼上摊晒着豆子、鞋垫,从上游漂流下来洗刷还能用的各种生活用品,比如席子、鞋、凳子,铁丝上再挑着几件色彩偏暗的衣裳。头顶的高音喇叭正大声地朝下游方向喊着,那嗓子粗犷有力。唯一让他意外的是,在很多地方都挂起了红色的灯笼。他还不知道那是日本飞机空袭时的信号,仍然低头向顶上攀登。那押送他的人无法跟上他的脚步,累得气喘吁吁。

他没有指望家里有人来接他。这一溜长梯子的尽头,是一个圆形小广场。人群喧哗地往上走,不断有人冲过来接亲人的行李。他心里失落着,就在这时,他听到有人喊他的名字。是家里的帮工九月。

"少爷!"九月冲过来握住了他的手,本来就布满血丝的眼睛里红了又红。"风吹的,太冷了。"老人有点不好意思起来。

他这才看到，父亲孙廪实站在两米外的地方。好久不见父亲又苍老了一些，比他记忆中显得矮小，是自己长高了的缘故。九月把手上的一张纸递给押送他的人，两人说着什么。他父亲则目光炯炯地看着他，看不出是责怪还是欣慰，只紧紧地抿着嘴。他走过去，低声地叫了一声父亲。他垂着的双手放在肚皮上，他感到廪实用擀面杖一般的眼神，将他全身上下狠狠地擀了一遍。那个押解人过来帮他打开手铐，众目睽睽之下，自然有看热闹的人凑了过来。他盯着那把小钥匙从押解人的包里掏出来，以极缓慢的动作打开手铐，他半天也没有把钥匙捅到正确的位置。

汉西看着江边，他刻意没有看父亲的脸色，但能想象他脸上肯定罩着一层薄冰。手铐打开后，九月欢快地忙碌着，又是签字又是寒暄，末了还给押解人送了一包东西。他看到押解人拿着文书，心满意足地消失在码头上。

书卿被人群推搡着，也来到了小圆形广场。她紧紧地抱着包裹，几个抬滑竿的围绕着她，看她的打扮和长相，一定出得起滑竿的钱，这本来就是有钱人才坐的交通工具。汉西也看到她了。这些地方，你与人讨价还价，或者是被人撞一下，就可能被小偷偷走了钱包和值钱的东西。他刚才下船前忘记了叮嘱她，到了码头不要逗留。他想挤过去让她尽快从这里抽身。看儿子一副心神不定的样子，孙廪实也顺着他的目光张望过去，不过他看到了另外的景象。

"是霍行长！"

汉西的脚刚跨出一步，就被父亲更迅疾的步伐挡在了前头。就一瞬间的工夫，书卿边上多了三个人，一位穿着军装但是没有任何徽章的男青年，和两名看上去像随从的男子。穿军装而不戴徽章，说明男青年不是军人，只是军装爱好者。不过这身衣服穿在他身上颇为合身，显得他不高大的身材更加精悍。他五官清秀，嘴唇上方透出青色——胡须刮得干净，有和他年龄不相称的老辣。

霍子崖听到有人叫他，朝他们看了看，他微笑的时候眼睛眯起，嘴角上扬,笑容像一笔一画刻上去的那么规范。他看了孙廪实一眼,立即将眼睛放在了汉西身上。汉西自觉这落败的一身无甚出众之处,而霍子崖这样盯着自己,无非是出于一种神奇的敏感。

"令公子也乘这一班船吗?"霍子崖主动走过来,他和孙廪实握了握手,又向汉西伸出手来。他的步伐和动作没有任何拖泥带水的迟疑。这是一个内心非常自信的人,他所展现的是一个生机勃勃的、办事牢靠的形象。

"国民政府里最年轻的银行行长。"九月在汉西耳边说。

"正是。哎,不过他们并不认识,所以没有照顾到……那位,是您的亲人?"廪实用眼睛朝书卿看了下,他早就注意到那姑娘容颜非凡,但他不会盯着年轻姑娘看,这太失礼了。这下借着问候的名义大大方方地端详,不由心里暗暗赞许:真是端庄清妍、万里挑一的人。

"是我的夫人。"霍子崖说。

"哎,幸会幸会。"廪实以他习惯的作揖方式远远地向书卿问了一个好。书卿也略略点头算是回礼。她的身形微动之间,好看又换了一种方式。在廪实的印象中,他还不曾见到过比她更悦目的女子,这位霍行长真是好福气。当然,霍行长也是青年才俊,相貌堂堂。不过要论般配,和这女子美的程度比起来还稍微逊色一点。

他内心闪念之间,丝毫未注意到儿子失魂落魄。

汉西想,这就是船上那些人议论的书卿的丈夫了,这个人现在就站在他们面前。汉西感到自己脑袋像撞到一面又厚又软的墙上,心里慌乱而灰心。等到霍子崖和书卿他们上了车,廪实才收回了应酬的状态,脸上恢复了往常的表情。

"这个霍行长,真是年轻有为,"他转向汉西,"这次能顺利地找到奥地利那边的关系,霍行长还出了力。今天怕你难堪,我就没有提。但是我们心里要记着别人的恩情,以后有机会一定要酬谢才是。"

"他也知道我的事?"汉西问。

"坏事传千里,儿子。"廪实说,"而且是我们家的事,这人呐真是奇怪,见不得别人好,就巴不得别人家三天两头不安生。所以你回来了要处处多加注意,尽快把不好的印象扳转过来。"他本来很想分辩,自己在英国身陷囹圄,本身没有犯什么错,无非就是这张中国人的脸带来的麻烦。

说话间,他坐上了自家的小汽车后排。廪实怕自己忘事,向九月说道:"这位霍行长手握财政大权,关系很深。什么时候有空请他们夫妻到家里来吃一个饭,也算是答谢。"九月唔唔地应着,说等少爷休整好了,就安排人准备。

车子加上燃烧的木炭后,冒出几团黑烟,终于缓慢地启动了。"少爷,你看上去长高了不少!"坐在车上,九月帮他们营造起了温情的氛围。他父亲板着脸,汉西则看着路边,两人之间像隔了一道透明的帘子。九月瞅瞅孙廪实没有注意,把手伸过来,握住汉西的手腕。

"手粗了,骨架子也大了。"他自言自语,又瞅瞅廪实,后者却保持着铁石心肠的父亲形象。汉西戴了几个月的手铐,手腕位置磨掉了一层皮,后来又长起来,显得那一圈皮肤又硬又糙。九月的眉头皱起来了,眼圈一红又要掉眼泪。汉西安慰他,不受点皮肉之苦,就不能长成真正的男人。

他也是在向父亲展示自己的成长,虽然这成长没有按照他们原定的路线。九月的嘘寒问暖显得他还是那个出门前的孩子,他觉得不自在。廪实倒一直沉默着。

储奇门离朝天门近,路上全是商铺,卖各种货物的门面都有。虽是隔着玻璃看着外头,他心里的惊讶和失落还是很强烈。不自觉地将眼前的景象和在英国时看到的相比。吊脚楼的白墙和木柱子,和都铎风格的建筑有神似之处,不过两者之间差着年份和坚固感。他脑子里画速写般刷刷地找了一番异同,结果却让自己丧气:吊脚楼凌乱、简陋,是穷困的象征。

他不知道，这仅存的房子已经是了不起的幸运。在日本人的飞机轰炸前，重庆安于川东，因为有江，慢慢地在下半城积累起了财富。中国人有了钱必然是要修房子的，下半城的大院子阵容庞大，灰黑的瓦片屋顶一个紧挨着一个，煞是好看。

车子不一会儿就到了家门口。到家后，廪实却又戴上了帽子。看样子他还要出去。"回家好好休息。"他拍拍汉西的肩膀，汉西点了点头。看父亲的身影消失在小汽车旁。

九月领着他走过院子前的青石板地。冬日里，红色的山茶花在深绿的叶子中开得热闹。他正准备跨进院子，却被九月叫住了。他站在大门前，看到他从侧面的小房间里端来一个火盆，里头是正在燃烧的纸。他意识到他必须从这里跨过去才能进屋，这样所有的灾难都被挡在门外了。

"迷信。"

"少爷，这可不是迷信。"九月严肃起来。汉西只有跟随他的手势缓慢地从火盆上跨了过去。门开后，院子里一个人也没有，如果一大家人都在这院子里迎他，他该多尴尬。但他知道他们都在院子里的各个角落为他忙碌着。

他进了自己房间。躺在床上，劫后余生的幸福感把他全身笼罩着。房间里每个角落都细细打扫过，连没有染色的布窗帘也浆洗得有棱有角，如一本无字的白色书。书桌和五斗柜都还保持着他离开时的样子——什么都一样，只是比记忆中小了一个号。他满足地闭上眼睛。秋天的下午很短促。太阳一收尽后，暮色就摸摸索索地围了过来。

汉西这一觉睡透了，午饭时，仆从已经走到他门前，却被他母亲徐媛芝喊了回去，说等他睡足了再说。汉西是被窗玻璃外传来的一阵笑声弄醒的，开始他以为还在梦中。笑声很轻，两个人影蹑手蹑脚地晃动。他睁开眼，从那穿斗的屋顶、檩子上的榫卯结构和头顶上挽着的白色蚊帐辨认自己的所处之地,一只手枕得太久,麻木得无法动弹。门一开,两个人影倏地扑进来,一个抱脸一个抱脚,将他压到了床上。他闻着那熟悉的体味,他们家的孩子身上特有的那股陈艾、当归混着的药香味。那两个人爬到他身边来,左右各一个。将他挤在中间,其中那个女孩儿还伸出手来搓他的脸。

他出国的时候,弟弟云晓才14岁。云晓从小不爱吃饭,身体显得弱弱的,个子也不见长。现在却长成了一个秀气的青年。他笑着搂住了云晓的肩头,汉西发现弟弟虽然不如他健壮,但却实实在在是有存在感的年纪了。妹妹茉莉还是一个皮肤雪白的瓷娃娃,小时候总觉得她脸上都是肉,五官界限也不甚分明,只有眼珠还保持着他们家特有的黑亮。但这几年过去,时间就像一把小雕刻刀似的,把她的额头、眼睛和鼻子分开在粉脸上,俨然一个美丽生动的小姑娘,而不是他记忆中的孩童了。

徐媛芝一进房间就看到三个孩子都挤在床上。身体彼此缠绕,完全看不出谁是谁。她虽然满心高兴,还是忍不住皱了皱眉头。听到母亲进来了,三个人才歪歪扭扭地从床上爬起来,最后起来的是汉西,他的头发已经盖过了耳垂,倒是平添了几分艺术感。他头发乱刺刺地站在母亲面前,似笑非笑。

三个说说笑笑的年轻人很快就让他们的母亲开心了起来。

他们一行人穿过回廊。他走在母亲右侧,方才感到她很瘦了。这是她吃素的缘故。她头顶零星地冒起了几根白头发,在黑发的缝隙里若有若无,她还是穿着讲究:一身湖绿的夏布旗袍,外头套一件墨绿毛背心。同色系的布鞋收口处钉着湖绿的翡翠小竹节扣子。她一直喜欢绿色,为显得喜气洋洋的,她今天专门戴了一串红色的珊瑚珠子在脖子上,手镯也是石榴红的。

他母亲的贴身仆人五月摆好了茶桌,又用白色的瓷盘端来了点心。边吃点心边等廪实回家。云晓和茉莉坐不住,早就跑到院子里各自忙去了。只留下他和母亲静静地对坐。这个时候他母亲才认认真真地上下打量他，眼里都是满足欣慰的表情。女人上了年纪，自己的儿子就是天下最好看的男子。

媛芝说："你还不知道吧，日本人打中国后，重庆定为陪都了。日本飞机隔三岔五就要来轰炸，吓得鸟都不到城里来了。"她说起来尽量云淡风轻的，语速也不要变一点点。但他感受到了：战争带来的恐慌已经波及了每一个人，连她这样一位吃斋念佛的妇人也不例外。

"未来怎么样就难说清楚了。"他母亲放下茶杯，心事重重。媛芝说，他父亲的药房里几乎每天都有去抓药的伤员，一些止血和止痛的药物告急。目前长江上所有的船只几乎都被政府征用了，很多药材进不了重庆。所以今天禀实回来没有落座就又出去了。

"你爸找唐家帮忙去了。"

"唐家？"

"唐家沱那个。专门捞死人的。现在是民生公司之外最大的船运队。"

"我好像有听说过。"汉西说。

"唐家的女儿欣宜今天晚上也会来。"

"她为什么来？"

媛芝脸上泛起笑意。"欣宜也不是随便谁都能请得动的。等下你就知道了。"

他父亲回来的时候快七点了。家里翘首期盼，终于听到小汽车的声音。禀实边走边摘下帽子，眼睛在院子里找儿子的身影。汉西、云晓和茉莉都在最靠前的地方迎接他，三个孩子都漂亮、精神。禀实脸上洋溢着好久不见的喜悦：家里很久没有见到这样齐整的场景了，为人父母的成就感，在晚饭前最能感受到。

他把帽子递给九月。他家的仆人都是以月份命名的。今天晚饭是粉姨娘安排厨房做的，偏盐帮菜口味。和重庆本土菜比起来少了些辛辣，这个天气吃刚好好，泻火安神。

粉姨今天穿了一件简单干净的绛紫色棉布旗袍，底子上泛着白亮丝线的暗花，鞋也是浅色的布鞋。她在家的打扮是尽量把自己往不起眼的程度拉，回到卧房却又完全变了一个人。从她笑盈盈的眼神中廪实就知道，她已经和汉西见过了。这点上他相信她的分寸。

大家在八仙桌旁围坐下来，汉西注意到，除了自己一家人，还多了一把椅子，大概是留给那个唐小姐的。菜早就做好了，但唐小姐还没有来。粉姨焦急地往门口望，廪实也皱起了眉头：

"唐小姐不是要来？汉西今天第一天回来，就要等她呀。"

粉姨说马上打电话问问。她走到客厅一角去打电话，才知道唐小姐晚饭前突然有点食物中毒的迹象，又吐又头晕。唐家的管家在电话那边频频道歉，说告知太迟了，因唐小姐一直努力想来，走到河边体力不支才又返回了。虽然廪实感觉有点扫兴，但他的情绪很快被团团围坐的温馨替代了。满桌人士都沉浸在汉西归来的喜悦中。只是唐小姐那把椅子一直没有撤下去，汉西眼睛余光瞅到，那椅子神气活现地杵在那儿。

廪实是席主，每上一样新菜，他总要先夹给汉西尝尝，很快将他的碗堆得满满的。开胃菜是凉拌芦笋，他说："吃笋好，清热的。"头菜是一盘红烧海参，他又说，这个养胃。一顿饭他都在不停地张罗，总担心汉西吃不好。汉西吃了一会儿就感到饱了，为了迎接他回家，家里的宴席太隆重了。燕鲍翅不是重庆菜的特色，但今天破例做了一大桌，还有重庆特色的神仙鸭子、家常岩鲤、八宝鸡、白汁鱼唇等等，像要把他不在家时欠下的饭菜都补足似的。

茉莉看父亲这么照顾大哥，有些不高兴了，放下饭碗，非要挤到汉西身边来。"哥哥，你给我们带了什么礼物没有？我听说欧洲人把咖啡当饮料喝，你得教我们喝咖啡。"汉西有点发窘，粉姨赶紧把话接过去："喝咖啡有什么好，你看解放碑那几间咖啡厅，尽是怪头怪脑的人在里头喝。要我说，还是茶好，中国人喝中国茶，对身体好。"

她看看媛芝，明显她是在向她示好。汉西看到他母亲也是领情地笑了一笑，没有多说什么。云晓说话了："大哥，我听学校里说，现在重庆是大后方，国立艺专搬到重庆来了。你可以去学校教书什么的。既懂中文，又懂英语，西方的艺术史当然要用英语讲。"

"你的英语也不错了，广益中学不也有英文课吗？"汉西说。云晓答道："有是有，但怎么能和大哥的英语比？我敢打赌，大哥的英语是重庆城最好的。"

"不能这样说，这么大的一个城市，藏龙卧虎。再说，我回来的船上就遇到了在英国生活多年的人。"不用说，他联想到书卿了。

众人都吃得差不多后，四五个仆人上前，将一些吃剩的菜悄悄地端走，换上绿豆汤和水果。在他们眼前的是一幅清凉的图景：每人一个小盘，里头躺着一块苹果，每一块水果上都插着小竹签。绿豆汤、莲子汤也先后端了上来，和上水果的顺序一样。龟苓膏上凝着厚厚的一层蜂蜜，看一眼就觉得很甜。汉西想，他父母确实把家打理得很好，家里下人都是如此训练有素。

如果说他们有什么不规矩的地方，就是一个劲地往他身上看。一被他注意到，则带着满脸笑意避开了。他想，自己有什么好看的？他洗手时特意照了照镜子，看到自己除了头发显得过长外，并没有什么特别。

晚饭后，他以为父亲要和他谈谈。但院子门前响起了敲门声，不一会儿，禀实又戴着帽子出去了。他母亲也回房间去了，弟弟妹妹则各自去做他们感兴趣的事。他这才想起可以到外头走走，刚巧这一天还是农历的十五，月亮像给他掌好了灯似的。他突然很想看看这个他离开了几年的地方。今天整体印象是破败和乱。那些黑色的小巷子和风琴般的阶梯，曾经带给他多少梦回故里的温馨。

他推开院门。月色下，江水茫茫地流着。

汉西没有想到，第二天，他就见识到了日本飞机对重庆城区的轰炸。

茉莉一早就来找他，要到较场口去喝咖啡。一路上，她就像小鸟般吵闹，看到熟识的人则更是兴奋异常。她要让他们知道，那些传闻不过是风言风语。茉莉告诉汉西，他受困时，关于他什么说法都有：有在国外被人分尸的、有回来的船翻了让鲨鱼吃掉的。最离奇的是，一个经常来他家讨饭的乞丐惟妙惟肖地描述，有天后半夜看到汉西回来了，不过只有半边身体。在木门上靠着，瞬间变成了门上的一个印子。

他们攀上了一长溜堪称陡峭的阶梯的顶端。茉莉指给他看一家新开的布料行，意思是他母亲和粉姨经常在那里做衣服，而她也即将要步入她们的行列——作为一种女性角色的标志，就是到店里做衣服。

"等我再长高一点，就可以穿旗袍了。"茉莉眼里满是期待。布店里正走出几个穿旗袍的女孩子，都盘着时下流行的太太头，额前有一排刘海，后头的齐肩头发挽成一个发髻或辫子，蓬松地盘在后脑勺上。他不禁又多看了几眼。没有一个人是书卿。

马路对面，就是咖啡馆，远远地就闻到了一股咖啡豆子的香味。和旁边的一家羊肉馆的香味融合在一起，当真是中西合璧。这家山鹰咖啡馆里人还不少，穿军装的几位年轻人站着，端着一小杯，喝了就走。咖啡桌是不常见的圆桌，上头铺着台布，每桌还有一盏台灯，不过是作摆设的。几个年轻人围在咖啡台前，争先恐后看那褐色的豆子在一个漏斗形的机器里缓慢地蠕动和下滑。再经过一个小小的水龙头状的管道流出深黑的液体。

"这咖啡里含有咖啡因，可以说是穷人的鸦片。"说话的男子二十多岁，小个子透着机灵，五官却很清秀。显眼的是他脖子上挂着一条金色的链子，上面坠着一个金葫芦。汉西走进去时，他立即向汉西投过友好的眼神。

"那和茶一样，上瘾。"旁边有人附和。

"喝茶越来越不清净。"年轻人说道，"就说咱们现在的茶馆里，多少见不得人的勾当！军阀、掮客、妓女、袍哥，各种交易都在茶碗里头。让人不能安心喝茶了。问题是这些人最近又跑到咖啡馆来了。"

汉西觉得他说话有趣。只是听了年轻人这番话，窗边的几个军人明显脸色由晴转阴。那人又说起来了："你们听说了没有？最近长江上的船都不够用了。国民党在上海吃了败仗，要把人往重庆引。重庆山多雾多，丢炸弹不容易打中。他妈的从1900年到现在，没有过一天好日子，日本人的几个炸弹落下来，整个重庆城就只剩一把灰……"

那几个军人果然站了起来，其中一个走到了年轻男子的身边。"你的话真多。"军人俯下身子一字一句地说。军人虽然没有破口大骂，但那语气像一把让人发冷的刀。

"兵哥子，你不要觉得我说得难听。你想不想你死？死无全尸，死无葬身之地……"年轻人也不让步。

"梆！"年轻男子的头上挨了一拳。咖啡机停止了运转，聚焦于咖啡研磨的眼睛也被这张圆桌上的一拳吸引住了。"我就是死，也比你这残疾死得好看。"军人说完，和几个同伴一起走了出去。刚才军人那一拳用力过猛，不仅将年轻人的额头上砸了一个包，把他的半杯咖啡也拂翻在桌上，浅褐色的汁液蜿蜒着顺着桌面流着，很快钻进桌缝，滴滴答答地向下滴着。

"还嘴硬，死有什么好看的。"年轻人拿出手绢，开始擦手上的咖啡汁。他似乎觉得，把咖啡洒了是比挨一拳更让人遗憾的事。

茉莉要的咖啡已经做好了。店员小心地端上来，两小杯现磨咖啡。汉西让他再给那年轻人做一杯。"那个小哥哥你认识？"茉莉凑在他耳边问。"喝了咖啡就认识了。"他们说话间，年轻人走了过来，在他们桌子旁落座。汉西这才看到他走路有点瘸，不过要很仔细才能看出来。茉莉害怕地端起咖啡不敢出声。她眼里，爱打架的人都是一种类型：惹是生非型。

年轻人说他叫康山。他很有礼貌地向汉西说了谢谢，拖着瘸腿又回到了自己位置上。

喝完咖啡，汉西和茉莉顺着凯旋路往下走。这里是一片开阔的平台，可以远远地望见江上的船只。他从包里掏出在咖啡厅拿的一张纸，笔是他常年带着的，他简单地画了画江上的景象，却得不到快乐，只好把纸揉成一团放进兜里。就在这时，从较场口的山顶方向突然传来了几声尖锐而响亮的警报声。那声音像一把弯刀一样直捣耳中。茉莉眼里有一丝恐慌。"糟了！日本飞机要来了！我们得找附近的防空洞躲起来。"

看她焦急而熟练的架势，似乎已经不是第一次躲轰炸了。茉莉拉着汉西的手就往石灰市方向跑。那个地方有一个防空洞，四周都是矮房子和山体，刚好那儿有一个石崖，做了防空洞的入口。他们只是拼命地跑着，周围也跑着很多不知道从哪里涌出来的人。有的人边跑边笑，有的人只穿了一只鞋，有一位妇女则抱着一个正在喝奶的孩子跑着。汹涌的人流彼此推搡，如同泄洪的山洪水冲入了防空洞中。

一股土味直往鼻子里钻，眼睛也在好一会儿后才渐渐适应。这防空洞四周都有开凿的印子，一棱一棱的如同人的肋骨般整齐。警报声响过不久，空中响起了飞机的轰鸣声。有几架飞得特别低，仿佛就在头顶盘旋似的。茉莉紧紧地靠着汉西，每听到一声沉闷的爆炸声就颤抖一下，有一颗炸弹大概就在附近，连洞里的墙壁也跟着震动，洞顶则开始往下掉灰。一个胆子大的跑到洞口往外看，落下的灰尘扑了他一脸。

"妈的，死人子[①]大小的炸弹。"只有那人跑进跑出看热闹，其他人脸上都是惊恐的表情。连孩子到了洞中也停止了哭闹，大概是母亲把乳头塞到他嘴里的缘故。

洞中人挨着人，大家表情静默，要等到警报解除的声音再次响起的时候才能出去。突然有人拍了一下汉西的肩膀，紧张之中吓了他一跳，但他很快反应过来，是康山。"今天你请我喝咖啡，所以我请你躲防空洞。"康山说。

康山在家里排行老三，人们都叫他康三儿。汉西想，这二者之间发

[①] 死人子：尸体。

音有太大的区别吗？大约后者象征着一种亲昵。他虽有点不习惯康山这突如其来的热情，但还是再次和康山握了手。

"雾都变陪都，最后我们都要变陪葬。"康山说。他的抱怨很快得到了几声附和。汉西只是听着，既不赞同也不反对。他想，时局是谁也无法控制的事。雾是重庆的优势，但也可能是它的宿命。这防空洞多待一会儿人就感到难受，有人开始脱下衣服或者帽子，用来扇风，其实也是为了排遣内心的烦躁和焦虑。温度在缓慢地上升，空气中弥漫着苦味，是从人的脖子、耳根、足底或者污迹斑斑的行李散发出来的。这味道让人沮丧，伴随着缺氧带来的眩晕，口鼻处都像被一条臭毛巾给捂住了。在这密闭环境里，女性倒显得从容一些，那个吃着母亲乳汁的婴儿在怀里睡着了。他身旁的一位中年妇女则摸出了鞋底，借着微弱的光线开始一针一针地绣着。她绣得那么专注，仿佛忘记了周围人的恐惧，她正在绣一条鲤鱼的尾巴，眼看着那尾巴就要摇动起来。

康山看起来对汉西充满了兴趣，但汉西不冷不热的态度，使他感到拘束。倒是茉莉对他谈论的事情感兴趣。"昨天就抓了几个，把人家里的钱财洗劫一空，连姨太太也不放过。我说这样的人最好是手脚都砍掉，直接扔江里喂鱼。"

"看不出来康三儿，你还很有正义感。"旁边一人说。

"那当然，不然我一个瘸子如何在朝天门站稳。"

"康三儿，你这脚不是天生这样的吧？是不是偷看妹儿下河洗澡被打了？"

"偷看？喜欢我的妹儿可多了，我点个头来一串。"康山涨红了脸。

这个时候在洞口的人大喊了一声："警报解除了！"果然又听到了几声拉得更长的呜咽的长鸣。这声音放在江上可能还会传得更远。一说解除了大家纷纷往外挤，人潮从洞口开始往外移动。

"我们回家吧！"茉莉带着哭腔。他们沿着刚才的路线折回去。迎面却走来了一群慌慌张张的人，每个人身上都有伤口在流血，有的是额头，有的是手腕，有的是脚或者背部。这是刚才丢炸弹的时候没有跑进洞里的人。更可怜的是已经被掩埋在房屋下毙命的人。这群带伤的人走得飞快，街道落下了一串串血迹，但他们已经顾不上了。

这天晚上天色发灰的时候，廪实回来了，面色疲惫地出现在天井里。云晓在他之前刚到，正从院子里的水井打水洗脸，用毛巾擦夏天时晒得黝黑的手臂。这个季节，只要一下雨就有凉意，云晓只穿了一件薄薄的线衫子。他身材消瘦，但有的是劲。一双机灵的眼睛可以传达喜怒哀乐。他在四川一个名不见经传的医药专科学校读书，轰炸开始后，他就留在家里药房帮忙。他的话很少，不像其他家庭里，次子都是聪明伶俐或者淘气的化身。

"汉西还吃得惯家里的饭菜？"廪实开口问。

"吃得惯。"汉西老老实实地回答。

"我以为你的胃已经被改造成了牛奶、三明治和面包了。"

"好像是这样。不过现在恢复成了中国胃。"

"哈，那太好了。我今天特别差人中午的时候送了船钉子回来，让你尝尝河鲜的味道。"这船钉子是一种栖息于周边浅水湖泊和长江中的小鱼，身形矫健小巧，游动起来迅疾如闪电，其肉质自然鲜美，干烧和煨汤都是上乘的菜品。

"之前问了几次都被人买走或者没有，今天一问竟然就有，也是汉西有口福。我记得汉西小时候最喜欢吃鱼了。"他边走边往厨房方向张望，大喊了一声："鱼做好了吗？"大概此时厨房里正油锅炸响一阵忙碌，无人应答。廪实摘下帽子往厨房走去，边走边说："今天我来给汉西做鱼吧！这鱼起锅要快，撇腥味也很重要，泡萝卜不可以太软。"

汉西只好也跟到厨房去，他一进去，就被柴火的烟雾熏得眼泪直流，浓烈的泡椒味和炒花椒的香味也扑了他一脸，脸上顿时润润油油的。

廪实开了在棉花街买的窖藏的黄酒，喜滋滋地给每个人眼前都倒了一杯。中餐的汤水多，吃起来热闹，因此话题也多是家庭琐事和一些在药房里忙碌时的见闻。廪实放下筷子说道："听说日本飞机还要加大轰炸的力度。民生公司抢运物资后，西南成为大后方。中国的成败，都取决于重庆能坚持多久了。"在昏黄的油灯下，廪实看上去表情十分严肃，除了经历了人生转折的汉西外，其他人都露出了惊讶的表情，似乎难以想象在这样和小院里所谈论的事，竟然事关国运，每个人脸上都浮现出一种神圣庄重的表情。

"日本人这次不取得胜利可能是不会罢休的。淞沪会战中国已经节节败退。现在日本已经拿下了武汉，在武汉修建了机场。整个长江流域都可能沦为日本人的炮灰。"廪实说。

"回来的路上看到难民极多，尤其是下游，船只稀缺。"汉西补充道。

"是，现在不重要的物资都压在沿线城市。要不是我们和民生公司的私交甚好，药房里早就没有货了。成本增加了不少，但这个时候还不能加价，平过或者少亏就好。"

晚餐后，微风送凉意，只听到江边船只夜航的"突突"声。日本人的飞机晚上会不会来轰炸？听说还没有夜里来偷袭过。父亲的书房还是在老位置，一轮和昨天晚上一样明亮的月亮也在黄桷树丫中悬挂着，给秋末的夜晚镀上了一层凉意。往常，廪实晚饭后都会在书房或者是卧室里的小床上小憩一会儿。他这个时候会点一支药香，在药香味中小睡半个时辰，就能将白天的一切疲劳抹去。今天他没有这样做。汉西看到父亲的书房里亮着灯，他推开门一看，桌上只开着台灯。灯是搪瓷材质，碧绿的盒子的形状，灯绳下垂，用手一拉，会发出"啪嗒"的声响。

看得出来廪实很爱惜，还让粉姨用丝线钩出小方巾搭在上头。这应该是上海那边进口的洋气电器。台灯照着大概有一个平方米的空间，在光的背面，这间十个平方的书房里，古代的医书占据了三分之二的位置。每一扎都非常整齐，有的还用白色的苎麻捆了起来。每一格书架的立柱上都标注了门类和书中内容的注解。书房里也不是只有严肃的医书。可以说,廪实什么书都爱看、爱收。汉西曾经很奇怪那些书的叫法,比如"地摊珍馐""古代人体认识""种植业""女性法宝"。他还喜欢种菊花,关于如何养菊花的书有十几本。孩子们很少擅自来这里,总是在接受父亲教训的时候,偷偷地瞟一眼就逃离开去。

廪实正坐在灯旁,铺开看一本古籍书。这本书有两寸厚,书页已经卷边。大概是从祖上传下来的,阅读和保管的人还对其进行了批注,空白处密密麻麻的都是字。有一些字却消失在了时间里,被虫吃掉或者是淡了痕迹。他看得十分认真,一边用笔记在本子上。汉西进了书房他也没有发现。父亲一直有焦虑或者是专注的时候咬笔头的习惯,后来他发现这个习惯也经由基因传给了他,心里不觉得暗暗好笑。那支笔的笔头早就被咬得残缺不全,现在有一小块还残留在廪实嘴里,他咳嗽了一声,吐到地上。

"父亲在看什么书呢?"汉西问。他想这看上去很有年份的老书要么是一本药书,要么就是族谱之类。

"我正在看一本研究天气的书。一本老黄历。算算下半年还有多少晴天和阴雨天。"

"今年药材的储存出问题了吗?已经是秋天了,药材的晾晒早就应该完成了啊。"

"对,就是秋天。事关成败的秋天。"廪实看着窗外越来越深的夜色,这扇窗也对着江,刚好可以看见下江方向,江上却不见一星灯火。秋天?看汉西迷茫的样子,廪实突然问:"今天看到日本飞机轰炸了吧?"

汉西点点头。"重庆这下子在劫难逃了。"

廪实说:"是的,但是我们也得到可靠消息,因为重庆天气的原因,日本飞机在每年的秋天和初冬会暂停轰炸,到第二年夏天的时候则又卷土重来。因此,今年秋天和冬天就显得非常关键。"汉西明白了,父亲是在看还有多少天可能会有轰炸,以及还有多少个雾天。以前不喜欢重庆的冬天,觉得雾气太大,潮湿、阴冷,没有想到这雾能救人的命。

今天夜里月亮高悬,那明天一定是一个晴天。他想起,以前很喜欢月夜,如今联想到晴天的厄运,却觉得那月亮像一把挂在天上的明晃晃的刀。沉默了一会儿,廪实合上了黄历,将身体靠在书桌上。

"儿子,我们好久没有聊天了。你在英国是怎么过的?"他开口说道。

汉西开始说起来。从第一天到伦敦开始,平均一个星期甚至更长,才能看见一个黄皮肤的东方人。他说起每天在小阁楼上用暖气片烤黄油蘸面包的日子,小心翼翼地汇入同龄人的群体,又怎么被稀里糊涂地抓进了监狱。

"你出去的每一天,我都为你担心。"廪实把老花镜拿下来,掀起衣角擦上头结着的一层雾气。"现在回来了,又有了新的担心。儿女是父母一辈子的牢狱。"廪实又补充道。回来才两天,汉西感到父亲每天来去匆匆,而且脸色一天比一天难看。尤其在灯下,疲倦像远山上的灰。

"担心什么?"他不禁问道。

"当然是家破人亡。可以说从来没有这样担心过。我十三岁在药房当学徒,好不容易把这个家搭建起来。多不容易啊!你知道你爷爷奶奶怎么死的吗?"

汉西茫然地摇摇头。父亲很少提起过去,他只知道,父亲老家在江苏南京的乡下,他跟着一帮逃难的人逃到重庆来的。

廪实叹了一口气。"我从家里出来的时候,我的母亲在南京城里给一家人做乳娘。生下了我之后,自己的孩子只吃了几口,就被迫去给别人喂养孩子,因为我前头还有一个哥哥、一个姐姐。我不怨恨我的母亲,虽然我都没有见过她的模样。我父亲在江边跑船,有一天下午,我正在家里,有人慌慌张张地跑来告诉我,我父亲跑的船翻了。

"我们姐弟三人到河边去,沿着河岸一直找,哪里还有父亲的身影?连破船的影子都没有。就那样哭着走着,似乎走到河的尽头就可以找到父亲。

"我记得那是一个冬天,我的布鞋被河水打湿了,脚跟处则磨了一个大泡。但我浑然不觉,一直哭着,直到哭得嗓子哑了,脚血流不止,走不动了。

"我们无依无靠了。我家里年龄最大的是姐姐,她把我和哥哥领到城里,我们一家一家地去敲门,找我们的母亲。但哪里找得到。有一些家庭,门一打开,看到三个面带菜色的孩子,话还没有说完就把门关上了。我们没有勇气再去敲门,只有在院子外头等,看到有人出来了,再去问。就这样一边要饭一边找了两个月,都没有打听到我母亲的消息。"说到这里,廪实泣不成声。

汉西起身在父亲经常小憩的罗汉床上,找到了一张手帕,他叠成一小块,递给了他。他知道今天晚上,父亲会和自己说一些重要的事,但是听到这些从未提及的往事,看到父亲满脸泪痕,他内心还是极为震动。

他不敢问父亲后来怎么了。如果父亲就此打住不讲,他也永远不会问。他不想看到昔日的痛苦让他如此悲恸。但廪实似乎要在今晚说完。他停歇了一会儿,又接着说起来。终于,他们找到了一家,这家人的管家出来后,看到三个孩子可怜,让他们进了院子,还给了他们几个馒头吃。说明来意后,管家说,照他们这样下去,不一定能找到母亲。再说了,他们的母亲不过是一个乳娘、下人,如何能养得起三个孩子。

他给他们建议,如果他们让姐姐留下,则剩下的两个弟弟都可以每天来吃一个馒头。三个孩子面面相觑,不知道这个建议是好还是坏。馒头实在太香了,还没有来得及细品它就滑进了肚子里。如果说之前三个人的饥饿还像大门一样紧紧关闭着,这第一个馒头就像一把开门的钥匙,唾液正层层分泌出来。

他们感到更饿了。姐姐首先点了一个头。她有乡下姑娘的老实。甚至意识不到为什么要留下她。哥哥还警惕一些,问:"我姐姐留下来做什么?做帮工吗?"管家神秘地一笑说:"咱们家都是儿子,缺个女儿,在这家里,会教她读书、认字。会好好款待她的。"

当天姐姐就留下来了,两兄弟继续在街上漫无目的地乱走,看到有高墙和大门的院子就去敲门。

"我那给人当乳娘的母亲肯定不会想到,她的孩子就在这城里到处找她。我后来就在想,我母亲或许也是会有心灵感应的,只是她又能如何?"

第二天下午,他们兄弟俩再次来到姐姐留下来的那个院子前。

他们敲了很久的门,却没有人出来。头天,为了怕走错,哥哥特意从路边捡了一个石头,在院子侧面的石墙上画了一个十字。现在那个十字扎目地留在那里。哥哥快哭了,他不断地说:"不会错的,不会错的,就是这里。"但是,他们敲门、摇门,最后着急地捶打门,也没有人来开门。隔壁的人出来告诉他们,这家人今天上午搬家走了。他俩坐在围墙下,那个十字符号刺伤了他们的眼睛,似乎像一个魔鬼咧着嘴在嘲笑他们。

"也许他们还会搬回来的,会的。"哥哥不停地重复着同一句话,他很后悔昨天不该在这里画一个十字符号。这样至少他们可以欺骗自己,只是走错了。他们还记得出这院门的时候回头去望,姐姐低着头站在天井里,没有敢用眼睛看他们,也没有欢天喜地。她低垂着头,就像一个等待审判的犯人一样,站在灰灰的天空下。

"姐姐不见了之后,我和哥哥相依为命,形影不离。就是要饭要到一碗粥,也是你一口,我一口。记得有一次我饿极了,猛一大口就喝掉了大半,抬起头来看到哥哥也目不转睛地看着碗沿。我感到很自责,但是哥哥一句责怪也没有,他说,我把汤都喝了,干的还在下面呢!他这句话是为我开脱,但是我惭愧极了。"

接下来廪实却说到了哥哥的死。他是去要饭的路上回来死的,可能吃了不干净的食物,当天晚上就呕吐、抽搐,极度的痛苦。廪实把他的头抱在怀里。"到后半夜他渐渐地去了,身体开始发冷发硬。他的皮肤没有一点皱纹。长大后我才知道那是浮肿的缘故。

"在我心里,人只有老了才会死,我不相信这是真的,我想带哥哥回家,可是我们的家在哪里?我抱着他坐着,一天一夜都没有放开。直到路过的一个药店老板发现了。很奇怪的是,哥哥死后,我的生活却突然好了起来,到药房做了帮工,从此有饭吃了。"

"那后来奶奶和姑姑有找到吗?"

"没有。我后来也派人去打听过,但是我们做记号的院子,主人换了一波又一波。到最后的几年时,连做的那个记号也淡了。"廪实痛苦地佝着身子。"我那时候只有一个奋斗目标,就是赚钱把那个院子买下来,因为我总想到那是我们姐弟三人分手的地方,或许姐姐有天也会回到那里去找我。"

但他只是一个学徒,哪里买得下来那样的一座房子,他就跟着几个老乡到重庆来寻找机遇。没有几年,他就真的存够了钱。他抱着钱顺流而下,终于回到他魂牵梦萦的南京。到南京后,他又赶去那个院落旁。他惊呆了,那个院子,不,那一排院子,已经夷为平地。不仅如此,还种上了树和花草,问了邻近的人,说这块儿整体都要搬迁了。不仅如此,也不知道哪个风水大师说此地最适合的是做墓地,在任官员如能促成此事,将光宗耀祖,前途不可限量。官方鬼迷心窍地下了批文,将在这个区域建设一个墓地。廪实闻之如遭雷劈,呆呆地站在原地半晌。他知道,他找到姐姐的希望更加渺茫了。那姐弟三人分别的场景,从此在他的心里长成了一座圆圆的坟头。

廪实说得多,汉西几乎没有说话。只听父亲讲着。

"所以这些年来,"廪实清了清嗓子,"我最看重的是这个家,对于家庭之外的荣华富贵,我的理解是可遇而不可求。当时你去留学,吴伯伯也建议可以学金融,因为你的理学成绩还不错。但我坚持要你学艺术,做一个匠人,要有一技傍身。一生粗茶淡饭,只要平平安安。"

汉西给廪实的茶杯里加上开水。"父亲，古人说，富贵在天，生死有命。您也别为我担心了。"他看到父亲丝毫没有结束谈话的意思。

果然，廪实又说了下去。"你现在回来，我还是希望你学以致用，如果你对药房的生意不感兴趣，可以到大学里去教美术。"汉西点点头。

廪实又说道："另一方面，你也该成家了，这是比你的工作更让我担心的事。你母亲和粉姨都在给你张罗合适的女孩。你身为长子，要明白男人身上的责任。这些事，我挨到今天才说，因为每一次回忆都是千刀万剐的痛。你必须要明白，这个家不容易，你要千方百计把这个家维持好，有合适的时机和人选，尽快成家。"

这算是父亲今天晚上谈话的中心思想。

汉西明白父亲的用意，他不知道说什么好。廪实又问道："你对此有什么想法？有没有你自己心里合适的人选？"他毫无心理准备，只有连声说没有，脑海里却浮现了书卿的身影。但他立即为自己这瞬间的念头感到荒唐，她已经是有丈夫的人了，自己怎么还想着她。

康山在山鹰咖啡厅出现的时候，身后跟着几个邋遢而瘦弱的少年。这一幅图景，将在汉西心中留下他关于康山最牢固的记忆。

康山家在汪山，世代做鞋，在他父亲这辈发展成重庆最大的鞋厂。康山也在广益中学读书，他并不是天生残疾。关于他的腿，说法之一是他在学校读书逃课爬树摔伤的。还有一种说法是他为了博得一名比他年长几岁的女孩子的注意，竟然去找女孩的男友决斗。对方在较场口坝子里打得他满地爬。见此，那人还不解恨，抡起花台边的一块砖头敲碎了他的膝盖，彻底断了他想入非非的念头。康山的爹在医院见到儿子后，发誓要让那个打人者血债血还，毕竟这是他的独生儿子，谁知道康山倒想得开，让他爹别找了。

"这是我躲不过去的劫难，或者是老天觉得我太完美了，得送给我一点瑕疵。"

他现在正带着瑕疵一瘸一拐地走进汉西的视野。他爹为了让他不再生事，其实是暗地里保护他，让工厂里几个工人的儿子跟着他。但就是这样，康山也常让人打得鼻青脸肿，因为他的嘴巴太讨人嫌了，不过他也不是总说让人生气的话，有他在的地方，也常常有突然爆发的笑声。

"我们又见面了，孙少爷。"康山说。

"以后叫我名字。"汉西招呼他坐下。

服务员送来了咖啡，汉西还要了两客巧克力蛋糕。康山把手下的人都支走了，笑眯眯地看着他。"汉西兄有事找我？"康山问。"我就开门见山地说了吧！我想找一个人。"早上的咖啡厅人不多，他还是环顾四周,看看有无可疑的人,他也不知道自己怎么如此小心谨慎。他说了书卿的情况,她的长相、口音,她的丈夫是为政府工作的银行工作人员。

"简单。"康山说。

康山的很多兄弟就在码头茶馆,他们的主业是打牌、做局。从那些本来就比较可怜的人身上弄点小钱,又不至于让别人走投无路。

"这位小姐一定不会去那些地方,只有流莺和娼妓才经常光顾。"汉西想想也是,书卿一走进码头上的茶馆,听到那空气中飞着的脏话,怕是也会面红耳赤。

她在他心里是纤尘不染的。汉西把家里电话写给他。"一问到后你就给我电话。"他给康山带了礼品,一只德国产的自动打火机。他是两手空空回的重庆,但是家里常有关系需要维护,有的是各种从上海带来的精致的东西。康山很高兴,他"啪嗒啪嗒"地按着打火机走了。他一出门,他那几个小喽啰就不知道从哪里窜了出来,前呼后拥的架势使他比健康人还神气。

汉西听到那咖啡机发出的熟悉的转动声。

刚才康山问:"这小姐什么身份?"

他可能随便问问,却像一记铁锤锤在汉西心上。

他明明知道她是有家室的人,连她的丈夫他也见过了,他还要怎样才死心?咖啡机单调的声音在他耳朵里却听出了层次,如同江水一层层地涌上来,又褪下去,洗得他的心清清楚楚的。

刚吃了午饭,康山的电话就打过来了。汉西家的电话是那种摇号式的,这是顶华丽的一个家电,在一张六角形的矮桌上。粉姨还用蕾丝布罩着灰,他家贵重的东西都这样搭着一层纱布,揭开布才能见到其考究的质感。电话声音很大,震荡着午后静谧的空气。他接起来,是康山打来的。

"给你讲两个消息,一个好的,一个坏的。你听哪个?"他在电话那头不紧不慢的。听筒里传来船拉汽笛的声音,他正在码头附近。

"随便。"汉西说。

"我找到了你的书卿小姐。她是和你同一天,乘坐同一条船到的重庆。她下船后,在原地站了十分钟左右,这时,一辆黑色的小汽车开了过来……"康山在卖关子。他手中的打火机还在"啪嗒啪嗒"地响着,也许还在坏笑。这简直让人讨厌。

不过汉西知道,他迟早会告诉他的,他才不会上他的当呢!看他没有表现出心急火燎的样子,康山只好说了:"接走她的可是一个人物,美汇银行的行长霍子崖。这霍子崖也是刚到重庆不久,成都人。目前你的梦中情人应该是锦衣玉食,非常安全。"

汉西被他这样一说,也觉得脸上一阵发红。幸好这是午后,他家的帮佣们都在自己应该待着的角落头也不抬地忙碌着,空荡的堂屋里除了风,什么都没有。他往椅子上一靠。

"当天我在场,这些你就别重复了。"

"问题就在这里,你明明知道……为啥?"康山把后头的一句话吞下去了,他的意思是,人家已经结婚了,你这心思动得不是时候。

"你别问了。"汉西气呼呼地说。

"好吧,管人闲事招人烦。"康山说。

"接下来说好消息。"康山告诉汉西,这段时间日本飞机会越来越少,因为雾天太多了,看不清目标。他们来也是白忙乎。所以,明天下午上清寺就会有一个国画展。

"国画大师,鼓舞士气。你的书卿和霍子崖也会去,请柬昨天下午就送过去了,但是她来不来,我就不敢给你保证了。"

"好吧,我知道了。"他感到全身的血都欢快地流动起来。

"喂!你怎么了?"康山在电话那头喊道。人还没有见到,汉西就恍恍惚惚起来,连电话都忘了挂。他坐直了身体。"没事,你说的那个画展,是下午什么时间,我要去。"

"三点。这些从上海来的先生太太真是讲究。据说请柬上还写了,必须着正装出席。什么是正装，我得去找几个人问问……"

汉西说："就是正式的服装。你有没有，要是没有，来我家找云晓的衣服给你。"

"不了，自从认识你后我感觉自己需要置点新的行头。再见！"康山说完果断地挂了电话。汉西到云晓的房间找了一身衣服，才发现头发长得不像话。昨天他看了，街上的男人们，大多流行一寸长的头发，显得青春和朝气。那是"五四"后人们剪掉辫子后最常见的形象；而未婚的女士则剪成了学生头，茉莉便是这样的。他在镜子前看了看自己，一张被爱情冲昏了头脑的脸：长头发梳向脑后，显出书卷气，但那双大眼睛里的光，却亮得吓人。

他微微定了定神。

现在，他要是止步不前，兴许还是来得及的。

上清寺这一带，濒临嘉陵江水系。相较于长江的宽广浩大，嘉陵江水秀美宁静，清澈如玉。鹅岭山脉匍匐到河中，远远可见裸露的山石嶙峋，其余是密不透风的树巅。有山的天然屏障，又有一片半岛少见的宽阔平地，是闹中取静的好地方。国民政府迁到重庆后，也在这附近办公，因此出入的人士也身份庞杂。

汉西来得早，他就在附近随便逛逛。按照请柬的图示，画展就在望得见江水的一栋老式的别墅举行。这栋房子的建筑样式是法式和英式的结合，号称"折中主义"，其坡屋顶不是一泻而下的，多了一个梯形的帽子，仿佛设计师的笔在屋顶部分折了一下。老虎窗、廊柱和拱券，白石灰墙，黑色的窗框和门，各种混搭。进出的大门朝向一片荒山，上面是一座座坟茔——开埠以来，洋人死后多埋在这里。

汉西从一个隐蔽的木门进入，巷子的院墙高过头顶，随后是天井。人就像一颗石头丢进了井底，他心里莫名地紧张。迎面的月门处，安置了签到台和收请柬的篮子,他拿起来签了自己的名字后,被领到二楼阳台处,这里刚好可以俯瞰入口处。

开展时间临近时,来宾陆续到了。无非是些将画展作为社交手段的商贾和闲得无事的小姐太太。女人们几乎清一色地将头发烫出前额上的波浪。汉西看到,各种款式的小汽车一辆辆疾驰而至,门开后,往往有一位先生下来,再去搀后座上的女士。单独的女士则有司机代劳。风吹过来,他闻到了空气中飘着的一阵阵香粉的香气。这份精致,和他昨天所经历的防空洞里的惨淡人生截然不同。重庆的生活就像地势一样,一块多层的生日蛋糕,一刀切下去,各种颜色都出来了,底层的最艰难。

下车的太太们,姿色三六九等,但个个都是铆足了劲要拼个你强我弱。他看见有一位脸擦得很白的太太,穿了一双与身高不成比例的高跟鞋,走了几步就忍不住扶住墙壁喘气,抬头间不经意与他目光相撞,双方都怔了一下。那富太太大概是没有想到头上有人,而他则被那一张无血色的脸上两只上翻的白眼珠子吓了一跳。

他只好换别的地方消磨时间。画展开展前,照例是一通讲话,请来弹古琴的姑娘现场弹奏。琴师一弦弦地勾、挑、按、捻,把人的耐心扯到了极致。听的人已经着急要听下一个音符,弹古琴的人总还是不慌不忙。

画展就要开始了。他还没见到书卿的影子。康山的情报到底准确不?

他下了楼梯来。展览的挂画沿着几个大房间的四壁,每隔一米开外一张,多以山水为主。他主要看笔触和气韵,确有几张明代山水仿得不错。他正看得出神,远远地就听见一阵谈笑的轻声絮语传来,来人似乎声势浩大。他能听到马路上关小汽车门"乓乓"的撞击声。不止一辆。他们大概是顺着天井外的巷道而来的。脚步声零落中又有齐整,穿布鞋和皮鞋的都有。但那其中有一个高跟鞋轻挫地面的声音,稳稳的,却使他的心狂跳起来。

书卿把头发挽在脑后。她今天穿一身带小绿点的月白色丝绸旗袍。

她一现身，周遭事物就笼罩了一层薄光式的明亮。比起在船上时的麻布旗袍，她今天的打扮介于普通人家女子和有钱的太太之间，月白色有不透明的朦胧和暖意，契合了她柔和的个性，又显出洁净得体。

汉西想，她对衣着似乎有些天赋，她有身材高挑的优势，又偏爱这些素净颜色，穿什么都有精心搭配的效果。和她同行的人前呼后拥进来了十余个。他们清一色着深色的服装，如黑色的乌鸦般整齐地压在那。她就是那浊流中的一线月影。汉西朝那群东张西望又表情各异的面庞望去，他想看看霍子崖来了没有。

书卿也看到他了。她微微怔了一下，很快恢复了平静。

她身边的一名黑衣男子侧过身来，汉西才看出那是霍子崖。这有轮廓感的黑色外衣与他很配，他的脸上有古代士兵的冷峻。霍子崖的身体挺直着，他将注意力放在频繁地与同行者们点头交流上。这时，来宾中一位个头偏高，眼窝深陷的人突然转头向霍子崖问道：

"听说子崖的夫人最近也来了重庆，是这位吗？"

霍子崖脸上立即堆满了笑容：

"正是正是。戴局长，还没有来得及给您汇报呢！"

他示意书卿上前与戴局长握手、寒暄。书卿还没有挪动，那位局长已经走过来，他一直握着书卿的手不放。她好不容易将手从那人的掌心中抽了出来，退到一边颇不自在地站立着。这群人又向前移动着，多双眼睛盯着一张画，都在努力地看出这张画的好来。江风从开着的门窗中吹进来，吹拂着，但只有书卿一个人感受到了风的存在，她不断地想用手指去捋旗袍的褶皱，事实上她全身上下什么异常也没有。她只是觉得尴尬。

最开始抵达的那批花枝招展的太太，现在正在二楼露台外的咖啡厅里。她们中不少人就是黑衣人群的太太。两队人马一融合，立即有人彼此介绍、寒暄。久别重逢的表情和殷切的关心充斥于此。

汉西要了一杯咖啡在冷餐台边上站着。

"孙先生！"书卿朝他走过来。她没有想到会在这里遇到他。她说她就住在这附近的一座山上。她优美狭长的眼里像攒着两朵火苗，在她轮廓分明的脸上跳动。他不知道说什么，只有问她还习惯不。

"还好，就是昨天突然听到空袭警报比较紧张。"她说。霍子崖这时走过来了。

"孙少爷，幸会幸会。"和之前他紧绷双唇的严肃不同，他满脸堆笑，握手时却只用手指轻轻地和汉西的手碰了一下。只一瞬间，汉西能感到子崖的手冰凉。他不由联想到了青蛙的皮肤。他也说道："幸会。"

霍子崖转头对书卿说："孙先生是孙禀实先生的儿子。重庆的药房都姓孙，哈哈。"他的笑声，在汉西听起来很刺耳。他说的这些都是事实，只是在说到禀实的名字时，他的语气加重了。感觉在强调父亲是谁，而不是在介绍儿子。这是一个堪称完美的介绍，却让汉西心里有些不快。

"孙先生回来，对令尊的事业可谓如虎添翼。"子崖说。

"我刚从英国回来，还没有插手家里的事务。惭愧得很，我现在还是闲人一个。"汉西受不了他的溢美之词。霍子崖又说道："哦！我和您家老爷子过往甚密，他还叫我小兄弟。如此一来，从辈分上你是我的侄子，书卿也算你的婶娘。"

他这一番不知是何用意的话，让汉西心里涌起了一阵厌恶感。

"别这样说，孙先生是学艺术的，大家都是以朋友相称，直接叫名字更好。"书卿在一旁为他解围。

"哦，对对。"霍子崖干笑了几声，眼睛又往人多的地方看去，他密切地留意着那群人，尤其是那位戴局长的一举一动。汉西刚才和他握手的时候，他的眼睛尽管看着汉西，但那双眼睛里只有空白，神志似乎游离在自己身体之外。书卿也知道汉西看出来了，但她只是皱了皱眉，什么也没有说。

戴局长他们看完作品后，要动身离开了。子崖对书卿耳语道："你就留在这边看展,等下步行回去就好。"

书卿说好。"我和戴局长他们还有其他事情。"他转头朝向汉西,又露出他那神秘莫测的笑容:"孙先生既然懂画,就给书卿讲解一下。她刚到重庆也挺闷的,我还打算送她专门学学国画呢。"说完,他就朝戴局长等人走过去,汇入了那群黑色的人流中。汉西心里像一块石头挪走了,他看书卿,她似乎也有同样的感受。那群人散去后,太太们也陡然觉得画展没有趣味了,三三两两地散了去。他们到咖啡厅里坐下。

"真的要学画画?"汉西问。书卿摇摇头。"他不过是一时新鲜而已。如果参加画展就建议学画画,参加音乐会就建议学演奏,看川剧就要学清音……"一想到川剧清音那高亢的"帮腔",他俩相视一笑。

"重庆的天气,你还习惯?"嘉陵江就在他们身旁流着。一年中最好的季节已经过去了,无穷无尽的阴霾天气中,却偶尔也有太阳露脸,像今天下午一样。

"昨天早上一起来,还以为是下午。不过在伦敦也差不多这样。"书卿笑着说。看到太阳出来时,金针一样,每一根都显得那么宝贵。"但听说日本人也最爱选择这样的天气来轰炸,所以还是雾天多一点好!"汉西说。

"那天在船上,我说到重庆来找一个朋友,抱歉我没有告诉你实话……"她低下头。他没有想到她会说这个。他宁愿她瞒着他。他不想听她亲口说她的婚姻,那是划分界限的做法。

"女孩子在外行走,不必对所有人都说真话。"

她微微笑了起来。他想,从她今天的举动看,她很在乎他——霍子崖老到、沉着,只是显得有一些咄咄逼人。她在他面前小心翼翼,不知道他们在家是怎样的一番情形?她一个受过西式教育的女子,却不得不回到中国女人的命运里来。

他沉默着。她也察觉到了他的情绪。"那我今天先回去了。希望有时间再见到你。"她说。汉西提出送她。"重庆小路很多,如果走错一条路,很可能需要返回来重走。"汉西对这一带也不是很熟悉,但他相信凭着记忆应该八九不离十。再说了,要是走错了,多走一段,不正可以和她多待一会儿吗?

他为自己有这样的想法感到悲哀,一种愉快的悲哀。

他们往山头的方向走,书卿说她就住山上。"邻居里倒是有很有趣的人,有一位先生正在翻译莎士比亚,说他是中国最懂英国戏剧的人。"走了几步,书卿想起了什么似的说道。翻译莎士比亚的先生?汉西很好奇。

"是不是个子不高,额头很大,戴着眼镜,喜欢养一些动物?"他问。

"是的,院子里有乌龟、鹦鹉,还有一只老鹰。"

"那一定是修先生了。"汉西高兴地说。这位修先生是重庆一所中学的校长兼英语老师。和孙廪实私交很好。每年,孙家都要拿出生意中的固定利润捐助学校,对于读书人更是尊崇有加,一有机会认识即奉为座上宾。修先生是其中之一。

他们走了大约一公里,可以看到朝向江边的一座山丘,上面错落地分布着一栋栋小楼。眼看着就要到了。他想,以后修先生在这里,他可以经常来,他觉得自己并不是毫无希望。他脚下走着上上下下的梯子,心里也是七上八下的。

书卿突然停了下来。"听,像是警报声!"他们耳边传来的的确是空袭的警报声。强烈、急促,从鹅岭方向传来,回荡在江上。"这附近有防空洞吗?"他问。

"有一个,昨天我刚好演练了一下。"书卿沉着地说。她指指山体靠江位置的一棵大树的根下。"是一个新挖的洞,不知道人多不,我们去碰碰运气吧。"他们开始加快脚步,随着警报声的加剧,他开始小跑起来。但几步后就觉得不对。

他转头看到,书卿正蹲在地上,她的高跟鞋鞋跟陷进了一块石头缝隙里。他跑过去,使劲帮她取鞋跟,但卡的位置很奇特,他使劲一拔,却将鞋跟和鞋面扯开了。

"不要了!"他说。他拉起她的手,想跑起来,但是书卿穿着一只鞋子只走了几步就不行了,离那个洞还有二十余米远,路上全是碎石。她光脚刚踩到尖利的石头上,就有一股疼痛从脚心抵到了心上,她忍不住"哎哟"一声叫了起来。

他看着她强忍着疼痛的脸。日本飞机的轰鸣声已经在不远处的云层边响起。他将她那只坏掉的鞋往衣服口袋里一装,俯身在她耳边说:"把另一只拿好。"她刚一脱下鞋来,他就稳稳地将她抱了起来,她愣了一下,随即用手抱住了他的肩头。

他还算轻松地向洞口走去。耳边的警报声或者云层深处的轰鸣声都不见了,他唯一清晰的触觉是她陷在他的臂弯里。迈进洞内,黑暗让人不适,还能听到洞顶滴落下来的水滴声。他轻轻地把她放在一个干爽的石头上,再往里走,通风就不太好了。他这才注意到自己心跳得厉害,不由得吐了一口气,平息下来后他看到她也是脸红得厉害。

"刚才冒犯你了。"他轻声说。这时,几个附近居住的居民跑进了洞内。他们就像一个个滚动的铁环窜进了沉闷的空气中,带着惊魂未定的兴奋或者恐惧。他们一进来就用重庆话爆发了对日本人激烈的谩骂,也打破了他们之间微妙的沉默。

"没关系。"过了一会儿,她回答道。

这次日本飞机丢炸弹的区域距离上清寺很远,他们只听到一次次飞机低飞的轰鸣,没有听到剧烈的爆炸声。倒是他们自己像被电流击过。他看了她一眼,她一直低着头。解除警报的声音还没有拉响,他幸福地靠在石壁上。

05

罪人之物

飞机的轰鸣声不知道过去了多久，那几个人早就出去了。轰炸以来，普通人也获得了经验，来判断危险是否过去。解除空袭的警报声远去多时，他却情愿待在这幽闭的空间里，看她，也没有急切要出去的愿望。她用枯树枝在地上漫无目的地画一些抽象的图案，她的侧面在忽明忽暗的光线中如一尊沉思的雕塑，有一绺头发从耳廓后垂下来，她老用手去别它，想掖在耳边，但又垂落下来。

他伸出手去，帮她把头发别在耳后。

她低头看着地面，默许了他的亲昵。

他并没有进一步的举动。他想，假如他现在就要吻她呢？他终究没有让自己轻举妄动。他觉得，自己和她的每一句话，每一个举动，都应是庄严的，不应有轻浮。更不能让她有坏的印象。于是他问她安顿下来后有什么打算。"会出来工作。"她肯定地说。"你喜欢什么？"

"和语言有关的。诗歌、戏剧、艺术……把国外好的思潮和文化带回中国来，我们出去的目的不就是这样的吗？"

"只是眼前一片离乱，人人自危，精神需求并不是最迫切的。"

"也许恰恰是最需要的，"她正色道，"越是国家和民族危难时刻，越需要精神的鼓舞。"汉西想，她看上去柔弱，内心却装着危难，而不是那种忸怩作态的小女子，心里不由暗暗地佩服她，或者说更喜欢她的个性了。

"书卿，你的家人还在成都吗？"

"我母亲已经去世了，父亲新娶了姨太太，弟弟妹妹也还小。"她垂下头，有几分哀伤。汉西安慰她，成都比重庆安全得多，不必担心。她眼下最需要担忧的是她自己。书卿问他，重庆的照相馆在哪里？她好久没有回成都了，想去照张照片，寄给她父亲还有弟弟妹妹。

"照相馆倒是有好几家，兵荒马乱地不知还开着没有？"汉西说。她本来喜悦起来的神情，立即又转为阴郁。

"我明天就帮你看看去。"汉西赶紧说。别说一个照相馆，就是刀山火海，他也愿意为她去。

"就怕人家都不做这生意了，毕竟相馆利润太薄。"

她离开家那年，去成都的照相馆拍了一个全家福。她母亲那时已经去世了，父亲新娶了一门太太，书卿和她不怎么亲：她和弟弟书远是一个妈生的。妹妹书静、弟弟书衡则出自姨娘。去年她在上海时，姨娘又生了一个儿子。她童年的时候世界也不太平，土匪打劫、农民起义的事时有发生，但不安的一切都被挡在了院墙之外。天井里是海棠花、茉莉花；在院子门前的泥砖边，她种了一丛美人蕉。

"留在心里的记忆都十分美好。"她说。

在她离开家到英国前，父亲提议到成都的相馆里去照相：照片要清晰，还要把所有人框进来。所以她被安排站后排，旁边站的是她的弟弟书远。她到了相馆发现有专门穿起来照相的洋装，就改换了一件西式的呢衣和一条方格的围巾。弟弟书远选了一身看上去更洋派的西装和裤子。汉西想象着那张照片，她才十四岁就穿成了二十岁女人的样子。

"想起来真是可笑，当时成都竟然没有多少人敢去照相。大概觉得照相就和照艾克斯光一样可怕。还有人说，一照相了，魂魄就被摄走了，那黑白的影像，就是人的魂魄留在了上面。"她笑着说。

那照片她一直带着，在去欧洲的船上看。在圣约翰女子高中的宿舍里看。英国生活七年，她的衣服少得可怜。幸好旧货市场总有很多价格不高的裙子出售，她买回来，用剪刀和针线修改成适合自己的款式。

"总算可以穿成照片上的样子了。"

"那张照片呢?"汉西问。

"还在。就在船上时你帮我追回来的包袱里。所以我当时心里很急,丢了它,感觉就丢了家了。"七年间,她的英国同学的生活没有什么改变:血统的纯正,可世袭的爵位,按部就班的努力,看上去就像一本装订好的图书,上页和下页之间都没有错码和乱页。他们确定地知道,自己走到了哪一页,而下一页是什么。而她呢?她的身后正在发生巨变:军阀割占,各地起义,内部的各种分裂和混战还没有厘清,日本人已经从东北和上海入侵。

"你家里为什么送你出国?"

"我父亲是一个重男轻女的人。他希望我走得远远的,最好在英国不要回来。"

"可我们终究是回来了。"汉西说。

他不由得也想到自己的长子身份。前几天廪实和他说了一番话,就是在为他回到他这个长子的身份作铺垫,说不定已经为他物色好了开枝散叶的人选。书卿捡起一个小石头投向洞口,它咕噜噜滚出很远。一颗小石头可能是无忧无虑的,人却不能。

"我没有想到那个包袱对你有这么大的意义。"汉西一语双关地说。

"嗯,要是掉了,不知道怎办呢!"她说。

"那我就给你画一张。"他目光炯炯有神地看着她,他是认真的,她在他心里就是一张有生命的画。书卿这两天瘦了一圈,脸的轮廓更清晰了,下巴往耳际是一条向上扬的曲线,再延伸到她引人浮想联翩的后脖颈。他的职业习惯让他看她时就入迷。他在伦敦广场替人画过像,收取一点小小的报酬。但他从来没有见过一个中国女孩。

"有没有人说过,书卿小姐长得像西方人?"汉西问道。

"我母亲是藏族人。"

她说,其实西方人眼里,她仍是东方人的面孔。她不过是眼睛、鼻子和颌骨比常人的轮廓突出而已。

"是艺术家眼中很好的模特。"汉西说。他在心里画着她。

"是吗？我不太爱照镜子。"书卿说。

她这样做是有理由的。书卿的母亲央宗活着的时候，总爱对她说，少照镜子，尤其不要在夜里照镜子。"如果你在夜里照了镜子，我死的时候你就不能给我送终。"她找不到这两者之间的因果关系。但民间传说就是传说，谁也不敢以身试法。央宗去世的时候，她果然没有能送终。之前她一直守在央宗身边。最后一个夜晚，她听到院子里有一种从未听过的鸟在叫，书卿出去看了看，回来时央宗已经撒手人寰。迷信的人说，书卿把门打开，把一直守候在外的鬼魂放了进来，带走了她。还有一种说法是，书卿一开门，央宗的灵魂就附在她身上出去了。书卿相信自己的一种说法：她母亲是爱她的，不想让她看到她断气的样子。

她母亲生了两个孩子，书卿和书远。两人年龄相差不到两岁，小时候常被认为是双胞胎。就是她出生后不久，就有了书远，她母亲生育力很强。她眼前浮现了她在成都的那个家，就是在花园里，她母亲给外公写信，说过路的土匪把她的侍女杀了，头就挂在门上。书卿的外公是一名藏族土司。他送央宗到成都读女子学校，他给她配备了侍女和马夫。不想到，一小队流窜的土匪闯进院子，杀了她的仆人和厨师，还将家里钱财洗劫一空。这封信迟迟没有回复。因为在距离成都一百公里外的地方，她的家族也遭到了血洗。不仅农田和女眷落入强人之手，她外公的人头也被挂在了城墙上，以给那些企图反抗的家族一个警示。

她家的一个远房亲戚逃了出来，特意到央宗的住处来告诉她。她在家想了几天几夜后走出门去，她得给自己一个出路。

央宗首先想到的是嫁人。

很快，她就找到了看起来最有权势的家族：凌家。以前她给那家人送过虫草和鹿茸。凌家从广东移民而来，但祖辈一直在为清朝政府做事，通过田地买卖、烟草种植等生意，逐渐成为一个富足的家族，族人里更是人才辈出，有留洋的、给政府做事的、在军队里担任重要职务的。央宗觉得自己必须找到一棵大树。凌家的大少爷她见过，脸长长的，谈不上漂亮，话尤其少。凌家少爷也骑马，但是没有她的马漂亮，因此凌家的马夫对她和她的马都非常崇拜。

央宗不费功夫就闯进了凌家大少爷的书房。

"如果你娶我，我在阿坝的土地和仆从都归你。"她一开口就是谈判。她一个亲人都没有了，她去之前刻意地穿上了藏族贵族才穿的外衣，戴上了她所有的首饰，一根小指头粗的金链子在脖子上发光。额头上是一颗天珠，黑色的头发则向后整齐地梳起，表面光滑。十个手指头戴满了她最珍贵的首饰。

他站着。身后墙壁上挂满了"勤俭持家""永守孝廉"的匾额，书架上嵌满了线装经书。中国人那时就是这样，家族的规矩和家训，都写在家里的四壁上。在她看来，这一家人要秉持的规矩太多了，但是她喜欢这些条条框框。如果他们都身处洪流之中，这些条框就是水里的木板。

"谁让你来的？"

他听她说完，完全摸不着头脑。

"我的婚姻也不是我自己做主，你的也是。"他说。

他认出她来了，她曾经是一个多么高傲的女孩儿，她家的事情他也有所耳闻。

"我自己。"

"如果我不同意呢？"他问。

"你会同意的。"

"你怎么知道？"

"你不答应，我每天都来。"

她简单直接甚至带点粗暴的方式，恰好是他读的书中所欠缺的。一个月后，他们结婚了。结婚的时候仍然配备了整齐隆重的嫁妆，这些嫁妆却是凌家为她准备的，他们像一起合谋了一个完美的计划，为的是使一切显得合情合理，波澜不惊。毕竟，这个时候，任何一个微小的裂口都可能让那些觊觎他们家族财富和名望的人找到借口。他们是一个阶层的。西边,回民一直在闹;四川,各种土匪自立山头。还有军阀的割据和民间帮会的趁火打劫。回想好不容易积累下来的安稳生活和一夜之间就可能化为乌有的现实,他们只想在一缸摇晃的水中,做两枚不起眼的石头。

央宗死于过于旺盛的生育能力。

书卿记得,生完书远不久,央宗还在接二连三地怀孕,每次刚怀上不久就流产了。央宗疼得在地上爬来爬去,全无结婚之前的强壮。最后,央宗回了一趟阿坝,她在那里早就失去了土地和仆从。凌家不需要她的财富,他们只想要更多孩子。央宗再回来的时候,带回了各种药和罂粟,她听说可以止痛,还可以避孕。央宗果然再也没怀孕。但她染上了烟瘾,身体一天天消瘦枯黄下去。

书卿想起了她母亲种罂粟花的后院,还有从川西送来的藏獒,拴在院子的狗舍里。那两个黑色卷毛的大家伙一直昏昏欲睡,大概不太习惯成都的天气。母亲的遗物中,书卿只保留了一面镜子。她想起央宗对她说的那个关于镜子的寓言,从此再不敢在夜里看一眼。似乎那面银质背面的小镜子有什么魔法。她怕央宗从镜子里走出来。也怕自己从镜子外走进去。

风吹着他们。这条悬崖上凿出来的隧道下方,有"江水流春去欲尽,江潭落月复西斜"的旷远。好多话冲到他心上来。他走过去,走到她的膝盖旁,她没有感到惊慌。

他蹲下来,像洞察了她的处境似的,突然问道:"这些天,你过得好吗?"

书卿回到山顶洋房的家时,已经是晚饭前。山上只有几家人的窗口亮着灯。她有一个皮肤黑黑的仆人,从长寿农村来的阿秀。这是子崖从一个餐馆里"捡"来的。那家餐馆在子崖工作的银行附近,因为建于松软的土丘上，日本飞机轰炸附近一栋高楼时，倒下来的建筑废墟差点将她掩埋了。

"为什么不跑去躲呢？"她问子崖。

"你这个问题就好比'何不食肉糜'，"子崖带着讥讽的口气说，"躲炸弹重要还是吃饭重要？对穷人来说，活着如果没有饭吃，就和死了一样难受。"

子崖说看到阿秀的时候，她就坐在一面马上就要坍塌的墙壁下面。人已经吓傻了，脸上蒙着厚厚的灰，只剩下眼白和嘴唇还有一点颜色。子崖常去吃饭，因此认识她，周围有人喊："你还傻呆在那里做什么？"她只是哭，也不起来。

"你不要哭，再哭墙要倒了。"

她哭得更厉害了，哀嚎似的。突然她止住了哭声，开始手脚并用地从墙土里爬出来，等她刚爬到路边，那堵墙就真的倒了。

书卿回去时，阿秀正在院子里张望着，她脸上的焦急显得憨厚。

"哎呀，你总算回来了。"她一跺脚，似乎这动作能让她甩下烦恼。书卿注意到，她的习惯就是跺脚。"你让我着急死了，要是你有个三长两短，霍先生会把我枪毙的。"她说的没有假，就在她到的那天，子崖从外头神神秘秘地拿回了一把枪。他兴奋地告诉她，他不仅学会了打枪，还获得了某些权势人士的信任。他本来是没有佩带枪支的资格的，但是他有钱。

"就没有钱办不到的事。"他说。

她看着他在微弱的灯光下拿出手枪轻轻擦拭，再心满意足地放在一个绒布盒子里。枪口只有很小的孔洞，但子崖说，打死一个人本身只需要一颗花生米大的洞。她不由得心生恐惧。

她坐下来，脑子里乱乱的。阿秀说她今天晚上做了好吃的，蒜苗和豆豉的香味飘了出来，不知道她是如何在这样的环境里去买到这些调料的。书卿的脸在微弱的煤油灯下有些发红，引得阿秀关切地问她是不是病了。她摇头说没有,坐在圆桌边,阿秀用小碗盛上来一碗土豆、一盘回锅肉和清炒的蔬菜。

"霍先生今天不回来吃饭吗?"阿秀说。书卿望了望墙角的电话。"没有打电话就是不回来。"米香有让人沉迷的甜,她今天心情不一样,胃口也比任何一天要好。子崖一直没有打电话来。他肯定是被下午那帮人拖住了。她不喜欢他们,不喜欢他们每个人脸上那种藏满了秘密的表情,尤其是当他们很多人聚集在一起时,其阴森感觉让人想到蛇。

晚饭后,她在院子里走走,看青苔在院坝里稍低的地方滋长,只要有土的地方就有这细绒毛的青苔,在一些裸露的石头上也有。细看一根根青苔就像一把把小伞降落在土上。

她用手指去触摸它们,柔软的尖头像胡须。子崖喜欢把胡须刮得很干净,但是今天那个人,他抱着她的时候,她的额头就那样撞上他下巴的胡须,和这小苔藓似的。

他们二楼的卧室朝向江。江的对面,是农田和村舍。其余什么都看不见。在黑暗中等子崖回来,尤其觉得漫长。好几次她觉得听到下方的街道传来轮胎刹在地面的摩擦声,但楼下的门一直没有敲响。阿秀在一楼后院的小房子里缝补衣服,她会用一种她完全不懂的土话唱歌。那歌十分好听,像是郎情妾意的山歌。在歌声中,夜显得更寂寥了。

她蜷缩在被子里。这棉花被有一股发霉的味道,但已经是本城里能买到的最好的。衣柜里的所有东西都是长途运载发霉的味道。自从上海的新婚之夜后,她总是穿着布裙子睡觉。因为子崖说,要脱掉她的衣服就足以让男人半途而废。

她不想引诱他。

"你以后只需要做好一件事,每天洗干净后待在床上等我。"子崖从她身上起来,他只机械地清理他自己,但对于雪白的床单上没有血迹,他流露出一丝不快。那是他们在一起的第一个夜晚。

"你和西方人?"

第二天，他终于开口问道。

他们的蜜月因这块缺少的血迹变成了冷战。确切地说，是子崖掌握着节奏的冷战。他可以连续多天不和她说话，也会突然忘记了一切似的，又兴高采烈地和她生活起来。

想到这，她拉过被子，盖过了额头。这时楼下敲门的声音响起来了，子崖直接上了楼。他喝了一点酒，进门就把她按住了。在黑暗中，他们的一切迅疾地结束了。她感觉自己像一只被摊在床上的甲虫，她日常可见的光彩和留给世界的外壳被剥掉了。从身体里流出的黏液和她因为疼痛发出的呻吟。需要用心辨认的悲喜。但子崖不会聆听女人，他一直保持着丈夫居高临下的权威感。甚至他解下皮带时的凶狠，让她感觉他随时会将皮带作为鞭子抽打她。

她赤身裸体地歪在床上，左边乳房上有一片红色的胎记。

"是不是血流到了其他地方？"他恶狠狠地说。

她讨厌他这样说她的身体：臀围太大、肩太宽，乳房因为丰满而显得成熟。这块不规则的胎记更是被视为邪恶的印记。

"罪人之物。"

他用手抚摸她，但不愿意用嘴唇触碰。

她的眼里含满了泪水。她坐起来。"子崖，在结婚前我就和你说过，我曾经有过一段感情。你当时说不介意。"她在英国时有过一个男朋友。他们有肌肤之亲。她喜欢把手指放在他阳光下充满空气感的头发里，他亲吻她身上任何嘴唇可以到达之处。

"我没有想到你会和一个白人，异族人。这真是我的耻辱。"实际上，他说，他也在伦敦读书的时候和白人女孩好过，也涉猎过红灯区的暗娼。"但我和你性质不一样，你是被征服和蹂躏，而我，是报复式的快感。谁让西方列强一直在侵略我们？把他们的女人踩在地上，骑在身下，我感到得胜的快乐。"

她没有想到他会这样说。

"你的戒律都是针对别人的。"她裹紧毯子,不知道哪来那么大的勇气,她觉得自己可以反驳他。

"谁让你是中国女人?"

子崖抓住她身上毯子的一角,他用力一扯,她就像一尊汉白玉雕塑般露了出来。她不知道他要干什么,只是望着他。"告诉你,如果不是看在你的家族的分上,我马上就和你离婚。我需要你的忏悔。"他所指的忏悔,是什么?他不是基督徒,也不认可任何宗教,他就是自己的宗教。她不知道他为什么竟然使用"忏悔"这样的词。他对于自己的任何言行都没有忏悔,因为在他看来,自己所作所为就没有不合理之处。

因为发怒,子崖的脸狰狞得可怕。

"你怎么不爱惜自己的贞节呢?在中国的传统中,贞节是比女人的生命还重要的东西。我可以直接将你休了。"

那个小时候跑过来将一把苍耳的种子放进她头发的男孩,现在又有了折磨她的机会。如果她一直没有离开中国,时时生活在她父母的庇护之下,她相信她身体中那块粉色的膜还在。可她十四岁就去了欧洲,耳濡目染的是另外一套理论。

贞节和忠诚,这二者彼此有关系,但不是因果关系。

她也回应道:"子崖,你的贞节和我的贞节,是否是同一样东西?"

他没有回答。只用力地将毯子一丢,那凉滑的白床单落到了地面上。他穿上了鞋子,踩在白床单上走了出去。他的鞋印像一张哭丧的脸,在地上望着她。她听到他咚咚下楼去之后很久,才回过神来。她抓过落在床边的衣服,一件件认真地穿上。

最近,汉西一直看报纸的招聘信息,有船员,各种石匠木匠,轰炸之后最要紧的是房屋的修缮和重建。士兵和医护紧缺。还有一种职业大多数人干不了：抬尸工。他看到这行字时，眼皮不自觉地跳动了一下。他父亲的药房里也缺人。各路人马、各种背景的人都开始进入重庆，生意已经不再单纯是生意，变成了关系和资源的争夺。

廪实有天回来说，全城的药房都被约谈过了，政府要求监管所有药房的账目和供应渠道。孙家的药房占据了半壁江山不止，自然是监管的重点。

他看上去忧心忡忡。

"国难当头，但有人还要利用国难来发财，这苦难何时是个头哦！"他摇晃着头，长吁短叹地进他的书房去了。报纸上多数是关于各处抵抗日本轰炸的消息，还有政府的杰出人士在公开场合发表的演讲和文章。他翻来翻去，在头版靠近边缘的位置，有邮票大的一个招聘启事，是《渝州日报》关于记者招聘的：要求文笔流畅，懂外语者为佳。他从未想过当记者，但这个工作却突然地跃进了他的心里，充满了挑战和吸引力。

《渝州日报》面试通知很快下来了，这家报馆就在七星岗。难得的是，家里也一致认为这是一个不错的工作。汉西的工作是编辑，每天把大大小小的文字和方块装到一个版面中去。这对他来说有点大材小用。但他乐意做这个工作，因为对接的是最新的时事。倾巢之下，岂有完卵。这个时候谁还能不问世事地做学问呢？投身到抗战的洪流中去，是每一个年轻人血液里流动的渴望。

《渝州日报》在临江悬崖之上，一片片残破的吊脚楼房顶拥着它。社长是一位戴眼镜的、身材微胖的老先生，坐在一张黑色桌子的背后，桌上放着正在校对的即将出版的报纸。老先生自我介绍姓邓名安。老邓告诉他，他将负责两个板块，一个是文艺评论，一个是来信选登。他用手中的笔指了指临窗的一张铺了报纸的简易木桌。

"你的座位在那里。看到那部电话没有，总会有一些线索从电话里来。如果没有线索，你就负责挑报纸里的错字，要拿出给猴子捉虱子的耐心。"

老邓又示意他从墙角浅绿色的文件柜子里拿出一叠剪报，全部是从一个叫"雾季新声"的版面上剪下来的，文章大小不等。看来这就是所谓的文艺评论了。

"文艺评论的约稿有难度，真正写得好又不带偏见的人很少。选择站在哪一边，保持怎么样的立场，决定了作品的深度和思想性。你作为编辑，会站在哪一边呢？"老邓开门见山地问他。

"站哪一边？"他没听明白。

"对，比如我知道你的家族代表的是有产者。而一些握有权力的人，比如国民政府中某些人，他们仍在发国难财，搞贪污腐败，操控媒体或者是收买媒体。要是我们的报道涉及他们，你是报，还是不报？"

"现在得从民族存亡的角度来做新闻！国家都亡了，哪来政府和有产者？"他反问。

他眼前出现了人们在日本飞机下仓皇逃窜的景象。而在欧洲的街头，一个留着辫子的中国人则被追赶、围观、耻笑。西方人看到的是唐人街黑漆漆的密布油污的地板，还有中国人瘦弱的四肢，以及和他们完全迥异的五官形态。在文学和影视作品里，中国人素来被塑造成狡猾、阴险、像一张纸片人的形象。西方人的教养让他们和中国人保持着得体的距离，但中国人时常是被另眼相看的。比如他，就因为一副中国面孔而在街头运动中被投入了监狱，让他现在想起来还心有余悸。

"非常好。"邓安竖起了大拇指。

"留过洋的就是不一样，看问题直捣本质。"

他随后又问了汉西几个问题，因为他怀疑他是否具有一个编辑应有的文字功底。他自然是有条不紊地一一应答。幼时每天晚饭前，廪实让他和云晓轮流背诵古体诗。如果背错，则被罚不许吃晚饭，他总在最后的那几步才能想起，让他觉得自己像七步成诗的曹植。如果错得太离谱，迎接他的还有一根竹棍子的敲打。中国的古体诗抽象而深奥，后来学画也是，极简中就蕴含了全部。

邓安给汉西抱来一本边缘全部翻了卷的装订本。"宝藏都在这里了，重庆成为陪都以来，大量人才来重庆，最有份量的都在这里。"汉西接过来。他没有看第一页，而是快速地翻动。他基本可以确定，他和书卿提到过的修光美先生在这个小本子里。他眼前出现修先生上课的情景来。修先生是重庆最早留学欧洲归来的，他的英文课极其有趣，常常眼含热泪朗诵莎士比亚的诗歌。

"修光美先生在哪里任教？"他边翻边问邓安。

"辞掉原来的中学校长职务了，在大学任教，专门翻译欧美文学。"

邓安说，修的夫人也从外地调来重庆做老师，也是一位英文老师，刚刚翻译了一位美国作家的作品。

"听说是一本爱情名著，这个时候很需要爱情呀。"邓安望着窗外深灰色的屋顶说。那里刚升起了一簇新长的蒿草。

"他居住在上清寺附近的山顶洋房？"

"对，最近来重庆的一些名流和有背景的人士、专家，都住那边。比较隐蔽，不容易被炸。"

他心里涌起一阵狂喜。山顶洋房就是书卿所住的地方，他以后可以以约稿的名义去拜访修先生，或许就可以偶遇书卿。他上高中的时候，修先生很喜欢他，他离开家到英国前，修先生还在黄桷垭酒家请他们全家吃饭，一是感谢他父亲对学校的赞助，二是为他壮行。

"不知道他看到我会不会吃惊！"他自言自语。那时，他还是一个皮肤白皙的孩子；如今，比几年前高出一个头，脸变瘦削了，肤色发黑。他摸了摸嘴唇边的胡须。汉西一边心思神游，一边继续翻通讯录和作者介绍。其中不乏一些大名鼎鼎的学者，分散地居住在各个区。最远的还有北碚的几位教授。

"不少都是作家和翻译家。如果不是因为战争爆发，这些人根本不可能到重庆来。"邓安说。

"重庆历来是一个码头。危机一旦过去,他们都是重庆的过客。"

"过客。"这两个字深深地刺激了汉西。他并不关心谁留下与否,但他希望书卿不是。

"你尽快适应工作的节奏。报社现在人手不够,常常在半夜校对和印刷,你可能都需要盯着。白天的时候反倒是自由的,新闻版面要在晚上才能最后截稿,至少下午四点前你不用来。"邓安说。

从报馆出来,他漫无目的地往较场口方向走去。今天又是雨天,路面湿滑,而他心里却有一小团火。路过山鹰咖啡馆,他不自觉地停下了脚步,想进去喝一杯。咖啡这东西就是这样,高兴和苦闷的时候,都想喝它。康山会在吗?他这样想着,撩开了咖啡馆的门帘,里头一片灰蓝的光线。

在他们常坐的角落,康山就在那儿翻牌玩,今天只有他一个人。

"我就知道你要来。"

"哈,你会算。来一杯黑咖。"他朝吧台喊了一声。

"你可以不为我而来,但是你会为你那个书卿小姐而来。"

汉西心领神会地点燃一支烟,往嘴里咬着。

热咖啡往外漾着香气。他端起来,黑咖啡的苦涩足够醒神。

"你是不是喜欢那个书卿小姐?"

汉西端着咖啡的手摇晃了一下,他摇摇头。

"你不喜欢她,什么意思?"

"是爱!不是喜欢。"他补充说。

"我最喜欢你这有话直说的性格了。我身边有人的婆娘就在她家附近做老妈子,我给你打听了她的婚姻。你想知道吗?"

他摇摇手:"别,康山。"他想,她还是新婚,再不幸福的夫妻,新婚时也是如胶似漆的。他要是知道了这些,不是自寻烦恼吗?他不是没有理性的人。按理说,他就不该起那心。如果他没有去英国,也没有经历那场生死关头的考验,他大概只会像很多富家子弟一样,接受父母安排的婚姻，什么爱情不爱情的。

可是，在海上漂泊的无望的日子里，他已经告诉过自己：在生命中的每一天为自己而活。

可康山下了决心要把这件事告诉他。"你那个梦中情人的生活并不愉快，这些天来，有人听到晚上她家里时常有吵闹的声音。"

"吵闹？会不会是仆人？"

"仆人哪来那么大的胆子。何况，仆人不会有夫妻同住的情况。那些争吵吧，都是夫妻之间的一些事儿……"

"你怎么那么多话。"他打断了康山。

这三言两语，已经让他内心山呼海啸，不想再听下去。

汉西和父母提出，因为工作时间多在深夜，他担心夜里进出会影响到父母休息，想到七星岗报馆附近住。廪实只是和媛芝交换了一下眼神，微笑着答应了。

"孩子大了自己住也好，想吃好的饭菜时就回来。"他母亲说。

刚好他们家在通远门枇杷山后街附近就有一处老屋子。这一带仍是鹅岭山脉的延伸。地形陡峭，南北皆可远眺长江和嘉陵江。山脊上绿树成荫，两旁的吊脚楼从山上一层层修筑，似蜂巢般密密麻麻。

几个手脚灵活的仆人第二天过去简单打扫了一下，他下午就搬了家。把门关上的瞬间，他立即感到单独居住的好。与家人的距离拉开，让他如释重负。他想，自己不常在家里走动，自然就避免了父母为他张罗婚事或者他必须事事显得比云晓强的麻烦。

按照邓安说的，他应该尽快与作者们取得联系。最好当面去拜访。他现在就迫不及待地想去拜访修先生，看能不能碰见书卿。他换了一身干净的衣服就往上清寺山顶洋房而去。他走上山顶那坡石梯子时，心里紧张得很。尤其是路过那个洞口泥土还很新鲜的防空洞，她的呼吸，抱着她时的感觉还附在他身上。他深呼吸了一口气，幸好没有人知道他来这里的真实的想法。

修先生家就在山顶，一栋白色小楼，门开着。门前有新种的竹子和晾晒在竹簸箕里的萝卜。一位穿深蓝色旗袍的中年妇女在那儿把萝卜条串在衣架子上。做咸菜是重庆的传统手艺，每年这个季节开始，家家户户的门前都有储备过冬的咸菜原料。他猜这位就是修先生的夫人沈言女士，也是著名的翻译家。他简单地说明了来意，二楼的回廊上出现了修先生的身影，穿着一件深灰的长衫，还是戴着多年前那副眼镜，威严中带着一丝和气。

汉西在院子里向修先生拱手作揖问好。

虽然多年未见，修先生却一眼认出了他来，脚步敏捷地走下楼。紧跟在修先生身后的还有一位女士，她的翠色旗袍晃了晃，没入了楼梯口。

他几乎可以凭感觉认定，那是书卿。

"太巧了，汉西，我们刚刚还在说起你。凌小姐是我们的新邻居，她说你们在船上就认识了。这是沈言，我太太。刚学会了做重庆咸菜。"

修先生说，书卿正在楼上帮他整理英文书籍。他头上覆着一层灰色的银发，更显得斯文。他直说自己眼睛不如以前好了，所以找了年轻人帮忙。"凌小姐的外语水平真高。最理想的人才就是有中国传统文化底子又精通外语的人才，现在重庆最缺的就是年轻人。"果然先生三句话不离本行。书卿没有出声。汉西和修先生夫妻客套寒暄几句。

他们坐在院子里喝茶，是上好的龙井茶。汉西这才看了一眼书卿，她正端起茶杯品茶，也在透过指尖认真地看着他。两人眼神一交集，她赶紧看向茶杯，更加认真地喝起茶来。今天书卿的发型有一点变化，头发全部放了下来，只将头顶的部分束起来自然垂落，看上去像一个温柔的古代侍女。但她眼圈下有淡淡的阴影。

修先生问了汉西回重庆后的近况，却丝毫没有提他在欧洲入狱的事情。这事连康山都听说了，可见已经满城风雨。书卿常常和他们接触，也提到过曾经同船,修先生却丝毫不知道。他想,书卿一定从未给他们提过这件事,这是她对他名誉的一种维护。这样想着,他不禁又感激地看了她一眼。但她只是低着头。

他们夫妻俩让汉西留下来吃饭,沈言说出门到附近菜市场买菜。书卿表示同去,但沈言说不必了,书卿也留下来帮修先生整理藏书。"我们家最值钱的就是他的书了,一本都不让丢,南来北往都带着,你们眼睛好,刚好帮忙。"沈言说。

修先生的书,门类庞杂,一打开门,人像一只小虫子落入了一本大书里,发暗的光影中散发出书籍和糨糊的味道。书堆在四壁,码了一层又一层,中间过道仅容两人侧身而过。唯一宽松一点的墙角有一个青花瓷大缸,里头插满了卷轴。"全部整理出来估计需要一个星期。"修先生长长地叹了一口气。他拿出一本簿子。"这上头有全部书的目录,我的书,不懂的人不能碰。你们先按照中文和外文、出版年代、书的门类进行整理。你们师母一会儿也该回来了,她最近肩颈犯病,做饭的工作就落到我的头上了,我先去准备做饭的材料。"

"可以边看书边整理吗?"书卿问。

"那样最好。事实上我的书一直没有整理好,整理的时候就沉浸其中,最后都忘记了最开始是怎么拿起书的。"修先生说。

他们融入在书带来的巨大的神圣中。这间屋子刚好有一个老虎窗,光从那高头缓缓地洒进来,像一双温柔的眼睛看着他们。

"去过伦敦的教堂吗?"

"哪一个?威斯敏斯特还是坎特布雷?"

"威斯敏斯特。我喜欢教堂的建筑,常常在那里的草地上写生。"

"其实坎特布雷更值得一去。古老,遗世独立。他的主教被人刺杀后,它成为英国最有影响力的大教堂。"书卿说。坎特布雷大教堂在南边,她就读的学校附近。下午时她去散步,看那阳光斜照在教堂的尖顶上,石头垒就的建筑外壳就像海里礁石。每到准点时分,教堂顶上的钟声便开始敲响。

　　书卿开始整理文学和诗歌的分类。正如修先生所言,她拿起一本就看得入神。汉西则自觉像喝了酒般晕乎乎的。江上的船只不合时宜地拉起汽笛,悲郁中竟然也有欢快。她把目光从书上收起,发觉他在看她,头低下去。

　　"看到什么好书了?"他说。

　　她读起来。

> "你求我:'谁教会我怎样布网,
> 好让我来把幸福牢牢逮住。'
> 坐下吧,孩子,这轻而易举!
> 静静等着,双手交叉。
> 幸福之蝶飞舞,可是有谁啊,
> 能教会一个人,
> 捉住飞蝶而不折断它的翅膀?"

　　她声音低沉,风吹过石头般。语速时快时慢,带一点俏皮,模拟着大人给孩子读诗的语气,就像她在英国做家庭教师的时候那样。汉西伸手过去。"我看看。"她递给他,却是一本中国书法字帖。她笑起来,有捉弄了他的快意,她背诵了一首熟悉的诗歌。汉西想,其实她并不是只有娴静的个性,她也有她活泼的一面。"是我很喜欢的瑞典诗人的一首诗。瑞典出现了一种新的文学流派,唾弃传统的美学,反对现实主义也反对自然主义,主张文学作品应该有像印象派的绘画一样的光亮和色彩。"

　　"这首诗的名字?"他问。

　　"巫婆的忠告。"她一本正经地说,嘴角里藏着笑。汉西也不知道是真是假,但他觉得这个巫婆的比喻很形象,也不禁微笑起来。

"你认为莎士比亚的《罗密欧与朱丽叶》和中国的《梁祝》有无共通之处?"她又翻开了一本书,突然问道。

"这是你的论文题目?"他反问道。

"被你猜到了。"

"愿闻其详。"

"《梁祝》是中国的民间传说,中国民间传说自东晋开始,有1000多年的历史。而莎士比亚创作《罗密欧与朱丽叶》的年代明显晚于《梁祝》。但我不喜欢这两个故事,因为都是悲剧。"书卿说。

"所有的悲剧都是一样的。"汉西说。

"两个年轻人聊得很好嘛!"

沈言走上楼来了。"今天中午吃青菜豆腐汤和烧排骨。这季节重庆的菜不好买,轰炸这段时间,物价飞涨。你们修先生说,每吃一顿肉就要熬夜一个月来还债。"

"吃债都是愉快的债。"修先生在楼下客厅接话道。半个时辰左右,一顿午饭就做好了。排骨烧了一盆,放在中间,配了几根绿色的葱段作装饰。雕花木桌是旧货市场淘来的,四只角的红漆掉了一些,但总归是久别重逢的喜气。"汉西,这可不能和你家的伙食比。"修先生谦虚地说。四个人围坐下来吃午饭。肉类在这时的重庆很稀缺,汉西注意到,书卿吃得很慢,真正是细嚼慢咽。他真愿意这样和她一辈子在一张桌子上吃饭。

"要把我的书整理好,大概需要一周的时间。这几天,你要是没事就过来,不然我担心一搁置,又不知道何时去了。其他作者你不用一一去拜访,好几个我都认识,我给他们写信,我们本来也有一个文学社的联结,据点就是我家。这个月的会议还没有开,"修先生看了一下日历,"那就定在下周二的下午,我把他们都叫过来。"

最后一天，汉西很早就出门了。

这年的雾季还没有真正来临。日本人的飞机最近疯狂来袭，每天都出动上百架飞机向重庆街道和房屋密集的地方进行无差别轰炸。整个白天，重庆城都笼罩在呛人的浓烟下，烧焦的屋梁、衣物、尸体，血迹混杂着的焦臭味道里。

在七星岗防空洞的门口，汉西好不容易找到一辆三轮车。车夫躲避在洞口附近，如果出工，可能被炸死，不出工则是饿死。这人眉毛上方有一条疤痕，新愈合的皮肤呈粉色。看汉西看他，车夫不好意思地说，上个月被弹片飞过来擦伤的，他当时拉的那个乘客更惨，一块弹片将脑袋削掉大半，倒在地上抽搐一阵后还是死了。

汉西听着，感到脸皮一阵紧缩发麻。两个人沉默着往上清寺方向出发，刚走到观音岩，日本飞机飞来的声音在江的南边响起，像无数只魔性的蜜蜂，很快呼啸着飞过头顶。附近没有防空洞，汉西只好和三轮车车夫一起躲到一棵被炸光了叶子的树下。飞机擦着头顶的天空低飞而过，一颗炸弹就在他们身边丢下来，车夫和汉西赶紧倒在地上，避免被飞起来的弹片擦伤。飞机又往江上而去。炸弹响过后，附近倒塌的房屋激起的灰尘和烟雾呛得他们直咳嗽。

"好险！"三轮车车夫说，"再近一点就可能没命，我是没办法才出门，少爷你呢？"

汉西没有回答，只说快走。到了上清寺路口，他跳下来，用手拍去身上的灰尘。头发上也还有一些土墙的颗粒，在发缝中覆盖了一层。车夫接过他多给的车费，逃命一般地消失了。他感到自己的心这才紧张害怕起来。要是刚才那炸弹再近一点，他可能就见不到她了。死没有什么可怕的，因为死亡如此捉摸不定，而在死之前，他希望自己眼里最后的景象，是她的脸。

06

姻缘

书卿的脸在门后出现了。她也听到了那空袭的声音，因此一开门露出的眼神满是焦虑担忧。一看是他，她眼里立即充满了喜悦之情。

"一直在担心你。"

"是担心我来，还是不来？"他拍拍手上的土。她不好意思地笑了，转身轻快地上了二楼。汉西也跟了上去，看她结实修长的小腿在木楼梯上切换出光影的晃动，他这才从紧张中缓过来，眼前的情景让他觉得，冒多大的风险也是值得的。

书卿已经站在书架前。她却还在担忧似的。"以后有轰炸你就别出门了。"

"大概阎王还不会要我。"

"为什么呢？"

"阎王不会要一个不怕死的人。"

"真不怕？"她看着书脊，却在笑。

"本来也是怕的，但心里有一个人，挡着我。"他指指心所在的地方，无畏地望向她。她拿着一本书的手停在半空，像在思考放在哪里合适。静谧中，她却低头不接话了。经过他们的整理，书房里的书堆已经全部码上书架，书卿给每一个门类都注上了文字。有一些书名字相同，专门挑选了出来。购书人就是这样，不断地买，但是有一些并没有读，却忘记了。下次见到又买了，就多了出来。"重复的就放到高处。"她半跪在地板上，这时站了起来。汉西正在翻看一本书法字帖，一着迷不知时间流逝，只感脖子酸疼。

书卿抱着书走到楼梯边上,稳稳当当地爬上去。待汉西发现的时候,望过去,只看到她脚踝。她的脚踝处有一道阴影,仔细些看,一条淤青卧在关节突出之处。青黄带绿的皮肤。她没有注意到他的注视,正踮起脚放书。他本想问她需要帮忙吗,问出口的却是:"你怎么了?"

书卿晃动了一下,差点从梯子上落下来。他眼疾手快,一步跨出去扶住了她。

"没什么。"她扭过头去。"怎么会受伤呢?"他想,那天他抱着她跑进山洞,不可能是在那里受的伤。她在家有受伤的可能?还是重庆的山路她不习惯,扭伤了。

"脚上怎么有伤?""没事。"她含糊地回答了一声,但声音明显不对劲了。昨天晚上,子崖又在应酬中喝得大醉。说起来他的酒量并不好,却总不愿输给别人。他从进客厅就开始吐。阿秀姐帮他清理污秽,书卿则扶他上楼。在楼梯口,他突然眼睛发亮,呆呆地看着她:"你是谁?"

书卿不理会他,只帮他抬上楼梯的脚。好不容易扶到床上,他鞋也不脱就倒在床上了。书卿担心他弄脏被单,蹲下来,准备脱他的鞋。子崖将脚躲来躲去,好几次鞋尖差点擦到书卿的脸。"别乱动!再动我不帮你了。"书卿生气了。

楼下阿秀姐默默地听着,她不明白,子崖为啥总是为难她。阿秀不敢出声,只能假装不知道。书卿转身想走,子崖却从床上蹦起来,一把扭住她的手反别到身后。"给我脸色看,会让你觉得自己高贵吗?"他用力一推,书卿一个踉跄坐到床上,子崖开始用手撕她的衣服。

旗袍扣子很紧,他不得要领,反手就给了她一耳光。

她站起来想走,子崖滚落到地板上,一只脚已经被他抓住。她的脚踝瞬间被他掐得青紫。她不由得尖厉地叫了一声,也跌坐在地上。"对,就是这样叫,像你和洋人一样。你说,你为什么每次都不出声?是我不能让你满意?"她痛得脸变形了,再这样下去,他可能会把她的脚踝扭断。她开始低声哭起来。

"你也有眼泪?是痛还是享受?"因为嫉妒,他的眼睛发红。

"我早就给你说过,我有过男朋友。你满嘴的文明,心里却是这副样子?"她几乎是喊了起来。

"你敢还嘴?"他扬起手来。她赶紧把脸扭到一旁。夜里。她要是大声叫喊,整座山房子里的人都能听到。但窗户是关着的,插着红色的铁闩,像一块把嘴封住的封条。阿秀姐开始砰砰地捶门了。

子崖的手终究是没有落在她脸上。阿秀姐打断了他的节奏。她爬起来,理了理已经四分五裂的旗袍扣子。一听到有人来,子崖又恢复了烂醉如泥的状态,爬上床像刚上楼时一样,还在床上蜷起了双腿,似乎已经进入了深度的睡眠。她理了理头发,去开门。想想却没有立即打开。她站在门里问:"有事吗?"

她很惊奇自己会这样平静地问。阿秀姐也很意外她的话,她在门外沉默了一会儿问道:"太太,明天早上吃什么?"

"白粥吧。"书卿说。

"太太,不早了。你下来泡脚吧。"

重庆这几天天气突然降温了,每天睡前泡脚就是她觉得最舒心的一件事。她喜欢让热水从小腿上淋下来,这比情欲还让她感到愉悦。她无力地靠在墙上。她听到阿秀姐迟疑着下楼去的声音,眼泪在黑暗中放肆地流着。她只能把这秘密关在这房间里。隔夜之后,脚踝青了。早上起来,子崖并没有提昨天晚上的事,甚至看也不看她一眼。他站在窗前,只留给她一个方正的背影。他一丝不苟的后脑勺,在晨光中像一块泛光的铁饼。白粥的香气钻进了门缝,她一点胃口都没有。

现在,给汉西这样一问,她只感到喉咙被什么东西刷了一下,她只好一味地否认:"没有的,不小心摔了。"她不会撒谎,声音微微战栗。他走过去,一下子就捏住了她的脚踝。这举动在非恋爱关系的男女之间可说是非常唐突。他又伸出双手来,将她从梯子上接了下来。就是这窗外的光线,照见了她眼里的泪,碎玻璃渣子一般。

"你有什么要瞒我的?"他问。他离她这么近,只需要一点勇气,他就把她抱住了。她的脸上满是泪,头发凌乱地沾在脸庞上。见她哭了,他去找她的嘴唇,一绺头发缠在他的舌头上,他把她的哭泣吞进嘴里。

楼下传来了一阵喧哗声,修先生上次说过,到这周末就邀请其他的专栏作者到家里小聚。大概是来人到了。他松开她,把新家的地址写给她。"随时来找我。"他说。她拿起地址看了一遍后,撕了。他心里一颤。"我记在心里。我不想给你招惹什么麻烦。"她说。

他们一起下楼后,她已经显得若无其事。来的人中有男有女,都比他们年长。四五个人在院子里散落地坐着,说的都是最近轰炸的事情。"躲在洞中听到的是爆炸声,出来看到的都是漫天的火光。"一位穿灰布棉袄的北方男子说。

"看报纸上刊登了,还有一家三口在火中至死也没有分开,骸骨让人动容。"另一位又接话道。众人一番对时局的忧戚和哀叹。来宾要求参观修先生的书房,想到书卿脚上有伤,汉西主动提议他可以带大家上去。书房空间逼仄,多人进出略为不便,汉西就在门口等他们。他刚好可以望见院中情景,书卿一直在帮沈言铺茶席、碗筷,没有抬头看他。想到刚才他亲吻她的那一幕,他觉得这时的独处就像酒的独饮,非常快乐。

几个女子中,书卿年纪最轻。修先生给人介绍她,介绍她的身份,就不免要提到霍子崖。但凡一个女子嫁给了某人,提到自己丈夫时的状态大约就可以知道其幸福与否。修先生介绍的时候,书卿只是应付地笑了一下。

她也有发光的时候,他想,她在船上的时候,还有刚才。他看到了她身体里跳动的那星辰般的光亮。他把身体靠在木柱上,听着楼下传来的阵阵笑声。他想:今天之后,好久可以再见到她?

汉西回到自己的小屋时，黄昏正在来临，明天可能要下雨。在夜色即将入侵前，山崖上栖息的蝙蝠开始成片地飞舞，其中还有几只飞进了他的房间，又盘旋着飞出去了，像一道道炸开的小闪电。从这里可以看到长江阔大的江面。近旁的叫卖声、马车"嘚嘚"地驶过市区道路的车轮声不见了，顽皮的孩童也在天黑后收起了他们无忧无虑的吵闹。

黑夜渐渐地落下来了，雨还在细密地飘落着。他打开电灯，在四方桌子上摊开宣纸和毛笔。他嘴里还有她的清甜气。还有，他得给他这住所取一个名字啊！中国人管自己的居所，在名字后加一个"庐""居""舍"，他看自己名字中任何一个字，都觉得老气横秋。索性想，西方的家族都有族徽，有长矛、狮子、玫瑰、狼……他的这个小小的天地，也可以用图腾来命名，他现在能想起的就是她的嘴唇。他便画了一个嘴唇，微笑着，嘴角上扬。

这一夜可能是新搬了地方，有点"择床"，他翻来覆去没有睡好。好几次觉得要坠入梦乡了，又突然回归彻底的清醒。他换了好多种睡姿，但都被无情地提示着：睡意全无。最后，他不得不起来站在窗前，完整地看完了第一束光线如何投射到河对岸的山巅，又如何给河流镀上光亮。最后，直到山和山，河流与路，房子和树都——前所未见地明亮起来。

汉西记得邓安的话，下午的时候才去报馆，这意味着他有一个上午的自由时间在家。昨晚上没有睡好，人却精神得很，头顶绿树上小鸟鸣叫着，他把手插在裤兜里，摇摇晃晃地走上积满了厚厚落叶的山道，不自觉地到了报馆门前。

最近报上的消息多数和战争有关。局势一紧张，报纸的印刷时间也提前了。印刷厂就在他住处的附近，他走进车间，十几个工人正在忙碌，长期的不见天日让他们个个显得脸色憔悴，眼白里都是惊恐。他们得到的信息比普通人更多，害怕也是普通人的数倍。

他拿起一张样报。这是付印前的最后一次审稿。邓安今天身体有恙,到附近买药去了,还没有回来。"十月二十五日,中国万岁剧团在国泰大剧院公演由宋之的编剧的话剧《雾重庆》,演出空前成功。演出结束后,演职员接受采访表示:要多创作现实主义题材。"

"苏联文化艺术联合会表示,正在筹划一个纪念苏联航空志愿队重型轰炸机大队的剧本。去年十月十四日,我空军飞武汉与日军交战,执行此次轰炸任务的是苏联航空志愿队的库里申科重型轰炸机大队。库里申科大队长在这次轰炸任务完成后,返回时飞机受伤,在四川万县长江水面迫降时牺牲。"

"请等一下,"他叫住了准备付印的车间主任,"库里申科牺牲一事,还未对外界公开宣传。苏联空军在华对日作战目前还需保密,暂将此新闻按住不发。"他找来红笔,慎重地删除了第二条。其他的新闻,多是社会各界联合抗日的消息,除本地消息外,其他各国对中国的声援态度也渐渐明朗。不少国家表示将于近期声援中国。

他心里既忧又喜。忧的是,日本人的轰炸来势汹汹,抗战至今,死伤无数,房屋倒塌无数,覆巢之下岂有完卵?说不定他哪天走出门去,就被一颗炸弹炸死。人有昨天,或许也有明天,唯独活在今天,需要万分的幸运。喜的是,随着大量使馆、国外媒体机构和国际公益组织的来渝,书卿的工作机会就会多起来,她不至于天天待在家里,要履行一个中国传统女性的义务和责任,人有了独立的人格和能力,则家庭对她的束缚就会变少。

邓安买药回来后,得知他改了新闻,大为赞叹:"这句删得好!年轻人眼界开阔就是不一样。"

他被夸得不好意思,只好说:

"在西方,信息战术也是战争的一种。"

"对对,重庆本身云遮雾掩。我们掌握着信息发布的机器,也要让它云遮雾掩,让敌人看不明白。汉西你真是一把做新闻的好手。以后新闻版面，也让你把把关。"

邓安还告诉了他们一个好消息：在重庆的国际广播电台恢复了欧洲、北美洲、苏联东部、中国东北、日本和东南亚地区的六套节目，使用英、德、法、荷、西班牙、俄、日、马来西亚等国语种和广东方言播音，每天播十多个小时。从回来的第一天起，码头上就到处有高音喇叭，除了船舶的信息外，还有不断滚动播出的新闻。无线电比电灯在家庭中所起的作用还要大，因为人们要依靠此收集信息，到处都能听到收音机发出的"嘀嘀"的忙音。

"重庆已经成为一座孤岛。"汉西说。

"是的！空袭开始后，电台中断了一段时间。最近终于由上海送来了收发频率更大的设备。重庆是内地城市，懂英语的人凤毛麟角，更何况小语种。但今天上午国际台在上清寺招人，去了十几个人，个个都是有留洋背景的。"邓安整理着书桌，他的桌子总是很乱。

"重庆现在人才济济。"汉西由衷地感叹道。

"那是当然，这些人多是世家子弟，家境好才送出去留学的。个个男才女貌，让人看到中国的希望——虽然是夹缝中的希望。"邓安还想说什么，但同事又把稿子抱了一叠过来，他只好打住了。汉西的桌前也是一堆寄来的信。

这天下班后，他照例还是去咖啡馆转转。山鹰咖啡馆里一个人都没有，无事可干的女服务员正在清洗咖啡机和杯盘。

"都传说咖啡喝了晚上睡不着觉！"服务员说。

"那是本来有心思才睡不着。"汉西说。他对这咖啡馆已经很熟了，站在那里边说话就边把一杯黑咖啡喝完了。

"康三儿今天来了吗？"

"来了，上午又差点和人打起架来。"他没有问原因。打架是康山锻炼身体的一种方式。他走出来，人很少。虽然已经通电了，但街道黑黢毁的。尤其那些被飞机炸毁了的残垣断壁,在夜晚的天光下,像一个个张开的巨型的嘴巴。风呼呼地刮着,就像那些被炸死了的人的孤魂在歌唱和游荡。

他心头一阵悲怆。他沿着街道向住所走去。走上通远门城墙时,周围宛如荒野,只有不知道从哪里传出的零落的鞭炮声。这个季节还不到过节,无疑是哪家又死了人。每年冬天开始,这阴冷潮湿的天气就特别容易使人害肺病,一大堆人或坐或站在一起咳嗽,多个胸膛发出沉闷的共振。但他心里有一个人,对死竟然少了害怕。他站在城墙上,这城墙有很久远的历史了,映衬着他心里萌动的情愫,那是荡气回肠的喜悦,江面上橹声渐微。这天晚上,他热爱的咖啡果然没有惩罚他。他拿出一本书翻翻,才看了几页,就歪在床上睡着了。如果不是胳膊露在外面把他冻醒了,他可能会一觉睡到天亮。醒来后他看了看时间,才五点钟,但人已经清醒异常。

自从把地址给了书卿,汉西心神不定。总希望她出现。第二天早上,突然就响起了一阵敲门声。他整理了一下衣服,急切地拉开门。门打开了一个缝,他却看见了他母亲。媛芝穿着灰色棉袍子,手上提着装吃食的方形竹篮子。旁边,站着他家忠心耿耿的老仆人九月。九月之前还有六月、七月和八月,这些年都到别家帮佣或者是回老家去了,这破碎的年月里要留住一个人真不容易。

他母亲个头比男仆人还高。脖子上围了一条毛线披肩,梳着高高的发髻。汉西心想女人真是一种奇怪的动物,越是眼前这样仓皇的时局,她们还越有精神打扮自己。殊不知隆重也是她们抵御恐惧的一种方式,谁知道出门后还能不能回来呢?媛芝今天看上去有点严肃。门一开,她就跨进了屋子来,九月迟疑了一下,也紧跟着进来了。

"呀!你这地方太简陋了。"他母亲坐下,将屋内的陈设和家具都扫视了一阵。这地方和储奇门孙家院子是不能比,在他母亲眼里大约只剩寒碜。汉西说:"你看我这儿缺了啥?重庆我这么熟,不比得英国的时候,您就别担心了。"

"我怎么可能不担心?"他母亲说,"你是长子。本来不该出来住,怕人家说闲话。自由一段时间,你就回家,嗯?"她看了看九月。"你的身体从小就弱,我带九月来给你做饭,他也住这边,有什么事情,他也给家里通风报信一声。"

汉西这才注意到,九月还随身带着被子和一套家什,无非是锅碗瓢盆之类的。他被他母亲不请自来的安排给弄得有点恼火。"少爷,就让我留这边照顾你吧!我最了解你爱吃什么。我就住你屋后的那个小偏屋,不碍事的。"九月在他家也有十来年了,他完全可以信任他的忠厚。他这些天尽是在梯子旁的那家小饭馆吃饭,再这样轰炸下去,可能哪天就要停业了。想到这,他点了点头。

"你做好分内之事就好,日常没有我的允许,你不得到我房间里来。"他说。

九月退下后,媛芝坐到汉西身边来,拉住他的手。对于母亲突然的亲昵,他还颇为诧异。这时街头已经活泛起来,行人和车辆传来的声音越来越大。他很担心书卿马上就会来。如果撞见,他的秘密就会被拆穿。于是他索性开门见山地问母亲,是不是有什么重要的事要说。

"汉西。"媛芝说道。坐得近些,他才发现母亲鬓角的头发已经冒出了不少白色的短发,其他的发丝也不复他记忆中的黑亮,由黑灰向黄、灰、白过渡。媛芝开口问他,知道家里有多少家药房?他回答了一个数字,其实自己也没有把握。媛芝叹了一口气:"你说的都是三年前的数字了,看来你对家里的事业根本不关心。"

看他脸上露出一丝愧疚,她又宽慰他,家里药房已经扩展到四十多家了,他从小文科比较好,对这些不敏感,也是情理之中。

"我们慎重考虑后,决定和唐家联姻。"

媛芝语气很坚决。"虽然我知道,你到英国留学,思想上已经和你出去之前不同。但你是长子,家族的事情你不能不考虑。你回来那天,我和你粉姨本来就安排让唐小姐和你见面。你只要把她娶进门来,有了孩子后就是很稳定的关系,日后也能慢慢地培养出情感。"

汉西脑子里一下子就回忆起他回家那天,那张在桌子旁阴森森的椅子来。

"是你父亲商会的一个长辈在做媒。人我见过几面了,不算特别漂亮。这个月再找个理由请她过来,你好生看看。"媛芝还在说着。他站起来:"这是不是应该先问问我?你们送我出国留学,把门拉开一个缝让我看一眼,又把门关上。让我像父亲那样,先结婚生子,到了中年再娶一个年轻的……"

他看到她眼里涌出了泪水。他想他触动了她的痛处。那些独守空房的日子,她难道真的就没有过失落和嫉妒?

"母亲,对不起。"

他走过去,抱住了母亲的肩膀。

"本来我们没有必要去和唐家联姻,但是整条长江上的货船,除了民生公司,就是他家的船多。我们做生意,下游是客户,上游是源头。如果得不到他们的支持,我们的药房里将无药可卖。现在有几种药的库存已经告急了。"媛芝说。

"只有联姻一种方式吗?比如给他们高于市场价格的运费,或者是与民生公司谈?"

"民生公司你不要想了。一来要保障军需物资,二来民生早就被其他更大的家族盯上了,软硬兼施。我们没有那个实力,只有考虑唐家的船。再说了,现在日本飞机这样炸,说不定我和你父亲哪天就运气差被炸弹炸死了,你忍心让我们死之前抱不到孙子?"说到最后,她提高了音量,体现了一个母亲的理直气壮。

"那是什么?"媛芝注意到了墙上画的那个符号。

"人。"他说。她歪着头看了一下,苦笑着问:"儿子,你心里有喜欢的女娃儿了？"

"嗯。"但是，很显然她不愿意问。她并不需要了解太多，来干扰她已经决定的方向和路线。

"你答应我，考虑一下吧。"

"我不能答应你。你不能一次给我安排两件事。我答应你让九月留在这里，其他的再说。"汉西站起来。媛芝了解他，对他不能硬来。她站起来，理了理鬓发，准备告辞。她走到门边，又折回来，从衣兜里拿出一叠面值最大的钱，给他压在桌上的书下。她回头看了一眼屋内："还差什么物品，我会让九月送来。"

汉西目送着母亲的背影消失在城墙下。九月可能已经自己安顿好了厨房和住处，正传来一阵切菜的"砰砰"声，让他心烦意乱。

书卿还没有来。这样心神不定地等，不如发明一种他们两个人的联系方式。

他摊开昨天带回来的样报，拿起笔，想挑选一些有意思的话题。过几天为了约稿，他还得去北碚一趟。他开始看每条新闻的第一段，老邓说了，新闻的第一段是导语，越短越简练越好。但新闻是遗憾的艺术，常常见报后发现还可以有删减。他在上头删减后看字义有没有发生改变，这真是一件有趣的事情。

突然，他意识到，报纸每天出版，我为什么不可以用报纸每天向她传递讯息呢？

"她只要每天看报纸，就会知道我的心意。"

他心里一阵狂喜，为自己这个伟大的发明。"第一条新闻的标题字数是双数，就是我在家；第二条新闻标题的字数是等待她的时间；第三条新闻标题的字数是双数，表示我很想她……"他扑在书桌上，将所有可能成为他们之间暗语的方式，写了满满一页纸。

他想，今天去上班时一定要将头条新闻标题的字数改成双数，再将第二条标题改成双数，第三条也是，他要，他要……全部的双数。

他把约定的密码纸条揣在口袋里，带着愉快的心情出门去。上次书卿问他重庆哪里有相馆，汉西想去帮她先找找。他记得，在夫子池就有一家相馆。他一路上走走问问，很快就找到了。这家相馆的门脸上贴着"重庆第一相馆"的字样，老板正在收拾，说要到乡下去避难。

"很多人照相后就成了遗像。"穿长衫的老板自怨自艾地说。他有三个孩子，在相馆外的空地上扯着作废的胶卷玩。孩子不知道悲苦是什么，奔跑着玩得十分高兴。

"什么时候走？"汉西问。

"收拾好就走。"老板说。

"什么时候回来？"

"可能不回来了。照相没有办法维持生计。"他说。汉西注意到，他的相馆外张贴着几张广告图片，一个剪齐刘海的女孩，脸庞小小的，一双眼睛却很野地看着世界，睥睨众生之态。看汉西一直好奇地探看，老板说：

"不认识吗？这可是本城数一数二的美人唐小姐。"

数一数二？汉西心想说出这话的人真是不知道天高地厚。至少从他的审美观看，这女孩子只能算中上的长相，鼻梁不高，两眼之间距离也过宽，如果说她有什么优点，全在那双肆无忌惮的眼睛上，使她天然容易让人记住。

"唐小姐"三个字轻轻地落在他的耳中。

"哪个唐小姐？"他不禁问道。

"还有哪个，当然是唐家沱的。我的老主顾了，每年生日都会来照一张照片，今年还没有来。人的生日是没法提前的，看今年这个架势，很多老主顾家里的人都凑不齐了。"听他这样说，汉西又好奇地朝那放大的黑白照片多看了几眼。最大的那张，唐小姐手托着腮帮子，面前是一个象棋的棋盘。他一眼看出棋子摆放的好几个地方位置不对，这些娇小姐要装点门面也不注意细节，他敢认定她一定不是什么正宗的书香门第里的女孩子。

"你要照相吗?"

掌柜的终于反应过来,今天还没有开张。汉西想,这个地方唐小姐的气息太浓了,别说他只是来打听打听的,就算是真的有照相的打算,也不在他家照,他也不会带书卿过来。于是他推说有事,赶紧离开了。他走过那乱哄哄的街角,还觉得身后唐小姐那放大的面孔里那双黑眼仁有点过大的眼睛在盯着他的背,他不自在,脚后跟发烫似的粘在那里。

他走下台阶,又转了好几条小巷子,那黏糊糊的感受才消失了。

书卿没有来,和邓安说的电台招人一事有关。一早,沈言就来敲她家的门。子崖正准备出门,他拿出他得体的客套和沈言打了一个招呼就走了。他走后,沈言激动地告诉她,上午刚好有几家国际广播电台招播音员,地点就在上清寺一处别墅。头几年汪已经外逃,他的住所被一家国际机构租作临时的办公地,经常有各种国际性交流活动举行。

"霍先生不错啊!"沈言看着子崖远去的背影说。

"很体贴吧?"沈言又开玩笑似的看了她一眼。刚巧阿秀姐出来倒淘米水,书卿倒是不动声色,阿秀姐听到这话,手一哆嗦,铁盆子"哐当"一声反扣在地上,把她新做的布鞋也打湿了。

"手上有油,打滑了。"阿秀姐赶紧捡起盆子走了。沈言看了看书卿,她是能察觉书卿情绪不对的,这是女人之间的直觉。她看书卿默默地转身进了房间。

沈言说,她可以陪书卿去应聘。

"我顺便去散散步,再说了,你一个人去那儿,也没有一个加油打气的。"

书卿听到这个消息也是很憧憬。她简单地梳洗了一下,在头顶压了一个蕾丝花边的发带。她穿了一条雪青色的厚棉布裙子。子崖让她置办一些好看的衣服："向官太太们多学学。"她和沈言也到衣服店去过，但能看上眼的布料，都是黑白或各种颜色蒙了一层的旧颜色。比如绿，必不选正绿，而是豆沙绿；蓝也是带点儿烟色的雾蓝。至于红或者黄，那是她从未拥有过的颜色。

"好看不过素打扮。"沈言说。

"人家是听声音，又不是看表演。"书卿在镜子前扭过身体照照，一脸对自己的嫌弃之色。她只涂了上海买的口红，整张脸的神采一下子扑出来。沈言在一边笑着看着，心想人最美的时候反而是不知道自己美。

汪精卫别墅在江边的一块平坦地方，院坝里已经站了一排人。有好几个是最近回来的重庆本土人家的富家子弟，穿着绣花的缀了毛边的袍子，自家的车夫和车则在路边守候。女性只有两三个，都穿着裙子，各有各的好看，有画着时兴的粉色腮红和红嘴唇的，给沉闷的冬日添加了几丝生气。沈言凑到书卿耳边，说："书卿，我说一个我的感受。"

书卿说："什么?"沈言说："年轻的生命真好看。"填好资料，主考官开始宣知参加者一个个进去，先是自我介绍，然后回答一些问题，诗歌朗读。按照顺序，书卿是最后一个。书卿背诵了自己喜欢的一首诗歌：

"少女
一片金色的积雨云
露宿在巨大的礁石上。
从摇曳的花园那边，一根小树枝
冷不丁飞到镜子里。
如此巨大而伸手可触，笔直的枝头
还挂着一粒翡翠。
整个院子一片狼藉，笼罩在
这扑面而来的纷乱中。"

她开始有一些紧张,但渐渐舒缓下来。沈言在一旁击掌叫好。她也发现了,书卿在工作状态中自有一份自信,是在她日常生活中看不到的。她平常,似乎总在忧虑着什么。因此回去的路上,沈言一直在说:"书卿,你要出去工作,好吗?不工作你不知道外面的世界多大。你读书,就是为了看到更大的世界,对不对?"

书卿点头说好。

上清寺今天晚上热闹,从山脚到山顶都挂了彩色丝带,距离新年也近了。听说,一对留学德国的夫妻前几天就抵达了重庆,为和左邻右舍一一认识,他们精心制作了请束,绑在勿忘我干花上,下午就叫仆人给附近邻居送来。书卿一进门就发现桌子上有一封信。她打开看,原来是新来的夫妻的请束。社交活动书卿不想去,但阿秀姐说子崖刚才打电话来她已经告诉他这事了,因为人家请束上写明了,邀请的是"贤伉俪"。

"那两个字怎么读?"阿秀姐问。她知道是夫妻的意思。"我看你没回来,怕耽误了事。""以后别自作主张。"她责怪阿秀姐的主张。

子崖对社交活动兴趣很浓厚,他说那是对他枯燥无味的银行工作的调剂。书卿收起信,往楼上走去。今天找工作很顺利。她想把这份欣喜分享给一个人,却不是子崖。她怕他。因为他就意味着冲突、尖酸刻薄,她不愿意想到他。可她眼前这看到的一切都和他有关。

她往床上重重地躺下去,拿一个枕头盖住自己的脸。她对重庆的地形不熟悉,但汉西写给她的地址,她牢固地记住了每一个字。她多想变成一只鸟,一只昆虫,一朵云,一缕风。去看他。那天他吻了她,他也许只是一时兴起。她甚至想,他最好是个浪荡子,过了就忘记了这个事,就像在伦敦的酒吧里年轻人们彼此拥吻第二天却忘记了……可那样她又成了什么人,轻浮的女人,他必然会看轻她。

反正无论怎样都无法给这件事归类。她索性就放一边去,她这样不前进,克制着不去见他,他就再不会来找她。那样她又会如何,也会怅然若有所失吧。

书卿的脑袋昏昏沉沉的。一会儿子崖就该回来了,她得在子崖回来前把衣服换好,在他面前做这些她觉得尴尬。她把卧室的窗帘放下来,在镜子前端详自己的脸,一双眼睛里尽是疲惫。她脱掉长袍子。自从她结婚以来,她几乎不敢直视自己的身体,尤其是带有胎记的胸部,因为在子崖看起来那是有罪的。

天色又暗了一些,子崖还没有回来,她用沈言送自己的发卷器开始弄头发。刚卷完,就听到楼下台阶传来咔嚓的皮鞋声,她赶紧把一切整理好,包括平静的表情。他的皮鞋声已经上楼了。

"又来了一对儿所谓的贤伉俪,"子崖用嘲讽的语气说,"重庆这鸟窝,飞来了越来越多的金凤凰。"子崖不喜欢重庆,他总觉得这里的天气太潮湿,人的做派也土里土气。"不明白当局为什么选这样一个地方作为陪都,在我看来,这里只有穷山恶水。"

"也没有那么不堪。"她想想还是把蓬松的发卷挽在脑后,站在衣橱里挑选适合的外套。最后挑选了一件黑色的大衣。

"别穿得像个寡妇似的好不好。"子崖总是不喜欢她的衣着风格。归根结底,他吝啬于对她的赞美,和她结婚他认为就是最隆重的赞美。他自己开始换衣服,先脱了下装,露出瘦削的双腿。他从小没有做过体力活,腿显得苍白瘦弱,这下更像一只穿着衣服的鸟。他选了一套灰色的西装。

"这对夫妻据说从德国回来,夫人很风流,在德国华人圈子里就闹得风生水起。男的嘛,也不甘寂寞,和几个女学生都有过绯闻。但谁知道他们合不合?大概貌合神离才是夫妻的最高境界。"他说。

"别背地里说人好不好。"她听不下去了。她坚持穿了黑色,又拿上枣红色的披肩,准备下楼。就这会儿功夫,门外已经全黑了。子崖也下来了,他伸出胳膊,让她把手搭在自己手腕上。子崖看上去神采奕奕,书卿想和他说说工作的事。

"今天我去国际广播电台面试了。"书卿说。和她意料之中的一样,他站住了，脸上突然就显出了怒气。她很熟悉他陡然间就要变脸的个性，赶紧推了推他的后背。"走吧！别让主人看到我们为家事争吵。当下人人都在为国家做一点事情，你觉得我天天待在家里好吗？"她说得很坚决，刚好这个时候前方出现了一个小水沟，她不需要他的搀扶，自己跨了过去。

这家办活动的男主人姓何。夫妻都出身江苏的大户人家，一路顺风顺水，何先生做到了北方某音乐学校的校长。后来公派留学的时候太太也一直陪读。是一位高高瘦瘦的太太，她正站在屋檐下等着客人。书卿对她第一印象是她的刘海留得过高，细细的眉毛挑着，眉峰处刻意地画了一个转折。她一副新女性的打扮，裙子是蕾丝花边的百褶裙，上衣在腰处束得紧紧的。一见到他们，她就伸出手来。戒指太多，像欧洲古董店橱窗里卖戒指的手模。手背上散发着浓浓的芍药花香气。

"很高兴见到您。"子崖将她的手拉住，在手背上隆重地一吻。他们在留学时学到的体面，在国外没有派上用场，来到重庆却如鱼得水。

何先生则坐在客厅中间的沙发上，抽着雪茄，头发中间一条直缝，微胖的身形使他看起来很和善。"今天可把我的家底都翻出来了。"何太太说。她指了指那些发亮的彩带，从客厅一直系到门外几十米外。"都是我从欧洲打包回来的。"她很得意。

"别提你那些东西了，"何先生在一旁说，"古董、香水、服装，连帽子都装了五个箱子。收入都变成了女人的裙子和香粉。"

一位高个子客人赶紧把话接过去，说西方人以宠爱妻子为荣，何先生这是爱妻子的表现。再说了，也因为何太太有倾城之貌，好马也得配好鞍啊。要换个姿色一般的妻子，也享受不起这福气。

"是啊！惜福。男人的权利已经被剥夺得七七八八，所剩无几了。"何先生说，"我父亲那一代，三妻四妾都是顺理成章的事，可现在咱们这圈子里，谁敢纳个妾试试？历史对中国男人不公平啊，不公平。"

他妻子走过来了，拿着半杯香槟。"你们讨论什么呢？要我说啊，中国男人就是贪心。你们历来不把女人当人，当作私家的财产。结婚前是家族的，结婚后是丈夫的，丈夫死了是儿子的……什么三纲五常、三从四德，全是给我们女人挖的坟墓……"听到这儿，书卿不禁朝何太太多看了一眼。她摇晃着杯里的香槟，脸色酡红，有一点醉意。

子崖正和一位从黄埔军校来的军官在交谈，他素来对于军界的人亲近有加。脸上露出了谦虚的笑容。他把她丢在一旁，知道她无法融入女主人那自在的氛围，但他顾及不了她的不适。或许是何太太关于中国男人的观点过于惊世骇俗，那位军官也停止了交谈，拿起一杯酒走到沙发区。

"何太太真是高见！中国女性的地位确实在提升，不过还有很多女性在给我们的军人做临时的妻子。"

"临时的妻子？"何太太满脸不解。一位打扮入时的太太在她耳边低语，解释了"临时妻子"，是他们对于出卖肉体的妓女的美称。

"你们为什么不带自己的妻子来重庆？"何太太反问道。

"不是谁都有条件随时带着妻子。再说了，临时妻子，不也是很好的吗？"那位军官说着，望向了子崖。"最理想的嘛，是像霍先生这样，夫唱妇随。"

书卿已经觉得这样的讨论无聊。她站起来，准备往冷餐区去，事实上她一点胃口都没有。她刚要挪动脚步，就被子崖拉住了。"这是当然。西方的经典里，不也是说，女人要以服侍供奉男人为最大的人生要义吗？要我说，中国女性还有一点好，就是打不还手，骂不还口。"

"你这个观点就惊悚了。霍先生是怕我们嫉妒，故意说来打消我们的嫉妒心的吧！"那位军官说。子崖的手还是拉着书卿不放。他凑到军官耳边说："我就是天天打她，你看，她还不是'夫唱妇随'？"他虽然看上去是压低了声音，然而说出的话如晴天霹雳一般，现场出现了奇异的安静。他说的每一个字，都在空气中完完整整地呈现出来。书卿挣脱了他的手。她找不到任何言语来辩驳他。他说的不是事实吗？她脚踝处还在隐隐作痛。

"今天晚上我们隐藏了一个游戏,叫假话大冒险。意思是谁讲的假话能让大家相信,就是今天晚上的赢家。今天的赢家是你,子崖先生!"何先生在帮书卿找台阶下。

书卿想起那些噩梦时才有的情节:她光脚,光着身子,在大庭广众下无处藏身。现在她的难堪就是那感觉,却不是梦。何先生来帮她打圆场,她只感到脸上发烫发痛。何太太过来挽起了她的胳膊。

"走!妹妹。别理这些臭男人,改天我好好给他们颜色看看!"何太太贴着她的胳膊如此有力,恨不得马上把她拽离此地。子崖刚才讲的那些话,让何太太也感到害怕了。她们走出客厅,院子里的白蜡烛已经熄灭得差不多了,何太太留她再坐坐,说她们可以去她楼上的卧室或者书房。她说不了,从院子里取了一截正燃烧着的白蜡烛,深一脚浅一脚地往自己家的方向走去。

子崖回来的时候不知道夜里几点了,他走进院子的脚步声敲开了夜的宁静。喝醉的人大多对于声音缺乏敏感,他开门的声音像在摔门,上楼的身躯如踩着吊桥般摇晃。"你怎么一个人先走了?"一进卧室,他就朝黑暗中吼道。书卿已经躺下很久了,但她并没有睡着。听着冬日里的寂静。因为冷,街上一到晚上十点就没有什么人了,除了何太太家传来的细碎的繁响。

她朝里躺着。白墙壁上浮着头年秋天的麦秸。

子崖把外衣和毛衣脱到一旁的藤椅上,把灯一关。蹬掉鞋子就爬上床来。他想将她的身体扳过去,她用力朝里掼着自己,竟然很沉,他只好作罢。他的身体滑进被子时很凉,他却享受到她体温的惬意。酒劲大概上来了,他躺下来,很快进入了梦乡。

这对她来说就是平静的夜晚,好的夜晚。白天时找到自己自信的欣喜,夜晚赴宴时的当头一击,像一张弓把大脑撑得满满的。这一夜,她看着窗帘布由黑色转为灰白,最后被天光全部地涂白了。她几乎没有睡着,累了也只是闭上眼睛休息一下。附近邻居饲养的公鸡五点多就开始打鸣,子崖一边睡,一边嘴里骂骂咧咧着什么,从他嘴里喷出宿醉的气味。她感到厌恶之极。阿秀姐在楼下搬动锅碗瓢盆的声音响起来时,她起身下楼,站在暗灰的早晨的院子里,像一个失了魂魄的女鬼。

他们夫妻之间的别扭,阿秀姐是最知情的。木楼板本身不隔音,不过她也是中国女性那种逆来顺受的心态,在她看来,至少她衣食无忧。比乡下那些女人的境遇还是好多了。

阿秀姐在她身后看着她。

早饭时,子崖下来了,一个充足的睡眠后,他又恢复了乐于展示给人的那套面孔,眼底的红血丝还残留着醉酒的印记。他来到餐桌边,笑容满面地问今天吃什么,还将书卿常坐的椅子拉出来,表现得就像在床上得到了巨大满足的丈夫。他的每一个清晨都是在完美的形象中开始的。只是,经历了一个白天的洗礼后,他会成为另外一个人。

"阿秀把无线电打开一下。"子崖边听电台里播出的新闻,边夹起一个馒头放在书卿面前的盘子上。他若无其事。书卿一言不发。他当然知道她为什么不快乐,可是他却觉得这和自己一点关系都没有。

"接下来通货膨胀会比较厉害。家里这个月起增加粮油的储备和开支,能买到的东西尽量买,能堆的地方尽量堆。"

阿秀姐睁大了眼睛。

"先生的意思是又要闹饥荒吗?"

"不是饥荒。日本人不会轻易罢休的。轰炸的时间可能会很长。"

他转向书卿,她面前的白粥动也没有动一下。

"过几天你和我回成都去一下。"

"回成都做什么?"

子崖从口袋里摸出一封信。"昨天太匆忙了忘记说了。我母亲写信让我们回去一趟。"子崖给她们展读霍太太写来的信。她在信中流露出思子心切,还有对于她记忆中书卿的赞美。霍太太说她早就看出来书卿会有一个好命运,她在心中谦虚地表达了霍家莫大的荣幸。书卿想,霍太太说的也不是完全的客套话,就在从英国回来的船上,自己虽然只有一个小小的行李箱,却对未来的幸福深信不疑。但这一切从嫁给子崖后,就一点点暗淡下去了。

她嘴里一阵发苦。白粥在她面前的桌子上冷了。

子崖一走,昨天晚上的情形就放电影般,一帧帧地在她脑海里回放。她真怕出门,要是碰到何太太,不知道她在背后会如何评价自己。今天就是留在家里她也可能过来,这些太太们看到别人受困,表面来探访安抚,也有以搜集谈资为乐的。她上楼换了衣服,那个地址在她心里清晰得很。

汉西昨晚在报社加班,回到家时已经是早饭后。他远远地看到一个人,从那墨绿的丝绒旗袍背影和掐得细细的腰,他几乎可以知道是谁。他跑起来,气喘吁吁地到了她面前。"你不用跑的。"她微笑着说。他也是情不自禁就这样了,有点不好意思。走近了他看到,她肩膀上还有一块绣花的披肩,在墨绿色上点缀着。只是他没有见过她今天的发型,上次分别的时候,她不还是直发吗?今天头发变魔术一样地变成了一个又一个卷,牡丹花苞般堆在肩头上。

见他盯着她的新发型看,她说:"认识我吗?"

他摇摇头说:"不认识。"她笑起来。

"好华贵的发卷。"汉西说。

汉西把书卿让进屋里,今天他这里来了贵客,反倒自己不自在起来,不是碰倒了茶杯就是踢倒了凳子。"乱得很,又很简陋。"他挠挠头,他也把过长的头发扎在脑后。

康山说，这是重庆古往今来最有艺术感之发型。每天晚上，九月会给他端火盆进来，方形的铁火盆嵌在木座子上。昨夜火盆的火已经熄灭了。她一坐下来，就扯掉手套，将手伸出来呵气。汉西用旧报纸生火，木炭受潮了，好不容易点燃了一小块火星，他拿起来用嘴吹，木炭很快变成了半截红炭，他丢进火盆里，木炭和纸彼此触燃，噼啪燃烧声中，屋里空气也渐渐暖和。

"今天怎么过来了？"汉西问。

书卿还没有回答，他就自己笑起来。他天天盼她来，却要说些假装的话。他不说了，拿一截干树枝拨火，一会儿看看火，一会儿又看看书卿。火映得书卿的脸红红的。她说她过几天要回成都去，所以特地来与他道个别。她自己家里没有长待的理由，但子崖的母亲说不定会留她下来，子崖的母亲寡居多年了。人一结婚了就不能自己定事，哪怕是吃什么、穿什么，在哪里待多久，这样的事也是两个人拔河似的。

今天九月一点声音都没有，倒显得不那么自然。往常上午他应该会做饭的，他想着九月在小偏屋子里，小心地给刀板上铺上布，切菜，拿起竹刷子在锅里轻轻搅动。九月抽叶子烟，冬天来总会嗓子发痒，咳嗽几声。今天九月连咳嗽都忍住了。

书卿坐在木盆边舒展着身子，用铁钳砌着木炭。门外，冬日的冷在逼近，屋内的火光映照在她眼里，她的脸和嘴唇渐渐上升起红色。

"火能治病，"书卿说，"小时候我家里也有冬天生火的习惯。伤口化脓了也在火上烤，等伤口结疤。"她说弟弟书远落下了长冻疮的顽疾，一到冬天就要戴一个毛线帽子保护耳廓。如果化脓了就在火盆边烤，过段时间就能奇迹般地愈合。她似乎挺喜欢这个弟弟的。汉西记住了书远的名字。他又问了书远多大，在哪里上学，爱屋及乌，他对她家里的一切都很有兴趣去了解。

书卿一边说着，一边站起来走到他的书架子前，认真地在那儿翻书。他带过来的有几本医书、字帖，还有全部的外文书。她无意中一抬头，却被墙上那张画吸引了。

"这是什么?"

"我这里的名字。"

"象形文字吗?"她笑着,用手去触摸那干了的墨迹,瞬间像领悟到什么似的怔了一下。

她背朝向他站着。他走过去,沉默地从身后抱住她。等她侧过头来,他闻到她耳畔发丝的暖香。他把脸贴在她的面颊上,再不慌不忙地去寻找她的嘴唇。他的动作很轻缓,透出他所有的温柔,他就是一个温柔的人。他停在她的嘴唇上,感受到她轻轻地张开了嘴。和第一次接吻时不一样,她忘情地回应着他。屋子里瞬间全黑了下来,他们都闭上了眼睛,激情和欲望缠绕着他们。

过了一会儿,他睁开眼睛,看她还沉醉地闭着。他捧起她的脸,她的眉毛很黑,凹陷的眼窝、分明的脸廓。和远看时不同,现在是山清水秀在眼前。她也仿佛醒了过来,羞涩地笑了,脸色更好看了。

他承认,他画的是她的嘴唇。"这样是笑,"他抚摩她的脸,"鼻梁只有一笔。""眼睛呢?"她笑着,又闭上了眼睛。

今天是一个阴天,天色晦暗,给房间挂上了灰色的窗帘。厚厚的云层把那撕裂人心的不安,隔离得远远的。他抱着她,更用力地抱着。他没有去问他可以怎么做,他的手停在了她旗袍的缝隙外,这已经到了她防线的边缘。她的旗袍扣子是一朵中国如意的造型,盘着圆边,圆滚滚的布条交错而成一个花苞状的圆球。他抚摸它,隔着厚厚的旗袍他也感到,她在发抖。他轻轻地解开那些隔着他们的衣物,也脱掉了自己的,用全部的身躯去覆盖住她的背。就像第一次他见到她时,她站在船舷上的背影。在风中被吹起的裙子的曲线。

她转过身来。

她赤裸着暴露在他眼前:如一块羊脂玉般圆润的肩头,因为紧张而内收的肩胛,往中央,笔直的脊椎在他的手掌下是一条温热细长的线。

他将手从她腰际伸过去,没有迟疑,往上握住了她的乳房。她又不自主地战栗了一下。果实般的乳头抵着他手掌的生命线。对进入她身体的憧憬,从他的手心向全身扩散。他亲吻她……停留在她乳房上,吸吮她。她呻吟起来,声音和窗帷一起轻轻拂动。他也看到那胎记,但并不害怕。

"桃花印。"他说。

他仅用手,她就潮湿得像一条冒着热气的小河流。她的手指插到他的发间,温柔地摩挲,又把指尖放上他结实宽广的胸膛,缓慢地按下,仿佛在辨认自己身体的另一部分。他的皮肤下跳动着的火。

他感到脸颊一阵温热,是她的泪水。她是悲伤的吗?却见她眼里是笃定和欢欣的神色。她说,"你不知道我多么想和你在一起。"

突然,她一翻身,坐到了他的身体上方。从窗户缝隙透进来的光勾画着她的轮廓,他看见她缓慢地飞下来。他挤进了那汁液充盈的滚烫之地。她身体深处似乎有一座小岛:当他触碰到它时,她的眼神迷蒙起来;他稍一远离,又被她热切地拉近。窗外,鸟群掠过屋顶,落在另一座屋顶,最后整齐地飞越江面,如千万支箭射向对岸的悬崖。

这是一天中下午最后的时分。他停下来。把脸抵在她肩上,爆发出悲伤而满足的低吟。他帮她把衣服全部穿好,再看看墙上的时钟。他该送她回去了。他突然想起了自己编辑密码的事。

汉西抓过一张纸,写给她双数单数双数,时间地点所指。他问她记住了吗?她接过他递过去的纸,还是一绺绺地撕掉了,像他给她地址那天一样。

"全记住了?"他问。

"嗯。"

"在哪?"他问。

她偏着头,指了指自己的额头。光洁的,没有一丝忧伤的额头。

汉西每次回到储奇门的家,总感觉有一双眼睛默默地看着他。后来他慢慢地发觉了,是弟弟云晓总在他身旁静悄悄地凝视着他。他几次碰到云晓忧郁深邃的眼神,似乎欲言又止。

书卿走后,汉西去了报社。他今天的精神就像一朵云拽着他,万事万物在他看出去都是晴天丽日。他摊开版面刚看到一半,还没有来得及编辑,就接到了电话。给他打来紧急电话的是云晓。云晓的声音听上去很急促。他说他不在家里,在重庆下游一个名叫唐家沱的地方。

"一船的药都沉了。"云晓说。云晓告诉他,他家租的小货轮停在一艘大船边,大船避让过往的船只时突然侧翻,一阵让人心惊的桅杆和铁架的崩裂声后,它庞大的身躯向江心一歪,几艘小货轮也被它压入江中。

云晓的声音听上去很焦急。汉西想起来,他不过才十九岁,还只是个大孩子而已。不过云晓慌乱的状态让他觉得弟弟这个时刻比较真实,以往那些细致的账目和以"钱"为计量单位的工作,让云晓像一个沉闷的小老头一样。云晓告诉他,他在外的这一周,廪实的哮喘又犯了,已经在家休养了三天。所以云晓第一时间没有向父亲求助。他是记得父亲有这个病的,尤其是在初冬起雾的季节,到处烧煤,空气灼喉。

"如果我们能解决,就不要告诉父亲。"汉西说。

云晓说,晚上五点有一班从储奇门到唐家沱的船,他在唐家沱等他。货物是不可能捞起来了,但是他们需要到唐家去一趟,唐家人多势众,他们不一定能要到一个合理的说法。

"非要这么剑拔弩张吗?"汉西问。汉西心想,唐家自诩为"小船神",在长江的这一段呼风唤雨。若无基本的规矩,唐家的事业立不起来。

"唐家现在主事的人是唐家的老二,老大有小儿麻痹症。唐三……"云晓说到这里声音有点异样,"我和她熟悉,但她也就是一个女孩,家里的事情恐怕插不上嘴。"

汉西在一片水雾中上了船。江上的能见度只有几十米,唐家沱方向是下游。遇到有逆行的大船，则船摇晃得很厉害。大船高高在上，如同天外来物一样在江上乘风破浪。小船几乎是在黑暗的江面上摸索着下行，好几次都差点撞上暗礁。

这个时间点，往来的人多是唐家沱工厂里的工人，他们大概已经习惯了这惊心动魄的旅程。一个大汉随身带着一瓶白酒，在船头喝起来。小船从漂浮着一堆残败的木屑和尸体的水面小心翼翼地划过，那位大汉仍在面不改色地喝酒，汉西这才想到，他的工作可能是捞尸。唐家沱是一个江面宽阔的回水沱，夏天是尸体打捞的高峰期，跳水的、淹死的、饿死的，都会在这一带浮出水面。河滩上，祭奠死人的火堆忽明忽暗。蜡烛在风中飘忽，烧卷的纸钱飞向天空，伴随着阵阵哭声。他感觉自己步入了传说的冥界。江水汹涌的声音在他身后，汉西的后背上不时激起阵阵寒意。

终于，在河滩上方，他看到了云晓。云晓打着一个火把，正在那里等他。他身旁还有几个打火把的人，唐家还有一段路，这些火把，是给他们照亮的。他们沿着石梯子往上走，云晓在前，他气喘吁吁地跟在后。云晓走这条路似乎很熟悉了，步伐很快。

他注意到，路两旁插满了各种纸扎，那些红绿的纸做的人脸在夜里格外瘆人。汉西不由放慢了脚步。"这些人到底是在哭还是笑？"汉西问。"可能都有。哥觉得害怕？"云晓转过身来，用火把晃了晃他的脸。他对弟弟的镇定自若感到佩服。"你常来？"云晓没有回答，他也没有在意，一块石头差点将他绊倒在一侧的沟中。

"奇怪，为什么有的鬼脸画成笑脸？"他问云晓。

"可能在有的人看起来，是解脱。再说了，往下漂流，灵魂就会漂到丰都鬼城去。老是哭也不好，得换一个表情。"云晓回答。他们往半山的一座灯火辉煌的院子而去。不用说，那就是唐家。这地方和唐家的姓氏有没有关系，还不可考。但是，唐家今天所拥有的船队，最开始是打捞尸体的。有说他们的祖上打捞尸体的本事非常高，能准确地用铁钩和网协作，将死人毫发无损地拖到岸边。

"唐家的人是不是都带着鬼气？"

"你见了就知道了。还有人说，半夜看到很多鬼帮唐家抬船。"

"那给咱们家运货的船为什么会翻？"

"鬼也有不专心的时候，都是些没有脑袋的家伙。"云晓呵呵地笑了。那院子的灯光很近，走起来却还远。他感到累乏时，却听到了一阵凶恶的狗叫声。唐家院子修筑在高高的堡坎上，下面是一个狗屋。云晓吼了一声，那些狗叫声变弱了，不过汉西没有多想，他只想它们立即停止这吵闹人的嚎叫。

唐家的院子里挂满了灯笼，每一个房间也透出光亮。院子里根本没有人。堂屋门开着，门上挂着一个匾额——"家风淳厚"。再往里看，中间一张长条案几，供奉着水果和香，墙上写着"天地君亲师位"。

"他们家怎么什么都搞得阴风惨惨的？"汉西心想。他听说过，唐家的生意是从死人身上起家的，因此忌讳特别多，礼数更多。每年差人送到各家的礼物都包装得很精致，上头写着唐家的家训："如水行舟，兼济天下。"看有人来了，从偏屋里走出一个管家，提着马灯。他将他们上下打量一通后，说："看来我们的客人从码头来的。是少爷的客人还是小姐的客人？"他们家的管家说话怪里怪气的，腔调拖得又细又长，像舌尖分了叉。

"都不是。我们是储奇门孙家的。"云晓说。

"有约吗？"管家又问。

"和你家大少爷说好了，今天晚上我们住一晚，明天上午谈正事。"云晓补充道。管家没有吱声，引他们往一楼后院而去。没有想到这后院还有一重院子，也许还是很多重，看蜿蜒的灯光快铺到山顶。

"这就是唐家的客房。"云晓小声说。管家领他们进屋后，歪着头，"噗嗤"一声吹灭了手上的灯，然后就像一只影子一样飘走了。这客房四周贴着竹片，床上折叠着干净的被褥。有一扇窗户开着，吹来了江水搅和腐朽气息的味道。他想，今天答应云晓过来还是太冒失了，此时他们兄弟俩就像两个落难的船工，这不仅不符合他们家的做派，就货物赔偿的谈判来说，也不一定有优势。但既来之则安之，他们用房间里热水瓶里装的热水简单洗漱后，在黑暗中躺下。他点燃了一支烟。

"我们看上去是来要债的，还是还债的？"他问云晓。

"要债的。"云晓说起来，从上个月开始，各大药房药品就告急，为了搞到这批药品，他们出了翻倍的价格。但唐家和他们签订的运输合同上备注了，如果遇到不可抗拒力，将不给予赔偿。

"问题就在于对不可抗拒力的理解了。"

"如果不要这船药物，我们会怎么样？"

"几乎相当于一个季度的利润。去年的利润都开新店了，要进新的药，我们没有钱来周转。"

"我明白了。"他说。

"我们不能和唐家硬碰硬，扯赔偿条款或者找事故原因，真正有结果可能都是年底或者明年的事了，遥遥无期也不一定。"

云晓还想说什么，汉西拍了拍他的床沿。"睡吧！明天再说。"今天，是他回国后，和云晓单独相处最长的一次。他陷入了入睡前朦胧混沌的状态中。突然听云晓问道："哥，如果不是开战，你说父母会不会送我去留学？"他的神智像在温水中荡漾了一下，迅速恢复了绝对的清醒。

"你想去留学吗？"

"嗯，我也想去外面看看。我觉得你留学回来后，整个人都变了。"

"是变好了还是变坏了？"他问。

"当然是变好了。"云晓说。汉西坐起来，他的眼睛已经适应了黑暗，他看到云晓也是圆睁着一双眼睛。他坐到云晓床边去，把他的肩头抱住。"云晓，要是你想出去看看外面的世界，我送你去。"

唐家的清晨，一早就有船工来领当月的薪酬，狗叫声不停。昨天浓雾锁城，今天竟然露出了冬日的阳光。一把椭圆形的摇摇椅上，唐家大少爷唐欣诚盖着薄薄的棉被，在接受没有太阳光线的沐浴。他年纪不过三十岁，但已经有点秃顶，在想象中，他应该带着体弱多病的孩子特有的自卑和失落的表情。但他没有，秃顶是秃顶的，剩余的头发用发油细细地抹过，用梳子整齐地朝一边梳着。

汉西过去和他打了招呼。欣诚说，知道他是从国外留洋回来的，他对英国，尤其是英国历史很感兴趣，问他欧洲这个时期的情况如何。

"我判断，战火最终会让所有的国家都搅进来，想独善其身根本不可能。"汉西说。欣诚赞赏地点点头。"真希望那一天早点到来！中国孤军奋战，扛不了太久。"他的双下肢都不能行走，幼时的一场高烧留下的后遗症。他说他了解世界的方式就是看书或者看江上往来的船只。唐家院子在半山一块突出的高崖上，整个江面一收眼底。

"我研究欧洲历史，对哲学和诗歌也很感兴趣。十八岁的时候，我父亲让我选一艘船来命名，我取的是'五月花'。"

汉西说："我从欧洲回来，坐的船名字也叫五月花。"他们相视一笑。

"不过我想，在长江上行驶的'五月花'，会和大海上的不一样。"

"我哥哥终于找到聊天的人了。"传来一个女孩的声音。汉西转身望去，不知道什么时候，他们身后站了一位女孩。她齐耳短发，头发上别了一顶小巧的帽子。蓝色棉袄上衣，却系着一条皮带，下穿裤子和皮靴子。她那双大眼睛也不惧陌生人，将他全身上下好奇地看了一个遍。

这双眼睛，汉西在"重庆第一照相馆"的墙壁上见过。这就是唐小姐无疑了。

"二哥一早就出去了，把客人撂在这里！"唐欣宜说。

"他是想给你们一个下马威。船沉了，我们本来就理亏。他大概还没有想好赔付的方案，不过唐家从来不欠人情，最后就是没有钱，抓几个鬼也要送给你们。"她自己笑起来，汉西却在思忖着，唐家说话算数的人要明天才回来，把他们撂在这里吹河风，他不如先发制人。

"昨天云晓叫我过来,我以为今天能和你们二少爷通上话。结果他去办更重要的事情去了。我不是来兴师问罪的。可否请唐小姐给我纸和笔?"

唐欣宜动了动下巴,管家就一路小跑,拿来纸和笔。汉西挥毫落纸。

"借条。今因货物受损变现受阻,特向唐家借款 50 万元用于解燃眉之急。年底奉还。孙汉西。"他看向云晓,云晓有些不解,但很快明白了汉西的意思。唐家信奉的是"兼济天下",只要有人开口借钱必借,只是代价昂贵而已。

汉西说:"我既上门来,就是带着借钱的诚意。因为不如此,我们孙家就无法周转过来。所以,我是为借钱而来,不是为讨债而来,"他把笔往桌上一搁,"很遗憾没能和你们唐欣虎见上一面。如果没有别的事,我想我该告辞了。"

唐欣宜和云晓互相望了望。汉西做这个决定前也没有和云晓商量。但他想,云晓会理解他的。因为他们只有以守为攻拿到钱来周转,无论是赔偿还是借款。

"对了,"汉西转向唐欣宜,"听说唐小姐在报纸上征婚反抗传统婚姻制度。我向您表示敬意。不知道唐小姐是闹着玩,还是真心想在本城遴选优秀的人才呢?"

"这是我们唐家的事。"欣宜头一扭,望向别处。

"是比武招亲还是比文招亲,别忘记了通知我。虽然我已经心有所属,但是我认识的城里有钱人家的子弟可不少,可以多多推荐。"汉西似笑非笑地说。

唐欣宜气得脸色一变。她征婚正是因为当时听闻父母要将她嫁给王家沱的那个矮子少爷。

"走吧。"汉西站起来,准备下江边去。

"云晓,你留在这里等待二少爷返回,我先回储奇门。"他将手插在裤兜里,准备走。

"我喜欢你，"欣诚说，"希望我们还有机会谈谈欧洲的历史和哲学。"

云晓送汉西到河边，他似乎很熟悉这一带。他们披着浓雾中的晨光向河边走去，下坡简直比上坡还费力，因为露水打湿了泥土，路面很湿滑。唐欣诚望着他们，他们的身影终于消失在河岸的沙丘背后。

"借钱的事，从我的账户里扣除。"他转头向欣宜说。

"不经过二哥的同意吗？"

"白白得到一张借条，还帮你把关了婚姻大事。这么好的条件，别说是一条船，就是十条船也是值得的。"

"可我不稀罕他。"唐欣宜委屈地说。

"这洋货也不会把你这土丫头放在眼里，"欣诚说，"来，欣宜，把我推到有阳光的地方。"

听云晓说廪实生病了，汉西决定还是赶回去看看。进门后，媛芝告诉他，廪实的病本来是小病，但他下半年过得太劳神，病也越来越重。开始只是咳嗽几声，后来竟然引发了多年不犯的哮喘。

汉西抬头，廪实正扶着书房的小窗喘气。艰难的呼吸夹杂着几段剧烈的呛咳，院子树顶的乌鸦群也振翅而飞。

"汉西回来了，来坐。"廪实在书房的小桌子上泡了茶。汉西坐下来。廪实说，他的病是肺上的。但他自己知道，心上也有病。汉西回来的那段时间里，廪实忙前忙后，配合政府建立重庆市日用必需品公卖处。官督商办，正副董事长由政府代表和商会主席分别担任。他是下江商会的会长，推脱不了。当副董事的第一天他就发现，自己踏入了泥潭。

这日用品公卖处相当于一个调拨中心，四面八方的物资都汇集到这里，下属多个营业处和码头、库房。但是现在，廪实手上积压的不是日用品，却是各种来调拨物资的介绍信和"先斩后奏"的调拨单。没有这些米、面、盐和煤油，老百姓的日子就过不下去。但总有从政府各个部门伸出来的手将物资半途领走,仓库没有库存,吃不上饭的老百姓天天又洪水般涌来,将日用品公卖处的那条街挤得水泄不通。

他空有一身管理药房的好本事,却没有粮食拿给他管。他每天上午在自己家的药房,下午则到公卖处主持工作。

每天中午,当天的粮食配给就用完了,他看看只剩四面墙的仓库,像做了对不起大家的事一样,低头从人缝里挤出去。

"孙会长,"一个以前老在他店里买咳嗽药的老头认出他来了,"我们吃不起饭了,你们公卖处是怎么干活的呀?"

"粮食就这么多。"廪实摊摊手。"你们看,"他拿下帽子,掀开长衫,"我回家有没有带走一颗米、一丝面条?"

"那还要你这个会长干什么?"

"你是巴不得我们得饿痨病,好到你的药房抓药吧?"

"别不识好人心了。孙会长在商人中算有良心的。"

"好人,你见过几个商人是好人的?没有官商勾结,他们能发财?"人群中,有几个人吼了起来。那声音越来越大,声浪如铁板般地将他夹在原地。他家的药房最近老是被人截货。会计说,每天总有几箱药刚一到码头就被国防部来人提走了。没有给钱也没有说何时还药。自家的事情尚按下了葫芦浮起了瓢,还被这些人堵在这里一阵漫骂,他心里一股火直冒。说白了,这个公卖处,就是一个形同虚设的机构,但这些人中,有人才刚在他家药房外的赈灾窗口领了粥和馒头,转眼就骂起了他。

"这样吧!"他想尽快离开这里,"凡是到我家药房喝过粥的,请继续到原来的地方去领。我个人能力有限,只能管孙家的事。"他气呼呼地戴上了帽子,听他这样一说,人群自觉地给他让开了一条道。在路的尽头,他的小汽车在那等着他。

一坐上车,廪实就对司机说:"到处转转。"司机看了看他,像没有听明白他的话。"会长不回药房吗?"

"不了,去别的有粮油和百货的地方转转。"小汽车在市区的石板路上开出去没有多远，廪实就看到了一家粮油店。这家店的米和面都摆得满满的，他缓步走进店里，眼睛却被白光灼伤了一样眯了起来。他看到，垒在最上层的那几个口袋，封口处还盖着日用品公卖处的章。那章红色的印子模糊了，就像一张张要吃饭的大嘴咬向他。

"这些粮食哪里来的？"他问道。

"高价买来的。"店主答。

"你们再高价卖？"

"做生意难道不是这样吗？"店主也没有闲功夫和他说话。"让开。"他抱着一袋粮食准备放到门口街沿去，廪实躲避不及，被那方形的口袋撞得胸口隐隐作痛。他赶紧把帽檐拉低了一些，不想再去看那些盖了章的口袋。那些嘴。他心里默念起一个个数字："今年赤字法币20.57亿元。物价指数为220，教师工资指数为64，公务员为49……货币购买力指数为1937年的28.17%。"

"廪实啊，你不能坐以待毙。你必须为孙家谋更好的出路了。"他听见一个声音在说。

汉西帮廪实满上茶杯里的水。廪实关心汉西在报社的工作是否顺利。汉西晚上还要赶到印刷厂去盯着，看廪实也无大碍，就从家里出来了。粉姨给廪实端来了银耳汤。给他熬的梨水在床头小柜子上放冷了，他却没有喝。他艰难地支撑起身体，让粉姨拿来算盘，在账本上写着。

"就不能等病好了再算？"粉姨准备再去把梨水热一热。廪实决定的事情，别人都改变不了。她看到他脸色红润了一些，眼神里呈现出事情理清后的轻松和急切。"咳嗽这样的病，一到了南洋自然就好了。都是重庆的天气害的。"廪实缓缓地用汤匙荡开银耳汤，突然说道。

"南洋？"

"对，我这段时间一直在接待南洋来的华侨。那边生意还是好做，药材和燕窝都非常好，我们可以分散一部分投资到南洋去。"

"可是现在,这兵荒马乱的。你,还有钱怎么出去?"粉姨有些惊慌地说。

"只要铁了心想出去,总能想到办法的。不过是代价高一点。"廪实已经咕咚咕咚地把一整碗银耳汤喝完了。他看起来精神抖擞,一翻身就要下床来,正伸着脚在踏板上找软底拖鞋。粉姨蹲下来,帮他把鞋套上。她知道,他一定是有很稳妥的渠道了。他是那种谋定而动的人。果然,她听见廪实缓缓地开口说道:"我去见一见霍子崖行长。"

他跟在儿子身后出了门。

还有半个月就要过年了,在汉西记忆中,小时候过年是一年中最热闹的时候,各种卖土特产的、卖鞭炮的,从码头一直铺到储奇门。今年有是有,但摆摊的内容变了。乞讨的,卖儿卖女的,多了起来。每走百把米,就有一个男人或者女人倒在旧棉絮或者行李上呻吟,一旁坐着衣衫褴褛的儿女,有的在脖子上挂个牌子写着价格,有的在旁边放着一张纸。卖儿女是明令禁止的,只能是送到有钱人家里做仆从,顺便给父母一点补偿费。当有一个买家领走孩子的时候,就会响起一阵撕心裂肺的哭声,那哭声又吹到巷子里去,刮着人的心。

他听着不忍,赶紧加快了脚步。想尽快赶到印刷厂去。他拐进了一条往山上走的近路,路窄,梯坎又陡峭,一旁的水沟里流着污水,沟堑边上开着无名的小黄花。这些野花野草最是无忧无虑。水沟旁的木房子七拼八凑,像一件件打了补丁的百衲衣。从那些房屋歪歪斜斜的门板里,传出了孩童打闹的声音和女人洗衣服捶打的声音。

他走走停停,庆幸自己选了条无人的道路。前面一间石头房子。他刚一拐弯,就被躲在那里的一个人撞过来,拿一张布蒙住他的脸。

"举起手来。打劫!"汉西从容地将遮在脸上的布掀开。他听出声音了,是康山。"你搞什么名堂!"汉西这才注意到,康山蒙他脸上的布是一个算命先生的招牌,上面写着"第一神算"。

"你什么时候改了这个职业了?"

康山看四下没有人，神秘兮兮地说："你别告诉别人，我参加一个神秘组织了，这是我掩护身份的职业而已。你知道在码头行走，我本人已经太打眼了。现在大家都知道我改邪归正，专门替人算命。"

"你有这天赋！"他拍了拍康山的肩膀。康山参加的什么组织，汉西不便细问。但他觉得他今天应该请康山吃饭，快过年了。

"我反正是个闲人。要么在咖啡馆，要么在码头。再说了，和大记者聊天也是我工作之一。"

两人边走边聊。康山对汉西近期的动态很了解，搬家、到上清寺整理书籍都知道。康山说他现在手下有十来个人，主要的任务是帮各种雇主送信。

"也训练鸽子或者编辑密码吗？"汉西问。

"来不及了，最原始的方式。所有的信息都靠跑腿。但是，"康山把嘴凑到他耳边，如果你看到我这个发型的算命先生，就是我的人，你可以把信交给他们，自然会汇总到我这里，我给你送。"汉西觉得康山这个想法还不错。"士隔三日，当刮目相看啊。康山不再是无业游民，是掌管着重庆秘密的送信人了。"他由衷地为康山感到高兴。

"不仅送信，其实我们也搜集情报，比如你家就有一件让你大吃一惊的事。"

汉西不相信。"我家还会有什么情况我不掌握的？"不过他这样说也没有底，毕竟他回家才一个月左右的时间。康山脸上又露出他那特有的神秘来。

"来，我告诉你，保证你想不到。"汉西把头凑过去，康山俯在他耳边说起来，汉西的脸色最开始很严肃，最后竟变得很惊讶。

送信人来的中午，书卿刚好和沈言去了市场回来。送信人在这一带恐怕还有其他的雇主，走进她家时，说已经口渴得要昏过去了。阿秀给他端来了水，他端起来一口喝下去，差点噎住了。家里怎么会来一个小算命的？书卿也很纳闷。趁阿秀放碗的时候，他已经把一张小纸条递给书卿，自己撑着算命的旗帜飞快地跑了。

"现在什么职业都没有算命的好，"阿秀从厨房出来说，"人人都关心自己是被饿死，还是被飞机炸死。"

书卿在楼上已经换好了衣服，她看了一下时钟，还有两个小时子崖就该回来了，她去汉西那儿往返需要一个半小时，在一起只有半个小时的时间。她去吗？时钟清晰的咔哒声像倒计时一样掐着她的心。她管不了那么多了。她一边披衣服，一边往下走，为了方便走路，她换上了平底的布鞋，往常她喜欢穿一双方跟的皮鞋，布鞋轻便多了，她几乎可以跑起来。

"太太这么晚还要去哪里？"阿秀看她要外出，颇感意外。

"我去准备明天晕船的药。"她也不知道怎么想到了这个理由，大概人在情爱中创造力是惊人的。她是一路跑到山下的，风呼呼地在她耳边吹着，她远远地就看到停在路边的几辆人力车。她跳上车，抓住前方挡住身体的扶手。那人力三轮车在并不平整的路上颠簸跳跃，好几次都把她的身子腾到了半空。

三轮车车夫不时回头瞥她一眼，因为他还没有见到哪个小姐像她这样疯狂的。

车子穿过落叶满地的土路，两旁的农田有的也被飞机轰炸出巨大的坑，下雨之后，积成了一个又一个水面。她想到自己上次去汉西那里，心里很平静，她那时对他的感情还觉得不一定。而今天她心里却这样急切，就算是赴汤蹈火，她也要去见他。

车到通远门城墙下时，车夫已经累得快瘫下了。车一停稳，她就迈腿跨出去，稳稳地站在地上。车夫看着她的背影，摇摇头掏出毛巾擦汗，她却头也不回地沿着山路向上走去。

她扑在他门上，用手指尖细密地敲打起门。门一开她就旋风般地挤了进去，汉西把门一关，他们靠在门后，在彼此的脸庞上去寻找嘴唇。

她来的时候走得太急了,呼吸很急促。但汉西根本不给她换气的机会,她嘴里朦胧地发出央求的声音,他才把头抬起让她呼吸一下。待她呼吸一口,就又被他吻住了,她的头昏昏沉沉的,软得像一条鱼。

07

家事

"有没有夜里喝美式的习惯？"约翰走到咖啡机旁。

"可以试试。"工作初期经常夜里加班，美式咖啡常常是最好的朋友。

"看上去你心事重重。"

"对，我在想，英国植物园里的女性名字。"

"关于伊丽莎白一世还是简·爱？"

始建于1957年的Kew Gardens英国皇家植物园，是世界上最著名的植物园之一，中文名字"邱园"。各种奇花异草闻名于世，其中富于芬芳馥郁之想象力的，当属奥斯汀玫瑰园。有意思的是，其中不少玫瑰的命名来源于英国的作家、地名，和一些杰出的英国女性。比如"玛格丽特王妃""安妮女王""朱丽叶""夏洛特""苔丝""牧羊女"……我记得我上次到英国旅行时，特意到邱园去，蹲在玫瑰花丛中苦苦寻觅一个个女性名字。

"简·爱。为何将这两个名字连起来？"

"1558年，伊丽莎白一世登基，终生未婚。自此，英国走向富强，直至第二次世界大战才对其国力有所削弱，期间经历了英荷海战，第一、二次世界大战。1847年，文学作品《简·爱》横空出世，独立、强大的简·爱，嫁给了内心深处的图腾：老牌、沉稳、有教养的罗切斯特先生。其实，简·爱和伊丽莎白一世一样，嫁给了她们自己。"

"中文很溜啊……"我惊诧于他一下子说这么多。

"烂熟于心。"

"你对这类型女性的评价挺高。"

"欣赏，可以这样说。"他走到咖啡机旁拿了一个糖包过来，指缝间夹着一个盖子。"我们来玩一个猜有或者无的游戏。"

"赌什么？"

"规则是输的人回答问题，不能说假话。"我苦笑。

"赢了的人，也不可以。"他把糖包放在盖子下。

"这个问题是，你想嫁给一个怎样的人。"我明确地看见糖包在盖子里，便伸手按住盖子。"我猜有。"我说。

"不后悔吗？"

"落棋不悔。"

"那好。"在我的注视下，他移动盖子。我期待看到那个白色海豚身体般圆润的糖包。但只是我的幻觉。盖子下什么都没有。

"你得回答。"他微笑了，头扬起来。

"我。"我想了想说。

"谁？"

"嫁给我自己。"我平静地说。

"那你得和很多偏见作斗争。据我所知，《简·爱》面世的时候，中国女人还把事迹被刻上贞节牌坊作为一种理想。"

"你研究中国女人？"

"嗯，我是个男人，我喜欢女人。这应该算我的优点。"他大笑起来。我的手机"嘟嘟"地响了起来。撞击着提包的内里。墙上，凌晨一点，中国国内时间上午九点。我看了看来电号码，是我父亲。

"想左右你嫁给谁的人来了。"

"起床了吗？"我问成儒。在一个英国绅士面前，我尽量希望别人看见我原生家庭的和谐美满。

"一个晚上都没有睡着。"成儒说。

"为什么？"

"你告诉我现在你在哪里，"他压低了声音，"你之前留给我的电话是酒店的，我刚才打过去问了，你根本不在。换句话说，你没有回酒店，你去哪儿了？"

"我已经三十岁了。"我悄声地嘀咕着。

"可你现在是在人生地不熟的爱丁堡！我差点让使馆的朋友去酒店查你的行踪了。"

"虽然你是我爸。但你是我，我是我。"我压低声音说。查我的行踪是我最反感的。

"你翅膀长硬了。"他生气时嗓门变大了。

"你该没有报警吧？"

"暂时还没有。"他说，我心里放轻松了些。

"我在我同学温妮的朋友家里。"我捂住电话，小声地说。我也不擅长向他撒谎，脸面发烫。

"家里还好吗？"

"好啥！我可能掉进坑里了，那幅画从一开始就是假的。"又是画。我看了一眼孙约翰，他正把一把坚果放到烤箱里去，用钳子一个个均匀摊开。细微的小事，他也做得很专注。"从委托我做展览和借画，到作品送到我手中，我感觉是非比一般的顺利。原来大吉不祥说的就是这个意思，过于顺利很可能就是一个环环相扣的骗局……"成儒说。

"你在听吗？"我看着一个人的专注侧影。成儒的声音是从话筒里伸出的手，把我的注意力掐断了。

"在听。可我能为你做什么呢？你还是得找警察。"我说。

"当然。我是想知道，你今天吃药了没有？"

"吃了。多吃会变疯子。"

"早点回来。"他生气地把电话挂了。烤核桃和松子炸开时溢出的果香越来越浓。他端上来，它们变成了我面前的一盘点心。

"吃药？需要水吗？"约翰用亮闪闪的小钳子夹起一块冰，放到我面前的杯子里。我盯着那托盘以及银色的夹子。只是没有浸湿盐水的棉花和褐色的药瓶。一张无比清晰的照片插入了我的大脑里。

重庆附属第一医院。乙醇的味道。周遭的一切都是白色。冷静，孤寂，全无生命的欢欣。这里只承接残缺败坏的人生，人体被细分成一个又一个房间，然而最无可言说或者神秘的，当属神经内科。在被一位漂亮的护士抽取了七八管血液后，我被送进一个舱室般的仪器里，目的是扫描我的大脑神经和血流是否正常。而检查这一些，是要为我的精神疾病找到依据。

"没有任何异常。"戴着白手套的吴医生按了按我的额头。

"医疗也不是万能的，有的病症无法查出原因，尤其是这个年龄的。"

这个年纪，工作压力，恋爱失常，各种。我的病来自一些莫名其妙的幻觉。幻想自己漂浮在水中，早上醒来莫名其妙地流泪。行为上，则是翻找我失踪男友的所有线索，为此我去过他拍过照片的每一个地方，反复地翻看他留给我的照相机里他走入水中的身影。我父亲认为这一切都是因为格子。他说，一个人如果失恋了，半年后就会好起来，因为据说半年是爱情由热转冷的时间；但半年过去后，我还是那样，没有任何走出伤痛的迹象。

到一年半时，医院的抽血报告显示：我严重营养不良和神经衰弱，甚至一块阴影已经爬上了我还未生育的子宫。

"你愿意忘记他吗？"吴医生和颜悦色地问我，他的指甲干净平整。我看到他在病历上写下："患者自诉失恋两年来，食欲差，精神差，夜里出现幻听。诊断：抑郁症。请按时服药，门诊随访。"

吴医生悄悄地对成儒说："随时留意，她有自杀的倾向。家里的门啊窗的都封起来，不要住太高的楼层。"成儒附在他耳边说了句什么，吴医生又说："那太好了！简直是给病人提供的专属疗养院。对了，那个小区房价很贵吧？好像我们院长原来就在那小区。那家伙贪污，最近被弄进去了。"

又一个病人笃笃地在外头敲门了。他的着装整洁，堪比一个退休干部。

他刚才问的问题是:"吴医生,百忧解和坦度螺酮能同时吃吗?"

吴医生点点头。他这次进来和之前的笑容一模一样,只是竖起手指放在了嘴唇上。

"嘘!吴医生,百忧解和坦度螺酮能同时吃吗?"

成儒本来还想和吴医生聊聊那位院长的事情,但是这个人的进入使他泄气了。他拍拍我:"我们离开这里。"在电梯里他一直没有说话。当车子驶出车库,我们又见到了自然的光线,他长长地吐出一口气说:"这鬼地方要把人整疯。"

"我本来就没疯。"我说。我看着右边的窗户。在他眼中,我只要长期地看着一边也是有病的症状。果然,他正在倒车镜里看着我。

"我本来就没有疯!"我大声说。

"你懂个屁。"

这是他对我发火的一级警告。

"我看是你疯了!"

幽闭的空间容易引发我更坏的情绪。到红绿灯了。他出神地看着远处,但语气软了下来。"别人都说吧,这男人要是离婚了,就不该把女儿带在身边。我当时该让鞠兰带你走。"

"我做错什么了?"

"我女儿得病了。"

"父亲们最根本的缺点就是要孩子争光。"

"和你的健康相比,争光不算什么。"

他单手操作着方向盘向右手转弯,我父亲看起来有掌控一切的能力。

"那为什么要我吃药?"

他猛地加油,抢过了一个红灯。

"你脑子里有一些不干净的东西,得清除掉。"

"干净的脑子应该是怎样的?"

"做个正常的女人,结婚生子,追求幸福。"

"你就不怕我吃药吃成傻子吗?"

"其实我有时感到很害怕,我觉得是基因。"

"谁的基因?我妈的?"

"别提她了,我想的是更远的事。"他摇摇头。

"嘿,"我笑了,"心理学说基因的影响会留存三代,你就等着你的好基因显灵吧。"窗外。川流不息的车从多条岔路汇入,等待着上桥。我们的车也停了下来。他生气地不说话了。

"对于这种为情所困的疾病,或许唯一的疗法是开始新的感情。"约翰似笑非笑地看着我。"你很有经验。"我说。

"我也不止一次在情感上失败。十六岁,爱上一位姑娘;二十六岁,第一次婚姻;三十岁后,就是人们所说的花花公子的生活。直到现在,坦白地说,我受够了那种人来人往的热闹,还有形式大于内容的约会、永远消除不了的种族偏见、孤立,甚至是居高临下的关系。或者是我去怜爱他人,给予帮助,短暂地相聚又分开。可能我年纪大了,我越来越抗拒这样的生活。但是,我内心里仍笃定地相信爱情的存在,或许你不相信。"

"爱情是什么?"

"是有一个人惊醒了你。"

"听上去很像花言巧语。"

"你对这些有免疫力,你冷静得像一座冰山。婉诗,虽然你父亲对你的方法不一定对,但你需要走出来。你应该去开启一段新的亲密关系,看看你这修女般的样子,我敢说你很久都没有被人吻过……"

"怎么,你准备为拯救我而献身?得了吧。"

"如果有那样的机会,我不会放弃。"他得意地笑了。我站起来,不再接他的话,准备去拿一杯温水,我的大衣下摆却挂住了椅背,差点把我绊住。他走过来，拎起大衣腰身以下的部分，静静地站在我身后。

"你可以把外套拿掉，房间里并不冷。"他轻轻地说。

我摇摇头拒绝了。"你知道吗，你让我想到一种形象。"他说。

"什么形象？"

"中国的粽子。"他指指我。我刚刚还把腰带也拴好了。一个不自觉的自我保护的动作。

"现在，中国粽子需要一顿充足的睡眠。"我伸展了一下手臂。一个过于保守的形象，已经在他心中确立了。

书卿他们启程的这天早上，天干冷干冷的。子崖在前头走着，她提着行李跟在后。一路无话到了江边码头。船家总想多装几个人，因此人坐满了，还磨磨蹭蹭了很久。好不容易达到了他心满意足的人数，一台皮带式的发动机轰鸣着，费力地拖拽着小船逆水而行。两旁掠过平坦的河床和绿色的河岸。

冷风吹得人五官僵硬。子崖陷入了沉思。在想着什么。

他母亲出身不太好，她是成都一个大户人家的姨太太。捻军在四川猖獗之时，杀光了那家人，她却逃跑出来。她有一身的本领，最擅长的是和男人打交道。最开始她是以管家的身份来霍家的，没有多久，霍家老爷就死了太太，她自然就成了女主人。

她自然十分在行家庭事务和家族的壮大。结婚不久，她一口气亲自张罗了三个姨太太，为霍家延续香火。但事与愿违的是，她自己由于思虑太多，子女稀少，子崖出生后她就再没有怀孕。其他年轻的姨太太，也不知道被施了什么魔法，生的全是女儿。子崖有时会疑心这是他母亲希望的结果，既保住了自己的地位，又体现出长房夫人的大度。这样的一个女性，自然会过度地放纵儿子的暴戾，生怕他受女人的欺负。

子崖常津津乐道地回忆起一个细节，他最喜欢把煤油泼在两个妹妹头上,看她们费力地在盆子里洗。夏天的时候还好,冬天天气冷,洗完后得在火堆边烤干。她们刚刚烤得半干,就被子崖再抓一把灰放在头上。他的两个妹妹经常被他吓得在院子里仓皇逃窜。每当这时,他母亲嘴唇边就会露出微笑:"男人先得学做坏孩子,再做好孩子。"

儿子对于男女之事的学习,也在她的操控之下。日常她严格地监测着儿子的社交范围,出身不好的女子进不了他们家的安全半径。到子崖出国前夕,她却做出惊人之举。让家里的一个管家把他带到了成都一家位于深巷中、据说只接待熟客的妓院。

"让她们教教他。"他事先并不知情,直到被领入一座人迹罕至但门前栽着各种花的宅子,他穿过像是没有尽头的天井,再七拐八绕地上了楼。在一堆欲盖弥彰的纱帘中,他一进去就看到两个裸着上身的女子躺在雕花木床上。他条件反射式地想跑,门却被反锁上了。

其中一个高个子女孩子披上衣服,走过来拉他的手,不是去床上,却是迎他到了靠窗边的罗汉床上。上面放一小茶几,还有一盘橘子、一盘炸红薯干和一碗水。高个子女孩子的丝绸袍子就随便地在腰上系了一根带子,一对儿玉色的胸不时露出大半。她一边泡茶,一边用手去扯那老是从肩膀上滑下去的衣服领子。坐床上那个也起身了,她们明白,他还是一个不谙男女之事的新手。她看上去个子更娇小,但是更丰满,全身的皮肤刚刚洗浴过,呈现出梦幻般的粉色。

粉色女孩也来到罗汉床边上,她从子崖身后抱住了他的肩头,她的皮肤在他的耳廓边温暖地摩擦着。一开始,他只知道胡乱地吃水果,不知道怎么和眼前的女孩子说话。

但他心里清楚,既然是他母亲给他安排的事,则他绝对没有任何危险。因此他任由那高个子女孩在他腿上轻盈地坐下,又用手解开了他的衣服。他试图用手去制止她的动作,但站在他身后那个,开始用散发着玫瑰花味道的嘴唇亲他露出的肌肤。没有得到客人的允许,她们是不可以亲吻客人的嘴唇的。但其他地方除外。他周围充斥着粉红的嘴唇,就要晕过去了。他就在束手就擒的状态中享受了人生的第一次。

后来他想起来那更像是一堂示范课，往往是一个在他的身体上时，另一个在他耳边告诉他，他该怎么做。节奏缓慢得像在制作一道色香味俱全的大菜。从认识女人的身体各部位开始，再清楚她们的味道和性情，知道如何迎合她们也知道如何制伏她们。有好几次，他差点鸣金收兵。即将一泻而下的洪水却被她们拦在了堤坝内。"在与女子交合的时候，切不可将她们当人。"高个子女子在他耳边低语。

他似懂非懂地点头，叫了一声"姐姐！"后就如小野兽般将其扑倒在床。

他母亲为他操办的事，明显办过了头。因为自从儿子从妓院回来后，就像犯花痴一样在床上躺了几天，一副虚空的样子。他母亲以为他病了，到他房里来探看他，一切却都难以启齿。他就这样失去了童贞，这没有什么可怕的，可怕的是很长一段时间来，他看到自己的妹妹们也忍不住联想她们身体的构造。

"他好像走火入魔了。"他母亲发现了。但霍太太还来不及再用其他手段来扭转他，他去欧洲的时间就到了。"在大海上那几个月的茫茫航行，才让我忘记了那些。"半年后，他在寄给家里的信中说。

他母亲收到信后，悄悄地把信烧了，因为她不想看到自己的任何一点差错。事实上，子崖倒是不再关心女人的身体构造了。新的后遗症是他对于男女之事兴趣转淡，偶尔为之，其快乐也远不及十六岁那一次。他把自己永远地丢在了成都那家他不记得路的神秘院子里了。

"你想好见到我母亲说什么了吗？"子崖问。

"没有。"书卿正欣赏着河中段露出的一段石梁，根本没有想到他会问这个问题。子崖沉郁地盯着河水。她侧过脸去看他，他如果不是那样情绪化，也算一个长相英俊的男子，但他的身体里仿佛隐藏着一条深深的峡谷，只要有任何的不小心，那条峡谷就会裂开。

"那要不要把你和那些洋人的事，给她说？"子崖问。船遇到了一股浪头,剧烈地摇晃了一下,船上有几个人叫起来,因此遮住了子崖那充满挑衅的声音。书卿却真切地听见了。"随你便。"她说,她的脸上只有无所谓的表情。她觉得他没有什么不敢做的,一切都是看他的心情。

"别傻了,我不会告诉我妈的。在我母亲那里,我会把你塑造成一个圣女,让她知道你是世界上最纯洁的女人。"她惨淡地笑了一下,去看那被船划开了一道道刀痕的水面。

他们坐船先到了乐山,再转船经岷江到成都。离家越近,书卿心里越是凄惶起来。如果不是母亲早逝,她会急于逃出自己的家庭而嫁给子崖吗?想着不快的心思,天色仿佛一直都是灰蒙蒙的。

船上的人在路途中多数无精打采,但一靠近码头,则个个恢复了生机。成都的天气似乎更冷彻骨髓,因为少了河流水汽的滋润。一股冷空气钻进了她的脖子里。

她看到一辆黑色的小汽车就等在码头上,车旁站着一个穿黑色衣服的妇人。时隔多年,书卿还是一眼认出那是子崖的母亲。她瘦了,岁月打磨掉了她身上柔媚的部分。子崖和他母亲打过招呼,书卿也走过去,叫了一声"妈"。她很久没有说出这个亲昵的称呼了,感到声音在喉咙里打转,很不自然。霍太太面无表情地"嗯"了一声,她转向子崖:"结婚这么大的事,也不给家里说一声,就这样生米做成熟饭了?"

书卿知道,自己必须习惯霍家特有的说话方式。子崖看见母亲,立即抱住了她的肩膀,把母亲搂在怀里,以软化她的强势。"这不是战乱期间吗?哪里讲究那么多。再说了,您要是愿意,补办不就行了吗?走,回家。"他说。

"就你会找理由。"霍太太伸出手点了一下儿子的额头,子崖则就势拉着她的手,他们母子之间因为分离而产生的陌生感,就这样消融了。

霍家有自己的小汽车。几个乞丐则追着汽车跑,司机不得不停下来,给他们一些零钱。在车上,霍太太和子崖坐一排,书卿则单独一个人坐着。霍太太一直拉着儿子的手。刚才给乞丐零钱的时候,霍太太带着满面的骄傲瞟了一眼书卿,她出手自然是很大方。书卿却不理会霍太太的炫耀,她看着窗外的街景。她也有很多年没有回成都了,一切好像没有什么变化。

汽车驶过府河,又过了一座石桥。这桥是河上唯一的通道,像一扇大门一样把外面的世界隔住了。过了桥,这一带的十几个院子,都是霍家的产业。子崖搀着她母亲下车来,一边走,霍太太一边给他介绍哪些院子是新收下来的,她自己住在最靠里的一栋。他们走过那些院子,竟丝毫不闻人声,大门紧闭,比墓地还静。

子崖去欧洲的第二年,他父亲去世。留下了三房姨太太和几个女儿。霍太太将娘家的两个哥哥领进了家门,他们本来在彭县做点小生意。但一到这里,却摇身一变成了大管家和二管家。霍太太召集还沉浸在悲伤中的几个姨太太,做出了一个在她们看来颇为震撼的决定:"话说,肥水不流外人田。你们要么给我的兄弟继续做姨太太,要么我给你们立一个贞节牌坊,回你们的娘家去。霍家会负责你们的养老和生活,但条件是终身不得再嫁。"

这些姨太太日常都活在她滴水不漏的严律之下,对她的攻击早无还手之力。这些女人还没有被亡夫的丧气所冲昏头脑,她们没有一个人愿意再嫁给她的兄弟,因为那意味着:将永远被她控制。

她们摇摇头。

"很好。即日起,我就安排给你们树立贞节牌坊。但丑话说在前头,一旦被我抓到一点点你们不当行为的蛛丝马迹,将立即停止支付任何生活费,而且,你们的女儿也得不到霍家任何的财产。你们都知道,在成都,霍家是什么地位,你们不为自己考虑,也要为孩子考虑好。如果没有一分钱的嫁妆,她们也只能做姨太太,重复你们悲惨的命运。"

如果子崖知道他母亲的所作所为,也会感到不可思议。她做这一切的时候,儿子正在欧洲接受文明的洗礼,享受女性解放的成果。牌坊是个什么东西？躺在他怀里的金发女孩儿们，没有听说过古老的东方会有这样的禁欲制度。就算他知道，他也无法给她们解释他母亲的动机。他已经受到惩罚了，他虽然在性事上颇有技巧，自己却觉得寡然无味，让那些女孩子觉得他真是一个深藏不露的东方青年。

他们走过那些没有一点生机的院落，只听得鸟在枯树上发出的寡淡的叫声。

"这些院落以前不是三姨她们住的吗？"子崖看大门紧闭，也不禁好奇地问。霍太太只笑了一下说："是呀。"子崖还想问什么，他母亲立即给他说起了这几年来在他二位舅舅的努力下，家里的收成。现在成都有大半的盐、烟草和成都所有的天然粪池，都由他家控制。

"大粪也能产生收益？"他觉得不解。

"你不知道成都平原是多大的菜篮子。"他母亲神气地说。这些蔬菜基地所需要的肥料，全部得向我们购买。虽然看起来是臭烘烘的生意，背后却有利可图。子崖高兴起来，那是他熟悉的银元滚落撞击时发出的让人兴奋的声音。

走过了十几个院落，霍太太住的大宅子就在眼前，可她没有让他们放下行李休息的意思，却又领着他们拐上了一条商业街。不用说，这还是子崖家的铺子，连续不断的几公里，卖糖果的、苎麻的、棉布的、五金的、开豆花庄的、打铁的和卖殡葬用品的，应有尽有。每一个小小的铺面就是别人几代人赖以生存的生产资料和地盘。那些人看到她只有两种表情：怕和更怕。霍太太已经习惯了他们看到她就面色如鼠的表现，子崖显然也和他母亲感受一致。

只有书卿从那些人投射过来的目光中感到不适应。她想霍太太可能永远都体会不到那些俗世的欢乐和热闹，因为霍太太一直都将头抬高了六十度，连不小心踩到了一张路上死人送葬的黄表纸也没有发现，走了一公里多路后她才看到，她气急败坏地将它蹭到路边的草丛里。

尽管霍太太把他们回家的路线设计得非常完美,但给书卿的却只有孤寂清冷的印象。他们终于绕了几个大圈子后回到霍太太居住的院落。他们当晚和接下来几天也要歇息在这里。一坐定,就有一身黑色的女仆人端来了接风洗尘的茶和甜米酒煮的蛋。霍太太这个院落是所有院落中最大的,院墙也是最高的,庭院里花木扶疏,冬日里叶片落尽。

在把几个姨太太弄走后,她把亡夫的照片挂在堂屋的墙上,所用的照片规格是市面上能冲洗的最大尺寸。

书卿一踏进堂屋就看到一个和子崖长相神似的老头目光炯炯地盯着她,不由得心里发怵。照片前常年烧着香,那袅袅的烟才使得空气添加了一分灵动。子崖一进堂屋,就跪在父亲的照片前。书卿也走过去跪下。子崖小声嘀咕着什么,后来竟然泣不成声了。

书卿注意到,这偌大的堂屋里,除了子崖父亲的照片,还供着其他的牌位,都是霍家的先祖的。如果不是天窗和亮瓦透过来的一点光亮照着他们,她简直要害怕得晕过去。她不知道子崖的母亲是如何在这样的环境中吃饭和生活的,就她的感觉——她好像也随着她的亡夫一起死去了,无论她是做给别人看的,还是自己真的那么想,都是在向世界宣告:一个死了没有埋的人而已。

吃了甜点后不久,午饭已经准备好。饭厅就在堂屋的隔壁,子崖和书卿都说感觉不饿,但霍太太却让厨娘做了一大桌子菜。子崖也察觉出来了,他母亲越是这样做,就越显得寂寞。她既然对姨太太们提出了节妇的要求,自己也不能落人话柄。因此家里的仆从全部是女的。

他的两个舅舅,一个在城南坐镇,一个在城北管事。如果不是他回来,霍太太就常年生活在这个女性的世界里,他心里不由怜悯起她来,连忙帮她夹菜舀汤。霍太太也让儿子多吃点,饭桌上他们彼此照应,倒是温情的一幕。霍太太突然问书卿:"你父亲和继母可好?你打算什么时候去看?"

书卿说想明天或者后天就去,具体时间还看子崖的。

她说:"你家最近连续几个事情都打了败仗,按我说,就是你父亲不该听姨太太的。要不是我们出面接济,要债的恐怕会踏破你家门槛。"书卿知道,这几年父亲到处跑,先去上海,又去天津,生意都是交给成都几个叔叔打理,不出问题才怪。

"我和书卿现在独自生活,不依仗家里的钱过日子。他们好不好,和我们关系不大。"子崖知道他母亲又在拿话压人,笑嘻嘻地把话接了过去,他倒有这点要强,不让除了他之外的其他人压着书卿,就是他母亲也不可以。书卿听到家里每况愈下,也有些沉重。毕竟她的弟弟妹妹们还得依靠家里生活。她的弟弟书远正是长身体吃长饭的年龄。不知道他能不能吃饱饭?想到这里,她觉得白米饭梗着喉咙。

"那要是这边没有其他安排的话,我明天就想回去看看。"她说。

如果不是霍太太的一番话,以书卿的想象力,恐怕还看不出凌家有什么衰落的景象。昨天晚上,霍家已经差了一个女仆去报信给书卿的父亲凌天葵,说这对新婚夫妇回到了成都。因此早上子崖和书卿坐车到了凌家所在的武侯祠,迎接他们的景象还是热热闹闹的。

书卿认得这些地方,在英国留学的日子里,她总会梦到一个场景,一大家人在一片开满了荷花的池塘边玩耍,她穿着崭新的棉袍子,头上还扎着红色头绳。有许多人站在池塘边的小亭子里,她的祖父、叔伯祖父、姑姑、叔叔、伯父,男的穿着深色的长褂子,衣袖处翻出雪白的内衬白边。女人们则梳着高高的发髻,多数缠着小脚,走起路来让人担心她们会跌倒。长期缺乏运动使这些女人的身材娇小,手也十分秀美,手背上旋出一个个奶白的小窝,那是旺夫的手相。

在她去欧洲留学前几天,她父亲请来了家里的亲戚们,请大家来吃一个家宴。人群密密麻麻地站在荷塘边上。宴席前她父亲照例发表了一席讲话。讲完了，由管家拖着长长的腔调宣布宴席开始。她每次做梦，总是听到管家站在堂屋的门前，大喊"开席！"

那声音太大，总让她醒来。

这张照片也放在她家院子正对大门的堂屋里。她走过那个水池，冬日里的荷叶已经残败，只余下露出水面的残枝。凌天葵在姨太太的搀扶下，也站在门口等他们。这是她没有想到的，她远远地叫了一声"父亲"，眼里已经有泪水渗出。她之所以这么远就和他打招呼，是知道自己可能有控制不住眼泪的表现，而余下的一二十米路程里，她尚可以将想流出的泪水再忍回去。

十几个人簇拥着他们走进院子里。

两张四方桌子抬了出来，她认出那是她留学前就有的旧家具，书远曾经有次在这桌子边上磕破了头，管家就拿一把刀在那里砍了一个小口，意思让桌子也要受罚。她就挨着那个有小口子的桌子站着。来接他们的人中有一半是叔叔和婶婶，父亲每给他们介绍一个，他们就要给长辈鞠躬。再由长辈从怀里掏出一个红布小包，那是给他们的见面礼金。

"结婚真好！我也要结婚。"她最小的弟弟书衡说。

小孩子的童言无忌也招来了大人们的哄笑，虽然空气仍是冷冽的，笑声却将它搅得活跃起来，从他们半掩的院门里飞出去，回荡在弯弯曲曲的小巷子里。天葵对子崖小时候还有印象，一直在回忆子崖小时候来家里玩的情景。说子崖小时候总喜欢躲在他母亲的貂皮大衣后，只露出机灵的眼睛。现在长大后却变得如此沉稳、俊秀。

看得出来，他对这位女婿还是非常满意。连一向对书卿不冷不热的姨太太，今天也表现得异常热情。她早就私底下打听了霍家的背景，在她眼里，大概没有比嫁进霍家更好的归宿了，她的热情里有一丝嫉妒。

"从来我最疼爱书卿了，她听话又懂事。比我自己的孩子还要让我操心。这下我可放心了，霍少爷一表人才，将来一定前途无量。"她几乎带着谄媚的语气说，又亲自去给子崖端来了一杯茉莉花茶。

"别烫着，少爷。要是我们书卿有什么不得体的地方，您尽管给我们说。"她把白胖的手交叉放在微胖的腹部，满手的金戒指和翡翠指环黄黄绿绿地叠在一起。当强势的人露出谦卑讨好的表情时，比日常里就趋炎附势的人还要明显。在她这样精明的人看来，女人的地位自然是和她嫁的人密不可分的。但与其讨好女儿，不如直接讨好她背后那个男人。

最近几年来，凌家的日子越来越不安宁，遇到过银子被盗、军阀上门要钱、管家联合仆人罢工等事情，以凌天葵的个性，是绝不会有一丝的妥协。多少次眼看就要陷入冲突，都靠姨太太从中赔笑脸、说软话，才一次次地力挽狂澜。所以当她这样讨好姑爷以形成和霍家良好的关系时，天葵也早就习惯了。

书卿转头去看她父亲，只看到他端起茶杯，正缓慢地吹开漂浮在上的白色茉莉花，似乎并不在意身边正在发生的事情。他的头发全白了，尤其是头顶部分，已经露出了粉色的头皮，让人不知道他宛如婴儿皮肤下的大脑里在想着什么。这几年来，他完全不管家族的生意倒是真的。

午饭后，子崖陪天葵下棋。姨太太却把书卿召到了房间里去。她这房间书卿第一次来，还不到一岁的最小的弟弟的小床也在这个房间，显得逼仄、凌乱。

她刚一进去，姨太太就坐在堆着绣花被子的床上哭开了。"这几年，你倒是自由自在。不知道我们受了多少苦啊。"她把别在衣襟上的丝绸手绢扯下来，哭泣得训练有素，"你父亲完全不管家里的事了，可他还让我生了小孩子。这么多张嘴要吃饭，你没有发现吗？你父亲已经有老年痴呆病了。"

"姨娘别哭坏了身体。"书卿也不知道怎么安慰她，人总是要老的，老了自然没有以前那么能干了。相反，她觉得父亲变得和蔼可亲。姨太太拖着一堆幼子，她大概希望天葵永远如一棵摇钱树，不知疲惫地挥动手臂哗哗地给她落下金钱雨来。

姨娘又说："自从我嫁给他，我也没有过几天好日子。现在他每天晚上要起夜三次以上，指定要我侍候。有时我都疑心，他到底是依靠我，还是折腾我？"

久病床前连孝子也没有，更何况夫妻。也许她姨娘的眼泪是真的。这时，她又听姨娘说道："我们家和霍家比，简直是九牛一毛。所以，如今家里这么难，你就不要责怪姨娘没有给你准备嫁妆了。"话说到这个份上，书卿才真正懂得了姨娘喊她进房的用意。换了以前，姨娘大概只需要宣布她的决定就可以。但看在子崖的面上，她得对书卿来软的。

她了解书卿的性格，无论软硬，书卿能扛的都会扛下，且没有一丝的后患。

她姨娘刚才说"九牛一毛"时，把那"一毛"两个字说得重重的。她本来说的时候无意识，但她心里老想着一毛不拔，所以就自然流露出了她的真实想法。

书卿只是低着头说："姨娘别挂心。父母最大的恩情就是养育之恩。""对呀！"她姨娘转而高兴起来了。

"现在都是新时代了，据说都是西式婚礼，办一个结婚证就可以了。不像我们以前，太多规矩！这些规矩要破，要破了才好。"她为自己运筹帷幄的能力感到骄傲，仅仅几句话，她就省下了一大笔钱。

她姨娘唯一感到有点缺憾的是，刚才为什么没有多流几行泪，因为那样的话她至少算不上毫发无损。别说是还有一些家底的凌家，就是普通人家，嫁女儿也是件大事，父母多多少少要聊表心意。有嫁妆的女子，到了夫家也会格外受到尊重。姨娘舍不得给自己置办嫁妆，这些都在书卿的意料之中，她就没有指望过可以从她母亲之外的女人那里得到爱。

她回成都来，本来就不是来要嫁妆的。现在重庆的时局这么晦暗不明，再多的嫁妆在炸弹面前都是炮灰。她离开家多年，早不是娇气的大小姐，她更习惯简朴的生活。她从姨太太房间里走出来，倚靠在二楼回廊上。今天她一回来，就在接她的人中找弟弟书远的脸。

"书远去哪里了?"

管家告诉她说,书远在郊区读师范学堂,要周末才能回来。她心里有些失落。晚饭前,子崖母亲又派人来问,他们要不要回去吃晚饭,感觉霍太太是儿子离开她眼前,她就会发慌。

书卿下午在院子里转了一下,家里呈现出一派暮气,很多物件和摆设结着厚厚的灰。她曾经住的房间,已经改变了用途,变成了书衡的游戏房。家里几乎没有她的痕迹。她想,她在欧洲时对亲情和童年的想念,只不过是自我寄托而已。

子崖母亲来问,书卿就立即回答说要回去。子崖和天葵下了几盘棋,天葵说犯困,上楼休息去了。他也早就百无聊赖,被书衡和书静追着在院子里玩。子崖开玩笑地说:"不在娘家过夜吗?"书卿摇了摇头。她真怕子崖知道她在这里已经连房间都没有了的事实。霍家车子派过来了。天葵还在午睡,管家说他要晚饭前才会起来。书卿给他留了一张字条,抱了抱那两个不谙世事的弟弟妹妹,就走出了自家的院子。

说起来,霍太太也不过四十来岁。她最着迷的事,却是想象和构思自己的葬礼。她比实际年龄老了十岁甚至更多——这仅仅是从外表和行事风格看。一住下来,书卿更是加深了她是"未亡人"的印象。这院子,不能说不宽敞、亮堂,但是一层无形的黑纱却从天而降,将一切牢固地罩住。

每天早上五点,霍太太就起来了。端坐在一面铜镜前,开始用上等的头油梳灰白的头发。她的同龄人中,头发白成她这样的也不多见。开始,还有殷勤的仆人到处帮她打听黑发的秘方,但后来发现她对自己的外貌美已经失去了追求。她已经习惯了顶着灰白头发的凝重感。如果要外出,她则用一顶黑色的帽子遮起来。

她经常挂在嘴上的一句话就是:"打扮给谁看呢?不符合我的身

份。"她最在意的身份，自然是霍家给她的一切，她的名字虽然暂时还没有出现在那些黑色的牌位中间，但是她很清楚自己的牌位会放在什么位置，自己会有一个怎样的葬礼，会埋在什么地方。

子崖父亲下葬后，她让最好的工匠给自己修好了坟墓，每一块石头都内外雕满了花，花开富贵、六畜兴旺。只是她坟墓上的字是红色的，要等到她真正下葬的那一天，才用黑色的漆覆盖住红字，以形成永恒。有一段时间，她连参加葬礼的人数、谁和谁坐在一起、鸣放鞭炮的时间和朝向、阴阳先生的着装，都考虑到了。至于她自己，穿什么衣服，穿几层，鞋子是哪双；她要带走的陪葬的物品、小猫小狗、纸扎的丫头和长工，甚至细致到一把用熟了的小剪刀。和眼前这冷清清的院子比起来，她头脑里有一个更宏大热闹的世界。她想起这些的时候一点不害怕，甚至觉得幸福。

唯一让她失落的是，她原本预想好的宾客名单，总是增减更改，因为总有她预想要来的人走在她前头，或者某家又添加了新的人丁。她每次在头脑里排演自己葬礼的时候，也不免流泪或惆怅。她仿佛看到自己的一生：七八岁被卖给她的第一任丈夫家，自从进了那家门，她就有了早上五点起床的习惯，并且保持至今。

到她成年后，正因为他们的婚礼过于张扬，才招来了土匪。那天，如果不是她情急之下躲进寿材里，她肯定也被杀死了。所以她以自己的方式珍惜着后来的人生，只是在别人看起来，她的方式有些自虐而已。

"这都是我应得的呀！"如果她哪天想流泪，她就会让眼泪痛快地流。

她一边慢慢地梳着头发一边思考着当天重要的事。儿子前几天回来后，她睡眠更少了，早上四点就醒了，他们的房间就在隔壁，她担心自己起来走动会吵到他们，又颇为艰难地在床上多躺了一阵，但大脑里一片空白，因为她已经依赖于梳头发才能梳理头中之事的形式感了。她好不容易才想起来，她今天安排了司机接送儿子去他父亲的坟上祭拜。在她的生活中就没有一件事不是符合规矩的，无数件事组合在一起，像齿轮一样互相咬合，吱吱地转动成一台庞大的机器。

昨天晚上临睡前，她专门悄悄问书卿，最近身上还有没有例假。她听说有身孕的人不能去祭拜，虽然她很想让她去见识一下霍家阵势雄伟的墓园，那是另一个世界的大宅子。但书卿说她并没有怀孕，她又一下子忧虑起来。她想起来，子崖和书卿结婚也有大半年了。这天上午他们去了墓园，果然是大得占据了整座山的一片墓地。

子崖显然也对祖宗在阴间的产业毫无兴趣，走过场祭拜完之后，就催车夫拉他们回成都，到最热闹的闹市口去转转。午饭也就在街边小吃店随便吃点就好。

重庆几年来一直遭遇日本飞机的轰炸，相隔几百公里的成都却没事儿似的，人们该喝茶喝茶，该下馆子下馆子，竹椅子上或躺或坐，几乎每一个茶馆里都有川剧表演。演员登台演完后，也不卸妆，抹着花脸和其他观众一起打着牌。

子崖拉书卿拐进一个河边的小茶馆。这个茶馆有几十年的历史了，桌子板凳都比其他茶馆的颜色深，自然就有一份时间的庄严。和其他茶馆不一样的是，这家的门口就用小黑板写着：

"谢绝表演，侮辱艺术。"

因为少了川剧表演，自然也少了川剧那带着哭腔的锣鼓声。茶馆窗外就是流动的河水，进门处的院子里栽种着几株红色的梅花，劈开的柴木上，放着刷洗干净的布鞋。这些院子无论是花木品种还是整洁程度都堪称普通，却有细细碎碎的好看。这个茶馆里茶的品种比茶客多，红茶、绿茶、白茶，甚至西洋来的英国茶都有。书卿要了一杯红茶，子崖说最近回成都吃太多好东西，胃里油腻，问老板有没有云南的茶。

这时他们才注意到在一个角落里坐着一位戴帽子的老先生，脸上留着白色的山羊胡子，穿着深蓝色长褂，每一个角都熨烫过了，如果不是他在逍遥椅上微微地摇动，简直让人疑心是一张精致的照片。

"我小时候就听说,这家茶馆最有名的不是茶,是一位算命很灵的先生。真是巧,今天既然撞上了,就让老先生给我们算算?"

"算什么?"书卿不愿意算,"如果知道未来会发生什么,很多人都活不下去。"

"别太当真,就当好玩。"说着他已经走过去了,伸出手来让老先生看手相,又报上了生辰八字。大概老先生说的都是溢美之词,子崖一向不苟言笑的脸上也满面春风,并从口袋里摸出钱硬塞给了算命人。

今天子崖很高兴,他指了指书卿说:"那是我太太,能帮我们算下我们家庭有哪些福祸?"他招呼书卿过去。她只好站起身来,不情愿地走过去。问到她的生辰八字时,她故意报错了两处"地支":为酉处,她说是申;为午处,她说是寅。

算命先生在一张纸上比画起来。

他大概是难得见到这样的命运,陷入了纸上的迷局之中。面对一张虚幻之纸,书卿只想笑。终于,算命先生从思索中抬起头来,像哲学家一样宣布:"这是我从字面上无法解读的一张八字。但是……"他顿了顿,在书卿脸上看了看,"你太太身上应该有异于常人的胎记。这胎记艳若桃花,预示着她将拥有一位绝好的男人。恭喜您!先生。"

她几乎是拖着子崖逃离似的离开了那家茶馆。子崖却还沉浸在刚才那位算命先生给他描绘的美好愿景中。

"你知道吗?他说我很快就可以当总行长了。"在子崖看来,唯有功名利禄是值得男人追求的。他们并肩坐在后排,他想起算命先生说的胎记,将手从她袍子侧面伸进去。这在夫妻之间也不算太过火,书卿却猛地将他的手甩在一边去。

子崖困惑地看着她。她侧身将胸完全地抵在车门内侧。

"别闹了,让我好好看看成都。"小汽车在土路上激起一层层烟尘,那些白的墙,灰的瓦,胡同里的木门,透出精巧的安逸来。像隔着一层梦似的。

他们在成都待了十来天，子崖看了报纸说，中央银行一月份起已经在大后方发行新的辅币，以缓解老百姓囤积铜元带来的钱荒。银行事务事关社会稳定，他最好早点赶回重庆。

"明天就要走？"霍太太眼泪巴巴地望着儿子。得到了肯定的回答后，霍太太早早地打发仆人们忙碌起来，主要是给他们带一些成都的特产。糯米糕、腊味、陈皮兔、豆瓣，装了满满两大箱子。

"有些东西本来是娘家该准备的，比如红枣、花生、桂圆……你姨娘这个妈当得真不称职。古话说，要饭的娘也比当官的爹强，女人得撑着活到最后。"

书卿也不好说什么，只好默默地听着霍太太传授人生经验。霍太太今天似乎对她很客气，简直有些依依不舍。装好了所有的物品又心疼他们带着累赘，说会差人同行帮他们送到重庆去。做完这些，她拉着书卿的手，把她带到她房间里去，说要和她好好说说话。书卿跟着她上楼，她这两天已经两次出入长辈的房间，有一点好奇也有些不安。她想，如果按照此人生轨迹固化下去，大概这就是她未来几十年的生活图景。

和她姨娘的房间比起来，霍太太的房间更加清冷。霍太太的房间清简得只有灰白两色，似乎她担心一点有颜色的物品就会动摇她的精神。

"咱娘俩好好聊聊。"霍太太特意让仆人送了一壶红茶上来。霍太太安排人在她的房间里加了炭火，她躬身去看炭盆里的炭烧透了没有，有一点没透的她要把它拣出来再烧。书卿知道，她要和她交心的话，无非和她儿子有关。她今天晚上的态度和她们刚见面那天比，简直是判若两人。她甚至有些讨好她了。从说话的语气到眼神，都软了下去，如同一张浸水的黄表纸。

霍太太说："有些话是你们夫妻之间的事。但我不放心。你不介意我问一下吧。"书卿没有想到她会这么直接。只有木然地说："您问吧。"

她从霍太太房间里出来时，子崖已经在隔壁房间里先睡了。他们房间里炭火很旺，子崖裸身睡着，额头皱着，心事很重的样子。书卿坐在火盆边烤手和脚，火舌温度高到一定程度，有烫的尖锐感。

刚才，霍太太详细地问了他们夫妻之间的事，细到她每个月的月事、同房的频次等等，像一个半路出家的妇产科医生。她让她把衣裳解开，伸手来摸她的小腹，看是温暖的还是冰凉的。结果自然让她十分满意。

"你需要一些补药。"她说。她走到窗边的一个柜子前，她拉开那一个个像一本书那么大小的抽屉。她从里头拿出一包包白色纱布包着的药。每拿一包她就在鼻子处嗅一下。"每次从里头取出一汤匙，文火三个小时以上。"她神秘地说，并特别提醒一定要用银匙而不是木匙或者陶瓷的。她说以后还会按时从成都给她寄药过去。

"最后，我还要托你一件事。"霍太太说。

"什么事？"书卿有点迷茫地看着她。

"子崖这孩子，心高气傲的，心里头想的也都是男人们那些大事。"她叹了一口气。"我这辈子最大的遗憾就是生养太少了。但进贞节牌坊，我是够了。如果我要是遇到什么不测，"她的声音哽咽起来，"你要告诉子崖，要给我立一座贞节牌坊。"书卿呆坐着不知道说什么好。霍太太刚才还在给她说男女之事，现在就又说起了那高高的森严的牌坊。那是视贞节重于生命的女人死后才有的礼遇。

"这些年我完全不想那些事了，"霍太太苦笑了一下，"年轻时身体好，受不了了就拿针扎自己的小肚皮。我做得好，子崖父亲去世后，我就没了月经。"书卿低头看着地面。霍太太的牌坊一旦立起来，她的牌坊也不会遥远。子崖已经睡着了，书卿却坐在床边怎么也睡不着。冬天的夜越深越冷，不一会儿，她就感到双脚如同放在冰水中。

到第二天他们上了船，书卿还看到子崖母亲的黑帽子在码头上定定地望着船离开的方向。这些天在交谈中，霍太太数次流露出当初送子崖去国外留学的悔意。她担心她的两个弟弟老了后，霍家的产业要落入别人之手。子崖对他母亲所说的这些,只是摇摇头。他对于那落后的、封闭的家族理念嗤之以鼻。何况他母亲所追求的荣耀,在他眼里看起来不过是一种寡妇的清苦。

"她自找的。"

他倒是很好地遗传了他母亲尖酸刻薄的部分。他没有看见她软弱过。船顺流而下的时候速度平稳,两岸的青山和丘陵都迅速地朝后退去。帮他们挑行李的人在船后舱里,一直在闭着眼睛打瞌睡。船往下游大段大段的空白时间里,他们都各自望着窗外,想着心事。

子崖想的是银行里的事,今年一月以来,有好几样事让他不顺心。一是他违规贷款给了上海一位商界的朋友,后来竟然听说此人和汪精卫有关联,他赶紧用自己的积蓄还了那笔款项。另外,轰炸季马上来临,各种物资紧缺,通货膨胀不可避免。一些储蓄大户早早地做了准备,储备了大量现金,导致市场上现金紧缺,已经有储户这些天一早就汇聚在银行门口闹事。

书卿则呆望着船尾泛起的回头浪。

船上似乎永远是同样的面孔:老人和孩子、下苦力的人、恋爱中的男女。她和子崖虽然挨坐在一起,中间却空出一段距离来。他们对面刚好也坐着一对年轻情侣,衣着打扮上比较平常随意。那对恋人一直互相搂抱着,仿佛船上只有他们两个人,男孩不时地用手抚摸女孩的后背。女孩子说:"坐好。"男孩偏说:"不。"夜里暗下去时,他们在彼此脸上写字,让对方猜。这无聊的游戏他们竟然可以一直玩着。

他们预计要在船上过一个黑夜。挑行李的给他们拿来了御寒的被子。在他们身后,坐着一个带着四五岁孙儿的老太太,老太太说她去重庆投奔儿子。那孩子手里拿着一个橙子,船行驶时略有倾斜,橙子就滚落在地,好几次滚到书卿的脚边。书卿就一次次捡起来,递给孩子。子崖受不了船上的闷臭,到甲板上吹风去了。那老太太就和书卿说话,她用手指指子崖:"姑娘,那是你什么人啊?"

书卿看了看那对还在玩游戏的男女,就说:"您说呢?"

"我看你们不像夫妻,倒像兄妹。"

书卿说:"您觉得我们长得像?"老人摇摇头。那孩子又把橙子掉到了地上,书卿躬身去捡橙子,她要感激这个橙子,如果不是它,刚才一定会被那老人看出来她要掉泪了。

书卿回成都后,汉西就全心全意投身到新闻报道中去。就这二十天的工夫里,报馆就被查封了几次,印刷好的报纸也被压下,不让出街。他心里矛盾起来,既希望她在成都不要回来了,又很渴望见着她。最近,修先生也有事回广东去了,他因此也再无借口到沈言家去。晚饭后就从七星岗走到上清寺去。书卿家的小房子窗口黑黑的。他站在路边怅然一阵,只好又走原路返回来。这中间又跨了一个春节,今年春节不比往年,连有钱人家里也是简单过,政府又号召大家捐钱捐物。今年他家的年夜饭也很简单。连他们这样殷实的家庭也没有多少多余的开支了。

在廪实的带领下,下江商会的募捐是全城最多的。廪实要求下江商会的物资直接放到日用品公卖处去,为的是不让各路财阀雁过拔毛。这些人横吃一嘴倒也罢了,流失出去层层加价,物价飞涨。孙家今年捐赠的财物是正常年份的几十倍。每天,各种组织和集会仍走上街头,展开演说和倡议,为无家可归的人捐钱。

汉西这天回家时,看到五月正将家里的米或者母亲不要的衣服拿到药房外的慈善点去。他喊住了五月,把新领的工资也全给了她。

"少爷不自己留着一点吗?"

"不用了,好多人没有饭吃。"

"少爷,你最近瘦了。"五月说。战争前后的日子确实大相径庭了,轰炸一天天进行下去,不要说回到前几年那种好日子,就是他回家那天的家宴,在他想起来也十分遥远。现在整个重庆城,没有一张餐桌是五颜六色的。

"人人都在为抗战出力，"他说，"依我看，家里这多出来的房子，要是有人买也可以出让一部分，人所需要的，一箪食，一瓢饮而已。"

"嗯！"五月觉得他说什么都是对的，后面的话她也没有听懂，急匆匆地拿着钱和东西走了。

有一个黄昏，他正走在曾家岩路上，突然听到耳边传来滔滔的脚步声和呐喊声。他在路边站立，看到远处的公路上走来了几十个学生，女学生居多。剪着齐耳短发，七八个人牵着一张毯子，边走边喊口号，号召民众给军队捐钱买武器弹药。路过的人往毯子里投钱，各种面值的法币都有。一些人没有钱，则将身上值钱的东西取下来。纸币下也躺着怀表、银首饰。人群也将汉西裹了进去。

他身边的是一位风尘仆仆的中年妇人。那妇人双目失神，面色蜡黄。队伍向前走着，有脖子上挂着馒头的小贩子窜了进来。太太一看两眼放光，她摸了摸身上，脸上出现了沮丧的神色。她的手伸向了孩子脖子上的银锁，她把孩子牵到街边去，那孩子只狐疑地看着她。

"孩子，咱们把这个拿去换馒头吧！"她说。孩子眼里有一丝不舍得。他的小手抓着银锁不放。那妇人就去孩子手中夺。汉西眼看着那孩子就要哭了，大概那银锁跟了他很久。汉西走上前去，对她说："别夺他的东西，我给你们买馒头吧。"吃着馒头，那妇人告诉他，她丈夫是当兵的，从湖南逃到了重庆，她也从湖南追到这里来，家里没吃的，他们母子还遭人欺负。可是，部队这么多，到哪里去找孩子的父亲呢？

"我只要知道他在这里，就是死在这里，我也甘心了。"她说。

汉西听了也不免戚然。他摸出了身上仅有的钱，这还是上次清理口袋时躲在口袋夹缝里的。他给了那对母子。他们千恩万谢，又去追那游行的队伍去了。

孙家院子旁的大树脱落了树叶，露出血管般弯曲遒劲的枝丫。凛实最近一段时间在接待南洋来的华侨，每每回家已是深夜。汉西也没有机会碰到他。今年是个多雨的春节。冷雨伴随着冷风，雨雾混沌一片。这是重庆人最不喜欢的天气，如今却祈盼它更长一些，以无限期地让日本人的轰炸无法得逞。

报纸上的好消息少，坏消息多。

1月1日，因粮价不断上涨，蒋介石发布命令：凡屯粮200石（约1500公斤）以上拒不出售者，予以没收。但仍未制止住粮价上涨。1月6日，国民党重庆新闻检查所无理扣押《新华日报》两次送审的社论。但越是语焉不详，人们越是充满恐慌，关于日本人对国民党内部的政治诱降消息也不胫而走。挨冻受饿，更加剧了人心惶惶。

院门外的菜地里因为雨季绵延，一串串小黑虫子像污渍般凝结在菜叶上，仔细看却是黑虫的脊背。茉莉用一根长草去挠黑虫的背，然后又尖叫着跳开了。其实那些黑虫只如芝麻大小，根本不能对她形成威胁，但她乐此不疲。天气阴沉，黄昏时分的暮色浓得近乎墨黑。

"没有哪年像今年这样，最盼的就是下雨，下雨。下得人都要生霉了。"

媛芝手里拿着一双新做的布鞋，汉西一回来，她就来量尺寸。院子里的青苔积得很厚，仆人用竹扫把打扫后，留下一道道新鲜的印子，像夜里风的抓痕。以往过春节，媛芝都要给孩子们做一身崭新的衣裳，可今年家里富余的钱连给每人做一身新衣服也不够。看她怅然若失，汉西安慰她儿子们都不是小孩子了，哪还兴穿新衣服。媛芝若有所思地说："对啊，早点把唐小姐娶进门，这样每年春节置办这些我就不管了。"

汉西不爱听这话，转身进了屋里，媛芝一个人坐在回廊上。她知道儿子反感她提唐家，但婚姻大事不是拖着就可以万事大吉的。

廪实很久没回家吃晚饭了。这天他们刚吃到一半，院门却开了，廪实顶着一头的雾气从院子外走进来，还是习惯性地拿着帽子，是新近流行的宽檐帽。媛芝和粉姨都站了起来。

"怎么不打个电话回来?"

媛芝准备让五月摆筷子。

"已经吃过了。"

廪实放下帽子,坐在雕花红木椅子上,重重地叹了一口气。他坐了会儿就说要回房间去休息,走到门口又折返回来。"汉西一会儿到我房里来一下。"

汉西进去时,廪实正在整理什么,从一个黑色的小木匣子里拿出来在灯下看。他的老花眼镜从鼻梁滑下去,一双睡眠不足但是明亮的眼睛看着汉西。黑色的一叠,是家谱。边角有些卷。他上一次见到它是出国前。离开家的最后一晚,父亲抱出来给他看,叫他记住他那些先祖的名字、他们家历经了多少代人、他的名字会在哪一页上。还有一个灰色的绸布箱子,今天他第一次见到。他意识到是有一件很重要的事要在他们的交谈中产生。和那个灰箱子有关。廪实抱出一堆字据,有签字的,有盖章的,有手写的。各种书法体的集成。

"有件重要的事情要和你商量。"廪实的声音有点苦涩。

"不用让母亲和云晓也一起吗?"他问。

"你是长子。你要承担起家庭的责任,这责任不是宏大的光鲜的东西,有时,甚至是苦难和恐惧。"

虽然今天父亲说话的语气和往日有所不同,但他觉得不无道理。他其实不喜欢中国人聊天中太多家常的东西,觉得有事说事也挺好。廪实把米黄色的各种票据整理好了。他拿起其中的一部分,递给汉西。

"你一张张看。"他接过来,有地契、药房股份约定、盐业公司和煤炭公司的持股书,还有借据和铺面地契。

"所有家底都在这里了,"廪实还是端起了茶杯,"汉西,我可能会到南洋去一趟。你清点一下,这是我们家留在重庆的财产。在保证家人生活的前提下,可以救济他人。我不在家的时候,你不要做任何冒进之举,守住家业就可以。云晓会是你很好的帮手。"

"去南洋？为什么？"汉西有些意外。

廪实说他最近接待了不少南洋华侨，觉得战事逼近的大势恐怕已经难以更改。他想去那边置办产业，兴建企业，只要一稳定下来就把他们全家接过去。最重要的是，他对国民党政府里一些人做事的方式很失望。他在日用品公卖处的经历让他看清楚了这一点，与其把未来托付给这些人，不如自己断臂求生。他已经把一些资产通过银行走了出去。

廪实说，让他没有想到的是，这样做的不仅有商人，还有那几大家族和国民党的一些要员。

"汉西，我们只能自救。世无安宁，爸爸也是迫不得已。"他说。

"世无安宁，不是更应该一家人在一起吗？"汉西说道。

"死也要一家人死在一起？"廪实有些生气了。汉西不再说话。他看看窗外雨蒙蒙的江面，明天又是一个雨天。他希望雨天能一直延续下去。"上次我拜托你的事，你进行得怎么样了？"廪实突然问道。

"也在找，没有合适的。"他含糊地说。

"说说你找的人的情况。"他没有回答父亲的问题，只说，如果真的战争恶化下去，生了孩子，不是更大的拖累？要是自己活不下来，则世间多增一对孤儿寡母。现在的重庆城，粮食、医疗都成问题，小儿伤风感冒难免，存活怕成问题。

"你母亲提到唐家和我们联姻。这事你就听她的安排。你也去了唐家，我怀疑他们的沉船事件是自编自导的，因为不久后他们就补送了一模一样的药品来。沉一艘船就为了看看你，真不知道是财大气粗还是愚蠢。"

看来云晓已经给他汇报过此事了。"看过了，对那姑娘没有什么感觉。鬼兮兮的，有点神经质。"

"那你喜欢什么类型的？"

"和我差不多的经历，有共同语言。灵魂伴侣。"他使用了一个新词。

"灵魂伴侣？"廪实苦笑了，"你年轻，才有这么多稀奇古怪的想法。

我和你母亲并没有多少共同语言，这个家不是也建设得很好。别说和你母亲，连你粉姨，我们也谈不上你说的灵魂伴侣。我怀疑，这个世界上到底有没有灵魂……"

他闭上眼睛，好像有一些疲倦了。汉西想，唐家的事情他今天必须给父亲说清楚。"唐家小姐自己本来有了意中人了，那天我找去，并不是为我。只是唐小姐要给他家里人一个交代，让他们都认同她的选择。如果非要我娶她，我估计只有让她坐冷板凳，结果只会适得其反，弄成仇人也不一定。"汉西说。

"有这回事？唐家一直在码头上做事，以行事光明正大为家规，怎么会把有了心上人的女儿送来联姻。这也太荒唐了。"

"也没有什么荒唐的。父亲知道，唐家小姐的意中人是谁吗？"他故意卖了个关子。果然廪实是一脸茫然。

"是云晓。"他说。廪实一下子从木椅子上站了起来。"云晓？老大都还没有成婚，怎么能轮到他了？这家伙就是个埋头汉，从小就不爱说话。"但他眼里有按捺不住的喜悦，如果真的如汉西说的这样，两个年轻人已经互生情愫，其他一切也不过是时间问题。

汉西担心的仍是父亲去南洋一事，但廪实说他已经决定了，半个月后就起身。"现在欧洲也不平静，中国向英国和美国求助，这些国家却隔岸观火，要求以和平解决问题。能和平吗？这就是一盘死棋。说实在我很后悔，我们为自己打算得太晚了。"

"南洋人生地不熟的，要不，我陪您一起去吧。"汉西说，他想一定要说服书卿和他一起走。但廪实摇了摇头："我死不了，我的命硬得很，人越老越相信，一切都是命。"汉西在深夜的时候离开了父亲的房间，一个人又在纷扬着小雨的院子里走了几圈。冬天的雨细细密密的，一点都不能让人生起警惕心，但一会儿小雨就打湿了他的头发，脖子里也湿了好大一块。

云晓和欣宜第一次见面是在一年前。唐家在重庆是一个神秘的家族。他们既不在闹市片区置业，也不参与各个帮会或者商会。有人说，这和他们的生意有关，他们一半是自负，觉得有胆量做死人的生意；一半是自卑，唐家没有光宗耀祖的底子，全靠铤而走险才有了一席之地。再说了，唐家老爷不打牌不喝酒，少有进城来。人们看见他多是在江上，传说他身材高大，样貌奇特。脸色一半是阳间的明亮一半是阴间的灰暗，看见他的人越传越神，在众说纷纭中，唐家的家业却确实地积累下来了。

两个儿子中，老大从小患病，身体弱，但捡起了读书的爱好；老二身体强壮，行事作风老辣，最像唐家人。女儿欣宜喜欢女扮男装，戴鸭舌帽，穿对襟衫，有段时间还穿衬衫和背带裤，和电影里的上海女学生学的。她喜欢胡乱打扮，也常常进城来买买时兴的装饰品。她被码头上的扒手盯上了。

他们跟踪她到了码头上。云晓指挥着工人在卸货。她上船时，早就守候在船上的一个小青年却下船来，在跳板上，他故意用肩膀去撞欣宜。他们早就看出她是个假小子。她被那人突然袭击，立刻涨红了脸。但随机应变地将一张纸币扔到甲板上，她朝那个人突然喊了声："你的钱掉了！"

那小青年本来已经下到河滩上，一听说可以白捡到钱，转身又上来捡。

欣宜走上前，小青年正捡了钱要站起来，她扬起手就给了对方一记耳光。

云晓还没有明白过来怎么回事，就看到欣宜和那小青年扭打在一起。他过去想拉开他们，两边的拳头都落到他身上。他只好抱住唐欣宜，用背去抵抗小青年，莫名其妙又挨了好几下。

那小青年跑掉了。唐欣宜觉得不解气。气愤地挣脱开来。"笨蛋！谁让你抱我？"

云晓觉得该让浪把他俩都掀到河里去。他转身进了船舱，唐欣宜又追到船舱里来，死缠烂打地骂他。云晓一把把她撂到了货物堆里。他走出舱门，将舱门铁扣从外面反锁了。

"别不识好歹。"云晓说。她看着他抱着一箱药，目不斜视地走下了跳板，没有回头看她一下，没有人来给她开门。她安静下来。她每一次闹起脾气来，就是一壶沸腾的开水，泼到谁身上，谁就遭殃。今天却有人给她泼冷水，淋得她全身上下有不一样的感受。她需要一个不娇惯她的人。她在家里已经任性得没有边了，经常有找不到对手的空虚。

回唐家沱的船上，欣宜趴在栏杆上吹着风。刚才打架，帽子掉了，发辫也松了。她把捆绑的头发放下来，披在肩上，发间散发的茉莉花油香气让她觉得自己是个女人。一路上，她都在想云晓说的唯一那句话，她顺手将发绳丢进了水里。她披散着头发回到唐家大院的时候，还轻轻地唱着歌，满脑子都是那个将她撂倒在一边的人。她想只要以后有他家的药，她就要去见他。

这几个月，有欣宜亲自押货，药物运送得前所未有地顺利。

唐家的船从下游开上来，开始有雾，后来却突然到了眼前。这个天气，一般的船家是不敢动船的。但唐家不一样，他们有自己对江的理解，那些河底的山形在他们家不是秘密。秋天河水渐渐平稳、清澈的时候，唐家就让水性好的人下去摸地形。几十年下来，他们对这一带的水下做了模拟的模型，只要是唐家的老船工，闭着眼睛也能开船。

欣宜带云晓看过那模拟的地形。原来河底也有山、峡谷和盆地。江面像一条线，隔开了水上和水下的界限。模型盖在一张红色的毯子下，欣宜用手拈着用力一掀，江水之下地形就露了出来。

"这是我们唐家在江上行走的秘诀。"欣宜选了一个家里没有人的日子带他去。在这比他们两个人的年龄加起来更古老的地形前，云晓惊讶得说不出话来。那河底的山排山倒海地向他压过来,他张开了嘴,却触到了欣宜潮湿柔软的舌头。

"我给你看了图,你就是我们唐家的人。"就在放模型的案几垂下来的绿色丝绒背后,欣宜拉着他滚在了木地板上。她解开对襟衣服,那宽大的棉布后藏着一对小巧紧实的乳房,她又把他的手牵引到小腹下。她充满进攻性。

云晓的嘴被她堵上了。欣宜比他熟练多了,她后来说她的第一次交给了河神。"那些船工一边开船一边和女人做那件事,她们喊的声音可大了。"

这案几有一米多高,从布帘子里漏进来的光使他可以看见欣宜的嘴像鱼儿呼吸的形状一样,她的身体在微光中如骑在波浪上。他喜欢仰头看她进攻他,他却不会输。一个人的性情在亲密关系中最见真实,他保持着一贯的沉默和韧性。她可以尽情地在山峰和峡谷中流连,直到她不再贪恋。

他们坐起来,就在案几下把衣服穿好了。正在这时,有人进来了。幸好只是在模型处停留了一会儿,就到院子里其他房间去了。

云晓很紧张,欣宜却泰然自若。"别担心,这个家里的墙壁上也有我的脚板印,就没有管得了我的人。"

她这样说是有道理的。她母亲死后,她父亲就迎娶了新的女人。但因为前面的都是儿子,她父亲很宠爱她。父亲新娶的夫人也就是一个摆设而已,既没有为他生儿育女,也没有带来老树新芽的恩爱。姨太太日益黯淡下去,常年在后院里不出门。在唐家,一大帮仆人都是围着小姐转的,人们好像都忘记了还有太太。

云晓和唐欣宜在码头的黄桷树豆花庄吃饭。"今天来没有撞见河神?"云晓带着坏笑问她。云晓用筷子帮欣宜压豆花,豆花太嫩,像白色的云朵浮在水上，往一边攃，又漂浮到另一边去。云晓有耐心，慢慢地用筷子往一个方向压，最后压成了刚刚可夹起来的韧度。她夹起一块豆花放在青辣椒蘸水油碟里。正要吃，却突然听出了言外之意，将筷子举起来敲打了一下云晓的额头。

"有遇到。告诉你，河神长这个样子：中等身材，小眼睛，不爱说话。"

"那不是河神，那是我。"他傻傻地笑了。人在爱情中就显得傻气，欣宜却很高兴。她说："催催大人，早点把我们的事办了。我和你一样，几天不见就想。"她说她有一个要求。云晓问她什么要求，她说要在她生日那天结婚，就在今年的6月5日。

这家餐馆也有一个收音机，电台里正在播报新闻。

一个女声在说："去年以来，国际形势风云突变：法国投降、英国军队也溃败着退出了欧洲大陆。英美为了利用中国抗战遏制日本，遂推行牺牲中国利益的'东方慕尼黑'政策。现在，英美终于转变为支持中国抗战，推行牵制日本的'远东政策'。重庆越来越危险。三月份以来，日本人的飞机就飞行在天空，天晴的时候，飞机的机翼在大地投下黑色的影子。"

"结婚那天……"云晓吃完了，在一边端坐着。电台播放的声音小了下去，他看着长江，那结婚的日子越临近，他就越紧张。他的话还没有说完，一旁的欣宜就抢了他的话："生死有命！怕啥。"

他总不能在关键时刻打退堂鼓。现在欣宜和他已经有了肌肤之亲，他要是表现出任何贪生怕死的景象，欣宜会让他二哥将他投入河中：祭江。想到这，他不由心里打了一个寒颤。刚巧这个时候有人在他身后拍打他的肩膀，他全身一紧。

"云晓兄，这江水有什么好看？"

他转头，是他在广益中学就认识的康山。康山头上还是扎着小发髻，手上捏着一顶帽子，还戴了一副墨镜。

"康三儿啊！新行头不错。"云晓笑了。

"还行，在码头上行走总得多几个障眼法，"康山倒也很坦诚，"可惜没有遮掩我瘸腿的道具。"

"那你可以骑马。"云晓和他开玩笑。

"你结婚那天我就骑马来，别说我抢你的风头啊。"康山说，"但是云晓兄，我没有明白，你们为什么要赶在六月份结婚呢？到下半年时，雾季结婚要安全得多呀。"

"生死有命，不是吗？"云晓说。

"我看你大哥就比你沉得住气。不过这些事啊，老天爷也拦不住。"康山也摇头晃脑地调侃道。

"你认识汉西？"

"当然，只是我多日未见到他了。"

云晓说了，汉西为了上班方便，已经在报馆附近租了房子。康山立即要了地址，说下午就往七星岗去找他。他说完就走了，云晓发现，康山最近走路瘸得不那么明显了。他觉得康山要不是有腿疾，不失为一个漂亮大方的人。

今天是一个晴天，太阳像久病初愈的老人，向江面投下阳光。一艘"丰年号"出现了，唐家的船看上去精神抖擞，连桅杆上的布也比别家的新。船从弹子石方向向朝天门横渡，但在江上被几股漩涡流伏击，向下游漂了好几百米才稳定，又重新逆着水向上前行。他上次在唐家看过唐家的水下模型，知道唐家的船工自恃艺高人胆大，在江上横渡抢时间的事常有发生。

他看了看欣宜，她一脸满不在乎的表情。他们以后要在江上谋生，他想，不管欣宜爱听与否，他合适的时候还是要给她说说，要敬畏水，更要敬畏天，否则很可能吃大亏的。

廪实去南洋，媛芝坚持让粉姨和他同路，说廪实需要女人照顾。大家族里三妻四妾常起纷争，云晓总听同学抱怨女人多的地方很麻烦。为此，他更敬爱自己的母亲了，他们家的和谐，是以她的大度为底色的。

唐欣宜自幼丧母，嫁妆置办的事自然也落到了孙家。唐家素来不按照常理出牌，先送了一些钱过来让孙家开销。他们知道，在接二连三的捐赠中，孙家手中可支配的钱已经很紧张。云晓担心过于铺张会引人说闲话。唐家却说，办酒席就是搞慈善，方圆几里愿意来吃的就来。这钱总比捐出去落到那些财阀手上好。

听说，他们正在造新船，结婚那天这只崭新的船队就会开始它们在长江上的首航。这是一个水上的家族能想到的最好的嫁妆。

云晓每天一回家，他母亲就迎上来给他说她又置办了什么。他母亲给他看她的清单。长长的几张纸，每办完一样就用笔画掉一件。婚礼的时间，宴请的地点，来宾名单，请束制作，细致到桌上的摆花、菜单，新娘子家的人坐哪里，下雨与否，打伞，坐车……

"不用考虑下雨的方案。欣宜大哥找人看过了，那天是晴天。"云晓说。

媛芝兴致勃勃地拿着纸走了。婚礼的地点已经选好了，就在较场口"王后大酒楼"，老板姓江，是城里最好的饭店。江老板送儿子出去留学时，顺便观摩了欧洲的餐厅，引入了放西洋歌曲、穿婚纱拍照等环节。和很多将孩子召回中国生儿育女的家族不一样的是，他们家铁了心要中西联合，据说他家的少爷已经和西班牙的一位贵族结为连理，还生了两个蓝眼睛黑头发的外国孩子。

廪实提到江家时总说："崇洋媚外。"

他接受不了儿孙和外国人通婚，生怕自己家的血统里掺杂了洋人的血。汉西在欧洲落入监狱时，他很绝望，最担心的不是儿子死了，而是儿子流落到外国姑娘手中与人生儿育女，那是他觉得愧对列祖列宗的事。

08

看戏

汉西到上清寺去，发现书卿家的小楼晚上已经亮起了灯。这一盏灯让他心潮澎湃。他在路边的树下踟蹰良久，到夜深了才心有不甘地走回去。

报纸隔天出版时，汉西将新闻头条的标题和第一行内容调整成双数，煞费苦心。报纸开印了三次，他就仿佛看到自己写的信像一艘纸船放进了河里，但书卿一直没有来，有好几次他仿佛听到了她的脚步声，欣喜地奔向门边，却只是过路的人。出门时，他就让九月留心家里的来人或者有没有信件送来。每次他回家的时候，望向九月，看到的却是他在沉默地摆弄着家具：给木桶箍一道竹子，给后院的田垄里种上菜。

他有些怨恨他的沉默了。自从被轰炸后，很多地方停电又停水，菜价也跟着上涨。

九月跑出去找了几条街，也没有买到一个鸡蛋。他问汉西要不要买几只鸡来养。汉西没有作声，九月觉得得到了默许，兴冲冲地办去了。事实上他根本没有听清楚九月说的是什么，别说是他提出要养鸡，养猪或者牛，没准他也会同意的。

吃过午饭后，他又晃荡着走到了较场口咖啡厅。他要了一杯咖啡，康山今天不在。前段时间帮他送信的那个小青年却在，看到他，鬼魅地一笑，问他是不是又有信要送。他向服务生要了一张纸和笔，却没有写什么。就在白纸上画了一个嘴唇。再把多余的白纸折起来，到隔壁餐馆要了几粒白饭，折成了一个白信封。

信送走后，他走出来。在路上闲逛。刚好看到有一家卖布料的，他走进去，在略暗的灯下眼见着各种碎花布料十分丰富，却有一块黑色的羊毛布料很特别，厚实的质感，上面开着一朵朵红色的山茶。

"这块布料不大，做不了一身的裙子，先生可以另外选一块。"

店家抱了一捆布料出来，放在玻璃柜台上，发出沉闷的"嘭"的一声。她展示给他看，围在身上有春意盎然的气息，绿色底子印有铃兰。书卿穿上这颜色一定很好看，从脖子到胸，再到腰，他在心里把她画了一遍。再见面时，一定要带她来做一身衣服。但那块黑底红花的布料也好，虽然小了一点，刚好做披肩。

上次书卿说新买了一台缝纫机，她自己就可以把布料的边锁好，春天来时披在身上应是端庄又不失热烈——她在人面前显得过于素和静，当然，在他怀里，她是另外一个人。

"我就要这块。"店家还想给他推荐别的，但他就是笃定要那块在店家看起来没有什么用处的布料。如果书卿明天还没有回音，他想去看她。就说给她们送布料去。这样想着，他又给沈言挑了一块灰色的上面绣有黄色梅花的羊毛布料。

他没有讲价，迅速地付了钱。

店家怕同行来打探花色，用一块蓝色的布帘遮住了门。他拿着包好的布，就要挑帘子走出去，外头有人进来，他只好站一旁让人先过。进来的两个人手牵着手，是云晓和唐欣宜。他要回避已经来不及了。欣宜先看到他。她那单纯明亮的眼睛先是困惑，随即填满了笑意。

她还用眼睛往镜子那边看，看是不是有同行的人还在试衣服。汉西很尴尬。欣宜这些天一直在到处挑好看的布料。女孩子做新娘的衣着，代表了她对这个世界所有的梦。抓着云晓一起来，不过是给她当个伴儿，她选的那些稀奇古怪的颜色，云晓并没有提出反对意见的机会。欣宜用眼睛望向他手中的布，店家用一张纸给他包起来了。她这样肆无忌惮，让他心里不舒服。

"我走了。"也不等他们回话，他就撩起布帘跨出门去了。他心里孤单，看到他们卿卿我我，简直觉得嫉妒。他走后，欣宜就在云晓耳边说："看不出大哥还给女孩子买布料。他也有喜欢的人啦？"云晓淡淡地说："他那么有魅力，很正常。"

"我说的是他喜欢别人，不是别人喜欢他！"云晓听不出这中间有什么区别，也不想和她纠缠下去，就转头叫店家快把最新花式的布抱出来看看。

汉西沿着街道漫无目的地走着，走到山城剧院，圆形的剧场外张贴着很多海报，海报贴了一层又一层，有的地方被撕掉了，有的用毛笔涂画了，写着"日本人该死！""愈炸愈强！"起雾的季节，正是文艺界"雾季公演"的高峰期，剧场前头已经密集地站满了人。一位女学生模样的工作人员挥舞着小旗子，号召大家进去看戏。

"除了靠前的位置需要钱外，过道走廊都免费看！看戏啦看戏啦！"女学生大声地喊着，她看上去营养不良，头发黄糟糟的，嗓门却很大。他这才注意到他在咖啡馆坐了很久，晚饭时间已经过了，可是他却不觉得饿。今天晚上又要下雨，天边的云彩遮住了最后一丝光亮，城市和人群在渐变的天色中一起沉入水底，使他惆怅中也有了看戏的兴致。

今天晚上的演出有好几场。

有怒吼话剧团的、浙江越剧团的、苏州评弹，还有给外宾看的几个留学生自发组织的莎翁非剧场。一个"非"字巧妙地避开了专业层面的评价，主要是重在参与。汉西觉得这"非"字很妙。不过他们今天晚上没有演出，今天主推的，是越剧《梁祝》。

他买了一张票，剧场这段时间的收入都用来购买抗战物资，买一张小小的票也是为抗战做贡献。还有半个小时才开场，他这才注意到，现在看戏的和他小时候记忆中看戏的场景太不一样。小时候多数是看川剧、京剧，多是本地人、熟络的人，票友就那么几个，演出也很不正式。临时搭一个台子，老旦换了装就是青衣。

重庆现在看戏的人比演戏的人还好看，多数是上海、南京过来的太太小姐们，穿着时尚的披风，言谈间不时蹦出英语单词。使馆的人好识别，总是拿下帽子和人打招呼。穿着军装的军官则三两人围在一起，谈着最近的战事快报。混乱之中，剧院就像一个浓缩的码头，空气中充满了及时行乐的幻觉，竟然使这夜晚变得比以往的夜晚更美。

他跟着人流往黑暗的剧场里走，脚下的红色地毯吸没了声音，就像一只小虫子钻进了人的耳道里。大多数人和他一样，自然收起了声音，对这黑暗的空间既好奇又自觉地保持了静默。他找到自己的座位坐下，剧场的声浪在舞台的灯光亮起后，静了下去，唯有无法扼制的咳嗽声在人群中盘旋，才使人发觉竟然有那么多观众。

越剧《梁祝》是一出传统剧目。

他刚才拿了一张介绍，这下借着灯光看主演，是一位名叫潘玉秋的越剧新秀。看照片这位主演鹅蛋脸尖下巴，鼻梁小巧高挺有锋芒。越剧中，小生比花旦更出彩，且多数都是女扮男装，柔美中透着英气。多数演员化了浓妆差别不大，但在粉墨背后，神态之间却千差万别。从图片看，汉西只感觉她很年轻。

潘玉秋饰演的梁山伯，出场时一身白衣，羽扇纶巾潇洒无比，映衬得花旦花容失色。她一出场就立即有人喊"好！"

大概她在外地时就很有观众基础，不少人追戏很长情，甚至比对人生中的伴侣用情还深。叫好叫得不是时候，自然也引得黑暗中其他观众不满地回首。

演到梁祝二人驰骋在春光中，春风得意中男女对唱，这段本是全剧中郎情妾意的部分，还不到生离死别的悲怆，汉西却发现前头一排，一位穿黑呢子大衣的先生肩头不断耸动，似在低声地抽泣。汉西觉得这灰白的头型很熟悉，但是又想不起是谁。

他看得并没有那么入戏，一是在想书卿今天有没有收到他的信，二是他觉得《梁祝》太悲了，应该给一个更安慰人的结局。他早就知道了结局，从心里抵御着。到中场时，掌声在剧场里翻涌。

灯光调亮，前面那位老先生侧过脸去捡落在地上的帽子，汉西认出了他来。其他人都起身打哈欠或者闲聊，只有他定定地望着台上，神情专注，根本没有发现汉西的存在。修先生不是回广东去了吗？

他是什么时候回重庆的，却一个人在这里看戏。

汉西再看了一下那位先生，确定是他没错。他大概是流泪太多，一直用手绢揉着鼻子。汉西想，他要是发现自己认出了他，一定会难堪。趁下半场戏还没有开场，他起身顺着过道走到了楼上，虽然是远了点，但总比在原来座位上随时担心他回头发现自己要好。

《梁祝》的后半场可谓撕心裂肺，他没有能坚持到最后。在梁山伯死后英台哭灵那幕时就摸黑走了出来，他路过一排排满员的座位，看到不少人都在擦眼泪或者是掩面抽泣。

"这个时候真不该演出这么悲伤的戏。"不过流泪也是调节情绪的一种方式。他走出剧场，附近山区可能下雨了，风吹来更加冰凉，他耳朵里，还留着那胡琴声，一拉一拽，一声一声，在他身体里一路响着。

书卿从成都回重庆时在船上着了凉。昨天，小算命人给她送信来的时候，她刚好趁下午温度高一点，出来散散步。这几天她都喝的白粥，就一点咸菜和阿秀姐买的咸鸭蛋。

开春后，冷气没有那么刺骨了。草地和岩石缝隙里，顽强地流出了浅色的绿。她还十分虚弱，才绕着坝子走了一圈就感到脚底发软，呼吸也不畅。小算命人却一直沿着台阶跑上来，他身上没有一块多余的肉，像一台风车疾驰而来。小算命人机灵，也不说送信，只说讨一口水喝。

"这小家伙，把这儿当水井了吗？"阿秀姐一边抱怨，一边转到屋里去给他舀一瓢水来，阿秀对这些底层人有天然的怜悯，不像有的人进了富足人家，就对自己同一阶层的人生出优越感来。

阿秀一进屋，他就把信给了书卿。她拿着信上了楼，一拆开，看到那熟悉的嘴唇。像横在纸上的一个问号。他的关切她不是不知道,这几天也没有出门买报纸,让他生了担忧。她很难说清楚自己是故意涣散着不去找他,还是身体乏力的缘故。这次回成都,她更感到有顶石塔一样的东西牢牢地扣在她头上。

她的名字,不久也会写在子崖家的墓碑上,然后等待多年后描黑。

每天晚上,要等子崖入睡后她才勉强睡一会儿。她睡在床上的时候尤其沮丧,她在梦中沉入河底,长长的水草,像章鱼的手臂将她捆了一层又一层。

晚饭后,楼下响起了敲门声。子崖没有回来吃晚饭,如果有应酬,他通常不会回来得这么早。阿秀姐在楼下开了门,又引导着脚步声上楼来。她披着衣服把门打开一看,竟然是沈言,在楼梯口一脸忧戚地站着。沈言进来了,脸色显得又干又黄。书卿把她请到格纹沙发上坐着,又拿来一块旧棉袄改的布垫子给她围住脚。

她发觉沈言的脸色从来没有这样难看过,她往日都是平静恬淡的,任多大的事情在她那里都可以用笑容融化掉。沈言还没有开口,眼泪就从空洞的眼睛里流了出来。

"书卿,修先生没有救了。"她边哭边说,书卿听出了大概:修先生不是得了什么没救的病,而是和天下男人一样犯起了错误,迷上了别的女性。

修先生家在南粤一带也是名门望族,欧洲留学回来后,他到一所大学任教,沈言是他的学生。在沈言的讲述中,修先生几乎属于那类不近女色的君子,他的女学生中不少主动投怀送抱,都被他无情地拒绝了。因此结婚多年来,沈言从未为他的情事操心过。但这次,却像老房子着了火。修先生回家一月有余,省亲最后变成了奔丧,他老母亲早就卧床不起,气若游丝地等待着他的出现。据说他露面后的第二天夜里,他母亲就在睡梦中走完了人生。因自幼与母亲关系亲密,他在葬礼上哭得死去活来。广东人重礼数,又是名门,守灵和下葬的各种仪式做了七天七夜才完结,他已经被折磨得没有了人形。

母亲下葬后,修先生在床上躺了三天三夜,茶饭不思。

眼见他的眼窝一天天深陷下去,家里人就给沈言写来了信,让沈言带孩子去广东团聚。但他们的两个孩子媽媽和娇娇都在重庆寄宿学校读书,沈言不想中断孩子的功课。就回复让他在广东家中慢慢调养也好,但要在轰炸季来临前赶回重庆。

修先生在床上养了数日,稍微有点精神了,却听见天井里传来了一阵胡琴声。他本来就心头悲伤,哪里听得这如人声咿呀唱着的乐声,就差仆人去看。原来是他堂兄。修先生这堂兄长相俊俏,却一辈子没有结婚,日常就喜欢养鸟听戏,正在院子里摇头晃脑地唱着一段新学的折子戏,唱一段歇会儿,拉一段胡琴调剂。他从床上爬起来,费力地走到天井里。

庭院里,红色的三角梅开得正盛,在光影斜斜落下的地面上燃烧。矮牵牛翻出紫色的软颚,迎春和海棠有点阳光就"噗呲噗呲"地炸开了花蕾。这些花真讨厌,也不管人家里是否有丧事,到了时节,它们自然就要轰轰烈烈地开起来。

修先生站在一片红紫的花雾中。他堂兄浑然不觉,仍拈着兰花指,掐着嗓子,腰身一步三摇地作态唱着"三太,三……太啊……",是越剧《玉蜻蜓》的选段。他一个转身,向空中抛出的眼神来不及收回,两片媚眼飘乎乎地落在了修先生眼前。

"呀,堂弟。我听说你生病了。"他收住了姿势,手放在小腹前,如剧中人般施礼,收颔,低头。行礼完才站住,换了日常说话的声调:"大悲伤心,堂弟你切不可沉溺其中太久,这对你身体不好。这样,我带你去看戏,如何?"

修先生想不到解救自己更好的办法。于是按照堂兄的安排,他走进了戏园子里，平生第一次为一个伶人的歌声落泪。他在给沈言写来的信中说：

"心如未结疤的伤口，一个人就这样轻而易举地进来了，帮我封住了伤口。"

从那天以后，修先生流连在广东，几乎天天去那个戏院，看那个叫潘玉秋的女子演戏。最开始，他们还只是观众和主角的关系，但那个潘小姐也是命运多舛。她幼时被卖入戏园子，前几年戏园子濒临倒闭，当地的一个富商答应帮助他们，让她写了借钱的欠条，多久必须还钱。如果没有钱，则她必须去给那人做小，所以她日日加演，但那本来就是别有用心的霸王条款，她就算二十四小时不眠不休，也还不清人家的钱。

修先生知道这情况后，自然大为不平。

有一天他走进了剧院的后台，问她到底是欠了多少钱。他可以帮忙还。她问他为何这样做，他说，只是惋惜她的艺术前途，并不要什么回报。她欠的钱，在别人看起来也许是个庞大的数字，但是，对于修家来说，也不过是他在遗产中少领一笔而已。

说到这里，沈言已经泣不成声。书卿听到这里，还不明利害，忙安慰她道："修先生这样做没有错啊！他乐善好施，见到一个弱女子处境困难而伸出援手……"

沈言摇了摇头。"他要是到此为止，我也仅仅是生点嫉妒，绝不至于要和他闹到决裂的地步。"她说到决裂时，泪水又决堤般地流了一脸。

在帮潘玉秋还清债务后，修先生的身体也渐渐复原。一个下午，没有想到的是，潘玉秋却淡妆登门来访。她一进门就哭了起来，恳求修先生带她一起走。

"我已经是有家室的人了，我妻子性情刚烈，绝不会同意的。"

潘玉秋也没有多说，她褪去粉墨的脸谈不上多美，一双澈亮的单眼皮丹凤眼里却很坚决。她就问了一句："你既然不能要我，为何又要救我出火坑？"修先生闻之也无言以对。他也同情她，不由也含泪，什么话都说不上。他看着她身穿紫色的斗篷离去，他前半生的情感世界可以说波澜不惊，他突然痛恨起那些陈规陋习来，他更痛恨一个人活着却不能痛快地爱。

第二天，他给沈言写来了信，说了经过。"我要对不起你了，请你和孩子都原谅我。"

书卿听了经过，也很骇然。她安慰沈言，也许过段时间修先生的心就回来了。

"感情的事情没有对错，只是我接受不了他爱上了别人这个事实。想起来就心如刀绞。你觉得他的心会回来吗？"沈言无助地问道。她说，如果没有爱了，她会带孩子离开他。

书卿说："也许会的。"她知道这不过是安慰人的言语。"早知道这样，你就该带着孩子陪在他身边，别人就没有可乘之机。"

"道理是这样，但是一个人要遇到什么人，他躲不过，逃不过。"沈言说。自从在广东寄来一封信后，修先生自感羞愧难当，再也没有写信给沈言。沈言说，她打听到了，因为抗战的原因，潘玉秋和她的剧团也到了重庆，修先生一直陪着她，演出之外，他们吃住都在一起。一个人到了这个年纪，对前半生却像患了失忆症一般全部地抛却了，这在沈言看起来觉得十分伤痛。

"这个家，他已经不打算回了。问题是，下一个周末，嫣嫣和娇娇都要从学校回家，我该怎么给她们解释？难道是我做得有什么不好吗？"沈言说着，又是一阵啜泣。书卿不知道该同情沈言，还是该同情修先生，还是那位唱戏的伶人。该怪罪上天捉弄人？要是换了自己，也会在情感中打着旋。

一早起来，子崖并不着急出门上班。他坐在餐桌边看报纸。早饭是鸡蛋。为了这几个鸡蛋，阿秀姐在河边守了半天才买到。马路上传来人力车避让行人时的铃铛声，还有担着挑子的小贩叫卖杂货和麻糖的声音。静谧无忧的清晨显得格外珍贵，好日子却不知道还有多久。去年，日本飞机的袭击在这个月已经开始了。并且有小道消息说，日本人绝不会轻易放弃他们已经取得的成果，将对重庆实施旷日持久的轰炸。

城里的人如果乡下有亲戚的，则逃往乡下避难。国民党政府官员有家眷和孩子的则送往北碚、南温泉等地避难。

子崖已经吃完了，一张报纸从头条到边栏他也看完了。"告诉你一件事，我下周要到桂林去工作了。"看书卿吃惊地看着他，他又说："也不是我能决定的事。我也只有接受通知的份儿。"

"什么时候的通知？"书卿问。

"昨天晚上，现在没有儿女情长。你看，多少人为国捐躯，多少人妻离子散。"他把报纸折起来，"啪"的一声扔在桌子上。

"你愿意去就去。"她看着子崖穿上西装、戴着文明帽的背影消失在院坝边上，又最终消失在下山的黄桷树边。眼前这个人，她不能说一开始就不爱，但就是在各种事情上一点点消磨掉了她对他天真的假想。一开始，她是把自己喜欢的人做成了一个套子，套在了他的身上。但他只是他自己。

"霍先生要走了吗？"阿秀姐从厨房里冒出来，呆呆地看着她。书卿没有吃完的糖水鸡蛋已经凉了，白色的鸡蛋花泡沫粘在碗沿，冷掉的鸡蛋有一股浓烈的腥味。

"还需要再热热吃吗？"阿秀姐问。"不用了，"她撑着桌子站起来，"我头有点晕。"她迈着疲倦的步伐上楼去了。阿秀姐也不好说什么，这个清晨本来好好的，现在却有了残羹剩饭的冷清味道。

汉西昨天已经差了小送信人去上清寺，书卿却没有来。他决定自己去上清寺一趟。他想，他至少可以有去拜访修先生的借口，这么长的时间他也该回来了——尽管他昨晚就知道他家里肯定出了问题。他给自己的理由看上去冠冕堂皇，但走到书卿家的院子前心里仍不免惴惴。那天晚上去唐家院子，在险恶的江上和恶狗的叫声中，他也没有一丝紧张，这下却手心冒汗，心里也是锣钹齐鸣。

他先走过书卿家，直接往修先生家里去，手上拿着两块布料，给书卿的另外包了一层报纸。修先生家门关着，院子里也没有人打扫。沈言爱花，庭院里的一丛月季不知人间悲欢，满树满枝开得不堪重负。有一些垂到了地面，有的则被夜里的风雨打落在地，厚厚的一层花瓣覆盖在土上。

他站在花丛边，看着满地的落英，很疑惑昨天为什么在剧院只看到了修先生一个人。

他心里涌起的第一个解释是沈言生病了或者他们家里有了变故，这荒凉的小院和他几个月之前来似乎变化很大。他正犹豫要不要去敲那紧闭的门，却听到二楼的门开了，楼上的人显然知道院子里来了人。他抬头一看，是沈言，裹着蓝黑的棉袄，他没有察觉出来她变得又瘦又黑，只看到她脖子上围了一条显眼的黄围巾，她在努力地使自己看上去精神一点。

沈言把他迎进楼下的客厅里，他给她带的围巾布料，她十分喜欢。但又很担心自己这个年纪戴着会不会太素了。汉西奇怪她为什么会有这样的担心，说这颜色很适合她。

"上年纪了,就不敢再穿得素淡了。"沈言像在心里拿自己和谁比似的。汉西也不知情,他夸赞她的客厅干净。他无意中看到,靠窗的原木桌上,瓶里的鸢尾早就开谢了。这花在竹林和山沟里开得到处都是。镜子就在花瓶旁,沈言把披肩搭在肩上,走过去照了照,又伸手去捋鸢尾花的豆荚般的果实。

"修先生还没有回来?"汉西终于忍不住了,问道。

"嗯,走了一个多月了。他走之前我把鸢尾花养在这瓶子里,如今都谢完了,人还没有回来。"沈言说着,叹了一口气。汉西心想,他不是已经回重庆来了吗,昨天晚上我亲眼在剧场见到他了。

"我本来还想来向他约稿。"汉西说,他还不能把见到修先生的事告诉沈言。他把装有另外一块布料的包放在椅子上,但是报纸太光滑了,他们说话间,那块布料突然滑到了地上。沈言帮他捡起来装进布袋里。

"这是给凌小姐带的布料,她上次说喜欢这个颜色。"因为早就打好了腹稿,他说起来面色镇定。

"你坐一会儿。"沈言说她去叫书卿来。她说昨天晚上才见了书卿。"她生病了。"她边说就边往外走去,留他一个人内心波澜壮阔地坐在屋内。他站起来又坐下,感到每一秒都显得漫长,但又是喜悦的漫长。他确定地知道她会来。

沈言去了大约十几分钟后,她们一起回来了。沈言在前,书卿在后,她俩一边走还一边说着什么。大概是怕汉西听到,她们一走进院坝里却奇异地沉默了。汉西后来知道,是沈言不想让别人知道修先生移情别恋的事,她想万一哪天他回心转意了,被其他人知道了他俩都下不了台。

书卿坐下后,汉西把包起来的布料给她,四目相对间,他有好多话想问她,但说出口的却是:"我给你带了一块布料。"

书卿说:"我们向沈先生讨杯茶喝吧?"

沈言敲了敲头。"哎呀,看我都忘记了待客之道。"她走到一个房间里,半天出来却说没有找到她最喜欢的那套茶具。她又去楼上修先生的书房找。在书卿印象中,沈言是一个有条不紊的人,她这样丢三落四的,多数是因为这段时间的感情变故。

汉西想单独和书卿待在一起,喝着茶,时间已经到中午了,他提议他们三个人去附近走走或者是一起吃个饭。沈言说她最近根本没有胃口,也不想出门。汉西和书卿一起走出来。这一带清静,根本没有餐馆,路上连人也很少。他们这样走着也很打眼。汉西深深地感到书卿勇敢,敢在光天化日之下和他在这条路上走着。

他们找到了一个附近的船家饭馆,老板把饭菜端上来,还在桌下给他们生了炭火。这样菜不容易凉。他看出他们不是一般的朋友,就跳到另外一条船上,隔着几米的距离补着他的渔网。他的老婆正在给怀里未满周岁的孩子哺乳,也顺势就拉上了那船上的窗帘。

现在船上就像只剩下他们两个人。江水淹没了倒映在水中的房子和山,最后连船只荡漾在水里的影子也不见了,似乎世界上只有他们两个人。

"你这次回成都怎么样?"他问。她小心翼翼地说起她父亲在老年后的无为而治,以及她可以预见的家道中落。

"你一个女子,也撑不起什么。"汉西说。他知道她不会为那些身外之物烦忧。她所看重的,他也能理解。在家庭中,她是有牺牲精神的那类子女,虽然她的思想经过了西方文化的洗礼,但人的本性是无法改变的。他自己,不也被各种家庭事务牵绊着,正在陷入所谓的"长子"漩涡吗?

"再说了,当前的时局前途未卜。恐怕重庆也最终毁灭。"

"我们会死吗?"她突然问道。他把手覆盖到她的手上,摸到她的手很冷。他脱下脖子上的围巾帮她把手包起来。

"自从有了你之后,今天死或者明天死,对我来说都一样。书卿,你知道吗?爱让人变得无所畏惧。"

"我知道。轰炸不会马上结束,我希望和你一起活着,如果死,也一起。"

他看到，她说到死的时候有一种凛然或者神圣。他吻住了她。

船轻摇着。书卿用手撑住他的肩，示意他要端正地坐好，眼睛却看着他笑着。

他只好又回到一本正经上来。"对了，我昨天在剧院看到修先生了。"他把看到的情形复述了一遍。提到那位潘老板非常年轻俊美，年纪和他们差不多。而修先生快五十岁了。"怪不得沈先生说他是老房子着火。"书卿说。

"从修先生的角度，我敬佩他。"汉西说。他还是想把内心的打算说出来。他今天来的目的也是要告诉她这个。"我弟弟就要结婚了。等办完他们的事，你能不能和我一起离开这里？"

书卿眼里浮起了笑意。她不假思索地说好。一个浪打过来，船歪向一边。他伸出手，将她的双手都抓住。

09

六月五日

子崖走的那天中午，没有让书卿送他。头天晚上，他们在卧室里，也没有关起门，做一个男人和一个女人分别前的事。子崖给她留了一些钱。他说不知道什么时候才能回来，让她隔三岔五多回成都去看看他母亲。"我母亲一生最重要的人就是我，为了我她什么事情都做得出来。"子崖说起他母亲，有些动情。

他今天一回来就躺下了，现在全身伸直了盖在被子里，手指抓着被子最上方盖住肩膀，眼睛定定地看着屋脊。一双黑眼睛很清醒。他突然说："我的第一次，是在妓院里完成的，当然，也是我母亲安排的。"书卿也是头回听到子崖说这些，她很吃惊。

"但我母亲没有想到，这件事弄巧成拙了，我从此对女性生出奇怪的情感。一方面要求她们提供强烈的刺激我才能感到愉悦，另一方面，我喜欢虐待女性。"

书卿说："那你为何要结婚？"

"对我来说，结婚也是一种掩护，不然别人会知道我有问题。"

"你倒是掩护了，但我的人生却一败涂地。你是导演我是演员，演给谁看？"书卿尽量温和地回应他。书卿脱了袜子和裙子，坐到床头上。明天他就要走了，她想要是他愿意深入聊下去，他们至少可以推心置腹地谈一次。子崖用手拍拍她。"睡下来吧。"以前的生活中，他们在卧室，各自以自己在床铺中所睡的方向为界限，换衣服、放置物品都在自己这半边。卧室本来也不大，走路或者进出难免触碰到，他们都自觉地侧身而立。

书卿靠在墙壁上,三月的气温到了夜里还是冷。子崖将手环绕在她腰上,她慢慢地躺进被窝里。他第一次温柔地抱住她的肩,还把下巴放在她的肩膀上。

"有时我甚至恨我母亲。我想我可能有一些心理疾病,不知道将来我会不会好起来?书卿,你说我会好起来吗?"

她转过身去,她一直习惯了面向墙睡。她抱住了他的头,将脸贴在他的脸颊上,他睡得暖和了,脸上皮肤也温暖细腻,有一层薄薄的绒毛扫着她。

"也不是你母亲的错,她有她的局限。你会好起来的,只要人与人之间不要成为彼此的地狱,就会好的。"她拍着他的后背,他抱她更紧了。他似乎很疲倦,闭着眼睛说今天忙碌了一天,想睡了。他把头枕在她的臂弯上,她试着将手拿开,子崖却说:"就这样,我觉得很好。"他闭着眼,微微内收住下颌,表情像子宫里的婴儿那么安静和满足。他们就这样躺在床上,度过了他们结婚以来最平静的一个夜晚。

两天后,书卿想起来去给他母亲寄信,报告他去广西的事。邮局就在小山脚下,寄信和等信的人都不少。收信人的名字写在邮局门口的黑板上,她看到有修先生的信,就签字说可以帮他带回去。她一个人走在树影婆娑的路上。大地上,春日的盛宴即将开启。越是阴冷潮湿的城市,春的景致变化就越显得蓬勃。

书卿的第一个念头,是想出去工作,她想呼吸外面的空气,而不是安于眼前富裕的少奶奶的生活。上次她应聘国际广播电台很顺利,但子崖强烈反对,她不得不婉拒了。她想去那里看看还有没有机会。她走到那圆形的别墅门口,黑板上张贴着最新的实时快讯和招聘海报。一家名为"远东翻译社"的中心正在招人,她心里很激动。看门的说,每周五都会有面试,但是最近的一次要过几天才有,让她记好日子,务必当天上午来。

想到很快就可以重新把上次丢了的工作机会接续起来，她很高兴。这时，她听到了头顶呜呜响起的轰鸣声，带着哭腔的空袭警报声响起，就像天空中投下来的哀鸣，越过树顶，那些灰房子、黑房子、半截土墙、青色的城墙，像一排俯冲的秃鹫一样震得人们四散奔逃。

日军飞机过去后，江上已经燃起了浓烟和大火，从船上跳下来的人远看就像小黑点跃入江中。不像在陆地上，还有防空洞可以暂时躲避，因此每一次的轰炸，江上的船只都在劫难逃。她木然地站在树下，从邮局奔出的人太多，也不知道谁推搡了她一把，她反应过来，往住处方向跑。她记得那里就有一个防空洞，就是上次她和汉西躲避的那个。

她跑进洞中，一颗炸弹就落在了洞外，她身后那人躲避不及，被炸弹掀出了几米远。另一人探头去看，一块弹片飞过来，将头皮削去大块儿，血放射状地喷射出来。她惊叫了一声，捂着耳朵蹲在地上。洞里呈扇形坐满了人。她靠在岩壁上，好半天才把眼睛睁开。后面进来的人就没有那么幸运了，有的捂着头，有的捂着大腿，还有一个人的棉衣后背被点燃了，他一进来就脱下棉袄用石头捶藏在棉花里的火星儿。

"轰炸又开始了。"防空洞里不知道谁说了一句。

"就是啊，谁会想到今年的轰炸来得这么早。好日子结束了！"

哭泣声和咒骂声连成一片。这个洞口通向江边便道，通风算很好的，但她头晕眼花。岩壁上的缝隙里流出细小的泉水，能听到还没有挖通的黑暗里传来水滴下的声音，像大地在吞咽口水。等轰鸣声不再响起，一位看上去很有经验的人提议他们都可以出去了。她时站时蹲，这时感到双腿发麻，慢慢站起来恢复了感觉后才往家走。走出洞口，她才看到自己裙子膝盖以下全是点状的血迹，定是刚才洞口那丧命者的血溅上的。她心有余悸，恶心想吐。她大口地喘着气，快速往山顶走去。

她远远地就看见，汉西和一个年轻人正在她家院子边等她。汉西向她介绍康山，称他为"重庆小道消息社社长"。在康山印象中，她无时无刻不是美的，今天却满是狼狈。近距离地看到她，可见脸色发青，裙子上尽是血点。

她把他们让进屋子，阿秀姐不在，估计也躲炸弹去了。康山借口要看看周围环境，实际上是出门望风去了。书卿去换了裙子，洗了一把脸出来，坐下来，她还是惊魂未定的样子。

汉西伸手帮她把头上的蜘蛛网拈下来，刚才在洞子里粘上去的。她这才有眼泪从眼里涌出来，刚才那堆受伤的人离她那么近，血腥味儿还在她的鼻子里。看她眼睛红了，他站起来一把搂住她，带着痛楚的心情吻她。他知道她被吓坏了。

她在他怀里，听不见任何飞机的轰鸣声，也听不见奔跑的脚步声和炸弹燃烧的声音。只有他强壮、平稳的心跳。

康山的口哨声由远及近地响起了，大概是阿秀姐回来了。书卿又恢复了一个女主人的从容状态，抿了抿被他亲吻得发红的嘴唇。她不得不保持那透明的距离感。阿秀果然回来了，奔跑中她丢了装菜的挎包，手中却一直紧紧地攥着一个东西，走回家松开手才发现是做菜的围裙。她挥了挥手中的围裙。"太吓人了。当时我正在调料铺子里，一堆人往外冲，还有一个人跳进了酱油缸子里。"

"就是油锅也有人跳。"康山说。

康山让阿秀姐和他一起到码头上去取米。

"今天还有轰炸吗？"书卿扑到窗台上，仰头看天空。晴朗的天空有一层薄薄的云彩，但在云彩之间，不规则地分布着几个浅蓝色的空洞，那是飞机随时会返回的通道。

"带我走。"她央求他。她脸上因为刚才的一番惊吓，发青的颜色还汇聚在眼窝里。汉西拉着书卿的手，从台阶上跑下去，他们跳上了一辆三轮车。飞机还没有回来，他们得赶在又一轮轰炸开始前去到他们的世界里。

他们怎么进他那小屋子的门，又怎么脱掉了衣服紧紧地拥抱着彼此，汉西浑然不觉。他只感到左肩一阵木然的刺痛感，她在轻轻咬他。轰炸说来就来了，不给他们喘息的时间，现在，云层上的嗡嗡声、爆炸声、周遭呼叫奔走的喧闹，从那紧闭的木门外传进来。

汉西伸出手去，抚摸书卿。他在她的皮肤上一寸寸移动，这平凡的动作，却也让她发抖。她看着他的温柔，幸福地闭上了眼。她将双臂环抱在胸前。他拿开她的手。他的手滑向她的腰。往下，摸到她腰后的两个梨涡。

他把她抱到床上。

和上次的轻柔不同，他要听见她的呻吟，他要让她大声地喊出来。他们用舌头交换着呼吸。她消瘦的臂膀箍着他，好让他更深地嵌入身体里。当他滑进其中，她的脸上便有了喜悦的光彩。他沉稳地把自己推向她，像海浪的节拍，她随着节拍呻吟、呼吸和回应着。他停下来，玩味她身体里温热的，湿润的小水潭，一层层热流包裹住他。

突然，她颤抖了一下，腹部因为痉挛而略略收紧。她弓起了双腿，喉咙里发出含混的声响。光投在她脸上，她的头昂起来，脖颈上的细密的血管跳动，一大片红晕在脸颊上漫溢开来，她轻轻地吐出一口气，羞涩地笑了，她的十指按在了他的臀上。汉西希望这一切是长时间的，最好永远不要结束。于是他停下来，吻她。吻她身体里溢出的液体。

门外又变得安静了。像是一种灵感的驱动，他走到窗边，将窗帘拉开了两寸宽。光一亮，她不自觉地蜷起了身体，眯缝起的眼睛，使她增加了妩媚。她侧脸躲光。

"你知道你现在多美吗？"他跪在床边，看她的小腹。她躺在床沿，他站立着，再次从正面进入又不至于压着她。他一用力，她就呻吟不已。他用嘴唇去找她的嘴唇和鼻翼。"书卿……"她微微闭着的眼睛里放出光来。"嗯。"她正在某种微波里缓缓停留。

"你害怕吗？"他说。他指那似乎又响起来的，擦着屋顶低飞的飞机和天空中的回声。

"感觉我快要死了,又活了……过来。"她换了一口气,深深呼吸。

"那就再死一次。"他说。

她不回答他。涟漪般扩散的迷醉层层袭来。她突然张嘴,向他的肩头咬去。他的皮肤堵住了她想呼喊的话。他猛然一阵战栗。

房间里的炉火已经被九月熄灭了很多天。汉西穿上衣服,用木炭砌成方形,再用报纸点燃一根,鼓起嘴吹着。他要把炉火生起来。

"要做什么?"她疑惑起来。

"想为你画一幅画?"

"就现在吗?"

他把窗帘全拉开。让他们和光融为一体。火烧起来后,她一点不感觉冷。他摆好了画布和油彩,要画一个彩色的她。她全裸着躺在灰色沙发上,乳房下沿压在扶手上,那原木色的一圈,托得她的胸很高。他用铅笔先画她身体的轮廓。他不要求她保持着某一个姿势不变化,她可以动来动去,还可以站起来喝水或者换一个舒服的姿势。他画画和别人不一样。因为她也不是模特。他对她的身体了然于心。唯一需要抵御的是,她那样走来走去,会动摇他的心。中途她好几次跳下沙发去拿水喝,仰着头端起杯子一饮而尽。

他喜欢她肩头的线条。他就从那里开始,画一座山岭。她脖子中间,跳动着细密的血管,流着她生命里的故事。她的姓氏、父母,她的童年。

他看见四方院子里,一个穿长袍子的女孩子在花架子下读书,学习礼仪。线装书里尽是对女性的规劝,"三从四德"、贞节和驯服。木长廊里洋槐树的白花,飘落下来。和眼前的她判若两人。

她抱住双膝,把身体藏在臂弯里。他用记忆去勾勒她,给她自由舒展的权利。就在她将麻木的腿放下来,垂到地面上时,一个新的构图出现了。她斜躺着,一只脚蜷起来。她用手将隐秘之处盖住。

他用眼神示意她将手移开。

他用铅笔在那里铺陈模糊的淡影。

"《乌尔比诺的维纳斯》，"汉西说，"提香的名作，创作于四百年前。"

"如果有一天，我的画像被别人看到怎么办？"她偏着头认真地问道。他已经完整地勾勒出人体的比例和姿态。她浅浅地躺在白纸上，半侧着身体，头枕在一只手臂上。乳房上的一滴印记，他最后点上去。

炉火渐渐冷了下去，又得给它添加新的炭火了，他得怀抱多大的冷静和耐心才可以把她画完啊！他放下笔，往炭盆里加新的炭火，她已经钻进被窝里取暖。

他将手伸进被子里，她还是全裸着。他钻了进去。用手抚摸她。他在她光滑的脖颈上亲吻，这像一个游戏，她越是要显得无动于衷，他越有供奉给她的耐心。

她转过身来。

上清寺的别墅周围搬走了几家人,书卿看到总有人在抬家具。有红木的梳妆台和镜子,也有用牡丹花被子包着的棉被和衣服。人来来往往,不知道他们下一站是哪里,纷乱的行李更增加了这座城市正在破灭的感觉。有一些家具和行李被原来的主人遗弃了:被烟灰烫出了洞的沙发、油漆脱落的五斗柜子,最惹人注目的是一个有腿的白色浴缸,主人大概嫌重,抬到路边又遗弃了,于是晚上成了流浪汉的床。

子崖去广西快两个月了。他写信来,告诉书卿他在那边筹建银行新的办事处。书卿回了一封信,写了很久,却没有寄出去。那封信她写了又撕了,丢在纸篓里。阿秀姐和她的交谈仅仅限于每天吃什么,她天天去看翻译社的招聘名单出来没有,盼望着能去上班,让所学的语言派上用场。这一天她出去,碰见爱办派对的何太太。

何太太和她上次在派对上看到时变化很大,一头波浪卷的头发只简单地绾在脑后,身穿朴素的黑白条纹旗袍。看她手里的布袋口露出的青菜和粉条,她正买菜回来。"用人都用不起了,要价越来越高。乡下人比我们还惜命。他们有退路,在乡下有土地。"

何太太的一对儿女,在沙坪坝张伯苓先生创建的南开中学读书。她说一个星期做两次菜送到孩子学校去,隔着校门看一眼。今天她出去花了很高的价钱才买到了新鲜的排骨和豆芽,准备给孩子煲汤。她一见到书卿就说起孩子来。"学校还在上课,但是住宿条件很差了。孩子老是抱怨有虱子,用煤油擦,用农药擦,真担心回家的时候被带到家里的被窝来。"

何太太站在台阶上喘气,她走两步就得歇一会儿,布袋子拎在手上,她不断地换手。书卿连忙接了一个口袋过来。走近些,发现她只淡淡地涂了口红,没有画浓妆的眼睛透着疲累。

"何先生最近还忙吗?"书卿小心翼翼地问道,"如果没有用人,这些家务事会很熬人。"

"别提了,"何太太黯然地说,"一个月前就走了,去了香港。"她扭过头去不想让书卿看到她生气的脸。"说是去艺术进修,我看他是躲避这动乱的时局。凌小姐,男人都是只顾自己的,既不能共贫贱也不能共富贵。一点压力就让他们夹起尾巴开溜了。"

她显然也知道子崖走了的事。"我在北碚有一个住处,如果轰炸开始了,你可以和我一起住到北碚去。"何太太说。书卿谢过了她的好意。好几天没有看到沈言,书卿想,不知道修先生迷途知返了吗?她绕过青石坝子,往沈言家走去。

一个叫卖栀子花和茉莉花的农民,正背着花顺着小路走过。白色的小花带着湿漉漉的香气。书卿买了几束,握着它们,这一片香气真让人忘忧。

"沈先生!花!"她轻轻地拍门,喊道。房门内很安静。过了好一会儿才听到沈言在楼上回答。她穿着拖鞋慢慢地走下楼来,听那声音,她的双腿像绑上了东西,走几步就要停顿一下。书卿进屋后,闻到了一股下雨天才有的霉味。确切地说是一种陈艾草般的苦味。沈言站在门后,强烈的光线让她眯起了眼睛,沈言不由用手挡住光。她接过花去,转身在圆桌边拿过花瓶插下。

这小小的白花,让房间增加了生气。桌子上有一份报纸,是前几天的。书卿拿起来准备看,沈言不想给她,已经来不及了。

社会新闻放在第三版,书卿一翻就看到那个标题:《名教授为戏子街头斗殴》。报道说,日前有国民党下某军官,整日醉心于某潘姓名伶,欲强占其为女友。不料潘名伶已经名花有主,且是文化界德高望重之教授。

是日夜,军官在剧院门口强行带离名伶吃夜宵,被感情用事的教授报以老拳,多人混战一番。在全民抗战的关头沉浸声色犬马,影响极坏。

书卿看完,很久才问:"修先生一直没有回来吗?"

沈言点点头。前几天早上,沈言起来在门槛外看到一封被露水濡湿的信。他说他再也回不来了,他就坏人做到底,否则他两面不是人。

沈言用手撕着蒲扇,书卿怕她扎到手,赶紧拿了过来。书卿自觉语言苍白,就转移了话题。"何太太家的先生也走了,去了香港。"沈言说,何太太家里的事,她也略知一二。但她不愿意背后道人是非,只说内情恐怕没有那么简单。因为何先生之前在德国,也是闹了不少的绯闻。

"只可惜不是所有人都像何太太那么看得开,何先生走了,她的追求者就来了重庆。"

"那她不是以牙还牙?"

"对呀,以前觉得,这样的女人很可恨,现在觉得真解恨。"

书卿想,她们这里就几个邻居,她疑心自己和汉西的事情是不是也被沈言知道了,只好垂下了眼帘,盯着缎花的布鞋。她在重庆也没有什么朋友,沈言是她最信任的人了,她真想把自己的事情都告诉她。

沈言突然问道:"最近子崖来信了吗?"书卿点点头:"不过也没有说什么,只说轰炸开始后,让我回成都去躲避,也可以照顾他母亲。"沈言问了他母亲的情况,书卿如实相告,说了成都的见闻。

"那我劝你不要回去了,那简直就是一座活人墓。"

她们对坐着,听着墙上挂钟移动秒针的声音,每一声都清晰果断,时间如流水般笃定地走着。桌上的花沾了水,叶片打开,花蕊舒展,稳稳地朝外散发着甜香气。

"在活人墓里死,还是被炸弹炸死,我宁愿后者。"书卿说。现在,她们居住的这座小山上的三个女人,都成了被抛下的人。这座临水的山丘,就是一座孤岛,剩下几户房屋漏了也没有人补的人家。书卿说经常做一个梦,梦到自己落入水中。她奋力游着,看不见陆地和天空。好多次感到自己死了,但是快死之前,有一艘大船开了过来。

"梦见船,就是对现实不满。"沈言说。

沈言又搬来了她的茶具。厨房里的开水在煤气灶上烧着。她们两对坐着,沈言专心致志地把小茶杯在蓝色的土布上排开。

"情感的事,爱很珍贵,被爱也珍贵,但最珍贵的是相爱。或许从这个角度来看,我该放过自己,也该放过他。"沈言说。

书卿坐到她身边去,握住了她的手。"你能这样想就太好了。我也有一件事情想说。"她决定把自己和汉西的事情告诉沈言。

就在这几天,汉西家就要办一件喜事:他弟弟云晓和唐欣宜的婚礼。

六月多雨,天气热了起来,黄昏时闷热湿重,成群结队的白色蛾子从水面起身,扑向点亮的灯火。夜里,在比山更远之地,闪电把天撕开裂缝。被照见的江水如打碎了的镜子,等待雷声的轰鸣和闪电的抽打。重庆人最渴望做一个六月的人。七月和八月固然好,空中的阳光是熊熊燃烧的火焰。六月还能捏出水来。但今年六月的天空却像一个深渊,天又蓝又透,会突然冒出死神的脸:飞机的机翼掠过云端。它们飞翔,推进,扔下炸弹。瞬间,雪白的云朵成了死者瞳孔里最后的影像。

三峡地区有一种鸟,当地人叫"追魂鸟",它们叫起来的声音像人的哭泣。现在,追魂鸟的声音成了飞机的轰鸣声。持续的轰炸,让死亡人数不断上升。数字掐着无数人的脖子。尽管他们也努力地劳作、行走、吃饭、举行生老病死的一切仪式,但长期紧张和满目疮痍的废墟已经让他们模糊了生与死的界限。

一夜的雷雨之后,空气格外清新。晴天。上午日本飞机来了五趟,下午也有十余架从云层中俯冲下来。将珊瑚坝和海棠溪附近的趸船和房子炸坏了几处。火光中,天气更湿热了。

汉西站在窗前,看着被火光涂了一层血红浆汁的江面。这在黄历上算一个好日子，但他心里却认为弟弟结婚的时候应该挑选"破日"，最好浓雾蔽日，雨下个没完。

他知道，为了躲避日本飞机，婚礼特地定在晚上。

他点燃一支香烟，用手轻轻地敲打着木质的窗台。抽完烟，他就往储奇门家中去。云晓这场婚礼全城瞩目，甚至被人看作是鼓舞人心的举动。他坐的车经过较场口，看到一群人正在重新把白布书写着的"越炸越强"四个字挂上去。

"越炸越强。"他苦笑。没有还手之力，没有藏身之处，血流进河里土里，人类被欲望所操纵，无论是贪婪凶残的日本人还是观望的其他国家，还有不时传出的抗战联盟的失和，让人心灰意冷。

在他看似杞人忧天的悲观情绪中，人力车已经到达了孙家的院门前。不用说，这是张灯结彩的一幅画面，树上的鞭炮、大红的喜字，虽然新娘子还没有迎进门，但这座院子已经是欢天喜地，和正在逼近的夏日之晴好连接在一起。

云晓下午五点零八分从朝天门出发。九月前几天就回储奇门去了，这天他被赋予了"看时间"这一神圣的使命，九月感到荣幸又焦急，生怕自己有所疏忽，而破坏了云晓一生的幸福。他拿着刚学会辨认的怀表，不时看上几眼，从昨天开始，他就寝食难安，迷上了倾听时间走动的喀嚓声。

迎亲的队伍走过那些灰色的房子。走过布满青苔的台阶。走过城墙门洞。昨夜，那些祭奠鬼魂的纸钱没有烧透，风一吹过来，就似黑色的蝴蝶在人的脚边飞舞。他们还看到，前几天被炸弹掀翻了的屋顶，倒塌了一半的墙壁，炸飞了一条腿的桌子，炸成两截的床，一堆瓦砾上坐着披头散发摸索着砖头的人。他们的眼睛像一只只黑洞。

云晓皱起了眉头。他不想走这条路线，但是这是下码头唯一的路。

他穿着白西装，胸前扎着一朵红花，他用手抚摸它，想确定它百年好合的寓意。江面宽阔，如打开的扇面。他稳稳地走上船去。后面是着装精神的年轻小伙子和姑娘们。九月跟在队伍最后，他一直在数着秒表，如果快一点，他就喊人群慢点。如果慢了，他就催催。时间正是下午的五点零八分。

"出发！"九月几乎是用带着颤音的声音下令的。鞭炮声响起来，红色的炮竹纸屑纷纷扬扬地坠下江面，就像春天时桃花坠落的景象。一声汽笛拉响，船的呼吸声变重了，江水被喜气切开了。硫磺味冲上天空，蓝紫色的烟雾在人们头上晕染开来。

硫磺味钻进了云晓的鼻子、耳朵、眼睛里，他用手哈了哈气。刚好看到九月从船尾走到甲板上。他还在掏出怀表看时间，嘴里念念有词。云晓觉得喉咙被什么堵住了。今天，他是孙家唯一的主角。按照规矩，汉西作为长兄将留守在家，等他接回新娘子后，他会代替他们的父亲进行隆重的欢迎仪式。

云晓隐约地觉得，幸好有这样一个古怪的仪式。在他心中，汉西是光芒万丈的。他总觉得父母都更看重汉西，直到他成年后，以缜密的心思和刻苦的精神才赢得了自己在家中应有的位置。

他母亲徐媛芝今天美得让他意外。她穿着金粉色的旗袍，一支做工精良的金头钗在脑后斜斜地插着。头发均匀地分梳到两边，擦了头油，更衬得头皮的白净健康和发质的自然，这显示了她健康强壮的基因。她圆圆的耳垂上佩戴着祖母绿的耳坠子。她这对儿耳饰还是生茉莉的时候，廪实到上海一家首饰店买的，贵得让人心疼。

今天，媛芝打扮得和她二十年前做新娘子一样隆重。她脸上还有新娘子也没有的光，为人父母的成就感，随岁月加深的从容，愈发使她透着华贵雍容。

她结婚的时候，也是这样，从水上坐船，心和船一起颠簸不定。

她结婚的时候，全世界都在打一场仗。第一次世界大战。现在，轮到她儿子结婚了，全世界又在打一场仗。第二次世界大战。

她的笑容中有一丝担忧和苦涩。

"水流在水里,变成了云。
云躲在云里,变成了雨。
雨下在雨里,结成了冰。
冰化在冰里,融成了水。
水啊,流。云啊,走。
哥哥,妹妹啊,你是我我是你。
反反复复不停啊,
一夜醒来就白头。"

唱船歌的船工开始咿咿呀呀地唱起一首号子,这首歌歌词简单,腔调悠长,却被认为是一首情歌。那船工有五十开外,个子短小精悍。一开口却有悲凉,仿佛他的嘴里驻扎着峡谷里的风。船工们合唱时最是百转千回,船驶过峡谷,又行至一段更宽的江面。河风中,旗帜发出猛烈鼓动的呼呼声。

突然,船像触到了礁石,船身剧烈地一震。媛芝本来就心情紧张,这一下赶紧站了起来,扶住了栏杆。船工还在咿咿呀呀地唱着,其他船工则用号子声和着。他们似乎已经习惯了惊涛骇浪,有时,面对一股股妖怪一样诡异的水,唯一的应对之策是让船减慢速度,随波逐流。

云晓从甲板上下来,坐在母亲身边。

他握住她的手,她的手肉多,像婴儿的手。莲藕般的指关节,圆润的指甲,珍珠般的光泽。云晓把她的手贴在自己脸上。他享受着母亲掌心里的白粉味道。突然,他听到她戴的那两只翡翠镯子撞在一起的声音。冰裂开的声音。

几天前，唐家就将运输业务暂停，所有的船只皆粉刷一新。这场婚礼他们准备了三个月之久，唐家院子里的来者都是客。无论是血亲姻亲表亲，或是贩夫走卒乞讨者。唐家按照自己设立的规矩祭祖、祭天、祭江，流水席从早上六点到凌晨两点不休。

唐欣宜会拥有九十九个箱子的嫁妆和九条新船，连新船的队形、船歌、船工、闲杂、礼仪，她那位整天安坐于椅子上的大哥都给予了周全的安排。因为她的出嫁，欣诚素来苍白的脸色也增添了血色。

"和龙女出嫁一样。"一位帮工的人说，这是他们见过的最豪华的嫁女。

"不敢。"唐家大少爷谦卑地说道，"龙女是神。唐家的女儿岂敢自诩。"他也想不出什么形象可以准确描述唐家在水上的地位，一群在暗流中凶猛前进的鱼、长着鱼尾的人、有盔甲的人，抑或其他水陆两栖动物，他觉得这样的想法和欣宜的霞帔一样绚丽。

唐家还邀请了本土各种龙船、武术、江湖杂耍团队，并以发红包的形式，将十几公里水路的趸船、其他商号的船只都打理了个遍。他们希望送亲的船只，可以得到一声祝福的汽笛、一道更宽阔的水域。

在唐欣宜的闺房里，一切手忙脚乱又充满幸福感。一大早，她已经打翻了好几次粉盒、口红弄脏了三条白裙子，仅仅是在家里走来走去，她的高跟鞋就磨破了脚后跟。给她卷头发的是请的重庆最时尚的"天使发屋"的人，但她不是嫌弃卷太大，就是太小。服侍她的人将她的头发分成四股，由四个人分持于手，各自卷出幅度来给她过目，得她满意后才能进行下一步。

"不满意不满意！"她看着镜中的自己，嘟起的红嘴唇和烫后显得僵硬的头发。波浪太大，显得老气。波浪太小，没有效果。她不归罪于自己的娃娃脸，只欢喜看人为她忙个不停。

她幼年丧母和江岸边那些童年的空囵，今天要变本加厉地填平。她要了十件衣服来试穿，那些蓬松繁琐的花边衣服堆在床上，就像一座长了蕾丝的雪山。她开始化妆,闪闪发光的蕾丝金边,衬得她的脸色发黄。她"哗啦"一声把裙子脱下来,扔到墙角。

再换一件。这件的缺点是肩膀太塌,裸露的部分太多。会显得她的胸撑不住前头由珍珠串成的装饰。她从没有为穿什么这么烦恼过,一件件脱下来,因为动作迅疾,要么领口要么前胸,都印上了她的口红印。那些服侍她的人则盼着时间过得快点,这样她总会做出选择的。

"还有一个小时新郎官就到了。"一直照顾她的姨娘说。

姨娘今天也出了她的院子,赶过来照顾她。喜事让她们平时那点生分也消弭了。其实,这院子里最高兴的人大概是这姨娘,她的深居简出多少因为有点怕欣宜。所以姨娘今天要拿出全部的爱意来。

她们都仿佛看到了江上的雾霭之中,迎亲的船队在六月的霞光中,顺流而下。每一道霞光都分明地散着,亮着,气势如虹,和长江一起流到她家门口来。终于,欣宜挑选到了一件不偏不倚的白色礼服。这是她觉得徐媛芝会喜欢的款式,一件全身缀着小珠子,领口像中式旗袍的白裙子。

"穿得古典些总不会错。"她想。这件衣服三个月前还显得肥的,现在却刚刚好。她对着镜子,露出了只有她自己才明白含义的笑容。

对于今天的婚礼,喜欢下棋的唐家大少爷是总指挥,就路线图、来宾座次图、嫁妆走位图,做了各种的图样设计。这仅仅是一部分工作。针对天气是晴朗还是下雨,有风无风,光是图纸就画了十几张,那是唐家大少爷一个月在书房里挥毫落纸、不眠不休的成果。

迎亲的队伍出现了。在江面上,因唐家之前的打点,其他商号的船都知趣地避开了,或是停泊在岸边,观看这时局动荡以来最豪华的婚礼。连往日那些和唐家因为抢占码头而生出嫌隙的船只,也在这一天里泯灭了恩仇,静静地做好了为他们鸣笛的准备。

唐欣宜已经扑在窗户上往上游方向看了数次。新娘子到了婆家是不能吃饭的,要保持妆容的尊贵。因此,姨娘给她端来了汤圆。用筷子夹了,再小块地喂入她擦满了口红的嘴里。姨娘拿出了极大的耐心,小心地用筷子夹好,放进她雪白的牙齿中间,却不沾她嘴唇分毫。

迎亲的唢呐吹在最前头。唢呐的声音苍凉而洪亮,像是那小小的喇叭里坐着一支交响乐队。唢呐队一踏上绿茸茸的河岸就吹响了,呈喇叭口的江面,把乐声放大了又吹散开去。这声音天崩地裂似的。

欣宜探身到窗外,看到迎亲的人开始是一个人,后来又串起几个,慢悠悠地向前蠕动着。唢呐声越来越嘹亮,她赶紧把拿下来的盖头搭上。她端坐在雕花的方凳上,手里绞着一条绣花的手绢。穿白色礼服头顶着红色盖头,这奇妙的搭配只有她唐欣宜敢。她低头看着自己红色的绣花布鞋,并不觉得这红白相间的感觉有什么不妥当。嚣张尖锐的乐声更近了,将她的喜悦撕成了无数条状的色块,每一绺色彩又浓又稠。

第一眼看到唐欣宜时,徐媛芝的眉间闪过一丝失落。

在她看来,欣宜今天的打扮有些画蛇添足。如果是孙家的女儿,她断不会让欣宜这样穿。媛芝皱了皱眉头,看向儿子云晓。云晓从走进唐家院子脸就一直红着,从院子到院子外的平坦之地都摆满了桌子,活像一个迷魂阵。他不自在,所以不是走得太快就是太慢,拳头紧紧地握着,总担心自己反应迟钝。

孙家来的迎亲队伍被安排坐在院子的左边,桌子上摆满了水果、糖果、蜜饯、瓜子。徐媛芝被迎上上座,云晓则被领到唐欣宜下楼的门口处候着,他从孙家带过去的七八个小伙子和姑娘簇拥着他,给他打气。年轻人挤在一起时,就像一个小型动物园,而且是到了百鸟园那个区域。云晓喜欢这闹腾,闹腾是消减紧张最好的方式。

唐家的规矩庞杂,不过都和他们在江上的行当有关。每一段水面都有一个神要拜,神的名字是他们自己取的,因为在这一带,水上就是唐家的领地。欣宜的父亲唐家卫简要地讲话,他说首先要感谢河神:水下和地面一样,也有山峰、地缝、礁石和道路。那个神秘的世界谁也没有去过,他们唐家为它命名:老虎峰神、万人沟神、地心路神、宽坝神、窄坝神、乌龟石神。

徐媛芝唯一听说过的是乌龟石，要在每年冬天水位最浅的时候才露出来。但夜里一涨水，就昙花一现般不见了。这些神，每一个都以他们独特的形象被供奉在堂屋。一块石头、一截枯枝、一坨泥土、一条看不清什么材质的绳索、一串动物的骨头和牙齿。

主持仪式的老船工身穿白衣白裤，已经九十多岁了。他的孩子数量众多，散落在码头上那些良家妇女、黄花闺女和烟花女子的身边。他自己也记不清有多少个。

但他发誓，他每次只爱一个人，从他下船的时候开始，到船离开的时候结束。

"愿河神保佑我们。"老船工说。

其他船工声音朗朗地齐声吟诵。水上的人和陆地上的人各自秉承着自己的生命哲学，在他们看来，水是至刚至柔的神。漂浮在水上，他们往上游可以望见皑皑雪山，往下游可以归于大海。他们孤独而浪漫，虽然陆上的人觉得他们就像这个世界的隐身人。

在祭拜完河神和各位小河神之后，船工又唱起了船歌。层层叠叠、高亢豪放，歌声里有激流险滩，也有逆水行舟，更有渡过险滩后的悠然长啸。船歌变词不变调，最后都收于多人口中的咏叹和尾音。他们歌唱的时候，长江水仿佛就是大地上那条活的舌头，他们在舌头上生，在舌头上死，自然要发明与之匹配的歌声。

今天是两位新人的大日子，但他们只能像布娃娃一样被人摆布。云晓和欣宜不停地鞠躬、敬茶，向一些他们以前没有见过面也叫不出名字的长辈行礼。他们被那鼎沸的人声和各种哄笑围着，对他们的祝福和好奇，在人群中抛来抛去。太阳就要在西边落下，它悄悄地移动着，收回了它那些金色的光线。

江面上一丝雾气也没有。迎亲的船队和送亲的团队在码头边整装待发。首尾相接，有两公里的船队。当最后一个送亲的人踏上甲板，他抬起头来看了看天空。天空像被长江水淘洗过。或许晴朗自有威慑力，他却忍不住打了一个寒战。又不放心地抬头看了看。天空什么都没有。船队以缓慢的速度向上游挺进。水闭合了痕迹，只留下船尾的人字形波浪。走一公里，又歇一会儿。以往早该走完的路程，他们却只走了一半。

行驶在最前方的船突然放慢了速度。坐在船头领唱船歌的白衣老者站了起来。他挥挥手，示意船长放缓速度，减少马力高速前进时的噪声。

"是什么声音？"他望向天空。天空和出发时相比没有什么变化。声音来自看不见的群山背后。来自比天空更远的天空。来自心里的恐惧。更多的人听到了。船队静静列行，如同鸟群在暴风雨来临前的倾听和交谈。但那声音越来越响，和雷声一样猛烈、集中，带着穿越云层的阵阵回响。他们不是第一次听到这个声音。从几年前日本飞机轰炸重庆开始，他们就知道这来自头顶的雷声带着火、铁锈、尸体和血的味道。

是日本人的飞机来了。日本人从未在夜晚偷袭重庆，但是今天它来了。

"准备靠岸！"头船发出三声汽笛。汽笛声再由第二艘船传向后面的船，瞬间江上一片呜咽。仿佛全世界森林里叫声凄厉的动物都出来了。

转过这个弯道，他们就可以看见朝天门码头了。但他们现在还在峡谷的江面上。进退维谷，江岸是他们唯一的登陆地。船队努力地向江岸平移着，但由于船只庞大而众多，它们就像难以转身的巨龙，只有笨拙地漂浮在江水上。

云晓和欣宜坐在第二艘船上。他们和长辈分开了。一听到汽笛声，唐欣宜就扯下了盖头，她探出头去看着天空，看到几个小黑点越来越近，最后，小黑点变成了鸟，变成了飞机，变成了机身画着红色油漆的火药桶。一颗颗药丸式的炸弹从飞机腹部打开的机舱掉落下来，落在江上，响起巨大的爆炸声。最先燃烧起来的是尾部的船只。爆炸声让江浪剧烈地晃动起来。

跳江，已经不是怯懦者的选择，而是必须的求生之道。有一颗炸弹在一艘船只的右边丢下，惊慌的人们瞬间涌到了左边的走廊，船突然失衡，如一堵墙一样倒进了水里。

云晓握着欣宜的手。从今天早上出发到现在，他的头脑中都是混沌一片，被热闹的声浪抬到了梦境之中。一切似曾相识又全然陌生的经验，他不想他的梦醒来。

唐欣宜扬手给了他一耳光。她要他清醒一点。她长期走船，比云晓更能洞察他们可能面对的厄运。她看到，又一艘船被炸弹命中了，在燃烧起来之前，她看得清清楚楚。那艘船装载的是家具和粮食。那雕刻着荷花、牡丹和金鱼的床，散着香樟木的香气。梳妆台是桃子的红色，镜框边用油漆画着一朵一朵的梅花。在船的尾部，几十袋头年的新米和花生、玉米堆得整整齐齐，细心的仆人给每一包粮食都系上了红色的丝带。现在，那些被弹片划伤的口袋，正向外流淌着金色的瀑布，全是颗粒饱满的玉米。

她掩住双眼，巨大的爆炸声却震得他们双耳发痛。她只有一双手，不知道该捂眼睛、耳朵还是嘴巴。最后她捂住耳朵蹲了下去，因为这时船已经开始像喝醉了的人一样四十五度地倾斜，再倾斜回来。

船像在水上荡起了秋千。排成一行的日本飞机擦着江面飞行过去后，又绕了回来。

他们这艘船上的人已经开始跳船了，会水的船工脱掉衣服，赤身跳入水中，而客人则抱着轮胎和板凳闭上眼睛跳下去。转眼间，连板凳也所剩无几。船上只有他们两个人了。"云晓你会不会游泳？"她开始脱身上那又长又蓬的裙子，"扑哧"一声，剥落出身上的小背心和下身的短裤。云晓望望她，又望望前面的船，他母亲还在那艘船上。

"我问你话呢！"唐欣宜几乎要扑上去咬掉他的耳朵。

"会游。"他不敢说，他的水性不如汉西，因为以前总是哥哥保护他。欣宜也看出了他的胆怯，在长江里游泳，不是姿势问题，更是体能问题。

"那我带着你，你不要用力，就闭上眼睛漂浮在水里，不要乱动！"

"好。"云晓也脱去了衬衫和领带。这身衣服紧绷绷的不利于划水。

"等下如果你换不过气来，你就亲我，我把我的气换给你。"云晓说："好。"

他们手拉着手，云晓右手还抓着一根板凳。

"这样比较保险。"唐欣宜点点头。突然她说："云晓，你先亲亲我！要是等下河神要娶我做老婆，你就再也亲不到我了。"云晓听话地偏过头去吻她，她咸咸湿湿的眼泪裹了他一脸。

他们跳下去的时候，一股浑水涌来，就把云晓抱着的板凳冲走了。一个水性不好的人，在湍急的河水中是无法驾驭一块木板或者板凳的。他呛水、咳嗽，鼻子里有尖锐的疼痛，眼泪和江水合在一起。唐欣宜在他后方拖着他的腋下，用力踩水。但她今天不知道怎么了，一遇到冰冷的河水两只脚就开始抽筋，她疼得龇牙咧嘴，又气又急，骂了一句脏话。

"你说什么？"云晓没听清。"我说我爱你！"她把腹部贴在云晓的背上。他们已经游了几百米，但还是在江心，因为参照物是江岸线，他们不知道会有那么远。"你还有力气吗？"他问。

"有。你要再坚持坚持。为了我们的孩子！"

"什么？"云晓的手脚停止了划动。这时，一个更凶猛的浪打过来，白色的边缘就像闪亮的刀刃。云晓只感到自己脚下有一双手在拽着他，不，是有很多双手在拽着他，要将他拉入河底的峡谷里。是长江上常见的漩涡水。呈螺旋状向江心垂直下旋。别说是一个人，就是一艘小船，也能片刻间就被它抱住漩入水中的深洞里。

云晓使出全身最大的力气使劲地一推欣宜。他费劲地转身，想把她的脸记住。他只看到她被水冲出老远后，浮在江面的后脑勺。他说不出一句话来。他最后看到的是由蓝转暗的天空和灰色的水面，它们从比他眉头更高的地方横扫过来,他听见了自己没入水中时,耳内涌入的寂静。黑暗中的寂静和寂静中的黑暗,将他拖向河底。

江上。从山顶望下去,燃烧的船只和从上游漂下来的翻覆的船顶,星星点点的黑色的尸体或者是杂物,载沉载浮。让人为它们捏把汗。

空中的轰鸣声响起的时候,汉西正带领着家里的仆从,飞机发出的轰响像木炭烙着他的脊背,他们顶着热浪,准备从院子出发去王后酒楼。

"是雷声吗,少爷?"五月问道。汉西的脚刚跨出门槛。轰隆隆的呼啸声从长江下游传来。他再转头去看太阳,还没有西沉的太阳红得刺眼,让人瞬间就得闭眼。

"糟了。"他觉得后脑勺被什么东西重击了一下,血冲上头部,脸灼热得发烫。"退回去!"他短促地说道。十几个仆从立即退回到院子里,面面相觑。五月因为要留在家里指挥其他仆人,才没有去迎亲。五月把木门关上。她以为这样就可以挡住雷声。

在五月的带领下,大家驾轻就熟地躲进了院子背后的防空洞中。汉西却没有进去。五月进去后又折返回来。

"你还跑出来干什么?!"汉西责问她。

"你不进去,我也不进去。"五月低声说。汉西顾不上说服她,他走到窗前,伸长脖子往江上眺望,只看到长江下游方向浓烟滚滚。烟雾是从山那边窜起来的,山峰之上,十多架日本飞机在轰鸣声之上低飞。天气晴好,这似乎激发了日本飞机的表演冲动,它们先保持着同样的高度,再突然地向江面俯冲。扔下炸弹后,它们再同时爬升到相同高度,始终保持着不变的阵形。几排日本飞机飞过来。更大的浓烟在下游方向升起,在晴朗的天空下像一朵巨型蘑菇。他的母亲,他的弟弟,还有一众亲人,正在烟雾之下。

他在家里待不住的,他要去码头上看看迎亲的船回来了没有。他刚一转身,就被五月抱住了腰。

"你要去哪里?"

"我想去码头。"他话音未落,院子附近就响起了密集的爆炸声。地面开裂的震荡从脚底传到耳朵,眼眶发痛。日本人的飞机已经飞越了江面、码头,向市区建筑、房屋和街道进行更精准的投掷。

汉西从没有像今天这样痛恨晴天。痛恨飞机。痛恨日本人。恨如果有能量,它也能把江水烧得沸腾。

汉西挣脱了五月。院子外传来密集的脚步声,大约有数十人。是听到警报和炸弹声后,四处寻找防空洞的居民。"到较场口去,快点,快点。"奔跑的人边走边喊。较场口有一个大隧道,可以容纳上千人。

他这个时候生起了悔意。如果不是唐家坚持要在这一天里嫁娶,他的亲人们此时怎么会在江上。他一拳接一拳地捶在窗沿上,直到手背的皮肤破裂出血。他还不觉得痛。或许他太痛了,从心脏位置开始,麻木向全身延伸,只有一小块地方还保持着跳动,就是侥幸的希望。

"不知道太太和云晓少爷他们如何了!"五月急得在房间里转圈,只要汉西一有什么动静,她马上用身体挡住门。"我不能让你去送死,现在太太和二少爷也不知道情况怎么样了,我不能让你去送死,少爷。"她哭了起来。

"好,你去给我倒杯水。"五月信以为真,转身出了房间。五月的身影一没入走廊转弯处,汉西就一步跨出了房门。他一秒钟也等不下去了。他奔跑起来。江边空无一人,他不知道跑了多久。看见一个码头他就停下来看有无船靠拢。那些活生生的人都到哪里去了,上百人的迎亲队伍,老天爷把他们藏在了哪里?

在东水门外,一艘趸船像被一把刀从中间劈下,仅剩底部连接着。船的油箱破了,正向江面流泻出黑色的机油,江风吹开,一股呛人的油烟味。他被脚下河滩上的野草绊了一跤,膝盖和鞋都糊满了稀泥。他的手、脸上、头发上也有。

这个满脸泥土,被烟雾熏得眼泪直流的人看到人就在问:"请问,你看到结婚的船队没有?"

被问的人摇摇头,跑开了,往他们觉得有防空洞的地方逃命。

一个中年船夫提着水桶,想冲到船上去。

"看到唐家结婚的船队没有?"

汉西问他。

"在阴曹地府的路上!"这人不是在回答问题,而是在发泄愤怒,"闯他妈个鬼!操他祖宗十八代的日本人,龟儿子不是人。"

这个船夫已经失去理智了。汉西想,他说得没错,"闯他妈个鬼!"他也在嘴里重复着这句话。这个唐欣宜简直是一个扫把星,还没有进门就把他家裹到了炮弹底下。如果他母亲和弟弟没事还好,要是他们有什么闪失,他将永不原谅她。

在朝天门码头,一个年轻人还蜷缩在调度室里,调度室的作用是对排队进港的船只喊话。一颗炸弹就扔在码头的沙滩上,震出了房子大的坑。溅出来的弹片差点要了他一只眼睛。他本来腿就有残疾,因为嗓音洪亮才找到了这个工作。像他这样行动不便的,逃出去可能也是一个死。

汉西问他:"唐家的船今天下午是从这里出发的吗?回来是靠这个码头吗?"他发着抖,头一直在控制不住地晃动。汉西把他从桌子下拖出来。

"我问你,唐家婚礼的船,什么时候到?"

"下午出去了。"那人答非所问。

"现在呢?"

"现在在峡谷。"他指指浓烟升起的方向。

"好久能回来?"

"不知道,也许回不来了。"

汉西一把把调度室的麦克风抓过来,放在那人面前。"你现在就给我喊他们的船,快点。"那人爬到麦克风前,喂了几声,却没有被扩出去。他哭丧着脸。"少爷,电线被炸断了,你还是走路到码头去看看吧。"

他继续钻到桌子下,继续像疟疾病人那样全身抑制不住地抖动,牙齿撞击着牙齿,就像一阵阵远处的枪声。

汉西丢下他,踉跄着向河边走去。这哪里还是他记忆中的朝天门码头?污水横流,山坡上那些吊脚楼成片地倒塌了,看不出任何房屋的轮廓,只有灰白泥土堆。没有倒掉的,有的被炸弹洞穿了几个大洞,有的四面墙倒了三面。几个全身是白灰的人坐在路边哭喊呻吟,嘴里重复地说着"我的天啦""天啦"。

现在江面敞亮地出现在他面前。什么也没有。没有他母亲、弟弟、九月,也没有常说生死有命的唐家人。"去你妈的生死有命。"

他嘴里骂着,和那些被炸弹轰晕了脑袋、变得语无伦次或者骂骂咧咧的人一样。他只想尽快走到趸船上,也许他们能联系到唐家,或者是租一条船下去看看。

两组趸船中,有一组正在燃烧。没有人揭开它们互相缠绕的绳索。而剩下的那组,他冲上去发现空无一人。他呼喊了几声,没有回应。他冲进了驾驶室。

突然,一根木棒从头顶落下,砸在了他的太阳穴上。他只感到身体一个趔趄,眼前一黑,就歪在了墙壁上。他摸到铁舱室凹凸不平的油漆表面,一股充满了水锈的河风吹进了他的鼻孔里。那味道越来越浓,黏稠、微咸,他反应过来那不是风的味道,而是血的味道。船身仿佛动了起来。

他终于坐在船上了。

一艘白色油漆的新船,虽然不大,看上去却迅疾无比。船头比他见过的所有船只都要尖和长,他知道这条船的名字叫"白鲟"。

像他天生就认识它。白姆开动马力,向下游方向疾驰。天空结着绿油油的云彩。这云彩真好看,只有南宋的青绿山水可以媲美。云在天空如走动的羊群和游动的鱼群。那白色的羊一粒一粒,鱼群一行一行,一阵风吹来,那些羊和鱼像蒲公英被孩子嘟起的嘴吹散,羽毛般地从天空中飘落下来,落到江面上,落到甲板上,变成了雪。

他用手去蘸雪,放到嘴里,是咸的。他很渴。但全身发软,他只有通过舔自己的嘴唇来保持体力。船的前方出现了一个透明的隧道入口,波纹粼粼,那隧道的中央,一艘拉满了白帆的轮船出现了,船身却是黑色。

当第一艘船出现后,他没有眨眼就又看到了更多的船,也不知道它们怎么冒出来的。那些船和白姆擦肩而过,虽然是惊鸿一瞥之间,他却分明地看到:

他母亲坐在第一艘船上,端坐着,眼看着前方。她没有看他,他看到她侧面的轮廓非常清晰,像她母亲房中五斗柜上年轻时的照片,连她鬓发的灰色和鼻尖的小痣也能看见,在他眼前晃动。

他听到自己腹部发出的叫喊,干涸的嘴唇发不出声音来。

船只擦着白姆过去了。他又看到另一艘船上,云晓和唐欣宜并肩站着,穿着深色的衣服,怀里抱着什么。他想,云晓早上走的时候,穿的是白色的西服,他母亲的裙子也是金粉色,怎么都换成了别的颜色?但这也是电光石火间的事,云晓他们的船也箭一般地射过去了。那黑色的船队的身影瞬间就消失在江面上。

白姆,快调头,追上他们。他用尽全部力气说着。但他的腹部渐渐塌陷下去,再也没有任何声音。刚才还雾蒙蒙的天色慢慢地变成了黑色。他这才感到一把刀剜进了他的胸膛,刀尖很冷,像电流一样贯穿着他的全身。刀尖在他身上戳洞,每戳破一处,伤口就开始结冰。他的脚、手、大腿和脖子都被冻住了,只有头还可以痛苦地摇来摇去。

一只手按在了他的额头上，人的掌心。接着是几滴水。他有些疑心自己是在梦中，只有梦才如此意识流。他的眼睛处照见了一丝光亮，他看到，是书卿。她怎么会在这里？他本来还想在刚才那光怪陆离的黑暗中待一会儿，这下却渴望有更多光进入眼中，让他看个清楚。

"你终于醒过来了。"

他的眼前，不是书卿，而是康山，他正双手沾满了冷水，往汉西脸上和身上裸露的地方抹。

"你发烧了，烫得很。把你扔出去就可以引发火灾。"康山又用沾水的手掌覆盖在他额头上。他看了看，除了康山，还有几个他不认识的小伙子，但是没有书卿。

"我这是在哪里？"他坐起来。周围没有船，也没有江，从光亮进来的地方望出去，可以看到河床，青青的蒿草在风中轻晃着条形的叶片，还有成片匍匐着的野麦子。

"在江边的一个临时棚子里。"康山说，日本飞机来的时候，他刚好在朝天门一带闲逛，本来也是到码头上看孙家迎亲回来的盛况的。

"听到飞机声音我就想可能要出大事。你从梯子上发疯了一样跑下去，我喊你，但是你哪里听得见？"

后来，他又跟上趸船，在驾驶室里找到了被一根桅杆落下来打晕了的汉西。

"你也是运气好，今天遇到我在附近，不然你就和那艘船一起翻尿了。"他一听大惊，康山说那艘船的尾部早就被炸裂了，船正在缓慢地下沉，只是他急火攻心，根本没有注意到。

"有我母亲和弟弟的消息吗？"他问。

康山摇摇头。"云晓兄弟大概是担心我比他帅，所以没有请我。"他拍拍自己的假腿。"上次我也是在这附近见到他，我还提醒他六月份最好不要办事。但爱情让人变傻。"

汉西的额头还是热得发烫。康山将双手浸在水盆中，他举着双手晃了晃。"趁凉快。"他再次将水涂抹在汉西脸上。这个动作很枯燥,但康山没有停下来的意思。

唐欣宜闭着眼睛,两腋卡在木桶边缘。阳光照在她脸上。衣服和头发有水腥味,所幸体温把它们烘得半干了。水拍打着木桶,她把手和脚都打开,保持平衡。五岁那年,她父亲带她到河里游泳,就是这样甩给她一个木盆。她比两个哥哥表现得都好,把木桶反扣过来,以肚脐为支点,她也可以贴着水面飞行。那是回水沱平缓的江面。像湖一样温情脉脉。她在那习得了水性,也养成了骄傲的脾气,凡事以自我为中心。

开始,她也有挫折,在学校里被几个看不惯她做派的男女同学追打。她退到围墙边缘,摸到了一块三角形的尖锐石头,她看也不看,直接朝最前头的那个女生的肚子一捅。那比她大两三岁的女孩子捂住肚子蹲在地上,其他人也作鸟兽散。这次反击成功后,她越来越觉得,依照自己的性子来,才是最适合她的人生哲学。

她看到岸上的白塔,意识到自己被水冲到了唐家沱。

她再往前想。她在水中,被云晓使劲一推。他决绝地一个人游开了。以他的水性,根本不可能活着爬上江岸。他是怕拖累她,因为她说,她有了孩子。疼痛揪住了她的喉咙。我不是那个意思,云晓。我是想给你一个念想,让你再坚持坚持。他却没有领会她的意思。他们爱得有点粗糙,实际上还远不到心心相印的地步,因此误解也是难免的。

欣宜被推开后,再转头看他,已经没有了踪迹。他那时突然变沉了,是脚下有漩涡的缘故。

她的眼睛变得模糊了,泪水顺着她的下颌流下来,她腾不出手来擦,她只能望着白塔,让风吹着泪,脸上像有无数只小虫子咬着。在仅够容身的木盆里,她此时不能想太多,不能想红色的喜字和满堂的绫罗绸缎,还有漂亮盘子撞击的哐当声,它们都碎了。她得想快乐的事,这样她才有力气划到岸边去。

她记得她大哥没有跟着船走,因为他要留下来款待其他亲戚,还要准备他们回门的宴席。上天这是嫉妒她呢,像她大哥,就什么灾难都奈何他不得,算命先生都说了他的残疾就是用来挡灾的。一想到他此时可能正在岸边搜寻着她,她仿佛得到了力气。

白塔在她家的对面,她划着水,感到自己离那镇河妖的塔越来越远,直到听到一阵阵呼喊。开始是一个人的呼喊,后来变成了很多人的呼喊。她受不了那哀吼的长音,闭上了眼睛。但一个声音叠着一个声音,螺旋状的无边无际。如同锣声、唢呐、巫师祭祀时的咒语。那声浪越来越大,像一块墓碑压在了她的身上,她甚至感受到了那石碑的纹路和沁凉的质感。一根顶端带着钩子的长木杆伸了过来,钩住了木桶的边缘。

等待她的,就是今天早上为她庆祝婚礼的人。她大哥和密密麻麻的人群站在河滩上。岸边红色的灯笼已经收起来了,飞机已经远去。所有人都望着江面,在沙滩上不安地走动,有的人开始捶胸顿足。

他们呼喊着自己亲人的名字。在她大哥带来的十几个人的保护下,她被拉到岸边,从木桶中扶下来。踩到柔软的沙滩时,她脚下一软,沉重地跪在了岸边。

有一个远房亲戚,一个号啕大哭的中年妇女向她奔过来。她想扑过来打她,她的三个孩子和丈夫,都在去给欣宜送亲的船上。可是他们并没有回来。

"你凭什么活着回来?那么多人都被你害死了。"她还想发起第二次冲击,被唐家的仆人拦住了。

"可恶的是日本人,不要恨错了人!"唐家大少爷虽然文弱,今天说话却很凶。"再说了,唐家已经派出了全部的打捞队,有孤儿寡母的,唐家全部抚养!"几个壮实的仆人抬着他,另几个则为欣宜也准备了滑竿。他们得先回家去,那些黑压压的人群在短暂的安静后,又开始了他们含混而悲伤的呼喊。

这一切，和黄昏离开时没有什么变化。惨白的灯光下，门上的大红喜字、桌上的美味佳肴，在光中呈现茫然而美观的外型。只是饭菜已经失了热气。空无一人的院坝里，风吹起一地炮竹爆炸后的碎纸屑。大约只有苍蝇和蚊虫不惧怕炸弹，它们欢快地飞舞着，在食物上贪婪地嗅和吸，终于没有人类的手和扇子驱赶它们了。

暮色围了过来。

唐欣宜站在院子边，看着桌上密布的碗筷和饭菜。切成宝塔的红烧肉、烤鸭、酱肘子，散在上头的小葱被一个浪漫的厨子信手撒出的抛物线，再落到盘子边缘的未被筷子打扰的新鲜感。这无人享用的宴席，似乎是供给天空、空气、太阳、院子里的那棵芭蕉、树上的雀和蛾的。

小时候，她跟着大人到河边祭神。把一碗米饭、一杯酒、一碗肉分列在木盘上，点起纸钱。他们祭奠的神会在蓝色火焰中来到。祭奠的酒和肉要最好的，米却要用半生不熟的米饭，一粒一粒的，撒在空中落在地上，像冰粒。她偷偷地尝过一口，米饭没有米的香味，满口渣乱钻，嚼起来如带香的泥土。她现在满嘴泥土的味道。几十桌原封不动的饭菜，如画布前的静物。那几十艘船上送亲的人，他们本来是要回来吃了这顿宵夜再回家的。

"爸和二哥回来没有？"她问。唐大少爷不回答她。他平常那么疼爱她，今天却严肃得可怕。她不敢看他，他的眼睛今天似乎变成了刀锋。而他日常的温情则被愤怒燃烧殆尽，只余下烙铁般的冷和硬。仆从们都退下，继续赶到河边等待去了。院子里只有他们兄妹二人。

"我想休息一会儿。"欣宜说。

"云晓被一个漩涡缠住了，不知道能不能活出来。"她说不下去了，哽咽着，手不自觉地按住了腹部。唐大少爷没有安慰她，他的沉默让她觉得可怕。他转身往堂屋一步挪去。欣宜还想向他倾诉点什么，毕竟他现在是她眼前唯一的亲人了。堂屋里供着他们的祖宗，还有河神。虚无中他们默不作声地看着她。她觉得今天这堂屋光线怎么这么暗。

"跪下。"他大哥对她说。

"不等到父亲和老二的消息,你就不许起来。你最好从现在就开始求神保佑,否则我让你把膝盖跪烂。"

唐家沱每天都在浮起尸体。如果不对它们进行清理,过往船只的航行就显得十分惊险,不时有面目全非的裸尸撞击船体。最可怕的是,它们会钻入水中的涡轮,轻则尸身粉身碎骨,重则让船只抛锚。载客的客船路过这段水域时,乘客自发地放下了客舱布帘。有好奇的人往外一瞥,立即捂住了眼睛。

客船基本不在此停靠。认为自己命不够硬的货船也不接这个码头的单子。他们害怕岸边一人高的河草和河滩上人型的尸袋。正是这样,才让唐家的船队在几乎没有竞争的状态下快速发展起来。

唐家组建的打捞队,成员组成多为鳏夫、未破童子身的愣头小伙子。传说拖家带口的男人做不了这个营生,打捞人不仅需要勇气和技术,迷信的说法还要命硬。

曾经就有一个穷困又不信邪的男人,决定冒险来试试。就在他认为自己已经是一个合格的打捞人的夜里,他开始说疯话、拍床板。他的妻子和孩子都被吵醒了。他描述着他看到的世界,那水下的城市、集市和人群。天亮后,他开始起来漫山遍野乱走。反复地说着"河里有人喊我名字"。终于,在几天后的一个无人注意到的下午,他带着镇定的微笑走入了河水中,人们再见到他时,他的身体是日常的两倍大,他的妻子从他身上某个隐秘部位的特别之处才认出是他来。

从那以后,再也没有人敢轻易一试了。

唐欣宜跪在堂屋的蒲团上哭着。她的腿已经麻木,她在一天里就承受了巨大的快乐和痛苦,她身上没有穿红色也没有穿白色的衣裳,无论哪一种颜色,都让她泪流满面。

仆人给她拿来了青色的衣裳。她换了。眼前是云晓的脸。有时是她父亲的脸。她二哥和她不亲近,但她想起他们的时候也要连带想起他来。不知道她二哥能不能游回来。以他的水性是没有问题的,但如果是因为炸弹受伤了或者船沉了,就不一定。

她的人已经回来了,魂却丢在了江上,她不断地和大船一起倾斜着倒入水中。她大哥说,除了吃饭和喝水,不许她去别的地方。她必须跪在这里反思。她心里又气又痛,她觉得自己没有做错什么,她就是要风风光光地出嫁,哪个姑娘没有这个梦?

可恨的是日本人。那些谨小慎微的人,那些规规矩矩的人,那些因为长期待在防空洞里而面色苍白的人,那些每天生活只剩下东躲西藏的人,他们什么张扬的事情也没有做,但也不一定能活过明天。她面前燃烧着一盘茶色的檀香。盘成一圈,弹簧式的匀称的纹路,一天的刻度就在这小小的盘香中。她既期望一天快点过去,又希望慢点。时间的流逝意味着亲人的好消息和坏消息。时间浓缩成盘香尽头的火星,灼热地炙烤着她。

第二天,打捞人在唐家沱看到了她父亲。第三天,她二哥找到了。同一天,云晓和徐媛芝,他们母子竟然被一根缆绳缠绕在一起。第四天,他们能完整地认出107个人。

《渝州日报》中华民国二十九年六月六日第一版:

"重庆防空司令部发布公告,称五日晚敌机袭击重庆,为本年来第一次夜袭。四乡人士,因狃于固习,傍晚来城者较多。以致较场口隧道避难之人数,竟超过该洞容量一倍以上。适该洞通风机又临时发生故障,以致秩序骚乱,发生拥挤。

经事后调查,除轻伤者各自回家外,计死亡992人,受重伤待医治者151人。

是日，重庆长江河段也遭遇日军狂轰滥炸，近三公里船只被投弹炸毁及覆没，江上物质和尸体漂浮，浓烟四起，爆炸船只燃烧了近两天才熄火。江上民众生命、财产损失不计其数。"

010

安魂曲

鸭绒抱枕给睡眠制造了温床。我蜷在约翰家的沙发上。半醒半梦的感觉，让我的记忆和现实如秋千一样，在我脑海里来来回回……"约翰"，和格子的英文名字一样。这当然是巧合。外国人取名字的时候太缺乏创意了，大卫、杰克、约翰……如果在中国，我会不会和我家族中的某一位女性共用一个名字，仅仅是一种纪念？

1941年6月的日记，浸满了水渍。事实上，整本日记很多处都有水濡湿的痕迹，尤其是边缘部分。残损之处，我只能猜测或者想象。

约翰把我引到这条时间隧道的门口，却转身忙他的事情去了。一个白天都没有见到他，冰箱和厨房里备足了食物。威士忌的颜色总让我想到中国红茶。它们在玻璃柜子里静立，散发着去年秋天的橡木味道，那些原野上的金色的麦垛。绘本里的麦浪和狐狸，不可思议的英伦风情，现在变成我脖子下方的皮革味、头枕着的深色的沙发扶手，和望出去椴树枝像铺在玻璃上的网。

窗户开着，一阵阵石楠木的香气让人昏昏欲睡。下午向黄昏过渡，空气一层层暗下去，灰影落在客厅的地板、咖啡桌、茶具上。橱柜里，墙壁上，装饰着数量众多的中国瓷器。睡意袭来前的空气荡漾起来，又恢复了宁静。我意识到这是一个位于爱丁堡的客厅，虽然那过于琳琅满目的陶瓷，会让人怀疑这很像一艘明代的海底沉船。

我的脸向着有光的方向。等我意识到这是噩梦的起点时，我已经陷入了泥潭。那长期困扰我的梦魇又降临了：在河边，在水中，一艘装满灵柩的船朝我的头顶开过来，水漫过了我的额头。心脏破碎般地疼痛。

我努力想睁开眼睛，知道唯有大声呼喊，才能从那越来越窒息的恐惧中醒来。

恍惚间，一个人走了进来。他轻轻地摇晃着我，帮我将心脏上黑色的阴影赶开。他的手放到我的头下，将我的脸抱向他胸前，他的领口敞开处冒出热气。他手臂处突出的肌肉垫着我的头。

我的脸歪向一旁，碰到他衬衫的质感和温度。耳朵仿佛一个隧道，在隧道尽头，他的心脏咚咚地跳着，像有谁在那里敲着门。

恐惧的潮水已经褪下了我的脚背。他没有喊我的名字，只是将那个噩梦中的身体拉向他怀里。门打开着。我听到自己的呼吸渐渐转向均匀。我眼皮紧绷着，像有石头压在上面，我不愿意醒来，我留恋这一刹那的温存。陌生的，不必承诺的，隐蔽而确定的好感。像享受冬日里的淋浴，我打开握紧的手心。一朵走向河水中的百合花。

他跪在沙发边，换了一个姿势，两片嘴唇落在我的眼皮上。我只是在梦中。如果醒来，这一切都将消失。

两年前的一天。我偶然地发现，格子姓孙。

淋浴间里，水哗哗地响着，从玻璃没有结上水雾的位置，我看到格子正在用力地搓头上的泡沫。"帮我把沙发整理一下。"他对我喊着。"砰砰"，门又关上了。我去抱他的衣服，他的护照从口袋里滑落出来。英文名：John。中文名：孙格子。

"你姓孙？"我问道。原来他也只是拥有一个普通人的姓。他用毛巾揉搓着头发，告诉我说自己跟随母亲姓。1949年，他母亲跟着外婆去台湾时才八岁。从此他们就切断了和重庆的关系。

"那你为什么回来？"

"仅仅是好奇。我外婆总给我讲重庆的故事。"

"你外婆家在哪里？"

"储奇门。我外公家以前是开药房的。但是我母亲还在肚子里时，我外公就死了。"最开始，格子一直找储奇门的房子，像是帮他母亲了却某种思乡的心愿。他在储奇门照了几百张照片，每一张冲洗出来后，背后都写着："给妈妈。重庆。"

格子租的房子在一处高崖上，从枇杷山公园下来，左边数过去第三条巷子，右边数过来第五条巷子。不知道他怎么找到这里的，长江就像一面狭长的镜子横在窗外。房子是20世纪80年代的筒子楼。在我渐渐习惯那简陋的生活和黑漆漆的楼道后，他却说找到了一个更好的住处：在山城巷往江边走的一艘小船上。这船之前是卖河鱼的小馆子，老板有别的事要把船转让出来，租期两年。

"刚好是我计划停留的时间。"他说。"两年后你要走？"我心里一阵不快。

"天下没有不散的筵席。"他扑到沙发上来，嘴唇冰凉，"在写什么？"

"一首诗。"

他抢过我手中的纸。湿润的头发贴在额头，他像一尾鱼。热水冲淋后的身体热量还未散尽，我钻入他怀里。他用结着细密的汗珠的身体贴紧我。他在上方看着我。再将手穿过我的脖子，将我压住。一只手却腾出来，去看那新诗《最后》。

> 用数字来行刑
> 像鱼，卸下每一片甲
> 所剩无几时，大限将至
> 察觉衰老
> 最好时分是黄昏
> 其次，是现在
>
>
> 那么多春天里二月杏花的味道

再见时，已不可追
他们说这是四月最后的日子
说的时候没有欢欣
五月，无数的五月
去到一条鱼照见微光的最后。

他把头低下来，贴在我的耳边，让我听他的呻吟。我们计划今天去江边看船屋。走下楼来，我想到他要走的事，一直不说话。格子也不说话。这段路显得好长。眼见到了较场口一个露天咖啡厅，我提议喝杯咖啡再走。格子知道我为什么低落，但是他不解释。我们路过一个工地，一栋房子拆除了大半，只剩下一面墙。大概是第一次拆除的时候工人小看了它的力量，没有顺利地爆破并将它放倒在地。他们用绳子捆绑着墙的正反面，只要向一边用力，墙就会轰然倒塌。我走得格外地快。我在咖啡厅外坐下，格子却不知道去哪里了。街角黑漆的电线杆旁，隔夜的呕吐物被匆忙的脚印带得到处都是。我转头看向了别处。

一位穿着明黄色僧服的僧人走过来，他手上拿着一串念珠。"小妹妹，你好。"我害怕被人纠缠，赶紧将在报亭那里买的一本《文史知识》竖立起来。将脸遮住大半，心里想怎么打发他走。这个人很眼熟，应该平时就在这一带活动，和那些卖花的小女孩一样。较场口汇集了很多的歌厅、舞厅和咖啡厅，虽然最近两年据说年轻人更喜欢去城市北边，但自从旅游的人多起来，人们还是爱来这些老旧的地方。

那男子坐下来，似乎打定主意不走了。他手上不仅有念珠，还有各种纸牌一样的方块。有星座卡、属相卡和塔罗牌解读卡。"借坐一下。"他客套了一句后，将那些卡片一字排开，用小学生背诵乘法口诀的认真劲儿开始背诵起来："天蝎座与巨蟹座、双鱼座般配，无论做朋友还是恋人，皆能彼此成全和体谅。"

"巨蟹座和天秤座，一个是风一样的男子，一个是恋家的女子，怨偶一对。"

"如果金牛座愿意请你吃饭，就当你是真正的朋友。哎，金牛和摩羯，表面上很接近，却难以交心，所谓的同性相排斥。"

我的《文史知识》还竖立着，不过我不那么讨厌他了。格子从那堵墙后走过来，又绕过去，举起手机拍了几张照片。他总是走到哪里都觉得有可以拍的素材。"有意思，五花大绑的墙。"他远远地就看到了我，不过他眼里的光芒却是为了那位着僧服的男子。

"老石，真是十处打锣九处有你。"他几步就走了过来，拍拍那个男子的肩膀。"莫慌莫慌，我还没有背完。"老石抬起头来望着天空。格子在我右侧坐下。老石收起他的纸牌。"临时抱佛脚，免得业务生疏了。"他们似乎很熟悉。

老石的房子在储奇门药材市场附近。他周边的邻居都搬走了，那些建筑在岩石和坡地上的房子，已经无法住人。报纸上说，下半城已经沦为小偷、瘾君子和一些皮肉生意人的藏污纳垢之地。因此很多老住户早就盼着搬家，给他们一个新房子，哪怕把原来的两层小楼和一片院子换成高楼上的八十平蜗居。但还有另外一些住户，临街的，位置好的，他们早就在几十年的光景中依托地理优势做起了生意。几十平方米的高楼可以满足居住的需求，一家人的生计却没有了。

老石开了一家小超市。

格子去他那儿买水，向他打听储奇门孙家。老石仿佛在那里等待他很久了。他凭着自己听来的那些故事和细节，推断出了孙家大院的大致地点。但那地方已经不在了，被一栋高楼压着。格子母亲出生的地方，大概在车库的负一层。其余的 28 层房子和他们的记忆没有什么关系。

"我天天留心来这里转悠的人，各种人都有。拍照片的、寻亲的、心怀不轨的、想白手起家的。"格子把一包三五烟给他留在了柜台上。"你要是空就带我转转。"

两杯拿铁冒着热气。"我可以和您留个影吗？"一个外地游客模样的小女孩子凑到老石身边来。她说他是她见过的最帅气的出家人。

"真有点爱上这身衣服了。要不是怕遭报应，不想脱下来。红尘嘛，又还没有看透。"他说有一天他正在较场口找他利用放假时间出来卖花的小女儿，一个真正的出家人送了一身衣服给他。他连忙摆手，说自己还未对世界心灰意冷。

老石和他那些邻居不一样，他放不下他的铺子，又不能和前来谈判的人达成一致。受到那位和尚送他僧服的启发，他在家里的超市门前挂上了国庆的小红旗。果然那些人对他客气多了。

"搬。最后还是要搬的。"他沮丧地说。一看谈不拢，那些人也不再来了，他们把他丢在一边，从已经搬家了的区域开始拆除，每天挖掘机和打桩机24小时作业，震得人要发疯。在基础部分完成后，楼体的工作就显得宁静多了。他又把超市开了起来，但是光顾的人越来越少。

"到晚上时，较场口的鬼比人还多。"他说。他就到这里来替人算命占卜。

较场口大隧道遗址就在大楼下，仅留下一个过道遮风避雨。隧道入口的门却常年锁着。"要知道当年这里有多少死人，这些红男绿女恐怕睡不着。不过，人一多了鬼也怕，是不是这个道理？"老石摇头。走的时候，我再转头看了一眼大隧道遗迹。它的旁边竟然有几个花篮，篮子里的非洲菊已经枯萎。

1941年6月5日的较场口大隧道惨案，让整座重庆城蒙上了黑纱。这是轰炸以来，最让人措不及防的一场血洗。防空洞，这个人们曾经的庇护之地，这天之后却成为向外狂吐尸骨的魔窟。无数的尸体从洞中拖拽出来后，不仅无法辨认面容，身体在拉拽踩踏中互相交叉、穿插，再无法辨认，只凝结成麻花和绳子状的尸堆。

哭声日夜不分地响彻在较场口。路过的人，触景生情的，眼含热泪，哽咽着买下一朵栀子花别在胸前，再蒙面而过。与此同时，闷热的六月天气开始不近人情地发挥它的本能。一时是午后的雷雨，一时是艳阳的暴晒。变了颜色的尸水蜿蜒着流向巷子的低处和台阶的缝隙里。还有大量的尸体堆积在洞内，清理的人受着这内心和劳力的双重煎熬。

一连数日，较场口成为露天尸场，其状惨不忍睹。没有统一的信息发布，但这件惨事仍不胫而走。死亡人数有说几百人，也有说上万人的，难辨真假。确定的是：死亡的气息正笼罩着全城。大惨案发生好几天后，有外国记者到现场拍照，终将这一惨案通过照片和媒体，向全世界公布了出去。

这几天，书卿没有出门。如果说生活有什么变化，就是阿秀姐回老家了。阿秀姐出去买米的时候碰到了老乡，说她的老父亲和哥哥都得了病。病人面色发黄，肚子越来越大。他们吃树皮吃香灰吃各种偏方，都无法好转。阿秀姐从市场哭着回来，说想马上赶回涪陵去。书卿觉得她家人的症状很像一种肝病，如果是肝炎病毒恐怕还有传染性。但阿秀姐哪里听得进去，眼泪巴巴地说要回去看，看了再来也行。书卿给了她报酬，当天下午她就收拾起物品坐船走了。

她走后，书卿方才觉得家里空。她知道6月5日是云晓结婚的日子。那一天她过得并不安宁，尤其是黄昏那一轮狂轰滥炸，她不知道他们躲过去没有。

这天中午，书卿发现家里没有红糖了。她步行到曾家岩山下的小百货店去买糖。正听到店家和她前头的顾客在聊天。说的自然就是较场口大隧道的惨案，说者绘声绘色，听者心惊肉跳。

"报纸上说死者近万人。"店主说。

"还有说三万人的。"一个顾客接话道。

"完全有可能，国民政府已经下令惩办有关责任人，重庆防空总司令刘峙和市长吴国桢听说被撤职留任了。"

"天灾还夹杂人祸！"

书卿挤到柜台前。"你这儿有报纸吗？"她问。

"没有。"

"今天有卖报的吗？"

"没有。"

她付钱买了糖，转身就走。心里隐约感到不安。她走得匆忙，到家了才发现糖没有拿上，又转下山去走了一趟。

书卿换上灰色的棉布袍子，戴了一顶男士的鸭舌帽，长发在脑后编了一个辫子。她在镜子前做着这一切，看到了自己眼里的焦灼。她想要是汉西家里有什么情况，他就会待在储奇门。不知道为什么她莫名地感到不祥。路上的人力车现在也开始挑顾客了，路近了不走，往较场口方向不走。她答应出双倍的价钱，那车夫才答应拉她。

"姑娘你去城里做什么呀？"

"找亲人。"

到了汉西住处的山脚，她丢下钱，没有找补就往山上小跑。她喘着粗气，不让自己歇一下。汉西住处的门关着。她看到黑色的搭扣铁锁歪斜地扣过去,像守着秘密的拉链。他不在家。她手哆嗦着打开门,一股无人居住的灰尘味扑了过来,等她适应了屋里的光线,看到床和沙发上都干净整洁地叠放着几件衣物。桌上的紫砂杯里,还泡着红茶,像他是泡上后喝了一口就出去了,或是准备很快就回来。

他的那个仆人也没有在家,隔壁小偏房门口放着一双九月洗干净的布鞋。她帮九月收到汉西的屋子里。她坐下来,安静让她害怕。她闻到窗外的一棵黄桷兰开了,有一根长的枝丫,伸到窗边来。

她伸出手帮他摘了几枚,整齐地码在木窗台上。表示她来过了。夕阳的余晖在墙上变形,变幻出各种图案,今天看起来也是紊乱的线条,搅成一团。她坐在逐渐幽暗的房间里,看暮光由金黄转枯黄,最后凝成了冷灰。她这才站起来。

他今天大概是不会回来了。

卖白花的人在街上走着。这时节是栀子花和茉莉花上市的时候。这两种花貌不惊人却很香。卖花人从鹅岭方向步行而来,他说只有在结着苔藓和被树荫遮蔽的溪水边,才有栀子花和茉莉开放。他走过破败的街道,迎面看见三三两两仓皇失措的人。

"买花吗?要买花吗?"他把捆成一把的栀子花和用线穿成项链和手环形状的茉莉提在手上,漫无目的地在空气中摇着。

"这个时候谁还会买花呢?"有一个好心的路人提醒他。他撩起长衫的下摆跑着,还得一只手伸出来按住帽子,以免失了风度。卖花人看见,一些无家可归的人,寻找着附近可以栖身的防空洞或者是山体的天然山洞,像盲目的污水奔流在路上。

"买一把吧。"卖花人说,"过了这个村就没有这个店了。就是躲在防空洞里,闻闻香气也要好受一些。"他又补充道。防空洞空气污浊,这是事实。

"你可以到较场口去卖,那边的臭气已经把天都熏黑了。"有人提醒他说。

"我不去,我听说了,那里现在是一个停尸场,"他用手掩鼻,"尸体叠在尸体上,好多死人挤得衣服掉了,手脚断了,互相抓扯,像麻花一样绞在一起。"

他把一束栀子花贴在鼻尖上,想隔开死亡的味道。白日渐长,江岸生起绿绒般的蒿草。田地里,玉米、豆类、南瓜吐出果实,花园里月季低垂、茉莉举起白色的拳头。种类繁多的昆虫寄生在热气中,飞舞出多变的轨迹。卖花人向上清寺别墅区走。他记得,那一带有一位年轻漂亮的太太很爱买花。树荫间白白的阳光投射下来,照在花上,更显得香气扑鼻。

昨天从汉西那里回来后,书卿一夜未眠。突然,她听到卖花人叫卖的声音由远及近。她坐在屋檐下,膝盖上的筛子里摊着米。卖花人羞涩地一笑,露出憨厚的门牙和牙龈。

"我给您送花来了。"他很会做生意。不过见了这位太太,他觉得他说的每一句话都是由衷的,就算她不给钱,他也愿意送她几束。因为他也不是真的为了卖花,他在防空洞里躲了几天几夜,他得到处走走。果然,她说她要他所有的花。还从屋里拿了一包果脯送给他,因为上次他说他家里有三个孩子。这还是上次去成都子崖的母亲让带的。

"哎呀太太你真好,菩萨保佑你。"卖花人千恩万谢地走了。书卿拿着花,准备去沈言家。报纸上说,较场口隧道死伤几千人,她能想象那场面极为惊悚可怖,她想去看看,也许能打听到一点儿孙家的消息。她一进屋,沈言正在看报纸。

"快坐下,我有事情告诉你。"沈言先说,修先生今天上午刚刚回来过了。她现在说起他语气平和多了,他们之间的结虽然没有解开,但前段时间他们在孩子问题上还是达成了共识:将孩子送到南温泉一个学生的老家。所以孩子们应该是安全无恙。书卿把花放在桌子上,花香就像扇着翅膀的小精灵绕着她们的身体和头发在疾飞。"可真香!"书卿还未体会到沈言神色的凝重。

"书卿,"沈言说,"汉西家出事了。"

她又说:"你先不要着急。"她越是铺垫得多,越想安慰她,书卿越是急迫得站了起来。"什么事?"

"老修回来说的,汉西他弟弟结婚那天,船在江上被炸得七零八落。听说他母亲、他弟弟,还有一起去迎亲的亲戚和仆人,都死了。但是老修说,汉西没有去,留在家里张罗。"

她站着,只感到肚子一阵阵发紧,如站在寒风中。"这是真的吗?"她听到自己声音像头被按进水里发出的,一阵瓮声气。

"我也不敢相信,老修说他是听王后酒楼的人说的。那天所订的饭菜一筷子也没有人动过。后来王后酒楼附近又发生了隧道里的踩踏事故,现在整个较场口就是一个巨大的停尸场。"沈言摘下眼镜,把报纸递给她看。

《血色六五:本地两大家族婚礼变葬礼》。"已知死亡人数107人,更多尸体还在打捞中。6月5日,本土两大家族孙家和唐家在长江王家沱江面遭遇日军轰炸,十余艘船翻沉,婚礼变成葬礼。本地商界闻知无不悲痛。日本人何日遭天谴?"

报纸落在地上,她从未如此失态过。

"坐下来,我们慢慢商量接下来怎么办。"书卿扶着椅子坐下,小腿还是控制不住地发抖,眼前出现了无数飞舞的金色的银色的沙粒。"我想去汉西家一趟。"她虽然也很虚弱,但如果不让她去找他,比让她死还难受。

"重庆有办头七的风俗。现在还在头七里,你看你是不是避开这两天,再去?"沈言忧心地看着她。

汉西这几天往唐家沱跑。来来去去,他的眼泪在船上流出来又被风吹干了。虽然从小就被父亲训诫"男儿有泪不轻弹",但如果一个人面对这种境况还要克制,那要么是有病,要么是冷血。他当然不是。康山想陪他一起去,被他拒绝了。他不想让人看见他悲痛欲绝的模样。康山问,要去告诉书卿吗?他也摇了摇头。他知道她会不顾一切地出来找他,要是她被炸到伤到,他再也承受不了任何意外。

当天晚上,他就坐船到了唐家沱。

在河滩上,看着捞尸人的红船亮起灯火。他们在船上日常的生活。做饭、洗衣服、在河里取水和排泄。捞尸人对于水流速度有准确的判断,只需要告诉他们何时落水、在哪一个河段,他们会计算好了之后再行动。

唐家和孙家的亲戚,都被安排在唐家院子里等待。他在蒿草边找到了一块平滑的石板坐下,周围全是草。前些年,人们还在河滩上摆摊,卖凉水、茶、凉面和各种小吃。现在少有人走动,如针的荒草在夜间像动物竖立的皮毛。彼此摩挲发出回旋的低鸣。

太阳落山后,水的潮气上来。他决定就在沙滩上坐一夜。唐家的人三番五次下来请他上去客房里歇歇,他却不为所动。他现在看到唐家的人尤其是唐欣宜就有气。唐家大少爷被人抬着下来了一趟。他们打了招呼后就只有沉默。过了一阵,唐家大少爷说:"我们会尽力的。"他点点头说了声谢谢。唐家大少爷又补充道:"我让她一直在家跪着,看不到云晓,她不准起来。"

汉西望着熹茫的夜色。

唐家大少爷回去后,又让人送来了防潮的棕垫子和一把可以半躺的椅子。上游冲下来的东西各种各样都有,大到家具小到梳子,有用的他们就留下来。

他努力地使自己看着江面,而不要去想家庭的温暖。他发现,打捞人的生活也并不是无趣。他们没有妻子也没有孩子,个个都有解乏的绝技,无论是饮酒还是做手工。这时他听到一艘低矮的舢板船里,传出了二胡声。二胡凄切,像人的声音。婉转凄凉,在江风中拉慢了节奏,一拉一拽,像一把钝刀切进血肉里。他听不出什么曲子,只觉得那声音和河水一起流动。随后那人又拉起了《阳关三叠》。他小时候过节时,有琴师来家里拉琴,因此这首他觉得耳熟。在乐声中他努力假装自己是一个江边的旅人,像这一江水都和他没有关系似的。

他听着胡琴的声音,连全身沾上了河水的露气也浑然不知。二胡声响了一阵,船上的灯盏——熄灭,琴声也就停止了,他耳朵里只有江水的声音,升起来,又落下去。天空高远宁静,初夏的夜晚天空多云,一颗星星也没有。

他想起来,他曾一个人坐在河边。那也是一个六月。

他因为一直恐惧吃木耳而被认为挑食。他母亲——在夜里,他还是忍不住想她了——总要以各种理由要求他过一段时间吃一碗木耳。他拗不过的时候就捏着鼻子往嘴里灌。那天,媛芝又逼他吃木耳,他打破了碗,从家里跑出来,飞快地沿着石梯子往河边跑。

九月那时才三十多岁,在他身后追,但也赶不上他的灵巧。他脱下鞋子跑进了草丛中。茅根草的嫩芽像刺猬的刺朝向天空,扎在他的脚底,他疼得咧嘴,躲避跳跃间又总是被出其不意地刺到。茅根草镰刀锯齿般的紫红叶子,割得他的小腿流血。但他看到九月和其他的仆人从他藏身的草丛跑过去,嘴里着急地喊着他的名字,他心里还有报复的快感。

汉西以为他们很快就会回来找到他。所以他一直躺在草丛里等,头枕在胳膊上,眼睛愉快地看着天空,等待着传说中夏夜里的流星出现。可他们一直没有回来。他如果自己回去,等待他的只有戒尺和另一碗木耳。他后来在草中睡着了。他醒来的时候,看到他母亲一双发红的眼睛盯着他。她哭了。

"我再也不要你吃木耳了。"她说。她给他端来了用中药煮过的洗脚水,她把双手泡在木盆里消毒后,再用纱布蘸药水给他擦小腿上的伤口。

其实对男孩子来说那并没有什么。每擦一下,她就抬起头来看着他的眼睛,问:"疼吗?"

远处的天空,云层散去,露出了一小块月光照在云上的反光,照得云海就像一朵一朵的木耳。云流来流去，很多的木耳。镶嵌在天空上。他还记得她低头时，他看她的头发在脑后盘起的发髻，想那也是讨厌的木耳的形状。她的裙子的褶皱也是木耳。可恨的木耳。他那时心里还有气，不回答她，只赌气地坐着，一动不动。雾气悄悄地爬上了他的头发和脸。他捂住脸庞，手也打湿了。他曾经以为那样的时光会很多很多。他也以为他有机会再说起——他第一次拥有的，少年的胜利感。

黑色的船在江上缓缓行驶。汉西手扶着母亲的灵柩，脸被风拍得裂痛。出事的那天，他给他父亲写了信。但不知道信什么时候可以收到。他意识到，他得独自承办家里二十一口人的丧事。这是他记忆里来，家里第一次办丧事。他旁边站在一个矮小的黑衣人，脸窄小而短，细小的眼睛倒是经常闭着。此时他嘴里正哼着一首听不清楚歌词的歌曲。他想那应该类似于安魂曲。曲调在问答中循环往复，像问路，又像在对着死者窃窃私语。

黑衣人不断地重复着。他隐约听清了一些。

"你从哪里来？

我从储奇门来。

你到哪里去？

我到下河方向去。

你是谁？

我是我，姓甚名谁一凡人。

……"

在这自创的融合了三峡船歌和巫文化的安魂曲里——死亡祭祀的祭师们，多是通过师父带徒弟的方式进行，必要的时候才翻翻书印证一下细微之处。祭师们大多文化不高，全凭送别亡灵的仪式中，保持高度精进的精神偷师学艺。技艺的精妙之处在于能流畅完整地概括一个人的生平，再加上声调将其编成歌词，所以他们是即兴的歌者。他们在守灵的夜晚和送葬的路上吟唱。在入土的仪式中吟诵。这是讣告的有声语言，一个人的一生从上游到下游。

到了储奇门，孙家凡是活着的亲戚和一些街坊都自发来帮忙，院子很快变成了黑白二色。汉西坚持跪在母亲的灵柩旁。夜里做法事的时候，五月来催促他到书房歇一会儿。

他走到父亲的书房里，翻出一本手抄的《红白喜事录》。廪实有收古籍的习惯，前些年一到冬天闲下来，他就到四川、云南、贵州等地的乡下走访，收集古籍和匾额。日积月累下来，上千册古籍堆满了一个房间，匾额的规模更大，也更占地方，不得不在江边的药材仓库里辟出一层专门存放。汉西翻开书，他没有想到这样的书真的有一天能派上用场，而且还是在他最爱的亲人的葬礼上。他眼前的字模糊了，只有油灯闪烁晃动的光映照在墙壁上。

他在这个瞬间下定了决心：等他处理完家里的丧事，储奇门的院子还有孙家所有的药房，他都要变卖成钱，把钱捐给空军打日本人。

他坐着。好几次，他似乎看到父亲的身影就坐在那把反着亮光的藤椅上。他知道，只要他喊出声来或是动弹一下，幻觉就会消失。他索性一动不动地待着，因为清醒是比幻境更让人痛苦的事。

这天夜里，他家院门前响起了敲门声。是一个面庞黑黑的，五官紧凑地挤在脸上的中年人。他说，廪实以前一直资助他。"我在码头上算命，自学了红白喜事。如果你不嫌弃的话，我可以帮你张罗和待客。"孙家人留下了他。他自我介绍说他叫老凹，是巫山人氏。祖上几代人都是当地无师自通的祭师。

在老凹的提议下，汉西在纸上一一写下死者的名字，除了长辈和家里的仆从外，其他多数是来帮忙的年轻人。他写他们的名字，每一笔都觉得吃力。对着院门外长江的方向，老凹念一个名字，他就要跪下来。老凹给地上铺上厚厚的一叠纸。

他实在地跪下去。地面发出一个人全心全意撞击它的声响。虽然老凹给他铺的纸越来越厚，但最后他得依靠老凹的搀扶才能站起来了。"礼数到了就是了,不要去和石头比硬。"老凹点燃一支叶子烟,把烟递给他。他抽一口,又辣又冲。老凹看着他笑了,这烟坏牙的颜色,使他的笑总带上了一丝坏意。

"我看出来了,你是在找痛,不然你心里的痛消化不了。"

"但是,"他说,"别怪我没有提醒你,你把脚整坏了,将来就爬不上你心爱的姑娘的床了。人生还长得很,你就是去死,也换不回他们。"

孙家在重庆是外来户,但他母亲的娘家在江北城颇有根基。他的三个舅舅和姨娘,由于他们三家人在结婚当日都派出了代表参加,现在的结果是家家都有死人。在征求了亲戚们的意见后,一致同意集体安葬在南边的黄桷垭口后山,那是廪实早年购买的一处风水不错的地方。六月的天气温度越来越高,让死者入土为安,才是头等大事。而一直没有找到尸体的人,孙家也给他们修建了衣冠冢。

纸扎堆在黄桷垭后山一处墓地中央的空地上。老凹开始泼煤油。这是三个纸扎师傅昼夜不休地在孙家的院子里赶出来的。他们用竹子和纸糊了一个造型复杂、房间多得数不清的院子。院子里,鸟笼在屋梁上随风荡漾,剪成穗状的鸡冠花在四个角落里开放。每个房间里,有床、有橱柜、书架、博古架、化妆台、冬天的火盆和夏日的扇子,仓库后院里有金黄的粮食。一派锦衣玉食、六畜兴旺的景象。

连那些生活不如意的人,也知道为自己死后或者来世的事情张罗,一生节衣缩食,但是死后的浪漫不能打折扣。因此这纸扎行业的生意一直很好,但扎纸扎的师傅们话很少。一来是忙得没有时间说话,二来做这个事情似乎人一脚踏在人世,一脚踏在阴间。情绪高涨或者大声说话都唯恐惊动了另外一个世界,惊动了生者对于死者生活梦一般的想象。

泼上煤油后,老凹念念有词,拿出酒和米又洒了一圈。逝者生前的衣服、喜欢的物品全部要和纸房子一起烧掉,这样他们在那边也就"收到了"。一股黑色的烟先蹿起来，一群黑色的鸟从树林中惊起。火光舔着干燥的纸张，一部分先燃起来，灰烬像漫天的蝴蝶，从一只到几只，成百上千只飞着。

汉西跪在黄泥土中。浓烟熏得他眼泪流了一脸。他看到母亲和弟弟的棺椁被前来帮忙安葬的人用绳子拉着，缓缓地沉入地坑内。再看到火光燃起来。火如沉重的呼吸声，有节拍地刮动着空气。竟然和船在水中行驶的声音很相似。青翠的竹子骨架开始还能站立，最后在炙热的火光中变成青黄，其中的一根开始倒塌，断裂。

今天天气眷顾他们，从他们出门的时候雨就停了，到现在才又下了起来。

无论白天夜里，康山有时间就来孙家帮忙。他家本来在山上，但他已经有很长时间没有回家了。在墓地外，他父亲派来的仆从截住了他，但康山却不耐烦。"回去给我爹说，我命大得很，死不了。"康山一直默不作声地陪汉西跪着，看他难受，康山用手抱住了他的肩。"人都有一死，"康山说，"他们都在天上看着你。"

康山家的马车还在墓地门口没有走。一匹毛发光滑的白马。汉西又想起了他和云晓坐马车到山上来读书的时光，早上的时候送上来，大雾翻滚。他们只听到马蹄声在山谷中回响。送到学校后，他家的农户又牵着马下山去取点心和饭，有时九月也会来接送他们。

九月和云晓再也看不到马，也听不到马蹄声了。

从南山下来的路上，汉西一直抬头看着天空。天空一会儿是雨雾，一会儿是树叶。这是一条往贵州的古道，其他参与祭祀的亲戚和街坊们走在前面，拉着他和康山的马车在最后。在弯弯绕绕的马路上一路颠簸。汉西任由自己的思绪在山路上百转千回地游走。他想书卿。他如果见到她，他要把头埋在她怀里，要痛快地哭一场。康山像知晓他的心事，开口说话了。

"昨天我看到凌小姐了。"康山说。

"在哪里？"汉西有些不相信。

"就在你家门口。"

"不可能，昨天下那么大的雨，你是不是认错人了。"汉西知道天亮前那场雨很大。

"不可能认错，我还和她说话了。她站在马路边，全身打湿了。"

汉西坐了起来，抓了康山的臂膀。"你怎么不告诉我？"

"这位小姐是真心爱你。"康山答非所问。

书卿昨天一大早就在雷雨中出门了。雷声先是低沉轻微的几声，到江上布满了闪电后，天空像垒起了巨石堆，无数巨石互相撞击在云层之上，发出"咔嚓咔嚓"的轰鸣声。天像破了洞，雷电挟着暴风雨砸向大地，闪电划过天边时，可照见眼前的灰白房子和大树。

沈言劝她，不要在孙家头七的时候去。这些天，她无论是睡着还是醒着，都在为汉西担心。辗转反侧间，各种可能都推演了一遍。唯一没有想到的是，日本人差点将他家灭了门。她披衣下床，找到了子崖之前留在抽屉里的一包烟，她又翻找火柴。她从不抽烟，火柴受潮了，她划了半天才点着。她点燃了烟抽起来。

孙家住在储奇门，她是知道的。她现在就要去找他。哪怕说不上一句话，哪怕就是远远地看一眼。

她出门。雨落在她的雨衣和雨鞋上，她把自己包裹得严严实实，沿着江边的一条公路往储奇门方向走。这条路上悬崖众多，悬崖下的干爽石凹里，无家可归的人在一堆棉絮和旧衣物堆里躺着。她从他们蜷缩的身躯和嘴里发出的呻吟，判断他们还活着。前方，靠江的地方是一片乱坟岗，几具麻布裹着的尸体就丢弃在路旁。

她踢到半截蜡烛和无法燃透的纸钱堆，路上也撒着，她的雨鞋粘了厚厚的一层，越走越重。天色时灰时蓝，迎面走来几个披着蓑衣、戴着斗笠的人，抬着一口小小的棺材。那几个人看到她却停住了。她全身裹着白色的雨衣，肤色白，大概在这个朦胧的雨天早晨确实有几分瘆人。她停下来用手比画，说自己要去储奇门，问有没有别的路，那几个人互相看了看。她不是鬼，他们放心了。他们用重庆方言说，就在前头二十米处有一个右转，再走就可以到临江门了。她再爬一座山，从山中的小路走下去就是储奇门。

她全身湿透了站在孙家院子门前。隔着几米宽的马路，她看到汉西：他一直低着头。她从未看到他这样伤心欲绝过。汉西像感应到什么，朝她这边望了一眼。她连忙躲避到树后去。

"来都来了，为什么不进去坐坐？"突然，一个声音在她身后响起。她转头一看，是康山。她说不进去了，她不想再去惊扰汉西。她坐上回去的车，回头看到康山还站在原地，怜悯地看着她。见她回头，康山挥了挥手，穿过马路走进了孙家那白色外墙的院子。

他们顺着蜿蜒的山路往下走，马像懂得他们的心事。在风景秀美的一段自然地放缓了脚步。汉西和康山停下来。这里背靠一座长满青苔的悬崖，可远眺长江，还有那一片燃烧后留下孔洞和大坑的成片的瓦砾土堆。

"炸成活人墓了。"康山说。马车又朝前走走停停地行进起来。光从树荫的孔隙落下来的，花花的，晃人的眼。汉西闭上眼睛，最初他只是想歇一会儿，但摇晃的马车却很快让他进入了梦乡。在梦中他似乎暂时脱离了痛苦，光照着他近来总是发暗的眼眶。

一只老鹰从他们头顶扑腾着翅膀飞过。南山的鹰千百年来从山岭间飞过，它们可能是唯一还能飞翔的鸟类。它洒下了又宽又亮的叫声。康山侧头看汉西已经睡着了，他跟着马车的起伏，吹起了口哨。那不是一支欢快的曲子，那是他以前走过山林的时候壮胆的曲子。

书卿的门关了好几天，静得可怕。沈言这几天一直没有见到她，便在午饭后撑着自己也颇为虚弱的身体来探视她。敲门声在楼下笃笃地响着。书卿披上毛线衫，从窗子里探头出去，发热的面颊瞬间遇到风，变得紧绷绷的。雨停了，但天还是阴黢黢的。"地上生青苔了！"一走进坝子，沈言踩到青苔差点摔倒。

"这背时的天！"她也学会了一句重庆方言。上楼坐下来后，沈言说："你今天没有吃饭？脸色可这样差。"

书卿笑了。"饭还是吃了的。只是比较简单。"她刚才被冷风一吹开始还觉得凉爽，现在身体却像坐在波浪上。

自从子崖出远门后，书卿这里沈言也常来，渐渐地就和自己家里一样熟悉。沈言下楼去烧了开水，又给书卿冲泡了一包米花糖。炒米糖水，这本是街头的一种小吃，不过最近没有人卖了。

"你在发烧。"沈言说。她摸摸书卿的额头，又给糖水里兑了姜粉，说和米花糖一起兑好，喝了就能出汗。红糖姜水偏辣，书卿只能小口抿着，几口热水下去，人也渐渐回暖起来。身体的底子还是在。

修先生最近时常过来，带来一些生活中紧缺的物资和钱。最近不知道从哪里搞到了一个药物包扎箱，里头有消毒液、药水、纱布和止痛药。他是对几天前发生的大隧道惨案心有余悸，细心地画了这附近的防空洞位置、逃生路线，讲解了药物使用方法和应急处理事项。在沈言看来，他做这一切无非是为了赎罪。他越是这样做，就越显得对不住她，过了最初的那个情绪激动的阶段后，她就只能以沉默来面对他。经常都是他无话找话，有时她稍微热情一点，分开后则各自忧心半天，生怕有何言行举止不妥当而引起新的波澜，节外生枝。

书卿问："最近修先生可好？"

"昨天就回来了，带了些稀缺的物资回来。但说到底，他一个读书人，到哪里去弄到这些物资。还不是那一位的关系。"沈言淡淡地说着，脸上看不出任何怨怼的表情。事已至此,"那一位"现在在她们之间已经不是雷区了。

"我们这样待着也不是办法。之前来重庆是因为一个人,现在那个人也不在了,总得寻我们自己的出路。"沈言说,轰炸看起来并没有结束的趋势,而且这战争不知道什么时候才会结束。她想带孩子去贵州。

"倒是那个何太太,让人越来越佩服。"

"何太太怎么了?"

"何先生在香港已经登报了,宣布和她离婚。她倒是帮我们女人出了一口气,狠狠地给了何先生一个还击。何先生那边温香软玉,她也在重庆公开谈起了恋爱。说起来对方也不是等闲之辈。人也生得白净斯文,是个才子。"

书卿想起来,前些日子她出门时,是在何太太的房子旁遇到过一位中年男子,戴着眼镜穿着长衫。他本来把帽子压得低低的,看见有女士来了,庄严地让到路的一侧,还摘下帽子低头行了一个礼。书卿没有多看他,但那男子身上清朗得体之气,是可以清晰感受到的。原来那就是何太太的恋爱对象。

"何太太很有魅力呢。"书卿说。

"那是。我听说,那男的在国外的时候就喜欢她。以前还碍着何先生。现在何先生自己出了差池,也怨不得人家顺水推舟、情投意合了。"沈言接话道。

"何太太终归是幸运。"书卿由衷地说。沈言的眼睛亮亮地看着她。书卿虽然也为汉西家发生的事情面有悲戚,但她这段时间人清爽健康不少,原来那种眉间的隐忍没有了。沈言把她的手握在手中。她的手很烫。干爽热络得如同一笼炭火。

"你是去汉西家淋了雨才病成这样。一开始我是不赞成你和汉西的。但现在看你变得越来越好,我也不反对了,真爱最难得。"

书卿感激地点点头。

沈言又说："子崖这边怎么办？他不会轻易放手的。他受他母亲影响太大了，霍家的女人，最好的去处就是贞节牌坊。"沈言的眉头皱起来。

"宁愿被炸弹炸死，我也不守那些烂规矩。"

"书卿，你现在悬崖勒马，还来得及。"沈言还想劝她。女人一旦做了母亲，情感里就多了理智。沈言对书卿家要仰仗子崖家帮助也有所了解，她分析起如果二人决裂，则对家族里其他人还有影响。

"女人不是家族里的财产。"书卿似乎早想清楚了。

"说来说去这样的家族式联姻就是个畸形的怪胎。但国外也是这样，是吧？婚姻并不单纯。你和汉西两个我都喜欢，你要想好，激情之后，就是无穷无尽的烦恼。"沈言觉得，她得对书卿尽一种责任。

"我回不了头了。"书卿看着碗里的糖水说。沈言眼里现出担忧来。她看出来，书卿不愿意再讨论下去。她急忙转移话题，说她最近正在翻译一位法国作家的作品。"还是法国女人好，举重若轻。有时会感到不可思议，人怎么会那么痴迷、那么傻。但不疯癫不傻就不是爱情。对不？"

虽然住得这么地近，自从何太太搬来后，书卿还是第二次踏进她的客厅。上次和子崖一起不愉快的回忆还留在她心中。后来在路上偶遇过一次，彼此也没有过深的交谈。何太太一看到书卿和沈言就像久别重逢的老朋友一样，和她们拥抱。书卿走在前头，她又主动伸出手来拉住书卿的手。书卿触到她冰凉的戒指，和她那热情洋溢又婀娜多姿的身体似乎没有关联，她认为那恰好是她身上理性之所在。

何太太今天挽着发髻，穿着灯笼袖口的束腰裙子。她的头发是自然卷，因此总有些管束不了的碎发从额头前掉下来。她用一根碎花发带压在头顶。显得年轻活跃。近了些看，何太太眼皮上涂着厚厚的眼影，连假睫毛也一丝不苟地戴着。她的状态又回来了。如果说有一种女人将万物都当作自己的镜子，那大概她就是这一类人。

何太太扭着细腰走在前头。

"瞧我这客厅！"她领着书卿和沈言走上房子前的回廊。她家木门前挂着紫色的流苏窗帘，遮住了屋内的场景。一撩开却让人大吃一惊，原来四面墙壁中靠山的那面倒了一半，屋顶用碗口大的几个柱子撑着。几个工人正在和泥土，进行修补。

书卿望向沈言，她显然看到这一幕也吃惊。何太太倒是坦然自若。"前几天夜里突然就倒了，这墙本来就不牢固，大概是日本飞机轰炸的时候受了震动。"

沈言也说，重庆下雨天太多了，山体被泡软了，滑坡也还算正常。"对这雨简直又爱又恨。不下雨有日本飞机，一下雨则把山都泡软了，真担心哪天我们这座山就要化成泥浆，我们还得先学会游泳呢！"

书卿说，游泳她在英国学会了，但是横渡长江还不知道行不行。何太太请她们到餐厅旁落座。少了半面墙，空气格外凉爽。何太太在她那黑色的沙发、搭着红色丝绒布的钢琴中间穿梭，家具旁却堆着泥土。

"我们就在废墟中喝一个下午茶。"何太太轻车熟路地拧开了咖啡机。咖啡机转动起来，它的声音消融了她们之间的隔阂。何太太说，墙壁垮塌的那天，刚好是黄昏。如果是半夜，她可能就被吓得精神错乱了。她对一些事情有预感，第二天上街，就看到报纸，何先生登报宣布和她结束婚姻关系。

"男人就像这屋子里的墙，女人不过是家具。哪有把家具带在身边一辈子的。"何太太用白色的毛巾擦咖啡机的喷嘴，把泡沫打成雪山堆积的形状。

何太太把咖啡均匀地分到三个白瓷杯子里，用钳子夹了点心，分装到三个小盘子里。"怠慢了怠慢了。不管发生什么事，我的观点是该喝咖啡就喝咖啡，该跳舞就跳舞，过好今天，不要想明天的事情。再说了，人一辈子不就是许多的今天镶起来的吗？"

说着，何太太走到钢琴边上，轻轻用手指捻开丝绒布。她坐下来，轻缓地用手指一下下按下去，边按边听，突然游戏似的加快了节奏：巴赫的C大调前奏曲。琴声连绵不绝地响起来。

一曲终了,何太太挨着她们坐了下来。沈言说正在和书卿聊她新翻译的作品,何太太说她看过法文版。

"一个女人写给她情人的信。"沈言说。

"我喜欢轻松的爱情。"何太太接过话去。"我断不会为了爱情让自己损失。牺牲自我?万万不可以。"何太太说,她也要准备搬家,搬到宜宾的李庄去。"离重庆越远越好。"搬家这件事是那位仰慕她的郑先生为她安排的。"他倒是爱我,但他自己也是有家庭的。可他在我还没有结婚时就爱上我了。"何太太在沙发上挪动了一下。

书卿也是第一次听说郑先生是有家庭的。她看沈言也是同样疑惑的表情。其实她们的社交圈子里少有捕风捉影的事,日常也很少与那些富太太往来,何太太完全不必将这些告知她们。

沈言笑了。"您这个观点,很能帮助我翻译作品时把握女性内心。"她本以为这个何太太是浪漫的花瓶型女人,哪知道她自有一套人生哲学呢!

书卿想,这何太太果然厉害。以往她开导沈言和修先生的事,多是亲情说得多,爱情说得少。或多数时候都是沉默以对,趋向于保持自我的平静或者断绝。

如果是何太太劝慰沈言,那话语和方式肯定会不一样。何太太又转头看着书卿。"你和我第一次见你时很不一样。是不是也谈着一段恋爱?"

书卿笑了。她双手拢着头发往后,也不禁看向自己的脚背,将自己从上到下打量了一番。身体是更丰满了。她想起汉西的手抚摸自己的时候。终于有人看出她不是一个可怜的被遗弃的妻子,而是沉浸在爱情中的女人了。

何太太说不留她们吃晚饭了,她的晚饭就是蔬菜和一点土豆。她透露郑先生今天晚上要来。

"谁也不相信,他在我家一直睡客厅。我们是柏拉图式的恋爱。"

沈言笑了:"柏拉图是比肉体关系更丰富的关系,因为在想象中一切都发生了。"何太太笑了,她侧头低声对沈言说:"陷身于肉体关系对女人来说是不明智的,女人往往交出了身体就交出了心。"

"好吧,那我们就不占着你家沙发了。"沈言站起来说。她们向她告别。书卿在灰蒙的暮色中走着,最近老是下雨,路被水冲得露出了石头,她险些踢到脚趾。她想转头提醒沈言,却不经意地看到开着的门里,何太太正对着镜子补妆、又焦急地望望墙上的钟,似乎要在郑先生来之前准备出一个无懈可击的自己和晚饭。全无她刚才说起"柏拉图"时的洒脱。

沈言先看见汉西。他大概来了很久,在院子里踱步,脚下扔着几个纸烟头。

他朝她们走过去。书卿想过他一定会再来找她,脸被火盆烤着一样,瞬间就红了。沈言寒暄安慰了汉西几句。书卿本来还挽留她进房间坐坐,可她推辞着坚决要回家去。

"我得早点收拾那些物品,省得孩子们回来了添乱。"她说她走之后最放心不下的是修先生那一书房的书。沈言走后,他们也摸黑进到屋子里,书卿在八仙桌的抽屉里找到了火柴,摸索着去点菜油灯。自6月5日以来,这一带就停电了,不知道什么时候才有电。她点菜油灯的手突然一哆嗦,灯没有点着。因为汉西把灯拿走了。

他把头低下来,贴在她露出来的脖子上。书卿感到他的泪顺着她的后脖颈滑落。待他平静一些了,书卿用手牵着他,他们在沙发上坐下。从他们上一次分开,这中间只有短短的半个月的时间,他的人生却被炸断了。他断断续续地说起那个下午,他怎么样目送着他母亲、弟弟和迎亲的队伍消失在街角。他的声音越来越暗哑,她去亲吻他的嘴唇,竟显得冰凉,让她心痛又心惊。汉西只是抱着她,他没有想和她进行亲密行为的意思。他沉浸在自己的感受中。

书卿把他的手轻轻放在一旁,她知道怎么把他从悲伤中解救出来。她先脱掉了裙子。即使是在黑暗中,汉西也能看清楚她做这一切,脸上带着的却是温顺的表情。她帮他脱去衣服,将脸贴上他紧实的腹部。

汉西先是很诧异,突然明白过来,她想安慰他。

黑暗中。时间仿佛过去了很久,直到她再帮他把衣服穿上,她借着外面的天光去看他的眼睛。他感到全身的元气和血液在慢慢升温。墙上的钟表走着,发出嘀嗒的走动声,像生命流逝的声音。

他跟着她走进厨房,看她瘦削的肩头被油灯的光亮勾出的曲线。她穿着半袖的旗袍,坚持要给他做一点吃的。她把双手泡在盆子里,袖子总是往下滑动,浸在木盆子里。她自己用手去固定,却显得徒劳。他走过去帮她把袖子一点点折起来,在影影绰绰的亮光下看她露出了裹了一层汗毛的胳膊。

"我不饿,只想看你。"汉西说。这里离江更近,窗外就是江上的欸乃之声。仿佛是一个巨人的吞吐,掩盖了他们的呼吸。夜里,有人从这条山路走近道下到江边去。码头上来了那么多人,南腔北调的,熟悉的不熟悉的面孔,南方人或者北方人。突然地涌入这座城市。

他们停下来听门外的声响。夹杂着虫蛾的碎语。一只拖着声音啼叫的蛐蛐一直在窗外。或许还有遥远天空的几颗星辰。她突然面色凝重地让他听。他屏住呼吸,他们都真切地听见了,有一个混沌的声音,像是厚实的袍子擦着地面,如动物拖着受伤的尾巴。他抑或是她?那个人在他们的墙外沉默地站定,既不离去,也没有言语。这时,天空响起了乌鸦扑腾翅膀的声音。

终于,裙子摩擦着地面和草丛的声音,又响了起来。这一次,声响不再迟疑。他或是她,往河边方向而去了,鸟似乎也追随着那声音走了。

"我像被压在一堆石头下,差点死去。"书卿说。她指的是刚才亲密的时候。

"什么感觉?"

"很多条石头劈头盖脸地就倒下来了。"她喃喃地说。

"什么样的石头?"

她眼睛里升起了雾气一样的神态。"还没有看清楚就不见了。"她说。"不要怕。"

他搂着她。她也自我安慰说,恐怕是身体抱恙的幻觉所致。

"刚才那走路的像地狱里来的人。"她苦笑着说。

"到处都是孤魂野鬼。"汉西说。当天一点点变亮,路过的脚步声和鸟群的鸣叫又密集了起来。又凉又润的早晨的露气、树与花的香气、叫卖早餐的声音,从木格子的窗户飘进来。

汉西从衣服口袋里翻出烟。他靠着木窗看着外头,这才发现,夏天已经像瀑布一样从窗外的树上泼下来。树上结着厚厚的一层绿油,飞蛾在叶片中密集地飞舞。夏蝉悄无声息地收着翅膀,聆听着大地的指令。如果不是这场该死的战争,这是一个多么美妙的早晨。他把她拉过来,去吸吮她喉咙里微甜的味道。

书卿去远东翻译中心上班,她的工作是翻译新闻,也播音。她适应起来很快。沈言把她手上的翻译工作也交给了书卿。她和修先生的两个女儿在南泉的学生家里出了状况。事情从她学生的丈夫来重庆做事说起。以往,这位青年在城里一个连锁食店里管账,赚的钱补贴家用。她学生则在南泉小学教书。但前不久,学生的丈夫在重庆坐船回鱼洞时,小船被炸翻了。这家人一下子失去了支柱,学生的婆母一下子病倒了,也无力再照顾他们的两个孩子起居。孩子得送回家来。

这事还透露出一个信号,周边郊区也不安全了。日本人的飞机已经开始向广阳坝、鱼洞、白市驿等地方投下炸弹。

沈言决定带孩子去贵州。她走的那天,书卿去送她和孩子。她的包袱不多，带的都是必要的物品，也装了三四个口袋。幸好嫣嫣和娇娇长期在外寄宿，独立性也比较强。孩子各自拿了一个包，沈言拿着剩下的。她们将从上清寺坐船到海棠溪，再从那里走川黔古道。

书卿将一叠钱放在沈言的包袱里。沈言推辞，书卿说："是我去工作挣来的钱。"她坚持要沈言收下。"您带着两个孩子的日子终究是需要开支的。"趁沈言不注意，她又把一个更大的布包，塞到包袱深处去。

沈言说她没有通知修先生，因为不忍看到两个孩子和他作别。"肯定又是一番骨肉分离的凄惨场景，这样的场景女儿们是见不得的。"事实上，两个孩子对于父母之间的裂缝已经有所感觉。嫣嫣非要带上修先生上次给沈言带回来的治风湿的药水，香港带过来的，见效奇快。嫣嫣把药瓶子放在贴身的行李的夹层，生怕丢了似的。

虽然这个家只是临时的家，沈言嘴上说得铿锵，临走前却有些舍不得。整理物品，这里擦擦，那里掂掂，几天前就开始准备。书卿也看出来了，这几天修先生没有回来，不然他说一句软话，恐怕她就要改变主意的。

"走！"沈言提上行李，满心希望又惆怅满怀地说。她失望的是，修先生没有回来挽留她们，她这一走就是开弓没有回头箭，从此恩断义绝。她带着孩子走得这么干干净净的，为的无非是修先生回来时猝然见到眼前场景的痛心。但是要知道，她可是经历了比他十倍百倍的痛。两个女儿走在前头，走在路上她们就不忧伤了，在树下高兴地唱着学校学的歌曲。书卿和沈言闲拉着家常，约定到了那边要写信过来。

"别担心我，我到了贵州就安全了。"沈言说。

"去了就写信过来。"书卿说。

"你当心。重庆的轰炸不知道什么时候结束，"沈言将行李换了一只手，"还有，像子崖那种人，他什么事情都可能做得出来。"

她们已经能望到江水了。从上游流下来的水浑浊而凶狠。坐船去海棠溪的人还不少，小船很快塞满了人。一问，大多数都是准备沿着川黔路走出重庆的。书卿在泪光中看着沈言她们坐的船越来越远,在江心处时,船开始掉头,往上游的方向而去。她站在江边,等沈言她们的船完全看不见了才往回走。她的黑绒布布鞋上沾满了泥土和草屑。她坐下来,用路边的长草将它们擦去。她在想刚才沈言的话。

她不是不怕,她是觉得自己身体里哪怕还有一寸地方活着,她就得为它活着。

她走回院子里,下意识地往身后望了望。四周只有风吹动树枝发出的哗哗声。她轻轻地喊道:"修先生,您出来吧!"穿灰色长衫戴帽子的修先生从屋后的石壁处走了出来。修光美一直看着沈言转身锁了门,两个孩子跟跟跄跄地下山,再看到她们变成河边的小黑点。他的鼻子和眼睛都红红的。书卿注意到,他衣袖翻出来的白边湿濡了一大片。

书卿把他让进屋内。一坐下来,修先生就低下头去。书卿知道他最近也常常回来,也了解他此时难受的心情,她本想安慰他,说出来的却还是和难过有关:"先生不要难过了,事情我都办好了。"她刚刚塞到沈言包袱里的有修先生给她们的钱,那是修先生全部的积蓄。还有一封短信。

"我没有什么,就是……内疚,"修光美一说话眼眶就红了,"她一个女人带着孩子,贵州那边少数民族混杂,也算是蛮荒之地。我这是一步错了就步步错,走到今天。"书卿和修先生日常都是以礼相待,单独坐在一起,说几句话后就显得沉默起来,她又不擅长活跃气氛,再说修先生内心还真实地悲伤着。

"霍先生什么时候回来?"修先生突然问道。书卿摇摇头说不知道。

"霍先生把妻子留在陪都,去广西做什么,你知道吗?"

书卿还是摇头。"我不怎么过问他的事。'与有荣焉',在我们之间是不存在的。"

修先生低声说："我在剧院，信息南来北往的比较多。我听说，霍先生去广西是为几大家族工作，最近重庆大学的马寅初已经给报纸写了好几次评论，揭露几大家族疯狂敛财，贪得无厌。但都被压下来了。霍先生青年才俊，国难当头更要清醒，你多提醒他。"书卿含混地点点头。她的话，子崖如何听得进去？

011

遺腹子

唐家沱那边不断地带信来，说恳请孙家大少爷去一趟。

汉西在储奇门的家里，逝者的痕迹很快被清除掉了，他觉得自己五脏六腑也悬空了。储奇门的管家这次没了。以前云晓总和一位远房舅舅接洽药房的事情，姓陆。他一直叫他陆舅。陆舅临时帮他管起了家里的闲杂事务。他把账本抱到汉西房间里，汉西却没有看一眼。院子里不需要噤声就显得很静。陆舅给他端来了银耳汤。汉西挥了挥手，走到自己房间里把门和窗都关上了。他知道有很多事情需要梳理：药房、其他亲戚子女和家属的抚恤金。给他父亲的第二封信也写好了，明天差人拿去邮局寄出去。

他招呼陆舅弄一点饭菜来吃。陆舅已经在他门外逡巡了数次，就等他发话。一听说他想吃饭了，很快就让厨房做了八宝粥和一份糖醋带鱼、一个盐蛋和一盘青椒土豆丝。他刚吃完，陆舅就来了，在门口站着。踯躅间似有一些难以言说的事。他问他有什么事，陆舅终于说上午的时候收到了唐家送来的信，说希望转告他尽快拆阅。他这才注意到，桌子上有一封信。信中，唐欣诚说，希望他这几天能到唐家去一趟，要么就一周后他们来。

"他们来做什么？"他的气上来了。

"现在我们和他们还有什么关系？"

"不太清楚。但这个婚姻不存在了，合作关系应该还在。少爷还是去去比较好。再说了，唐家也损失严重，老爷和二爷都没了，我估计他们家也是失了主心骨，有事互相通报有无也是好的。"

"好吧，我尽快安排。"汉西有些不耐烦。看到陆舅他就想念九月。九月知道他很多秘密。"药房什么时候能重新营业？"汉西问。

"要等少爷觉得可以营业的时候。"

汉西站定了，他身旁是这个院子里最大的一根柱子。小时候他和云晓捉迷藏，这柱子足以遮住他全部的身体。现在，他才是这个院子的柱子。"那就准备营业吧！"他走到院子边上又折返回来。他晚上要到书卿那儿去，他想起厨房里还有很多干糍粑和黄豆粉。他记得她说过她爱吃糯米。他用一张牛皮纸包好后，又在篮子里装了一些鸡蛋。陆舅追出去问他，晚上要不要给他留门？他回答说不用了。

陆舅在院子门前站了一会儿，退回院子里，蹑手蹑脚地关上了院门。

汉西坐在唐家的院子里，陆舅和他同路。陆舅一直说无论什么事情，还是得面谈。道理是这样。汉西几乎是怒气冲冲地登上了去唐家沱的小火轮。他一坐下来，唐家大少爷就和他诉苦，说唐家这次包括船工在内，一共死了86个人。汉西说，不用比谁家死的人多。孙家也是21条人命。唐欣诚还在喋喋不休地说着。汉西发现他比任何时候话都多，说起来，他们这两个家庭的长子，现在面临的情况大致相同。

唐家这段时间一直在办后事，抚慰那些因为参加婚礼而送命的亲戚和仆人。

"欣诚兄，你有什么事情直说吧。"汉西说。唐欣诚才像一个梦游的人突然被人推醒。"这都是命。"他终于开始总结。往小了说，是唐家和孙家的劫难。但那些无辜屈死的人呢？只要飞机在头顶开动，每天都有死去的人，阎王爷的生死簿写得满满的。

"是命，也是人祸。"汉西说。

"你不能把责任全推到我妹妹身上。"欣诚说。

汉西不同他争辩。日本人是该死，但在这样的情形下还要大张旗鼓地办喜事,就是做作。他在想云晓怎么会爱上她。他对女性本来是宽容的,不知道怎么看到她就有气,甚至反感。

欣诚让仆人上了茶点。汉西只抽烟。他最近烟不离手。在英国的时候抽过几支,纯粹是好玩。现在竟然依赖上了,开心不开心时都需要点燃一支。

陆舅退下了。他常年在药房的事宜上用心,和唐家上下都很熟悉,他的特点就是知道拿捏分寸,但又不让人感到过于拘谨。唐欣诚看看周围没有人了。他像下了一个决心似的说:"我喊你来,是有一件事情要求你。"汉西觉得他背靠的藤椅上,伸出了一根竹片来,撑得他的背发疼。

"你说。"他脑海里瞬间闪过多种可能。

"欣宜已经有你弟弟的孩子了。

"所以他们才着急在那个日子里结婚。

"现在孩子在她肚子里,一天天长大。唐家已经瞒不过去了。"唐欣诚一连说了好几句,看上去像絮叨的自言自语。但汉西已被惊住了。"这孩子既然是孙家的,就应该正大光明地生在孙家。"不仅如此,欣诚一字一顿地说:

"我想拜托大少爷照顾欣宜和孩子。我指的是,一辈子。"

汉西立即站了起来说:"孩子是孙家的,自然我们会好好养育。但是,唐小姐还年轻,没有谁有权利让她一辈子待在孙家。"

欣诚却说,这是唐家长辈们的意思。

"以唐家的实力,她不缺吃穿,但她绝不能把孩子生在孙家,又回到唐家。"

汉西这才感到事情复杂起来。

欣诚又说道:"只是,我妹妹就这样无名无分吗?汉西少爷,你也还未曾娶亲成婚吧……"

"我有自己爱的人了,结婚只是时间问题。"汉西说。

"大少爷,我妹妹为了孙家把孩子生下来,她连一个家也不配有吗?

"……我们是一个务实的家族，孙大少爷能否看在孩子的分上……我的意思是说，这孩子生下来，也不能没有父亲。"

"这样做，不仅毁了我们两家的名声，也毁了她自己，你是在害她。"汉西希望欣诚打消这个念头。男人要娶一个女人进门，是对着家族和天地万物的一次起誓，不是随便起意的。

"你是要我妹妹守活寡？"欣诚说。

"你不应该对我提要求，"汉西毫不让步，"大少爷觉得自己是留洋回来的，就可以不遵守规矩了吗？"欣诚的声音有些颤抖，他用苍白的手指抚摸着自己残疾的右腿。

"规矩如果害人，还要规矩做什么？"汉西说。

"大少爷所追求的境界，不是我们这些土码头的人可以理解的。据我所知，大少爷是和一位已经有家室的太太交往着，也真是惊世骇俗。不过，大少爷就算不在乎云晓的孩子，是否也该在乎一下孙家的生意？毕竟，离开了我们，你们在水上无路可走。"欣诚提高了声调。

汉西觉得唐欣诚真有意思。他之前对他印象不错。看他这时脸上一阵青一阵白，也是拉下了脸来才说出这番话。欣诚说完就闭嘴了，眼里没有挑衅神色，倒是腮帮子咬得紧紧的，是真的生气了。

陆舅又回到了他们中间来。他像猫一般灵活的眼神巡视一番，立即明白了眼前发生了什么事。"少爷回去考虑一下。"陆舅在一边打圆场。他们这类型人最擅长的就是让一切变软。

"没什么余地，"汉西将烟头扔在脚下，"唐少爷，你大概不知道我家现剩几口人。我只要管他们有饭吃就好了，至于孙家的家族生意，我本来就打算变卖了捐给国家抗战。唐欣宜不是怀了云晓的孩子吗？也算是孙家后继有人了。"

他叫上陆舅，说趁大雨来临之前回储奇门去。欣诚也没有留他，但他扶着椅子站起来给他作了一个揖。说多有得罪了。虽然是客套话，讲出来却不乏真诚。是的，就连他也不禁在想，为什么他妹妹就是要和孙家过不去。

提出这个要求的，是唐欣宜自己。她哥哥和汉西在楼上说话的时候，她一直坐在楼上的回廊边听着。那几句话，刺到了她的痛处，她黑色的纱裙发出窸窸窣窣颤抖的声音。不过，江上的流水声遮住了她的不安。

汉西和陆舅沿着被蒿草遮住的小路往河边走。他走在前，陆舅在后一声不吭。

等船的时候，他问陆舅："如果唐家不给我们运货，我们还有没有别的船帮合作？"

陆舅摇摇头。"唐家在长江上势力很大，虽然唐欣诚是个残疾人。但他父亲在的时候一直给船工和合作伙伴的回报高于同行，因此他们会对唐家忠心耿耿，不在于换不换人。"

"那我们的药房如果亏损，还能不能卖钱？"

陆舅站住了。"少爷，你有所不知。我们已经卖掉了一半的药房，就是为了安抚家属，还有各种政府的募捐。如果唐家再捅我们一刀，我估计我们会马上负债。"

"就让他捅！"汉西说。

陆舅吞吞吐吐地说："少爷，你就看在家族的分上，给她一个名分吧！我们不能让孙家的事业毁在手上。"

"才走了几步，你就动摇了？"汉西呵斥他。陆舅不说话了。他刚才呵斥他的声音竟然那么大，引得几个扛着木头往山上走的路人也侧目而视。这是在他家工作了一辈子的长辈，他瞥见他花白的两鬓，这下他自己也不好受起来。

两人一路无话地走到了河边。他们坐的船出了峡口，开始要落下来的大雨被风一吹，不知道去了哪里。云散去，陆舅坐在船头的小方凳子上，即使在无人注视的情况下，他也很少谈笑。汉西觉得还是自己刚才那一阵抢白伤了他的心，他走过去，和他并肩坐下。他们坐的船是慢船。

一路上还停留了几个港口，上货、卸煤，这个时节刚好是玉米丰产的时候，一捆捆的玉米被搬上船来，船舱里满是甜香气。未褪尽紫色的新鲜玉米穗还留在青色的外壳上。诗行般排列的粮食。日子本来应该如此，什么时候安宁才能回来？

风吹着汉西，他无心欣赏这些，只有满心的焦虑。

他们回到储奇门院子时，一个仆人在院子外张望。看到汉西回来了，眼里露出不知道是惊讶还是惊慌的表情。兴许还带点兴奋。

"唐小姐来了。"汉西和陆舅互相看了一眼。她坐的直接到朝天门的快船。竟然在他们前面就到了。她带着行李，还有一个老妈子，敲开了孙家的院门。她把手放在腹部上，她感到了腹中胎儿的心跳。她做这一切时，已经没有二十岁女人的胆怯和犹疑。

"她人在哪里？"陆舅问。

仆人说，本来已经安顿好在云晓原来的房间里。但她说，怕睹物思人对孩子不利，要求给她一个新房间。书房旁边有一个房子一直空着，现在其他仆人正在收拾。从防空洞里抱出一捆金黄色的稻草，给她厚厚地铺在木床上。

"讲究还真多。"汉西在心里说。但他说出来的话还是温和的。"既然过来了，就安排她好好休息。但有一个规矩，未经我的允许，不许她进我的房间。"

唐欣宜坐在堂屋里，喝着给她盛的酸梅汤，仆人一边拿眼偷看她的肚子，一边恭维着酸儿辣女这些话。她本来还笑着，听见汉西说话脸色微微一变。这一天里，她两次感到不开心，都是汉西引起的。她抚摸着肚子，发现她脑子里想着的并不是云晓。

河岸线低了下去，秋风让景物变瘦了，快十月底了。

从汉西家发生变故到现在，已经四个月过去了。时间就是这样，你越盼着它过去，它就越显得缓慢，腿脚不好的老人似的，廪实还没有写信回来。另一边，汉西和书卿在一起，时间却过得飞快，他们的关系前所未有地好。一个夜晚不知不觉说会儿话就到了半夜。夜里，亲密之后的他们总是睡得很沉，像两个泡在蜜糖罐子里贪吃的孩子。

《渝州日报》又改成了不定期出版。报社也不太平，经常还在印刷就有国民党特务机关的人冲进车间，要求查看新闻，或者直接将印刷工人带走。但越是压制，几家媒体越是顽强，或者以开天窗的方式抗议。每次报纸上出现一小块空白，民众就知道这条新闻不见了，因为不可告人的腐败或者内讧。

汉西很少回储奇门，药房的账也是陆舅带到七星岗住处来看。汉西听他说，自从唐欣宜到了孙家，唐家的船队可以说给了他们药房最大的支持。现在再无运输之困局，连一些长期亏损的、位置较偏的店面，也开始盈利。

这天一早，汉西就要到下江商会去。

这几个月，他对药房做了评估，有几家账面漂亮的，他想转让给下江商会。新开的两家，也想向社会开放股权。他现在需要把更多的货币拿到手。下江商会的办公室在道门口。汉西走进一栋四方的木结构楼房，白墙外是四面深色的回廊，木楼梯走起来"吱吱"作响。他上楼的脚步声稳稳的。父亲不在的这段日子，他觉得自己办事说话的风格却越来越像他了。

几位下江商会的副会长已经等候着他了。黑色的大方桌上，每人位置前一杯茉莉花茶。盖子一掀开，茉莉花香就丝丝缕缕地在空气中扩散开来。他简单地说明了来意。几位长者听着，他们看着他长大的，也知道他家里最近的变故。

"汉西侄儿，你要那么多钱干什么？"做煤炭生意的汪文轩用盖子轻轻荡了一下茶水，端起来，边哈气边问道。

"捐给空军。"汉西说。副会长们面面相觑。"你有这份心，很难得。"汪文轩看来是他们中拿主意的,他今天坐在廪实以前坐的位置上。

"不怪伯伯们多心。汉西,你父亲以前在日用品公卖处给他们工作就知道,这中间的漏洞太大,很多物品根本落不到老百姓头上。你这捐得家底朝天了,也填不够他们那黑色的窟窿!"

汉西知道他们会这样说。最近,他把父亲书房的一些古董也卖了,媛芝房里的贵重家具和首饰,也典当了出去,只留了母亲以前贴身常戴的几样给书卿。但在这个问题上,他和康山的想法是一样的:千金散尽还复来。明明知道民间的捐赠相对于国库的亏空不过是杯水车薪,但除此之外,他并无选择。

"我上班的第一天,就看到了一条新闻:苏联空军库里申科在与日军轰炸机的对决中,不幸殉难,在长江万州段牺牲。国际社会在援助中国,那么多年轻的生命在为中国人牺牲。如果我们自己这个时候还在为自己的利益精打细算,这是不可原谅的。伯伯们,自助者,天必助之。"汉西说。

坐在汪文轩一旁的罗显知一听到这话,也激动地站了起来。"汉西侄儿,你说得对。我听说黄桷桠的康家已经发动重庆其他本地的商会认购了一架飞机,下江商会如果要认购,我第一个同意。你不需要卖药房。不然,你就轻看你的伯父们了。"

汪文轩见状也点点头。"只要有下江商会在,孙家的药房就一家也不会少。钱,我来带头凑。打日本人不是孙家的事情,是所有人的事情。汉西,我很高兴你有这样的胸襟,你父亲送你去留学是对的。"

汪文轩站起来,用他又白又厚的手掌,用力地拍了拍汉西的肩膀。其他几位副会长也交换了一下眼神,点头同意了他的决定。

汉西心里涌动着感动。他轻轻地出了一口气。他来之前并没有把握,实际上孙家的药房卖的钱距离买飞机的钱差着十万八千里,他这是一招险棋,但他赢了。他知道下江商会里都是些说一不二的人。

储奇门药房是孙家的第一家药房，离家最近。有时在药房办事完，汉西会回孙家大院里吃饭，他尽量避免遇见唐欣宜，听到她说话的声音，便快步地走开。不过，任他怎么眼拙，也能看出，她的身体一天天臃肿起来，连带着说话的嗓子也粗了。似乎膨大的腹部形成了声音的共鸣。他想这生孩子对于女人的改变真是可怕。她每天早上晚上都会在院子里散步，看得出来，她小心地呵护着肚子里的孩子。

　　汉西吃完午饭路过院子。唐欣宜抚摩着腹部在散步。他穿过回廊。听到地面上传来"啪嗒"一声脆响。他转头看去，唐欣宜之前手上拿着的团扇，落到了地上。她没有看他，只自己朝前跨了半步，想弯腰去捡，但努力了两次都没有捡起来。汉西走过去。他帮她捡起来，再递给她，没有同她说一句话。他只想着，她什么时候才会离开孙家，回她的唐家沱去。

　　药房的账房设在二楼，这里可以看到江水，最近几天水涨得高，岸边的绿草是一年中最青翠的时候。账房里就他和一个多年的老会计在，老会计一直拨拉着算盘，发出珠子撞击算盘的声音。

　　下午往黄昏靠近，木楼里幽静愈发见深。这时，一个人轻轻地走上楼来。汉西背对着门，只看到老会计瞥了一眼门的方向后，毕恭毕敬地站了起来。他转头一看，有些恍惚和惊讶，但随即认识到这是他期盼已久的场景：戴着一顶灰色软边呢帽，穿着深蓝的浆洗得笔挺的长衫，正是他父亲孙廪实。

　　"父亲！"

　　汉西在狂喜中站起来去迎接他。一到跟前，廪实先伸出了臂膀，拥抱了他。

　　"又黑又瘦，"他拍拍儿子的肩膀，"不过比我想象的成熟了。"

　　很多话梗在汉西的喉咙，他努力地控制自己的眼泪，喉咙处却疼得厉害。附带着鼻腔也像呛进去一股水，整个脸的肌肉和神经都在疼痛之中。廪实在长桌子边上坐下，汉西这才发现父亲的眼睛也红红的。

"我回来得太晚了。"看起来廪实已经回家去了一趟,那他妹妹和姨娘应该也回来了。

老会计看他们父子欲言又止的情状,主动提出到楼下去对对新进的一批中药材的账目和数量。他一走,汉西再看父亲时,两人都控制不了泪水。廪实的泪水顺着他眼圈下颜色发暗的眼袋横竖流着。汉西站起来,推开藤椅,一步就跨了过去,伏在父亲的肩膀上失声痛哭。廪实也哭。汉西看到,父亲的头发白了大半,头顶有雪花状的皮屑,发际线往后移了不少。他从没有感到父亲显出过这样的老态。

过了一阵,廪实说:"云晓的孩子听说都会动了。这是个好事情。"

这么说来,他也已经见过唐欣宜了。汉西木然地站着,他脑海里想象不出来一个有生命的孩子在一个女人的肚子里动是怎样一种让人心惊的感受。"她坚持要把云晓的孩子生下来,这唐欣宜也算一个奇女子。我们不能亏待了她。我听说欣宜希望你娶她?这样很好。"廪实说。

汉西想,这不知道是什么人先入为主给廪实汇报了一番,大概是想让他骑虎难下。但他也不便现在就要和父亲掰个一清二楚。

"您一路上很辛苦,先好好休息几天。药房的事情,家里的事情,过几天您再过问。我可以顶一阵的。"

"那好。"廪实微笑着说。刚才,他在楼下已经初步过问了这段时间药房的情况。最近,汉西对药房的陈列进行了改革,他注意到这段时间有几味用于外伤的药用量加大,因此挪到了靠外的位置。同时,人们生病是有季节性,比如夏天就是中暑、食物感染较多,因此大家虽然看到孙家药房常有排队,不是因为耗费的时间多,而是他家拿药又快又便宜。

"看来你比云晓还适合做这行。"

"没有他所做的一切,我可能一筹莫展。"说到这里他心里隐约地疼痛了一下,云晓不是只做了不起眼的铺垫,而是付出了生命的代价。

"你不要把云晓和你母亲的死都迁怒到唐欣宜身上,我们的仇人是日本人,不是唐家。他们也是受害者。"廪实说。看汉西板着脸不说话,廪实又说道:"没有哪一次战争不死人,弱肉强食,一百年里中国一直在这个循环里。每次死很多人,越是底层的人越无从选择。所以我一直要求你们兄妹以家族为重。"

"日本人的炸弹又不长眼睛,有钱人和穷人还能有什么区别?"虽然这样说有顶撞父亲之感,但汉西还是想说说自己的看法。他想,唐家和孙家,在城中也算中上阶层,一场婚礼就死了上百人。

"看来你还没有完全理解一份家业的重要性。别的不说了,就说日本人空袭的时候躲防空洞的事。有条件的人自己修了防空洞,还有一些防空洞要收费。穷人不仅不能进洞子里躲炸弹,吃饭穿衣各行各业都在涨价,而那些有家底的人,遇到危险的时候就像岛上站得最高的人一样。水首先淹掉的是站得低的人。"

这个道理他懂。

孩子们小的时候,廪实总是在饭后把他们叫到书房,问他们一天所学的是什么。三人推推搡搡争着先说,因为越到后头似乎越紧张。汉西从小就体现出长子过于憨厚的特点。幸好云晓从不抢他的戏,表现得比他更加不善言辞。唯独小妹妹茉莉不知道惊险所在,叽叽喳喳说个不停。但每次考完他们,父亲总是会神色严肃地强调一句:"穷则独善其身,达则兼济天下。你们记住了没有?"

现在他又没有来由地想起这句话来。兼济天下,那当然是一种理想的人生。独善其身,也似乎很难。人们像热锅上的蚂蚁一样四处逃蹿,所学到的知识和以往的经验已经派不上用场。廪实像看穿了他的心思,说:"你上午去商会了吧?我已经和你汪伯伯通过电话了。你做事有大局观,很大气,虽然有些事情你想得过于简单。"汉西不知道父亲是在夸他还是批评他,只能听着。这时他听廪实说道:"你为什么捐给空军?"

"康三儿家也参与了军用物资的捐助。大家都知道,要把日本鬼子赶出去才太平。覆巢之下岂有完卵。"汉西回答。廪实欣慰地看着儿子,脸上带着慈爱的笑意。他突然很有兴趣了解汉西的生活。"你刚才说的康三儿，是康家的儿子？我听说他的风评不太好。"

"那些人心里不正常。他们看康三儿整天不务正业，身体又带了残疾。可是他并不惨。"

"你对朋友有自己的标准，我不干涉。他和你走得很近？"

"他很义气。"

"嗯。那我可以关心一下，我儿子还和谁走得近？"廪实脸上带着神秘的笑容看着他。突然被父亲问到这个问题，汉西吃惊之余立即意识到父亲说的是什么。他想，难道是有人给他汇报了自己和书卿的事？还是他们自己认为隐蔽，实际上已经传得满城风雨了？恋爱中的人埋头于彼此的喜怒哀乐，对于外界的风影是迟钝的。但爱情的蛛丝马迹，最容易不胫而走。

他是该好好地回答父亲的问题了。他说："是有一位凌书卿小姐，她现在就在重庆。"他刚一开口，廪实却把眉头皱了起来。

"改天你再详细给我说，我约了朝天门的店铺主管去看看那边的情况，你现在和我一起去。"

汉西不明白为什么父亲提起话题又把谈话中断了。他不知道这是廪实对他的一种试探。廪实已经踩着木楼梯下楼去了，汉西还站在原地没有回过神来。到了车上，廪实的脸没有什么表情，只看着窗外。汉西看了一下父亲。在想晚饭时他要找机会主动说说自己和书卿的事。他今天可能回不了七星岗住处那边了，一想到书卿可能白白等他一夜，他心里有点担忧起来。汉西和父亲先到朝天门。下车后，就闻到一股码头特有的穷困和繁忙的臭味。码头上，从船上下来的人排成了蛇形。

"还在往重庆走。现在到重庆就相当于脚踏进了鬼门关的一半。"廪实说。十月接近尾声了，日军的飞机来得更加密集，白天炸，傍晚炸。从码头往上望去，层叠的木房子和水泥房子上空漂浮着一条延伸到天边的灰龙，燃烧的建筑物里，从轰炸开始，火星没有熄灭过。

孙家在朝天门的药房比储奇门小得多，码头越大，门脸越是金贵。

汉西看了一下父亲，他的长衫绷得没有一丝折痕，脸上有一股惨淡的表情。他知道，父亲心里有一座他看不透的山。

回去的路上，他们又坐在那个黑色的小铁皮房子里。汉西想到马上要见到妹妹茉莉了，不免有些高兴。问起茉莉在南洋的学习和生活，廪实都只淡淡作答。汉西只认为父亲是显露出了旅途的疲惫。他也不再说话了。他们的车绕着下半城走了一圈。又路过一个码头，人群还是黑压压的。排队上船下船的人站满了盘山路，但江里的船只却很少。

"想上船，船却不够了。"廪实本来闭着眼睛，却突然开口说道，"逃难的人越来越多。日本人的炸弹是很可怕，但还可以躲。有一种看不见的炸弹人却躲也躲不了。"

"是人每天要吃饭吧？"

"对，这才是真正的危机所在。很快粮食储备和看病都成问题。这种时候不能坐着等死。"

汉西不知道父亲要说什么，他只能报以沉默。他的沉默在密闭的空间里显出不安来。

"刚才你也看到了，码头上很多人。现在走，还来得及。最怕的是最后提着一箱子金银财宝却发现人的命才是最重要的。"廪实又说。汉西觉得他父亲说得太对了，他联想到了他和书卿。从他们认识后，在过去的每一天里，他们都有机会离开，今天却还陷在这里。他感到沮丧。车子已经缓缓地开进了孙家大院外的储奇门街道，远远地看到那白墙。他妹妹已经跑出来张望了好几次，现在正在门外踢着毽子等着他们回来。

孙家大院的热闹中，有劫后余生的感觉，睽违已久的烟火气代替了以往的寂寥。在旁人看来，这个家庭就像突然遇到了一块暗礁，一点点复原的每一个关口，只有孙家的人自己去度过。晚饭时，唐欣宜迈着比平日更加缓慢的步伐，来到了餐桌边。这当然是廪实特别安排的。廪实坐在正中间，左边是粉姨，右边是汉西，汉西的右边是唐欣宜。汉西觉得不自在，这样会显得他们像一对夫妻。

他脑海里想起他回家的那一天，那一张留给唐欣宜的空椅子来。那天她没有来，他家里的人齐齐整整的。现在，物是人非。

晚饭前，他原本以为父亲会要求做一个简单的祭祀仪式，以往过年、端午节、中秋节，凡是隆重的日子，都要给列祖列宗倒酒舀饭，让他们一起品尝活人的快乐。今天廪实却提出：免了。理由很充分，欣宜现在怀着孩子，在祖宗面前她不下跪不成体统，一下跪则怕伤了胎气。"等孩子生了再补，他们在天上也会谅解的。"廪实说。

晚饭，汉西吃得不是滋味。廪实对唐欣宜无微不至，不时地问这问那，是否合胃口。粉姨和廪实的心神自然也是高度同步，唐欣宜夹了一个蟹粉包子吃，也被粉姨从她碗里夹走了，说吃了对胎儿不好。她没有生育过，以前这三个孩子她也说"视为己出"，但总像说的是外交辞令。

"在这院子里，绝不让欣宜受委屈。"粉姨说。

"还有什么人可以让欣宜受委屈？"廪实笑了。亲自给唐欣宜夹了一块糖醋鱼。"鱼补脑，吃鱼的孩子聪明。"

汉西想这很荒谬。可荒谬的事在传宗接代的香火前显得根本没有体察的必要，就像一面哈哈镜，人明明知道是变形的，是假的，仍是控制不住地笑得前仰后合。孙家今天开了电灯，在暖黄的光下，唐欣宜就是那个轴心。汉西无论如何不理解，明明他们家的四分五裂和她有着关系，怎么她就凭着肚子里的孩子扭转了乾坤。她面前堆着廪实和粉姨给她夹的菜，看上去她不费吹灰之力就在孙家站稳了脚跟。

"我晚饭后还有点事。"汉西站起来，他表示自己已经吃好了，说想出去见一个朋友再回来。

"等等。"唐欣宜说话了。汉西转过身，有些惊诧地看着她，他们之间很少有交集，他回避着她。"昨天晚上我肚子不舒服。今天你就别出去了。不然晚上又疼起来，我怕没有人陪我说话。"她说。汉西觉得脸颊一麻，他听到自己咬紧牙关时颌关节发出轻微的弹响。像史前生物走路的脚步声。

她这是从何说起？陆舅一直站在一旁。这个时候陆舅突然说道："少爷和康少爷约了在记者俱乐部见面，要是少爷不去，康少爷会一直等的。传出去少爷就是不守信用的人了。要是少奶奶不放心的话，我和少爷一起去吧。"

汉西一出院门，就气愤地在地上踹了一脚。一块石头飞出很远，打在路沿上发出响声。什么玩意。他愤愤地说。陆舅也紧跟在他身后走出来。他反身关上了门，又望了一眼那高高的白墙，摇了摇头。"你摇什么头呢？"汉西问。

"落花有意，流水无情。"陆舅说。

"可笑，"汉西说，"我可是她的亡夫的哥哥，她凭什么管着我。"

"就算是为了孩子，也该好说好商量。"陆舅小声地说。刚才幸好他出面为汉西解围。

"没有什么好商量的。"汉西打断了陆舅的话。"对了，你跟着我干什么？"汉西突然想起来，陆舅刚才说要跟他一起去，他怎么像对他的生活了如指掌似的。

"我知道少爷要去哪里。"陆舅低头说。

"哪里？"

"少爷相好的那里。"

"你怎么知道？"

"我每天去巡查药房，风言风语就听到了一些。"

"那我也不瞒你了。现在我问你，你愿意和我一头，还是和他们一头。"

"我愿意和少爷一头。"

"为什么呢？"

"少爷，我姐姐在的时候，最疼的人就是你！"

汉西紧紧地抿着嘴唇，陆舅这个回答让他很感动。"舅舅，你说这个唐小姐和孙家上辈子是什么孽缘，要纠缠不清？"

汉西开始爬储奇门的梯子，陆舅沉默地跟在他身后。他们的两旁，人家亮着微弱的灯火。今天晚上天上竟然有月亮，从云层中神秘地出现一会儿，忽而又躲避在灰黑的云彩之后。

"这个，我回答不上来。人一辈子会遇到很多奇怪的事情，都没有原因的。"陆舅说。他们攀登到长坡的顶端。

"你说，她要兴风作浪到什么时候？"汉西很苦恼。尤其是他父亲回来后，他感到唐欣宜手上的砝码又重了很多。他真心烦，眼下日本人已经让这座城市陷入炼狱之中，还有来自身边人的消耗。他觉得和书卿一起走的事情必须尽快成行，再晚他怕他走不了了。

汉西和陆舅一起走到通远门，时间已近晚上八点。"你真的要把我押回去吗？"汉西问他。

"我哪里敢，"陆舅说，"少爷你今天晚上不回去了吗？那我到处转转。到时二少奶奶他们已经休息了，也无人责怪我不尽职了。"汉西说好。他看着陆舅的身影消失在一棵大树下。陆舅使他想起九月。他家里的这些人对他都么好。

书卿在七星岗等汉西回来。油灯的光剪下她的侧影。她正在翻译一本英文原著，从眼前这个落满尘埃的时空走进另一个时空。一个英格兰高地的故事。未来的故事。一道字符和语义的河流在她身后细细地延伸。她一边翻译，一边留心听那门前小路的脚步声。汉西推开门，看到她背对着她，逆光的肩膀带点丰腴，他上前抱住她，感到她的体温从手掌向全身传递，心头十分沉醉。

她任他抱住。他今天有心事。"我父亲回来了。"汉西坐下后说。书卿不明就里，还高兴地说："那好啊！你不是一直盼望他回来吗？"

"之前是很盼望。但现在自己像掉进了一个漩涡。"

"漩涡？"书卿合上了书，她看到他的脸色在油灯下显得发黄。她所能想到的最坏的情景，在他家已经发生过了：死亡。

他接过她递过来的温水，给她说起来。从唐家沱来信说起。他拒绝让唐欣宜进门后，她却不请自来地赶在他们前头到了储奇门。书卿听着脸色也凝重起来。女人对另一个女人的意图是很敏感的。听完了，她说道："你弟弟的这个妻子不是一个普通女子。"她的语气不带嫉妒和贬低，但真诚地赞美一个和自己争夺汉西的女人，毕竟是件困难的事情。她的嗓子有点嘶哑。

汉西握着她的手放到心口上。

"我心里没有别的人，书卿。"他怕她不相信他。殊不知她只是黯然神伤地想到了命运对自己的捉弄。那位唐小姐当然比她有更多的优势。何况她还有孩子。

"我想就这样不辞而别。"汉西说。他母亲和弟弟惨遭不测后，他并没有看到父亲多么悲伤，同时，父亲却对那个还没有出生的小生命表现出了难以理解的热情。他想，或许父亲娶妾后一直在等待新的生命的降临，唯有婴儿的啼哭才能唤醒他对未来的希望。

"你一直在等父亲回来，既然他回来了，你还是和他深谈一次。"书卿说，她不希望以后他们颠沛流离的生活中，汉西带着对家族的愧疚生活。

听上去像一个仁至义尽的提议。"那这段时间你怎么办？""我等你。"书卿看他听进去了她的建议，也高兴地说起了她在翻译中心的工作。工作使她看到了自己的生命价值，她又找到了不知疲倦的努力劲头。汉西想，她所说的尊严一定包括西方女性式的经济独立。但她去工作时也一定会遇到欣赏她的男子。他想，尽快让他们的关系明朗化才是他最希望的。

书卿把翻译稿给他看，他接过来，却不许她再在灯下工作了。汉西说，他和他父亲摊牌未必顺利，他们可能随时就要走，他需要盘算下该准备什么。

书卿说:"必须带上你给我画的那幅人体像,落到别人手中就麻烦了。"她起身去找画,他把她藏在书架最高处的橱柜里。她取下画,刚看了一眼就合上了,脸红了。她又帮他在书架上去看有没有什么遗漏的。在一堆古籍中发现了一个崭新的笔记本。

"这是什么?"她边说边翻开了。汉西伸手去抢。"这是我的日记,不可以看!"

"一九四零年十一月二日。今天在修先生家见到书卿,我吻了她。"她翻到了其中一页,用一只手高举着,读出了第一句。但汉西比她更高,很快将笔记本拿到手中。"写的我,为什么不给我看?"书卿笑着,她双手吊在汉西的脖子上,她要踮脚才能和汉西一样高。她站到他的脚背上,可他力气大得很,就是这样他也能走动,还把日记放在了书柜最高处。

"听我说,"汉西把她抱在胸前,认真而严肃地看着她的眼睛,"就算写的是你,也是我的秘密。你不能看。"

"那我什么时候能看?"书卿还不依他。

"等我们老了的时候。"汉西把她的腿放到了自己腰上。

012

为情所困

"凌女士的画由你带回中国。这是汉斯先生的意思。"孙约翰说。

"我一直有一个问题,"我说,"为什么你不将画送到中国,而要让我千里迢迢来英国?"

"很简单,因为你比我更需要远行。"

"又是你的经验之谈?"

"没错,每一次恋情结束后,我都会去旅行。至少它对我来说是有效的。或许,这也算是生活附赠的礼物?就像购买机票的时候总要赠送一些旅游产品一样。"

"你确定每次都有收获?"

"当然,生命总是有礼物的,只是,不一定是你预想的方式。"

"《托斯卡纳艳阳下》,哈哈。"我说。他歪歪头似乎不明白我的话。

"好吧,我答应带她回中国。其实我也很好商量的对不对?"

"你比刚到爱丁堡时好多了。"

"她会不会从画上走下来?"

"这样最好,或许就是她在复活。"

"生命是以哪种形式'活着'?"

"当人们谈论起的时候。"

上午,他要去一趟教堂,那是他正在经手改造的项目。早餐时他一直在接电话,讨论管风琴的位置需要调整得更高一点。随后,和制图公司核对打印图纸的细节,地毯上呈扇形摊开一张张他熬夜赶出来的图纸。

他端着美式咖啡走来走去,光着脚,很难有人将眼前这个形象和教堂里的管风琴联系在一起。他的亚麻衬衫袖子挽到胳膊上方,露出一块块需要自律才有的手臂肌肉的线条。

他身上有吸引人的特质。我的湖区计划和其他计划都搁浅了。因为他,我哪儿也去不了。他继续忙碌着。我现在已经可以自得地在客厅走来走去。玻璃器皿里的一束温室铃兰。排列如手背上毛孔般自然的照片墙、风景、他在婴儿车里的笑、大学建筑学院前草地上的他。一幅幅种子般栽种下去的人生。体现了他生活的秩序和确定,带着不容置疑的态度。

书架上,一排褐红色的书籍,透出大部头的分量感。有《艺术的故事》《伦敦传》,还有几部流行小说。我顺手拿的第一本似乎写的是一位王后的童年。让我略感吃惊的是,这部小说的一开始所谈论的也是女性的身体:

"我12岁,我身体的唯一价值就是在于能否为我的家族诞下一个男孩。毕竟与我们作对的另一家族已经拥有了三个男孩,我的胸还没有发育。但当我第一次来了月事,从我母亲到仆人甚至马夫太太,都表现得欢天喜地。她们仿佛看到了我肉色的子宫在瘦削的身体里微微跳动。这么说吧,我就是一个会说话和走路的子宫,随时等待一粒精子的落入,再孕育成婴孩——不包括女孩。"

难以想象,这样的描述所对应的是都铎王朝之母玛格丽特·博福特。时间里,女性子宫的命运如同一个起伏跌宕的莫比乌斯环。

"历史书唯一的价值,就是告诉你时间已经过去了,"他帮我把那本王室女性的传记放到最高处,再抽出另一本来,"你不如读司各特的《艾凡赫》。"

他抱着一卷图纸出门了。回国的时间近了,不知道成儒的画怎么样了,我总算良心发现想起他来。

成儒一直不承认,他是一个控制欲很强的人。他总说那是因为爱我。小时候,他外出时就会把我反锁在房间里,他觉得那是保护我的方式。后来,他保护我的方式又换了新的。比如,他会在我的客厅安装摄像头,一堆书缝里,一个从西北捡回来的古怪战士胸口的护心镜,拆开后却是一只针孔摄像头。

格子趴在地板上往床下看,又钻到浴室里。他手托着一块隔板往上用力,再朝一边倾斜,取下来一块扣板。他可以将头和上身放进去。过了一会儿,他拍拍满是灰尘的手。"幸好洗澡的地方没有摄像头。你父亲还是对你手下留情了。"

其他地方:客厅、书房、阳台,都有。我和格子在阳台拥抱、亲吻,他把我举到上方。我当然是一丝不挂。"就算是客厅也不允许。"我将黑色电线绕起来又丢到地上。我的同事小于手机上有一个摄像头软件,专门用来看家里的宠物狗。

"我不是宠物更不是狗。"我把摄像头扔到成儒面前。他一点也不吃惊,更没有内疚之意。"我正要找你呢,你自己说说,你为什么要带男朋友回家?你还有一点羞耻感吗?"哦,对不起,我已经快三十岁了。正在成为一个危险的大龄女青年。我有自由决定爱情和性爱的权利,自然也有带谁回家的自由。

"我正经地谈着恋爱,你也好奇吗?"

"再给你三个月的时间,你必须给我收心!你有更好的选择,别把时间浪费在穷小子身上。"

"我爱他。"我把头发一甩,理直气壮地说。成儒的嘴边现出了一丝轻蔑的笑容。

"你爱他?你也不问问他配不配。不务正业的文艺青年!"

"什么叫不务正业?他有自己的职业,能自食其力。"

"自己解决生活所需,一个人当然可以。他在这个城市有房子吗?有车吗?有存款和未来吗?"

"你不是从小教育我,最重要的是人,而不是金钱吗?"一个接一个问号,我们争执问题时像两个乒乓球高手的扣杀。

"我也是为你好!总有一天你会明白,女人最大的命运就是婚姻。这是一个男性的世界,你的工作最大的用途是娱乐自己,同时帮助你找到体面的伴侣,而绝不是……"他还想发表高谈阔论,但看到我打开手机摄像头时,他立即打住了。他终究有所忌讳。不久前,他作为本地文化名流参加女性文化促进会的会议时,他还在大谈女性独立的意义和价值。

"为什么我们的世界有两套规则。一套冠冕堂皇的,一套见不得人的。道貌岸然!"我一边说着,一边收拾我的物品。

"以后我常住公寓了,每个月回家一次看看你,算是尽孝道。别再给我的公寓里安装摄像头,这是违法的。"表明了我的态度后,我带着得胜者的表情走了。

格子失踪后,我又搬回了两年没回的家。我的爱情生活不再成为我们父女之间的障碍。除了为我吃药的事情偶尔有一点争执,我们各自错开作息时间,完美地诠释着"井水不犯河水"。

重阳那天,父亲安排了我和蔡叔叔全家见面。上次见到蔡叔叔,是我读大学的假期,说起来有七八年了。而如柏,在我记忆中,他比我还矮一点。是一个秀气的、小时候跑几步就蹲下来咳嗽的男孩。"男孩子长大了变化很大,我小时候也经常犯呼吸道方面的疾病,多做户外运动就会好。"成儒说。

如柏不是这个问题。他不是。幼时的羸弱已经荡然无存了,眼前的如柏是一个肌肉健硕、头发黝黑的青年。身高蹿到了一米八,遗传了蔡叔叔的小脸和双眼皮,鼻梁出奇地高。当他侧脸向我微笑时,他的身高使我仰视着看清了他的五官,尤其是鼻子,鼻孔被压成了西方人的窄条形。不知道在哪里看过的知识普及，这是整容后的鼻子的标志。

他的五官漂亮极了，眉毛又浓又黑，眼窝凹下去，凹到了一个东方人的极致。是给美术学院的学生做模特的那类标准的五官，一个会微笑和说话的大卫雕塑。

如柏颇不自在。我盯着他的脸看着。等他察觉的时候我再把目光收回来，但尴尬已经产生。蔡叔叔选了这个看得见江的餐厅，大幅的落地玻璃，像伸出手就可以摸到江水，水的光与玻璃颜色糅合在一起，显得餐桌上的食物和围坐的每一个人都抛光了似的，神采奕奕。

"快坐，快坐。"蔡叔叔张罗着。座位早确定好了，我父亲坐在桌子正上方，旁边是我父亲的女朋友尤阿姨。蔡叔叔的女秘书，再加上如柏和我。"如柏回国也有一段时间了，现在在一家健身会所做瑜伽教练。"蔡叔叔介绍说。

"年轻人嘛，就让他们自由一段时间，最终还是得回到正轨来。谁让我们这代人只有一个孩子呢？"边说，蔡叔叔还用眼睛瞟了一下女秘书。

如柏只是眉头微蹙地坐着。我刚一坐下，我的餐巾就掉到地上了，如柏帮我捡起来。他周到地帮我放到盘子下，突然低声在我耳边说："别看了，都是做的。"怕我没有明白他的意思，他又说，"我整容了。"

那顿饭，吃得就像一台技术精湛的医学整容手术。父亲成儒和蔡叔叔互相夸赞彼此：成儒是城中的文化名流、收藏家，而蔡叔叔早在十年前就转型做起了房地产。他们准备再次联手，为蔡叔叔的新项目增加一座美术馆。他们谈论着即将开展的合作，似乎一座金光闪闪的美术馆已经平地而起。

尤阿姨则和秘书谈起了某个意大利品牌在互联网平台的直播，据说价格只相当于原价的五分之一。她们一见如故，已经在约周末就要一起去做美容和逛街了。

唯独我和如柏，不知道聊点什么。我只好埋头吃着菜，不一会儿就觉得很饱了。而如柏基本没有怎么吃，即使吃也是芦笋、海参这样的菜。

我注意到，带糖和淀粉的山药、小米粥他没动，一端上来就被他轻轻地推到一边了。

我不太习惯包间里空气清新剂的味道，因此借着接电话的间隙，偷偷地溜达到了大厅的平台上。这里可看长江、嘉陵江两江交汇。我盯着铁灰色的水面出神。视野最远处，一辆白色的豪华游轮正在靠岸。

"婉诗。"我一转身，如柏正站在我的身后。白色立领毛衣紧紧地包裹着他的身体，前胸和肩膀凸显出健硕。无论哪一个距离看他，如柏是无可挑剔的美男子。

"瑜伽教练很适合你。"我说。

"和自己的身体对抗。"一股香气从他蓬松的毛衣纤维中透出来。薄荷与烟混杂着海水的木香味道。从头到尾都带着洁净感，和他的名字匹配。我伸了伸很久没有到健身房拉伸的手臂。我唯一的运动是游泳。作为一个健身方面只处于业余段位的人来说，此时虚心地请教体脂率、强度、心率和卡路里是得体的。

"婉诗，你觉得我们能合作好吗？"如柏先开口打破了尴尬。

"我们，合作什么？"我问道。

"你是真的不知道还是装傻？那两位希望我俩结婚。"他用下巴指了指包间的方向。

"这怎么可能？莫名其妙。"我说。

"但我希望你考虑考虑。"他说。

"考虑什么？"

"其实，"如柏挺直了身体，他白亮的皮肤上没有一丝皱纹。他皱起了眉头，这个举动让他看起来像综艺节目上的男明星，因为知道摄像马上要给他一个特写镜头而故意夸大了意外。"我爸希望婚姻和孩子能让我'正常'起来。你是一个好人选，出身书香门第，健康漂亮……"他说。

"如柏，没有人能安排你我的人生。"我说。

"你父亲不是说你同意了吗？"

"我答应他只是吃一顿饭而已,别自作多情了。"我想从他身边挤过去,然后去拿我的随身物品,离开这里。他却一手抓住了我的胳膊。

"你逃不了的。我们不过是家庭财产的一部分。"

我站住了,看着他那似乎常年不见阳光的脸。"只是一个名分而已。"他双眼看着那艘又准备驶往其他码头的白色邮轮。"我们各自生活,甚至不需要任何接触,医疗手段可以解决这一切。"

"我看你的大脑才需要医疗手段调整一下。"我指指太阳穴。

"你可以得到你难以想象的财富,"他没有因为我的话而感到生气,"孩子出生后,你可以离婚,事实上你一直是自由的。你不过是出租你的名字和一点时间……"他说。

"别扯了。"我从如柏身边挤了过去。

那天回家后,在客厅里,我和成儒爆发了一轮新的争吵,他说的话和如柏一模一样,我感到这是他们的统一口径。不过,我父亲还加了一句,蔡叔叔曾经在他最困难的时候帮助过他,对他有救命之恩。

"如柏现在是你蔡叔叔心里的痛!他感觉自己的子女教育太失败了,最近好几笔生意都亏得一塌糊涂。"

"这和你有什么关系?"

"人不能这样无情无义吧?你该放下你那个穷艺术家了,再说了,如柏并没有要求你住到他家去,这样的婚姻说不定未来会成为趋势。"

"去他妈的趋势。"我忍不住骂了一句。

"你骂谁?你想和如柏一样气死当爹的吗?"

"如柏有女孩子排着队,为了钱。"我说的是实话。

"可老蔡也挑好基因。"他说。

"我不是可供买卖和交配的动物。"

"你别忘了你是个病人!"成儒终于使出了杀手锏,准备给我致命一击。我从沙发上站起来。此时我心里除了对他的愤怒外,也有对自己的一种自责或是恼火:我为什么要听从他的安排,吃这些清除我记忆的药物?还要和他一起隐瞒我有病的事实?

我走到门边,从提包里拿出银行卡。"你送我读书的钱,养我的钱,以后我都会逐月给你还到这张卡上。"说完,我突然觉得心里一阵发酸,似乎一条大河将我们切开了。我转头看他,成儒低头抽着烟。

"你要吃药。"我听见他用变得异样的声音说道。

书卿她们住的小山丘上又搬来了几家新的面孔，说北方话的、上海话的、广东话的。语调庞杂跌宕，使离乱的气氛更浓了。何太太要搬走。书卿看到几个工人用大棒子和绳子，将何太太红黑色的钢琴绑起来，小心翼翼地抬着下山。因为书卿见她弹过，方能辨认出那用被子、棉袄细细包扎的庞然大物。为她搬家的人有十几个，让人想到蚂蚁的行进。何太太还是压着发带，穿了一条长及脚背的红色花裙子，她指挥工人小心翼翼地捧着各种小物件往山下走。

"一个花瓶也没有打碎。"她满意地说。

"都赶上文物搬家的阵容了。"她那位穿长衫、总是戴着帽子的郑先生站在她身后。

"我这屋子里还有很多东西，你要是看得上的都拿走，省得我还要搬到宜宾去。"何太太说。

"我真的不用，"书卿笑着说，"说不定我过段时间也要走了。"她今天心情不错，竟然把自己想走的想法透露给了何太太。她注意到何太太和郑先生交换了一下眼神，可见他们默契程度很深。

何太太还想和书卿聊天，她无话找话地说："以我看，凌小姐从欧洲留学回来，英文那么好，完全可以到政府里谋一个职务的。就留在重庆，边工作边等霍先生回来。"她的话总是要绕到子崖那里去的。

书卿沉静地笑着说："政府里都是高人，像我这样水平的，打打杂就好。"言下之意，她也是知道何太太这位情人的来头。何太太不言语了。书卿和他们告辞，她准备走回自己的小院子，她如今成了这小山丘上最长久的住户了。她还没有走远,何太太的声音又从风中传过来。何太太虽然刻意压低了声音,但又好像是说给她听的:"现在重庆各条战线的人都有,军统的、延安的、日本人的,还有国外情报机构……我不能理解她的强大……除非她也是有身份的人。"

书卿摇了摇头。这何太太真是闲得无聊。不过女人和情人在一起,就会显得特别天真,那天真中不乏对别的女人的长吁短叹,来验证自己的出色。

日本飞机仍在对重庆实施昼夜不停的疲劳轰炸。每天如此,总是大约相隔六个小时左右,日本人的飞机就又盘旋着回来了。书卿现在也接受了这样的生活。总是听到警报声就停下手上的事情,就近跑防空洞。警报解除后,再回到桌子前继续。她已经成了翻译中心工作量最大的人。除了书稿,她也写一些随笔,发在远东翻译中心的内部刊物上。

翻译中心的报酬不错,专栏又增加了一些稿费,她寄回成都家里去。每次去邮局的路上她总会想起弟弟书远。原来女性可以支配自己的劳动报酬,是一件如此愉快的事。

汉西最近去报社不多,但总被各种理由留在储奇门。自从凛实回家后,他总是想方设法白天把汉西带在身边。夜里他们见得也少了些。她睡不好,又起来给自己找书稿看,累到沉沉睡去。

她怕一空下来,就会想汉西那边怎么样了。刚巧有一个到中英文化联络中心教口语的事,也交给了她,每周末一次。来上课的这几位太太年纪很轻,擦着白粉和口红,头上的发油抹得太多就像戴了发套。她们有专门的车送来,赶在日军飞机不轰炸的间隙里。

"随时要死,更要死得漂漂亮亮的。到了那边也好找个好人家呀。"车一靠拢,伸下来几条长短不一的腿,最后下来的那位太太说。书卿觉得这声音好熟悉,想了想,回忆起是船上逃难出来的那个红莲。她和那押解人没有好几天就散了,她到底聪明伶俐,竟然在军官的俱乐部里混到了一个爱她的男人,她坦白地告诉书卿,她比军官小三十岁,她只是

"临时夫人",其他几位也是。除红莲外,其他官太太都各有各的来路。这一时期,重庆各个街口的暗娼和青楼,有几百上千家。梅毒和性病一时像感冒咳嗽一样普遍。讲究些的男人,就固定一个女子。她们受教育程度自然很低。但无一例外,都柔媚可人,可以为得到男人的心而无限地低下头去。

"凌小姐会不会看不起我们呀?"

那红莲是人精,看每次太太们谈话时书卿都不插嘴,就讨好地喊书卿"凌小姐",是一种尊重她的方式。书卿很喜欢她们这样称呼自己,管出来做事的结婚了的女人叫"小姐",这显示她在她们眼里是独立的,而不是带着男人姓氏的某太太。现在她对被称"霍太太"感到陌生了。

"凌小姐不会看不起你们。她在想,怎么才能让你们的英语不要带上四川口音。"红莲说。

"我们学英语仅仅是为了赶时髦。因为我们的丈夫觉得这是很体面的事情,就像那位从美国回来的第一夫人,"一位太太说,"我听说那位夫人衣着讲究。别看穷人家的女儿去卖身卖艺,但人家有权有势的人,生活一点儿不受影响。"

"要我说,衣着就是女人夺取世界的野心。"一位年长一点儿的临时太太说。她说自己有几处上一任丈夫留下来的房子,炸弹炸没了,为了一口饭吃才攀了一个军官,凑足回江西老家的路费她就开溜。

她们上课的时间只有一个小时,但常常是她们拉家常的时间超过了上课的时间,她们说着笑着哀叹着。如何痛痛快快地咒骂其他女人,如何得到更多的钱物和更多的宠爱,就是她们的快乐所在。书卿参与不进去。休息的时候,她就做翻译的功课。翻译新闻,分寸拿捏和语境都颇费思量。对战局了解越多,越是深知风云突变:英国和美国已经宣布支援中国,但远水解不了重庆的近火。6月,德国在侵占南欧和北非的部分地区后,向苏联发起进攻。7月28日,英、美、荷宣布冻结日本在三国的资产。

如果不能变好，真希望变得更坏；就让更多的国家联合起来对抗日本。中国此刻在远东孤独地作战，内外交困。《新华日报》的头条新闻说，相对于1月份的粮价，到8月，已经上涨了50%。翻译中心和妇女联合会准备举办一次募捐。红莲说，她准备捐几个月的家用出去。支持政府买飞机。另一位太太说："红莲，你捐钱买飞机，谁记得你呀？人家都只记得你是军官的临时太太而已。"

"什么临时不临时，你没有看到飞行兵们一个个都那么帅气，我不想他们白白送死。"红莲的丈夫已经可以做她的父亲了，他嗓门大、身体宽，可以把她抱在马背上做那件事，满脸的胡楂子扎得她惊叫唤①。但红莲说，她还是喜欢年轻的男子，脸白白的，尤其是那些军校毕业的年轻人，嘴里有一股香气。

书卿最近最重要的社交大概就是这群粉嘟嘟的太太了。她总是好半天才从她们叽叽喳喳的话语声中，听出她们在说什么。好几周后，书卿才搞明白，把这份烦人的工作让给她的同事，是那位叫詹姆斯的英国人。

书卿第一次见到詹姆斯时，沈言还没有走，她们一起去看剧。总有剧目在轰炸的间隙演出，用来提振士气。上海来的剧团编排了各种节目在七星岗公演，好的剧团和演员都汇集到此地。詹姆斯是作为顾问邀请来的。他在牛津大学的时候是学校戏剧社的重要成员，可以给即将公演的话剧剧目提提意见。书卿和沈言坐在前排嘉宾位置，节目还没有开始，沈言把眼镜拿在手上，凑到节目单上看台词提示。她说这也是职业病。

"这个句子翻译成'为情所困'，好像总少了点儿意思。"

"打扰了。或者'为情欲所灼伤'更贴切？"坐她们前排的一位男士突然转头笑着说。"我叫詹姆斯，英国人，"他向她们介绍自己，"很高

---

① 惊叫唤：大气喊叫。

兴认识你们。"灯光此时暗了下来,到话剧散场时,詹姆斯主动提出可以送她们到家附近。对于外籍男士的殷勤,坦然接受是最大的善意,不然他们的绅士风度将大受挫折的。送到上清寺附近,詹姆斯说他也住得不远。

"我们很快就会见面的。"詹姆斯说。他蓝色的眼睛在暗夜里发亮。他说自己刚刚到重庆不久,现在这座被炸得四分五裂的城市是他在中国造访的第一个地方,或许也是最后一个。书卿没有想到,会在远东翻译中心再见到詹姆斯。

"什么来头啊?牛津大学的高材生,到远东来送死。"一位自诩消息灵通的人士说。其实最近翻译中心加入的学术背景深厚的人不少,书卿也不怎么关心。

她想,可能就是在剧场碰到的詹姆斯。直到听到那不紧不慢的皮鞋声和牛津口音在走廊上响起——他不仅是她的新同事,还和她一个办公室,在她的对面落座。"嘿!我的预言实现了。"詹姆斯说。詹姆斯在英国牛津郡出生,他在那里与无数座古城堡和一条小河一起度过了童年。他第一次出门,就到了遥远的中国。他在牛津大学的学业还没有完成。因为战争,他申请到中国内地来亲历在中国发生的一切。

书卿微笑着看他坐下来,他抱着的一叠资料从腋下滑落,她伸手帮他在半空中接住。"你白天看起来更美。"她弯腰放资料在他桌上时,他突然轻轻地说。"谢谢。"书卿微笑着说。他一放资料又差点踢翻了椅子,书卿又帮他扶了一把。"抱歉,我似乎手忙脚乱了。"詹姆斯不好意思起来。

"对了,密斯凌,昨天有人告诉我,我可能会水土不服,是什么意思?"

书卿只是笑,不回答他。詹姆斯的好奇心却被激发了起来。他拿过一张白纸,在上头写下几个词组:"风俗?""自然?""五行?"每一个词组后头都是一个问号。

"请选择一个接近'水土不服'意思的。"他递给书卿。

"如果都不是呢?"

"那我断定,你不会告诉我。"如果告诉他,则达成他的目的;如果不告诉他,则承认他赢了。他得意起来,干净的笑意里竟然有一丝狡黠。

她问他:"你所知道的五行,是从哪里来的?"

"我来到重庆后,遇见了一位修行者。他说他是中国的道士,他教我打太极,还为我取了一个中国名字叫资真。是他告诉我,中国的五行是金木水火土,人生的最高境界是虚雾缥缈。"

"好的,资真詹姆斯,"书卿好不容易忍住笑:

"欢迎你来到虚无缥缈的重庆。"

"是无,不是雾?"詹姆斯一头雾水。书卿摇头。他们都知道无法用三言两语解释清楚的语义到底是什么,只能相视一笑,算是达成共识。毕竟,如果他们再闲聊下去,就要招致其他正在埋头苦干的人的不满了。在翻译中心,一有时间,詹姆斯就会找书卿聊天,给太太们上口语的工作他只去了一次就不得不"抱歉"了,因为他坦白,他总忍不住要去看太太们的小脚,而这会被认为是轻浮的。书卿总结了一套自己的教学方法,她发现背诵简单的诗歌是一个英语学习的好方式,她准备下次上课把拜伦的诗集带去。

这天,她一打开书,一封滴了蜡漆的信滑落出来,歪歪扭扭的中文字,写着"密斯凌,亲启"。是詹姆斯趁她不注意时放在书中的。古老的仪式往往象征着隆重。封口处有徽章和蜡漆。那红色封漆分外耀眼。不规则的溢出的部分,摸上去似乎还有火的温度。书卿把信拆开了。他们在一起工作已经快一个月了,时间过得真快。他的信由一个个短句组成。

"书卿:我决定用中文给你写信。你是一个美丽的女子,或许还带点神秘。但是,我感到你不快乐。我记得,我只有五次看到你露出由衷的笑意,其余时候,你紧皱眉头,愁绪密布。"她发觉自己此刻眉头也是微微皱着的。

"你知道吗？那片愁云压在你头顶，像一道无形的罪罚。"她看着镜中的自己。脸瘦削地凹了下去，颧骨下方很明显地缩小了。头发没有光泽地贴在头顶，嘴唇因为常常抿着，那原本粉色的底色也显得深了一些。她把信反过来，是詹姆斯手抄的诗歌：

我见过你哭①

我见过你哭——一滴明亮的泪

涌上了你蓝色的眼珠；

那时候，我心想，

这岂不就是一朵紫罗兰上垂着露；

我见过你笑——蓝宝石的火焰

在你前面也不再发闪，

呵，宝石的闪烁怎能比得上

你那一瞥的灵活的光线。

詹姆斯说："我是爱你的。"她把信纸贴在心上，她知道那爱的含义有多重，不是男女之爱，却触动了她的眼泪。

詹姆斯对什么都感兴趣，从奇怪的墓葬习俗到人们穿着的蓝色袍子，都是他好奇的对象，他随身带着的小本子里，密集地写满了各种所见所闻和疑问。

一个下午，书卿的翻译任务完结得很早。她本想早点回家去，但是走到院子中却被詹姆斯叫住了。詹姆斯手中晃动着一张报纸。一位女扮

---

① 节选自 19 世纪初期英国浪漫主义诗人拜伦的诗歌《我见过你哭》。

男装的戏曲演员的剧照，精致的面孔，妩媚的眼神，顾盼生姿，在黑白照中也可窥见其不凡的风姿。书卿昨天看过这张报纸，是潘玉秋的演出剧照。书卿知道，为庆祝妇女总会在重庆成立四周年会，潘玉秋已经连续加演了四场，今天是最后一场。之前碍于沈言和修先生与这位女演员的关系，她一次也没有去过。

"这竟然是一位女士扮演的'公子'，真美！"詹姆斯将报纸放在眼前翻来覆去地看，嘴里赞美声连连。一会儿他的疑问又来了。"书卿，为什么他们不用男子扮演男子，却用女子？"

"你去看看就知道了。女子扮演的小生，更美，更风流倜傥，如同京剧中的角色反串，雌雄同体，则为大美。"书卿解释说，越剧是新兴剧种，别出心裁反串，也更有看点。她答应和詹姆斯一起去看剧。他们饭后从上清寺坐人力三轮车出发，到了较场口剧院门口，天光还亮亮的，来来往往的人挺多，大概是这段时间日军密集的轰炸终于因为雨天而停了下来，人们就争相出来透风。反正活过了今天也不知道明天还能不能活。

书卿穿了一件墨绿色的薄纱中领子旗袍，这块布料还是上次汉西给她买的，没有高开衩的夸张款式，亮眼的是脖子处的一圈蕾丝花边，远看像戴着一串珍珠项链。胳膊上随意搭了一条灰色薄披肩，还是在英国读书的时候买的。对她来说，这就是顶隆重的打扮。她很久没有去理发店剪头发了，额头前的刘海长过了眉毛，她就用黑色的夹子往一边别过去，增加了几分成熟。耳垂上扣着珊瑚色的旧耳环。他们站在剧院门口时，一辆辆小轿车也载着军官太太们和有钱的太太们来了。

那些太太们路过他们时，不禁朝书卿多看几眼。于她们来说，她是一个陌生的面孔。她来重庆虽然有一年多时间了，很少抛头露面。太太们经常在一起碰面，谁的长相和背景，她们都了如指掌，暗暗较劲时，知己知彼才有乐趣。

开演时间还早，站在这里被人观赏，书卿感到脸上的汗比平日里明显。总之就是不适应。但詹姆斯说，这就是社交或者看剧的看点。"剧中的是故事，生活中也是故事。"他还说，陪都的太太们打扮得花枝招展，正是她们作为女性的韧性和诗意。"在废墟之上开出的花朵。"詹姆斯说。

詹姆斯交游甚广，不少人和他打招呼，点头致意，投过来的目光中有把书卿当作他女伴的意思。他似乎颇为享受这样的感觉。也不理会书卿脸上的窘态，保持着微笑。

"知道你不喜欢这感觉，但生活中的适时扮演也是乐趣之一。"詹姆斯低头悄悄地对书卿说。

书卿扭头不理他。她想的是，不知道会不会遇见修先生，沈言回贵州后，她再也没有见过他。不过他们相见也不会有多少话说，反倒是詹姆斯会引人联想。

远处建筑上挂的大钟，响起了准点报时的鸣响声。虽然是免费的义演，剧场靠前的位置和楼上的包厢，却被围了起来，有座位号的人由剧场工作人员一一领到位置上。詹姆斯果然神通广大，变戏法似的手中多了两张座位签，而且是正对舞台的前排位置。

落座后，书卿便发现，他们周围坐的多是之前在剧院门口争奇斗艳的太太们。阵阵香粉味在鼻前飘浮，仿佛置身于一个黑暗中的香水店，詹姆斯对此敏感，忍不住连打了几个喷嚏，前排的观众也不免回头看他们。詹姆斯右手边两个位置一直空着。

潘玉秋的表演果然惊艳，她一出场，光彩照人，顾盼生辉。全场都鸦雀无声，只等她亮嗓。她一袭白衣，手执一把羽毛扇子，迈步飒然而出。她的嗓音低沉，带有磁性，哀伤中暗含着婉转，一开口就将观众注意力牢牢地抓住了。

书卿只听到詹姆斯嘴里不住地低声喝彩。他陶醉在这软糯的唱腔和花前月下的意境之中。"中国的才子佳人！比京剧更浪漫，比话剧更古典，太美了。"他靠在咯吱作响的座椅上，直到那两个空着的位置的观众摸黑走进场来，轻轻拍他的肩膀请他挪动一下椅子，他才像从梦中醒来。

来人是两位男士。书卿只一侧目,就心头一紧。那两人还没有适应剧场中的黑,因此还没有注意到她。正是修先生和汉西。汉西让修先生坐下后,紧挨着詹姆斯也坐下了,目不斜视地盯着舞台,认真看起表演来。书卿紧张起来。她看了一眼詹姆斯,他丝毫没有察觉身边的变化。这时舞台上正演着梁山伯泪别英台,詹姆斯眼里似有泪光。她附在詹姆斯耳边说:"我头有点疼,你看吧,我想先走了。"

"陪我看完,如此精彩的表演!"

詹姆斯攥住了她的胳膊。他的眼睛仍盯着舞台,虽然他尽量压低了声音,他拉拽她的动作还是引得汉西朝这边看了一眼。书卿的目光和汉西一碰撞,她感到全身都被电击了一下,舞台上的灯光这时亮了,照得他们脸上的表情清清楚楚。

修先生也看到她了。他正要说什么,书卿赶紧摇手示意他不要说话,她踮着脚,硬生生地从詹姆斯和汉西的位置挤了过去,再穿过黑色的通道,往红色丝绒布帘的门口亮光处而去。中场休息了,她听到身后响起了闷闷的掌声。

汉西没有想到会在这里遇到书卿,尤其是看到她身边的外国男子,让他意外之余生出了嫉妒。他今天晚饭后先去了上清寺,但是书卿不在,他才想到到剧院找修先生叙旧。没想到她在这里。他再也坐不住了,也来不及和修先生告辞,就顺着通道追了出去。

书卿走到剧场外,大大地喘了一口气。她还没有来得及转身看,就被一双手拽进了旁边的一条小巷子里。她跌跌撞撞地被拖进仅容两人通过的窄巷里,墙是石头垒就的,她一抓磨得手发疼。汉西拉着书卿继续往前走着。有一扇门没有上锁,但屋顶早被炮弹掀掉了,他拉着她推门进去,又反身用脚一踢。门"啪嗒"一声落下了木闩。头顶的天空像一个圆形的不规则的洞。光刚好从那洞里照下来,他们脚下不平,他只一用力,就将她拉在怀里。

"你怎么在这儿?"汉西问。她看到汉西的脸上有一层怒气。她知道他误解了。他没有开口问詹姆斯是谁,只脸上挂着苦笑说:"旗袍真好看。"汉西当然也知道这是自己送给她的。

她笑了笑:"詹姆斯是我同事。"

汉西说:"你也喜欢上社交了?"只是看场戏而已,他就表现得这么酸溜溜的。这些天,他不是也没有来找她吗?他怎么竟然先发制人怪罪起她来了。

"我一个人孤零零的,所以他约我就一起来了。不是你想的那样。"

他拉起她的手放在下巴上。他的胡子扎手。"九天了。"他说。

"是你没有来找我。"书卿低声说。

"那你不可以来找我吗?"汉西反问道。

"总之不是你想的那样。"她不想再和他争下去。

"不是我想的那样,又会是哪样?"他握着她的手用力了一些。

"你不应该怀疑我。"书卿想抽回手,满手的灰抹到墨绿色的裙子上,她低头拍,却越拍越花。他蹲下来帮她拍,突然把头靠在她的腿边,又将手从裙子下伸进去。她知道他要做什么,只本能地抱着他的头,任他将她的裙子卷起来,卷到腰部的位置。小巷子里有人走过的声音。脚步声震得地面轻微地抖动,墙像随时要倒塌下来。她背靠着墙,就像绑在受刑的架子上。她用手抚摸着他的眉毛,任他为所欲为。他将手和脸放在她腿间,不由分说地分开她。满是裂缝的墙被某一场雨水泡松了,膨胀的底部全是抽象的线条。她感到,像有无数的小虫子从腿上爬上来,他在用舌头惩罚她。她抬头看着那残破的屋顶,像站在一口滑溜溜的井中。

她的指甲嵌进他裸露着的手臂里。

到中场时,一群女学生登上舞台,号召捐款。詹姆斯看书卿还没有回来。那老先生旁边的座位也空着。詹姆斯不放过与任何在他看起来有意思的中国人攀谈的机会。"完美的表演！"詹姆斯把身体倾斜到旁边的座位上，向修先生打招呼。

"先生喜欢中国传统戏剧？"修先生侧过身来，向他微笑。"越剧是一个小剧种，刚刚发展起来。以前是男女混合演出，不过现在时兴这样的女子戏班，也称文戏。"

"失敬失敬！"詹姆斯刚学了这句中文，他知道失敬就是用来弥补迟到的敬意。詹姆斯作了自我介绍，听说他是英国来的，又毕业于牛津大学，修先生格外高兴。热情地邀请他有空就来看剧，他可以为詹姆斯提供最好的座位券。

"让世界更多地看到在中国发生的一切，一切的苦难。"修先生说。

"我赞同，不知道我可以去与这些演员合影吗？"詹姆斯指了指胸前的相机。

"当然可以。我可以给您当翻译。"

"那太好了！"

坐在他们身后的，是两位浓妆艳抹的富太太。她们的先生并没有陪同，因此也格外地想招惹前排两位男士的注意。他们的谈话，自然也顺风吹到了两位太太耳边。她们也要发表意见以表现自己是通晓艺术的新式太太。

"要我说，男人们表面上和女人谈着艺术，心里却透过她们的衣服，看到的是女人的身体。"

"说得也是。等到厌倦了的时候，连身体也不关心了，管你去哪里也不陪着黏着。和开始的时候有天壤之别。"女人的怨气。对此，修先生只能苦笑一下，詹姆斯脸上的表情也保持着绅士应该有的得体，幸而那两位太太也自觉无趣，将她们的议论声压低了下去。

"抱歉，我刚才一同来的那位女士还没有回来，我失陪一下去找找她。"下半场就要开始了，詹姆斯还在不时地转身向入口处张望。修先生苦笑着说："别看了，她不会回来了。"

"为什么？您认识她？"

"不仅仅是认识，他们还曾经是我的邻居，很好的朋友。"修先生说。

"他们？"他注意到其间的细微差别。

"是的，"修先生说，"这个年轻人叫孙汉西，也是从欧洲留学回来的。你们应该认识一下！哦，又要开演了。"观众席上，灯光慢慢地暗了下去，舞台的光却越来越亮，晃晃悠悠的，如一池子的秋水。一把胡琴拉着，一支笛子吹着，在薄纱的屏风后，人影子显出了半边，音乐一停，潘玉秋就迈着似一缕轻烟的步伐飘了出来。

"美！"詹姆斯很快就忘记自己身处何地了。

书卿和汉西所在的废墟，就在剧院的隔壁。据说日本人本来是要炸毁剧院的，投下来的炸弹却歪了一点，旁边这间房子就成了替身。这是夜里，没有轰炸声，但极目所见，皆是荒凉。他帮她整理好裙子和头发后，他们一起坐在一块干净的条石上，有拖着长尾巴的壁虎四处乱爬。地上是椅子、锅、棉絮的残留。想到土下面可能掩埋着死人，书卿打了一个寒战。汉西抱紧了她。这是农历的中旬，月亮在云层中时隐时现。它露出来时，月光如天地间下着的一场细雪。这间房子应该废弃很久了，墙上的一块空白地方写满了字。汉西凑过去看，轻声地念出来：

"活着。活着。活下去。

活着比死更可怕。"

"我的手再不能抚摸你，我的嘴再不能亲吻你，让我碎尸万段吧。"

"如果再遇见日本人，我要将他们打成粉。"

另一段字迹歪歪扭扭，但仍可辨认出来：

"明天起，我就要上战场。

我要长上翅膀与日本人同归于尽。

如果我落下来，我就化作泥土。最好漂流到大海。

我还没有看过大海。落雪。"

换了一种字体,写着:"我爱你。水米子。再抱抱我,好吗?"

"爸爸和弟弟留。"

下面有一行小字,汉西点燃携带的火柴,看到用石头写的三行字:"我不想死!我不想死!我不想死!"

汉西把书卿流泪的眼睛蒙起来。他把她抱在怀中,仿佛只有他们所在的地方是安全的。演出谢幕的掌声响起,像无数的树都拍动着叶子,更显得那倾斜的围墙晃动起来,随时都要倒塌。

"你这几天在忙什么?也不来找我。"过了一阵,书卿问他。

"家里总有忙不完的事。"汉西说。他当然不能告诉书卿,自从上次唐欣宜当着廪实的面不许他晚上出门后,又接二连三地在饭桌上对他发难。说自己半夜会胎动,大少爷晚上进出会带了邪气和妖风进院子里。她这古怪的说法竟然得到家里一致的同意,大家都太珍视这个即将出生的新生命了。

书卿的头靠在墙上,脸上是石头般安静的表情。他不能钻到她心里去看她在想什么,他知道她不会对他说什么,假如那会增加他的压力的话。他也知道,她要他的一句话。他试了好几次和父亲摊牌,但廪实避而不谈,昨天汉西提出和他单独坐坐时,廪实竟然犯起了头痛。

"我们好久走?"过了一会儿,书卿终于开口问他。

"不是你让我给他一个交代的吗?"

书卿说:"我有预感,你走不了。"

汉西抬头看着那个天空的洞。树的枝丫在风中翻动,给墙上留下无数影子,如剪刀剪碎了他的心。他去拉她的手。她的手心却水涟涟的,她刚刚把手从眼睛上拿下来。剧场的人声散去了,街巷里只有带着各种心情走过的脚步声。她只是抑郁了一会儿,就又恢复了平静,她伸手抚摸他的眉毛,他的脸,他柔软而结实的下巴。"我命里的人。"她爱怜地抚摩着他的头发。他闭上眼睛,感受她的温情。当她的手终于停在他的额上,他睁开眼睛,看到她也微闭着眼睛,但嘴角仍有一丝笑意,定格在暗夜里。

一切处于停滞之中,一切又进行得轰轰烈烈。在汉西看来尤为如此,他父亲回来后,比以前的精神头还足。他深感重庆人就像倒进深桶的豆子,充满了永不衰竭的力气。但整天陷入各种利益和场面上的圈子,对于廪实来说已经不堪重负。他说,应该由汉西代他出面,去把他多年经营的关系接续起来。

廪实经常眯缝起他下江人特有的细长眼睛,看着儿子。他在想,儿子那清秀俊朗的面庞下究竟在渴望什么。但他失望地发现:他的渴望和自己的不一样。甚至完全相反!这个他给予了生命和基因的年轻人,离他越来越远,让他感到陌生。可这是他唯一的儿子了。想到这里,他不由心头一阵发虚。

在屋后山崖滴滴答答的水滴声中,他照例是吃完晚饭,坐在回廊的藤椅上小憩。他说他睡这一会儿比夜里还香。他在爬满了白蚁虫眼和刀痕的柏树柱子下有了鼾声,长的一声,短的一声。都知道他有这个习惯,这个时候孙家的佣仆们都躲起来,给他最好的休憩环境。他做的梦光怪陆离,最近让他感到不祥的是,他越来越频繁地梦见小时候。梦见他的姐姐在那堵他画了记号的墙边站立着。他沿着一条小路跑,风追着他,草追着他,姐姐的笑脸又变成了徐媛芝的笑脸,最后连树上的叶子也变成了无数的笑脸。他一声哀叹,醒来了。

汉西就在这个时候进了门,他本想悄悄地走过去,但看到父亲睁着惺忪的眼睛看着他。汉西站定了,意识到需要准备充分才能和父亲开口,只能成功不能失败。"最近你的话越来越少了,儿子。"廪实打了一个满足的呵欠,对汉西说。

"我一直想找您。"汉西找了一把椅子,挨着他坐下。

"白天都忙商会的事情。捐得家底朝天了。商会也终于凑齐了一架飞机的钱，你汪伯伯他们都是咬牙硬扛着。不过钱财也是生不带来死不带去的东西。汉西，你上次想和我说什么来着？"

"我和书卿的事。"他沉稳而直接地说道。

"哦，那在你说之前，可以听爸爸先说说吗？"

汉西点点头。"你弟弟和妈妈不可能回来了。有时我在想，他们在另外一个世界好吗？他们有什么未遂的心愿？"廪实直接说开了。汉西的心紧张起来。他知道今天晚上的谈话是一场父子之间的角力。

"所以活着的人应该更好地活着，不留遗憾。"汉西想了想，回答道。

"你现在这样就是吗？不过问家里的事。和一位有夫之妇谈着恋爱？"廪实的语气里没有责怪，他有痛惜与恨铁不成钢的意思。汉西没有理会父亲对他们关系的定义。他只是恭恭敬敬地回答道："是的。"

廪实说，他知道那位霍子崖去广西了，汉西回来的第一天，他们就在码头上见过。"在我看来，这位霍先生无论是家世还是人才，都属人中翘楚。现在虽然大家一心抗战，对于男女之事也放宽了计较，但毕竟我们也是正统人家，这个面子，我还是要。"

汉西将凳子朝他靠了靠。"霍先生和书卿之间，并不是你说的这样好感情。"他解释说，书卿也是大家庭的子女，从欧洲留学回来，所以他们谈得来。"不像有些人来路不明。"汉西说。他说的有些人自然是有所指的。他今天一进门就知道，唐欣宜就在二楼阁楼上的某扇窗户看着他的行踪。她的身体已经日益沉重，再也造次不起来。汉西想，那双眼睛必须早点从他们的院子里离开，这是他自己的家，他不想自己的一言一行处于她哀怨的凝视中。

廪实当然也听出了他的弦外之音。"欣宜吧，她就命中注定是孙家的人。现在这里也是她的家，你以后不许说话这样阴阳怪气的。"

"是她的家？"

"嗯。你有所不知，女人一旦生了孩子，她是无法和她的孩子分离的。让她带着孩子回唐家去，你知道，这是我绝对不会允许的。"

"那她要留下来?"

"是的。"

"可她在这个家还有什么意义?"

"意义?"

"我的意思是说,云晓已经死了。她也该去寻找她的爱情。如果她执意留下来,抚养孩子长大成人,我看她是在给云晓陪葬。"汉西说。

"你这是什么话!"廪实生气了。

"汉西,你到欧洲去留学,你荒废了对中国传统文化的学习。这可不是陪葬的问题,你可以了解一下,自清朝末年以来,社会把这样的女子尊崇到一个什么地位和程度。对这些为自己死去的丈夫和孩子付出了一生的女人,各地都立有贞节牌坊。你学画画,你应该去看一下,也许可以成为你创作的素材。"

"我才不要去看什么贞节牌坊。"汉西大声地说。这时他们都听到了二楼阁楼上传来了一些声响,好像是什么东西打翻在地。他家后院的仆从也听到了,咚咚地跑上楼去了。汉西疑心是唐欣宜偷听他们谈话不小心碰到了柜子上的瓶瓶罐罐。最近给她送的各种打发时间的补品和点心都非常多。

"我知道你排斥这些,觉得落后。但如果不是这些伟大女性的付出,她们的孩子根本不可能长大成人。中国人看重香火,一代一代就是这样延续传承下来的,所以得感谢她们。"廪实说。他抚摸着胸口,今天儿子说话越来越冲,蓄谋已久似的。

汉西也说道:"这些不是对女性的迫害吗?想不通为什么这些自残式的行为还被认为是美德。"他往二楼的阁楼看了看,他希望唐欣宜听到这些话有所触动,他要表明他的态度,这些美德对自己和他人都没有什么益处。在孙家,他们有能力抚养这个孩子,她要带走孩子去开始新生活他也不会挽留。

"看来你还是没有深刻理解中国的文化。你脑子里那些洋东西,应该是帮助你更好地在中国生活,而不是有了它们让你在中国显得格格不入。"廪实说。

汉西不想在这个话题上去说服父亲。他们就像站在一面不透明的墙的两边,他们的眼睛忠诚于他们看到的风景,但悲哀的是,他们的风景是不同的。廪实说:"现在时局很乱,人们已经无暇顾及那些不紧要的东西。无论如何,你和那位凌小姐的事,我是不赞成的。"

汉西深呼吸了一口气。他抬头望望四方形的天空,微翘的屋檐下,可望见霞光的余晖躲在云层后。"只要我活着,我就不会答应你们在一起。再说了,家里还有一个这么好的女人没有着落。你该醒醒了,想想你正确的路应该是什么。"廪实说。

"父亲,"汉西下了决心要说明白,"你看看现在的重庆,人能活到哪一天,谁也不知道。你不能让我成为牺牲品。云晓已经没有了,我更要去追求我自己所爱的人。"

"如果我不同意呢?"

"那我宁愿让日本人的炸弹炸死!"

"你……"廪实气得说不出话来。

"如果不是出于对您的孝顺,我们早就离开重庆了。"

"汉西,这世界上没有哪个痴迷于感情的男人是有出息的。"廪实还试图以他的人生经验来说服儿子。

"没出息就没有出息,有出息在这乱世里也没有什么用。"汉西扭过头去,他因为生气,也因为这段时间没有休息好,眼里全是怒火。"那这样吧,"廪实放低了声音,"你要走也可以,我本来就给你有其他的安排。但你必须等欣宜生完孩子。"

今天不管廪实再说什么,他都不想听了。他以为会引发激烈冲突的那张纸,说捅破就捅破了。"汉西,我最近老感到胸闷、头痛。过了年,我也是奔六十的人了,你就不能答应爸爸一次吗?"廪实的声音变得可怜起来。

"我已经答应你太多了。"汉西的脚已经跨到楼梯上。

"我委托霍子崖行长帮我走了很多到南洋的账。当然,我们不欠他的,我也给了他很多好处。现在的问题是,如果他将走账一事报给政府,或者稍微使点手段,孙家只有一个结果:家破人亡。"廪实在恳求他。

汉西扶住裂开了一道道小口的木栏杆。

"您做这些,为什么不和我商量?"

夜,黑着。没有一颗星星。汉西和衣躺在床上。廪实的一番话,一番声泪俱下,让他心里刀割般的难受。他现在心里风平浪静了。廪实老了,糊涂了,父亲以老人独有的贪婪和固执,试图在摧枯拉朽的洪流中为孙家留下点儿什么。殊不知在乱世里,钱财是无福享用的。他仿佛看到父亲伸出手去,想用力地抓住什么,但是他越用力,手里的东西就如流沙般滑得越来越快。

廪实今天最后表达的意思是,等欣宜生的孩子满月了,他就让汉西走。孙家必须给唐家一个交代。汉西可以带着书卿和南洋那边的资产凭证,离开重庆。

"你执意带着凌小姐,我也只有睁一只眼闭一只眼。只要孙家有后人,就是让我去坐牢,死在重庆,我也可以瞑目了。"廪实最后说。汉西的眼里充满了悲凉的泪水。他并没有接受父亲的提议。他想,最好这几天就出发。如果还有什么需要说一声的人,就是康山。

汉西急匆匆地从储奇门走上来。康山在电话里只神秘地撂下一句话:"见面谈。"汉西隐约感觉到是件很重大的事,事实上康山是担心再多说几句就会流露出喜不自禁的语气,这就像面对自己窖藏多年的好酒,要找最好的朋友一起慢慢品。康山要告诉汉西一个震惊人心的消息:他要结婚了。

汉西一推开门就感到店堂从柜台到椅子都更加陈旧。最开始他回国时，这咖啡馆还是新兴事物，很少有人光顾。现在外国机构多了，这里已经成了外国人扎堆的地方，他一进去就看到了几个洋人，有一个颇为眼熟，他认出来了，是那天陪书卿的那个英国人。

"是外国记者。"詹姆斯走到哪里都挂着相机，因此被康山当作了记者。詹姆斯也认出汉西来，远远地朝他笑了一笑。"你认识他？"康山问。汉西也没有说什么，坐下来要了咖啡。

"你找我这么急，是有什么绝密情报要告诉我？"

"咱们不是很久都没有见面了吗？我以为你把我忘记了。"康山说，"都传遍了，你要和你弟弟的……"他实在不知道该怎么称呼唐欣宜，看汉西皱起了眉头。"怎么了？不开心不结就是。"

"我当然不结。"汉西撕开一包白糖。又放了回去。他喜欢苦咖啡。

"你很反感唐欣宜？"康山问。

"那还用说。我看到她就想起我母亲和弟弟是怎么死的，哪里还有什么谈情说爱的心情。要我娶她，就是活埋我。"

"你说的道理我懂。但我现在也遇到和你一样的情况，"康山说，"不过我和你相反，按道理说，看到她我就会想起我的腿是为谁而废的。但我现在却感到我的腿又活了过来，我觉得老天待我不薄，我所失去的，又还给我了。"

"看来你坠入情网了。"汉西明白了。

"正是。"康山笑嘻嘻地说。汉西知道，康山的腿是在上学时追求一个叫祝一梅的女子被人打断的。就在那之后，在七星岗开布料行的祝家举家搬迁到了四川荣昌。听说，祝一梅后来嫁给了荣昌一个做殡葬生意的。

祝家搬家到荣昌后，很快就买了田和房舍，还在附近的山上种满了苎麻。漫山遍野都是苎麻，这类植物的纤维白中带黄，用小刀刮出绵实的纤维，可用来做麻布蚊帐、口袋，也是做孝服的最佳材料。一梅嫁给了做殡葬生意的，自然就串联起了上下游的生意，从重庆往下，好几个省份采购麻布都来这里，据说祝家的麻布最远通过上海去了国外，不过谁也没有见过苎麻漂洋过海后的样子。

院子里就晾晒着很多银丝般的苎麻线，秋天是收割苎麻的季节，雪亮的丝线迷魂阵一般从这头牵到那头。

来提亲的人从院子外走过来，远远地就看到这幢有五十几个房间的三进院子。门前的树上，缠绕着白色的麻线。有人试着顺着麻线走，结果发现过不了多久又绕了回去。如果不顺着线走，则像一头扎入蜘蛛网中，弯腰、侧身，各种躲避不及。来人的眉毛、头发、衣服上都粘上了苎麻的黏液，皮肤裸露的地方痒痒的。

"这是何必呢！"媒人气得跺脚。喜欢做媒的人多是上了年纪的妇女，被绕得晕头转向，原先准备的对男方的一番溢美之词也忘得一干二净了。慢慢地，祝家喜欢刁难媒人的名声就传了出去。嫁大女儿的时候，祝家的谢媒礼很丰厚，足以买下几亩田地。重赏之下必有勇夫，因此自从一梅出嫁后，说媒的人络绎不绝：祝家还有两个女儿。

这年二梅也十八岁了，早就扳着指头数着她生日的媒人们开始出动。远近的人都在传，说祝家的三个女儿都好看。他们对媒人也有一番挑选，迷魂阵一般的路线就是对媒人的考验，她们不相信一个头脑不清醒的媒人会对双方般配程度有准确的判断。

精明的媒人一个个上门，提供了多名条件相当、看上去门当户对的男青年的情况。部分人选精细到对方祖先的发际线、身高、死于何种疾病、是否有不良行为和祖宗三代的运势分析。就在二梅举棋不定不知道该选相貌出众者还是财富胜出者时，小女儿三梅却主动宣布，她已经选定了意中人。

"在婚事上拖得越长的女人，越难幸福。"喜欢读书的三梅说。

"你还是小孩子，懂什么？"二梅看了看妹妹，她是三姐妹中个头最小的，头发发黄，胸脯很平，一副营养不良的样子。有说是祝家生这个孩子的时候家里走失了一只黄猫，所以这丫头就带上了黄猫的气息，从小就体弱多病,关在阁楼上静养读书。书看得太多,三梅的眼睛视力有些退化,她自己说只能看见几米内的东西以及超出一公里的景色,中间则是白花花的一片。

三梅把书合上。"你不爱看书,只知道打扮自己,因此生不出智慧,"她连说话的声音都和猫一样,又尖又细,"这些男人爱的是你的容颜和我们家的钱财,任你千挑万选,最后你最好的命运也不过是落得一个有钱人家的太太而已,很难得到爱情。"

"爱情?"二梅觉得三梅可笑。

"那你告诉我什么是爱情?"

"就是像那个男人那样,他可以为姐姐去死。要嫁,我就要嫁一个为我生生死死的男人。"二梅简直糊涂了。她怀疑妹妹看书坏了脑筋。

"人家都说你的眼睛近能当放大镜,远可当千里眼。你现在告诉我,你哪只眼睛看到那个男人了,他是左脚在前向你走来,还是右脚在前向你走来?"她以为她把三梅问住了,给她浇盆冷水让她清醒一下。

"嘿,不瞒你说。我看到他一条腿长一条腿短。那可是为我们的姐姐受的伤。我想他再见到我,一眼就会爱上我的。"三梅说这些话的时候,康山正坐着一辆马车,从重庆往荣昌去的路上。他去荣昌的理由很奇怪,前几个月的轰炸中,康家在南岸的一所工厂被夷为平地。其中有十几个工人当场被炸死,埋在了倒塌的厂房里。康家组织了人奋力抢救,但一个都没有救出来。康家从断崖式下跌的收入中拨出了抚恤金,让康山到荣昌逐户走访并把钱送到。

"奔丧专业户这事我还是第一次做。"康山说。家里的人围了满满一桌,似乎每个人都有事情在忙,唯独他没有事情做。

"和亲属打交道是一件费脑筋的事,并不是喊你去把钱扔下就走。人家失去了亲人,钱只是一个心意,关键是话要说到位。"康山的父亲说。

"说什么?看在钱的分上不要伤心吗?"康山气呼呼地问。

"儿子,那就是你的事情了。"康老爷子点燃了一杆叶子烟。他走到哪里都带着他的烟斗，有时也用来敲桌子或者康山的头。

"要是他们把我扣下了，我就在荣昌当农民了。人少地广，日本飞机也不愿意把炸弹投到庄稼地里。"康山把手按在受伤的右腿上，心里隐约泛起一点忧伤。他知道父亲安排他去，事实上是一种示弱。言下之意是，看吧，我们也挺不容易的，我就这样一个残疾儿子，你们要把他撕了灭了，悉听尊便吧。他感到自己就像是个人质。

"眼下家里最适合去办这件事的人，就是你。"康老太爷说。

"农民就是这样，见不得人好，看不得人差。如果让他们觉得来的是一个有钱的主，他们巴不得祖宗三代都赖上你。但如果他们一看别人也可怜，就又生出怜悯心，把自己的利益放在一边了。"康山一思忖，也是这个道理，再说，总不能让他那几个姐姐去。他虽然是残疾人，但他是儿子。父亲平时对他的游手好闲基本抱着睁只眼闭只眼的态度，他也该为家庭出面摆平一些事情了。

"好吧！"他说。他提出坐马车去，那钱装在哪里呢？开始他们商量把钱放在几袋粮食里，但最近乡下饥荒闹得厉害，城里的粮食价格也节节攀升，一袋袋粮食就是流动的钱，可能会招致饥饿者的眼红。想来想去，康山灵机一动，决定还是继续做他的算命先生。

"一个穷算命的，谁也不会打我的主意。可能唯一对我感兴趣的就是那些当地有钱人家的小姐们了，至少可以问问姻缘。"康山说。

这几年上门给康山做媒的人也不少。虽然媒人都说，小姐们倾慕的是康家的家教和人品，因此不介意他身带残疾，但康山不相信。因为城里的人对他家的情况知根知底。

"再好的工匠也没有办法把打烂的瓷器镶回去。"天气阴沉的月份，康山的腿会因为湿气而疼痛。他撩开裤腿，看到因为缺乏强有力的行走而软塌的肌肉，脑子里出现了被他打坏后用金缮工艺修补的瓷器。补好后，放在玻璃柜子里，他每次路过低头避免去看它。一道闪闪发亮的伤口。它会灼伤人的眼睛，能发出破碎的声响。别人听不到，他能。

康山和仆人拖斗赶着马车去荣昌，走了几天几夜，怀里揣着算命的同行送给他的罗盘。一场又一场的雨水落下，他们的旅途阴晴不定，充满了烈日和暴雨交杂的节奏。阵阵蝉鸣在他身后一阵阵高歌，这也是走到乡间才能听到的鸣叫。在这之前他很少远行。康老爷子对他不放心，总觉得他拖着残疾的腿不该走远。殊不知残疾是远行者最好的掩护。一路上他们没有遇到任何图谋不轨的人。他在疲累的时候才乘车，他更喜欢步行，山和路是不规则的，他不需要手脚协调地走路来证明自己正常。

就在这个时候，他心里泛起了一种柔软的情感，或许可以称之为爱情。他想，要是这一路的奇遇中能有一些和女人有关的事，应该很不错。

不过，路上的景象却无法匹配他内心的浪漫。从重庆去荣昌的官道上，路旁的农舍房门紧闭，挂着上锈的锁。田里的庄稼长不过野草，没有来得及收割的玉米和高粱风干后被鸟儿啄得差不多了，只剩下棒状的芯。几只麻雀在啄食荒草枯黄的籽。道路颠簸得他全身发痛，好几次他们想停下来，推开路旁的房门却只有长满了杂草的院坝和结满了蜘蛛网的灶台。

"走吧，"在院子里，康山用一个祭奠死人时的米碗舀了一碗石槽里的水，打湿了嘴巴和舌头，"等走到荣昌城我们才有饭吃了。"他们已经连续吃了很多天干粮，咀嚼使他的牙龈出血，嘴皮也磨破了，那只能算是维持生命的必要热量，谈不上是吃饭。

一个中午，他们在官道上遇到的人多了一些，这意味着接近城市了。秋天的阳光呈现出咸蛋黄才有的金色，他向西边望了望，迷迷蒙蒙中有一座包裹在米色网状物中的院子。他以为自己走累了，出现了幻觉。再仔细看，没错，就是一座在网中的院子，如蚕群还没有完工前的作业。

"就在这里停下吧。"康山说。"拖斗，"他喊道。"你看看这个院子像不像是阳间的？"

"当然是阳间的！少爷，我们都在阳间。"拖斗说。

"好吧。那我们就去那个院子讨一口水喝。"他们走得近了些,看到那些网状的线是缠绕在树上的苎麻。拖斗认得这是做麻布的原材料。"是和做布料有关的。"

"怪不得阴气这么重。那大概这家养的都是女儿了。"

"女儿多可不是什么好事。我家少爷生得细皮嫩肉,别往西边走着走着被几个女妖怪逮起来吃了。"

"哈哈,我可不是唐僧,吃了可以让人长生不老。要用我去进贡,还不够资格呢。要六根具足才行。"

"少爷,啥叫六根具足啊!"

"就是眼能看、耳能听、鼻能闻、舌能语,最重要的就是不能残疾。我是残疾人也。"

"那要我说,"拖斗说,"这敬神的规矩就不对。还说不要生分别心呢,残疾人就不能服侍菩萨了吗?再说了,我家少爷又不是天生残疾的,还不是为了那个……"

"别说了。"康山突然想起来了,祝家离开重庆后,好像就是到了荣昌。他们所从事的是布料行业,自然会和原材料行业打交道。祝一梅的形象此时像皮影戏一样在他记忆里呈现出来。"少爷,我们要从这个院子绕过去吗?我觉得鬼得很。"拖斗想起来,麻布和麻线的买卖,都是在半夜里进行,因此麻布的市场也被称为鬼市。"哎呀。"他在青天白日下也打了一个寒战。

"你怕吗?"康山问。

"不怕,不过我很渴。"

"你渴你在这附近找水井,谁在拦着你吗?"

"你忘了我们一路都在找水井,但是都喝的是有青苔和虫子的水。我怀疑我喝到了一条水蛭,现在我肠子里还又痒又麻。"

康山知道,拖斗不想在烈日下再赶路了。虽然他们都不知道这个院子到底有什么凶险之处,但拖斗对他有信心,他从小看康山处理各种棘手的问题,几乎就没有失手过。"你是要逼我以身试法了。"康山拍了拍裤腿上的灰,从马车的木板上跳下来。"我看上去怎么样?像个算命先生还是骗子?"

"我敢说,他们没有见过比少爷更漂亮的骗子了。就算是被骗,也会心甘情愿。"拖斗摸着马儿低垂的鬃毛微笑着。马喘着粗气,嘴角垂下长长的黏液,用马鼻子去拱路旁开着花的兰花草。

"你给我绕了这么大半天,还是没有说到主题。"汉西喝完了咖啡,这个时候天空的远处显得很亮。夏天的雨说来就来。

"对我来说,这是改变人生的大事,哪有那么快就说完的。只要你愿意听,我可以给你说上三天三夜。"康山说。

康山和拖斗走进那个院子,却不像那些提亲的人那么费事。很简单,康山发现这是一个八卦阵形。他的腿刚受伤那几年,他父亲扔给他一盒鲁班锁,说这是中国老祖宗的智慧,就是专门让他研究如何拆穿这些旁门左道的。他们出现的时候,三梅早在二楼阁楼上看见他们了。

她擅长的是远视,因此,不仅是两个人的衣着和相貌,连他们缺失了水分的脸她也能隐约看到。她听到马的蹄子踩在石头上发出的清脆的响声和马儿呼哧呼哧的呼吸声,就像有人在她耳边吹风一般,她背心上的汗毛竖立了起来。她觉得这一刻被定格了。她从楼梯上奔下去,走得太快差点绊倒在楼梯上。

二梅头也不抬地在院子背阴处纳着鞋底。她首先听到鸡笼里的鸡不安地叫了起来,随后,日常凶猛的黄狗发出了睡梦中呢喃的一声低吠就睡了过去。她站了起来,因为只有家里人回来的时候,她家的动物才发出松弛的叫声,她想应该是她们出门在外的父亲回来了。康山俊俏的脸从院子边的石头坎子后露出来,再慢慢地露出了肩膀。

二梅站了起来。这是一张让女人羞涩和困窘的男人的脸。只是太白了,她从没有见过这么白的男人。

她妹妹早就迫不及待地将最后那几道麻绳结着的帘子解开了。三梅脸上带着工笔画里桃花的颜色,康山则满脸疑惑。他看到她第一眼就觉得是祝一梅,但是小了一个号,而且她比他记忆中还要年幼,脸只有粉色的一团,皮肤上栗色的汗毛显出孩子气。至于二梅,她是和姐姐生得很像,可她有些刻板、木讷。真不知道什么人才可以激发起她心里的波澜。二梅只是点点头,就又坐下做她的手工活了。管家也迎了出来,对于能穿越那道迷障进入祝家的人,管家自然也是非常客气的。他端来了温水、洗脸水,拿来了蒲扇,让客人先休息片刻。他们的待客之道是,无论天南地北的人只要来了就一定要休息够了再走。

康山坐下后,把蒲扇接过来,看到蒲扇的柄上用毛笔写着一个小楷的"祝"字。他明白了,他再一次走进了祝家的领地。在蒲扇的凉风中他意识到,人生是长江上的回水沱。

管家显然也对他很好奇,问他们从哪里来,康山讲了来意。听说他是来治丧抚恤农民的,管家很失望。他实在很希望他是来提亲的。在他看来,无论康山看上他们哪一位小姐,都是祝家莫大的福气。

他也看出来了,康山的脚有点问题。也不知道是天生的还是后天的。他给康山加水,又找来绿豆糕让他们先吃点儿垫肚子,可他老管不住自己的眼睛朝康山的脚上看。这时三梅说话了:"别看了曾叔,他的腿是为一梅才被人打断的。"

"一梅已经嫁人了,这位少爷是要来讨公道的吗?前年……"管家说话也不利落了。

"他是为我而来。"三梅说。她提着刚换上的蓝色裙子,坐在比她的身体宽大很多的圈椅上。她个子小,人的身子一靠在椅背上,脚尖就离开了地面,她努力将脚尖踮着连着地面,不想露怯。"小伎俩。"康山想。他在他姐姐的脸上看过类似表情,那是被父亲疼爱的女儿才有的。这类女孩子比较麻烦,和所有人相处都懂得应用撒娇的本领,有四两拨千斤的意思。

"你这么直接的女孩子我还没有见到过。"康山笑着对三梅说。

"以后你就会习惯了。"她笑。

"不过我不是来见你的。你还是个孩子呢！我来是办大人的事，准确地说是办一些死人的事。"他简明地说明了来意，向管家打听这些人住得还有多远，今天能不能走到。

"这些村子还在很远的山上。如果你今天去，还没有走到估计天就黑了，前不着村后不着店的，如果是犯上风寒或者被毒蛇虫子咬到，一命呜呼都有可能。最好是休息半天明天一早再走。"管家说。但康山拒绝了他的提议。他只接受了他们用酒瓶装的井水和走夜路的火把。山路崎岖，拖着马车恐怕不方便，他答应把马车留在祝家，回来的时候来取。

"我的运气还不错，没有碰到毒蛇也没有跌入峡谷里。最后一根火把燃尽的时候，终于找到了第一个人家。"康山说。

"你不在祝家留宿的原因是？"汉西问他。

"其实没有什么特别的原因。顺应心意而已。当时我确实没有心思停下来享受饭菜和干净的棉被，我真担心如果我停下来后就没有劲头再向前走。所以我必须一鼓作气把事情办完。"

"你是对的。没有人愿意把女儿嫁给一个浪荡子。"

"假如还想趁着月黑风高占点儿小便宜，恐怕最后全尸也难见到。荣昌那边历来是移民聚集的地方，这些人祖上做什么的都有，收拾残疾人绰绰有余。"

汉西觉得康山变得成熟了。他看着他这位朋友。康山的恋爱让他高兴。

"回去取马的时候，我和拖斗又去了祝家。那是一个星期之后，虽然我们是蓬头垢面地走进祝家的，但是在他们家我受到了隆重的接待。连我的瘸腿也被说成了是老天爷要重用我，带一点残疾可以挡灾。我自然有一些飘飘然了。"

"就是在飘飘然中,被决定了婚事?"

"差不多。我还能提什么要求呢?一个被边缘化的人突然被捧上天。实话说,我现在还不相信是真的。"

汉西说,美好的事有一个共性,就是突然到来的。康山从祝家离开的时候,他那匹马被洗得干干净净,马车上摆满了各种箱子,都是三梅带的嫁妆。本来,就算是他答应了这门婚事,总该要回家汇报给父母,再择吉日良辰,明媒正娶进门的。"不必了,"三梅说,"听说重庆城里轰炸机每天来很多次,谁还有心办喜事,现在是非常时期,就不要为那些条条框框拿命去冒险。"

"此女非凡。"汉西赞道。他马上想到了,如果唐欣宜有这位祝姓女子的见识和智慧,他弟弟应该还活着,还有那些为此丧命的人。

咖啡馆一阵躁动,响声是从詹姆斯他们那桌传过来的。汉西听懂了他们在争执什么:一名美国人说英国总是两面三刀,坐收渔翁之利;而英国人则说美国也在观望,没有真心帮助中国。

"这是什么逻辑?我们所面临的是人类共同的战争,没有任何国家可以独善其身。当然,政客可以玩弄选票的游戏,但支持我们心中的正义感的不是各位的国籍,而是我们心中的信仰。"是詹姆斯。

汉西忍不住点头认同。詹姆斯转头向他笑笑。"他说什么?"康山问。"信仰。"汉西简单地翻译了詹姆斯的话。

"老外老是搬弄一些我们听不懂的名词。不过看得出来,你对这个外国人有好感。受过西方文化熏陶就是不一样,你们不介意是情敌关系吗?"康山问。

"情敌?"

康山说:"你不认识他?"

"你越说我越糊涂了,我也只见过他一次而已,知道他叫詹姆斯,英国人。"

"最近我看到几次凌小姐和这位英国人在一起。怎么,你和凌小姐闹矛盾了吗?"

汉西紧紧地抿着嘴唇,咖啡的苦味现在因为口干舌燥而倍觉明显。"康三儿,你有没有特别后悔的事?"他问道。

"没有。你有吗?"

"有。"

书卿到上清寺邮局去。门口,堆着几麻袋无人认领的信件,墙上的黑板上写着最新的收件人名字。通知信息还是一周前的。她走进昏暗的柜台,看到一个戴眼镜的中年人正趴在柜台上打瞌睡。她用手指敲打玻璃。那人睁开了惺忪的睡眼。"找谁?"书卿找到柜台上的纸条写了自己名字递进去,他起身在抽屉里找了一阵,又在一堆信件的最底下翻。

"有我的信吗?"她问。邮局工作人员将手上拿的信凑到窗口的光线看。"关汉卿的'卿',之前送来的邮件被雨打湿了,后头的一个字怎么也辨认不出来,原来是这个'卿'字,"他又对照了小纸条和信封上的名字,"都来了两个月了,你再不来领,我就准备退回了。"

书卿接过信,谢了他,正走到门口,又被喊住了。"等等,还有一封加急电报。"她又折返回去,电报在另一个绿色的铁皮文件柜子里,在她焦灼的注视下,他终于为她找到了。

她走到邮局门口的树荫下。等不及回家再看,她先撕开了电报的信封。电报是子崖发来的,有一个加急字样。内容却很简单。"书远来桂。拟返。子崖。"她撕开另外一封信,却是他弟弟书远写来的。书远在信中说,他夏天的时候和一个同学约好去广西实习,没有想到在桂林碰到了子崖。现在他在子崖手下做事情。"姐夫虽然人很严肃,但是对我关照备至。姐夫说不久就会带我回重庆。"原来他们两个的来信说的都是同一件事。

书卿往家的方向走。秋天的燥热随着落日的偏移退场。今天是日军飞机难得没有来轰炸的一天，在她记忆里这样的太平日子并不多。以往，挨过这样一天总觉得心里高兴，今天却阴霾密布。她知道就是她手上信件的缘故。

她回到家中，这四壁和摆设，也比子崖陪伴她的时间多。晚饭她做了面条，她总是嫌做饭浪费时间，不如省下来做翻译。汉西常常说她再这样勤奋下去，会成为一名翻译家的。她听到，木门上传来了笃笃的敲门声。这人走路竟然悄无声息，走到门前书卿都没有发现。她一个人住久了，也生出了警惕。没有直接开门，上了二楼去再往下看。一看就笑了，是詹姆斯，手上还拿着一把黄色的雏菊。

"书卿！"他开始在门外喊，"不是约定了下午喝咖啡吗？我迟到了。"书卿解释说自己下午去邮局了，差点忘记了喝咖啡的约定。子崖的电报就摆在桌子上，詹姆斯也看到了。

"怎么，你丈夫来信了？"

"嗯。"

"可是，你的脸上并没有开心的表情？"

"哦，可能是这些天熬夜翻译稿子没有睡好。"书卿不想和詹姆斯提起子崖。他不会理解这样的婚姻，也不会理解他脚下的这片土地上每个人和父母、家族之间千丝万缕的关联。"看来我们的咖啡今天要泡汤了。我敢打赌，就你现在的状态，喝了咖啡明天脸色会变成浅咖啡色！"詹姆斯坐下来。

詹姆斯看到了她堆在书桌上厚厚的书稿。他说，看了她写在翻译社内部通讯上的随笔，她应该把这些结集出版，让更多的人知道重庆在这场战争中的地位和损失。他告诉书卿，之前有香港的报刊转载了她关注战时妇女健康的文章：《码头之花》。

"詹姆斯，你为何消息如此灵通？"

詹姆斯没有回答,却问道:"翻译社的人都在说,各种身份的人都涌进来了,共产党、国民党、苏联特工、英美间谍……连日本人的人都有可能存在!书卿,你一个人留在重庆……"

"詹姆斯,你怀疑我是特工?"书卿问。

"我没有这样认为。不过,我受训的经验告诉我,你不是。"

"那么,你是了?"

"我没有告诉你我是或者不是。"詹姆斯笑着说。他说,希望书卿不要再进一步地问他,服务于哪个国家,为谁而效力。

"我只希望你不是日本人的特工就好了。你也看到了,日本人对中国所做的事。"书卿将一杯茶重重地放在詹姆斯面前,说道:"如果是那样,我们就不是朋友。"

"你这个举动,在中国成语中叫'敲山震虎',还是'势不两立'?"詹姆斯笑了。他无时无刻不在学习汉语。詹姆斯不但带来了花,还带来了一些新的消息。今年7月,日军开始向印度的南部进军;7月底,英国、美国与荷兰宣布冻结日本在这三个国家的资产。"这个消息在国外的媒体都已经公开了,日本担心动摇军心,拦截了远东战场的信息,并对外宣称是谣言。但我已经多方求证了,这是事实,这说明英国、美国已经从以前的半推半就转变为主动出击了。"

"这是三个月前的消息了,上个月,应该又有好消息发生。想听吗?"詹姆斯卖起了关子。

"快讲!"

"从你的反应我就知道你不是间谍,不然不会对这些内幕消息一无所知,"詹姆斯喝了一口茶,"如果有人问到你听谁说的,你就说,从空中的英语电台里知晓的。"

"好。"

"事情还得从一个月前说起。日本人在中国战场的狂轰滥炸使他们战争的情绪高度膨胀,上个月,日本御前会议已经批准了,宣布对英国和美国开战。"

"谁也不知道明天会发生什么。也许一个改变世界格局的大事件已经在酝酿之中。"詹姆斯补充说道。

"对于中国来说,已经是最坏的时候了。民不聊生,满目疮痍……"书卿收起了桌子上的信,"还有内部的各种乱象。"

"最坏的时候,也是最好的时候,"詹姆斯又补充道,"《双城记》中的开头。"

"詹姆斯,你有一颗喜欢中国的心。"书卿说。

"是的,或许有天我将葬身在中国的一个无名之地。"詹姆斯说,战争局势的改变,也将决定他新的人生道路,不久以后,他可能也要离开重庆,去别的地方了。"不久以后是多久?"书卿觉得很诧异,她觉得,除了汉西外,詹姆斯是她最信赖的朋友。甚至可以说是唯一的异性朋友。

"我也不知道,"詹姆斯指指天,"一切都听从'上面'的安排。也许明天,也许下个月,也许今天晚上。"他站起来。"你真的很美丽。我不能再待下去,不然我要管不住自己了。"他呵呵笑着,准备告辞。书卿也站起来,在门打开之前,詹姆斯停了下来。他伸出双臂。书卿走过去,他拥抱了她:"保重,我的中国女孩。"书卿站在回廊目送他。

"不必送我,今天晚上的月色会送我回去。"詹姆斯说完,走进了那掌纹一般的小巷子中。

013

船

之后，詹姆斯从他们的生活中消失了；七十多年后，才有另外一个詹姆斯再次和重庆发生关联。

格子在摄影论坛上看到一则消息：英国航运家族年轻的继承人小詹姆斯正在征集抗战期间的重庆老照片。在台湾，格子为两艘退役的航船拍摄了最后的影像。詹姆斯家族通过台湾的摄影中介公司打听到，他们欣赏的这位摄影师正在重庆，拍一些别人看起来毫无意义的照片。我看过小詹姆斯的照片，一个头发金黄的英国人，笑起来有点像《诺丁山》的男主角休·格兰特。他希望能找一位摄影师帮他重走三峡，拍下他祖父当年曾经走过的地方。

根据他的描述，詹姆斯是从上海坐船到武汉，在那里工作了数月后，再到了当时的陪都重庆。詹姆斯受英国政府的指派，到重庆来收集抗战一线的消息，以翻译的身份。詹姆斯回国后，写了一本自传式小说，叫《蓝袍子》，他讲了他在重庆的所见所闻。他年老的时候就住在牛津郡，像一个英国绅士那样，他热爱公益，醉心于艺术和音乐，他葬在一座小教堂的空地里。

汉斯先生墓地旁的草坪上。中午的阳光驱走了十月的寒意，照射着我和约翰。赭黄色外墙连接大地的地方，是一丛丛接骨木花黄融融的花海，送来阵阵蜜香气。约翰端来了樱桃酒、柠檬口味的甜点，还有一种介于水果汁和啤酒之间的饮料。我转动着酒瓶，看酒液在瓶壁上留下不规则的印记。

"当时小詹姆斯先生隐晦地提起,他祖父曾经在重庆的时候爱慕过一位女士。他很关心这位女士的下落,不知道她在二战中存活下来没有。"

"你们去寻找了吗?"约翰问。

"没有任何书面的记载,没有线索。"

"他说的那位女士正是凌书卿。"约翰说,他提起她时习惯带上她的姓,仿佛这样才是更完整的她。

詹姆斯还说,他祖父常去牛津的一个小教堂祈祷。因为他当年可能对她犯了一个错。但是他没有透露那个错误是什么,也没有更多信息留给小詹姆斯,一切就成为了悬念。有的事恐怕只有当事人知晓了。"詹姆斯先生和汉斯先生老了之后都变得奇怪。他们为什么不自己回去看看呢?"我拿了一小块奶酪放进嘴里,咀嚼起来像微咸的白蜡烛。

我看到汉斯先生和詹姆斯了。他们穿越重洋,拒绝乘坐民航班机,坚持要从海上到中国。他们沿着各自当年的路线,同样在朝天门码头下了船。一上岸,他们根本不认识眼前这个太空舱装置一样的城市了。密集的高楼像全身长满格子的巨人,河流被挤压成了水渠。唯一让他们感到欣慰的是,街上英文字幕的店铺里人挺多,一家咖啡厅排着长长的队,年轻人的衣着、裤腿露出脚踝的部分和手上的智能手机,与他们在伦敦所见到的潮流男女无异。

看看汉斯先生吧。他带着恐慌的表情在重庆的码头上疾走。人多得他难以置信。他习惯性地望了望天空,担心还有日本人的炸弹扔下来。但空中什么也没有,只有铅色的云朵和直插云霄的高楼。雨雾,浮上了最高的建筑物,它露出的黑色的钢铁尖顶像天外来物。

一辆飞机飞过。汉斯先生跑到有廊柱的地方躲下,并用双眼寻找有无防空洞的指示或者标识。没有,一辆黑色的汽车钻进了江边曾经的一个防空洞,不过它不是去躲避炸弹的,而是这个防空洞已经成为了停车场。汽车旋转着上升,入口在江边,出口却在高差几百米之上的山顶,是山体中的一座螺旋状的通道。如果没有人指路,他几乎寸步难行。他只好在一个旅游点买了一张地图,简体字他能猜出意思,他终于有了一点儿方向感。"城门哪里去了?"他心里疑问很大,却找不到答案,他感到双腿和城门一样消失在风中。

他寻找着能与记忆重叠的地方,发现它们少得可怜。不远的地方,拆下来的旧墙倒塌在地上,烟尘还没有散尽,无数黄色的挖掘机就到了。在一片堪比炸弹爆炸的锤打声中,他不得不离开了码头,再去其他地方看看。

而詹姆斯的灵魂之行则显得更顺当一些。他收到了格子寄过去的照片,心中对于迎面而来的巨变已经有所准备。他在重庆停留的时间本来就不长,他拿着那些照片向路人问路,很快找到了远东翻译中心在江边的旧址。房子没有了,只有他们躲避炸弹的防空洞还在,洞的入口在一栋高楼的地下车库里。又黑又湿。他走进去,压抑的感觉使他又想起了那些闷热的、令人窒息的夏天。

"物是人非,不可追忆。"我说。

"有天下午,我回来看到你在梦中。"那他不是看到我在噩梦中?"对不起,那天我刚好回来取一个模型。我没有偷看人家睡觉的习惯。"

"那你为什么不叫醒我?"

"你一醒来又会正襟危坐,拒人于千里之外。"

"我?"

"你有可怕的理智。你和她不一样。"

"和谁?"

"凌书卿。"他帮我把樱桃酒换成了接骨木酒。那带有蜂蜜香气的酒液,合着冰块儿一起滑入了我的喉咙。

"我不是凌书卿。我是凌婉诗。"我说。

"我知道。如果你是她,我只需要待在原地。"他说。

"你现在不是?"

"我这里移动了,"他指指心脏,"从我记事,你就在那里了。"

"那不是我。"

"那就是你。"

我狼狈地逃离了汉斯先生的墓地。我奔跑着上了楼梯,站在窗户前。他在草地上仰卧着,不时抬头看看我的窗,脸上似乎还带着笑容。我用手机给他发信息。"你是我父亲聘请的心理医生?"我看见他在草地上享受地翻晒着自己,把双腿交叠,手枕在脑后。无论他的答案是"是"还是"不是",我和他之间已经发生了微妙的改变。

"想逃回中国去?"终于,他回过来。

"我没心情和你开玩笑!"我说。

"婉诗,我一直在等你。"我把手机攥在手中,侧过脸去。

"如果我一直不来呢?"

"我会去中国找你。"

要怎么告诉她,从她走下蓝色的火车时,他就爱上她了?

这听起来不可思议。在他家里的一次聚会上,有人带来了一份印数只有几百份的华文报纸。很多华文报纸的信息在国内编辑排版完成,遴选一些有意思的新闻。汉斯每年赞助至少三份以上的报纸。那天的来客中,有一位叫温妮的女孩,说她认识新闻报道中的女导演,她们是大学同学。

凌婉诗。

根据汉斯先生的嘱咐,他需要邀请凌书卿家族里的一位女性来英国,并将画作带回。温妮提到的那个人。他执着地一次次写邮件给她,在三年里,他竟然找了五个理由。如果不是怕招致她的反感让他彻底失去机会,他或许可以写得更多。

一切都和那幅画有关。那让他羞耻的事。十五岁时,他和几个同学一起去郊游,他们都说起无意中撞到秘密的事。一位同学说,有次路过父母的房间看到父母正赤身裸体地拥抱在一起。还有一位撞见过母亲和男友在沙发上亲密。

"约翰,说说你和汉斯先生的。"那个狮子头的金发杰克说。汉斯先生有次在咖啡厅喂他巧克力蛋糕,有一块落到了他的大腿间,汉斯先生用手拿起来吃了。可这一幕被别有用心的人报告到了警察局,竟然演变为汉斯先生在当众抚摸他。当然,误会本身不是事实,这些虽然给他们带来了不少麻烦,但终究不能改变他们彼此相依为命的命运。他知道,金发杰克有调侃他的意思。他的同学一起哄笑起来。因为他们多多少少都有了懵懵懂懂的谈资,而他什么都没有,而且比同龄人显得瘦弱。要不是汉斯先生赞助了他们学校高尔夫球比赛,还真不知道这些人会怎么联合起来捉弄他。

"我没有见过。"他老实地回答。那些笑声要把草地的根全部拔出来一样,有几个人笑得在地上打滚。"约翰,中国是不是有一个词叫'阉人'?汉斯先生那里可是好好的?"有一个同学阴阳怪气地说。他本来没有打算动手,却被这句话刺激到了。他站起来,朝那张鼻梁周围还埋伏着几颗小雀斑的脸挥了一下,再把对方推倒在地。他的反击很突然,其他人脸上的笑容僵住了,他在他们无声无息的注视下离开了那片草地。

他在外游荡了半天,在傍晚时分才扭捏着回家来。早在几个小时前,告状的电话已经打给汉斯先生了。原因是什么不重要,华人孩子打了白人孩子,这才是问题的关键。他以为,回家会遭到一顿劈头盖脸的训斥,有教养的家庭一定是惩罚自己的孩子。虽然汉斯先生从未如此对待他,但他看到,这是周围华人家庭每天都在发生的事。

但事实并不是如此。他推开门,汉斯先生出去了,桌子上只有一张纸条:

"约翰,你是因为我而犯错,我找不到理由责备你。但是我得去学校,和他们谈下一学年的赞助。"他捧着字条,眼泪流了下来。电话比他的脚快,汉斯先生处理去了。

他想汉斯先生一定是受了那画上女人的蛊惑,她一直生活在他们中间。母性和异性的启蒙。这一次他没有选择静静地坐在客厅等他回来,而是走进了他的卧室。他看见她在墙上,在黑暗的光线中,她的身体发出鱼腹般的白光。他哭着,感到小腹下火热而胀痛,他把手伸向那里,直到白色乳脂般的液体布满了他的手掌。

1941年冬天，子崖回来了。他从跳板上摇摇晃晃地走下来。他披着一件显得庄严的黑色披风，戴着军帽，腰上扎着皮带。笔挺的廓形服装衬得他的脸更加方正。跟随他身后的，是书卿最小的弟弟书远。初冬的江水形状消瘦，缓缓流动如缎子，而走近后能听到它带动的大地低鸣。没有了日本飞机的轰炸，那些垮掉的房子，不知不觉地就建立了起来。虽然它们一直在新建和垮掉，但除了反复地修建容身之所，人们也不知道还能做什么。这使他们的行为有了西西弗斯般的意味。

书远跟在子崖身后。他还是一个稚气未脱的孩子，船还没有靠岸，他就把头伸出篷布外，好奇地看着这座山地上的城市，建在山崖上的那些房子和竖着挂到河边的羊肠小道。他看看水，又看看他姐夫。子崖紧紧地抿着嘴。刚才，子崖还和随行的另外一位军官谈笑风生。书远和他相处下来，知道姐夫就是这个性，他会突然地高兴，也会突然地不高兴。

辞别重庆大半年，在子崖眼里，重庆和他离开的时候并没有什么变化。他不喜欢这里，又脏又乱，摇摇欲坠的土房子就像一件千疮百孔的烂衣服。

"我姐来了！"书远突然说道。

"在哪儿？"子崖问。码头上站了好多人，他的眼睛因为一直看着远处，目光收回后就像还没有调节好焦距的镜头，不能聚焦于人脸上。"就在最左边，穿的蓝布旗袍裙子呢！"

书远用手指过去。在初冬颜色偏深的着装人群中，蓝色旗袍更显得书卿皮肤雪白。头发盘在脑后，尽管没有刻意打扮，但和她身边的人比起来,她显得那么洁净典雅。她看见他们了,挥了挥手。子崖还是面无表情。书远倒是很雀跃,用力地将手挥着。年轻人总有的是力气,挥手也显得生机勃勃。他们的舱室比较高级,从楼上走下来时,楼下低级舱室的人已经披挂上阵,将包袱和所携带的物品紧紧地抓在自己手上。最可爱的是一个十岁大小的女孩子,梳着娃娃头,怀里抱着一只母鸡。

这年月有一只母鸡可不容易,只是这鸡在船上关了多日,鸡冠已经不那么红了,显得饥肠辘辘的。小女孩用手指梳着它脖子上金色的毛。不知道是谁大胆地伸手将下层舱室和上等舱隔开的铁门门闩拉开了,子崖他们被后面的人猛地推了一把,船头一搭上河滩,他们就被后方的人推着快步下了船。子崖站到沙滩上时,他的眉头皱得更紧了:"刁民!"

他在沙滩边上找蓬草,试图擦去他皮鞋边上的一处污渍,这可能是他下船后踩到的沙滩上湿黑的泥土,但他总觉得是刚才那女孩抱着的母鸡在甲板上拉的鸡屎。尽管书远给他解释,女孩的母鸡不会走到甲板上来,在水泄不通的人群中也没有拉屎的缝隙和机会,但他就是不信,气得脸通红。

书卿从人群中转过来,子崖的行李已经被书远和那副官提在手上,她伸出手却什么也不用她拿,她有点尴尬地笑了笑。子崖看了她一眼,说道:"你怎么脸色不好。"书卿只是笑笑,眼睛却热切地去寻书远的眼睛。姐弟两人在茫茫人海中会心地一笑。千言万语都在其中了。

接子崖的车在朝天门码头最上方平坦处等着他们。这上下码头的路像腰带一样缠在码头上,人越多行走的速度越慢。书卿和子崖都话很少,唯有书远惊乍乍地问本地有什么好吃的。书卿说豆花饭、火锅。

到了车旁,子崖坐上了副驾驶。书卿松了一口气。她和书远自然就坐到了后排,那同行的副官则说坐不下了,他自己叫一辆黄包车。他也着急赶回家去见他家人。子崖说,回家第一顿饭就在饭店吃好了。他问起阿秀姐,书卿说她早就回老家去了。

"你还能做一日三餐?"听不出他是关心还是嘲笑。

书远用手拍了拍她的手臂。"姐夫在关心你呢!"他努力地想活跃他们的气氛,却不知道这样会弄巧成拙。书卿想,他弟弟和子崖在一起的时候,不知道受了他多少的气。她希望书远早点回成都去,不要察觉到他们之间的嫌隙。窗外的叫卖声,躲避汽车的骂骂咧咧的土话脏话,从折叠成波纹状的布帘子里透进来。车玻璃密闭得紧紧的,几个人的呼吸让上头起了雾气,她看到自己五官模糊一片。

　　车子停在了较场口的一家饭店前。这些都是子崖安排的,他什么时候安排的,她不知道。若是换了其他太太,给丈夫接风洗尘,要么亲自操办,要么仪态万方地出席,对于地点、时间、餐桌风格、菜单,都必然一一清楚。她并不是没有那番爱心,但她的爱心是他不需要的,久而久之就如同一个不使用的器官般报废了。

　　下车后,子崖却猝不及防地拉起了她的手。她不习惯他这突然而至的温情,但又只好让他拉着,往滴满了油垢的台阶上走去,烟灰色的缎面布鞋却踩到了一些细碎的彩纸上。这家酒楼今天有人办喜事。

　　康山今天打扮得很时髦,绅士帽子,深色西装,嘴唇上方一圈蓄了很久的胡须剪成了八字形状,显出了他的活泼。他的领结是大红色的,其他伴郎则是紫色的。高矮胖瘦不一的伴郎有四五个,给来宾散烟点火,并把每一个宾客安排到他们恰当的位置上落座。

　　康山整理着袖口上金色的纽扣。他父亲可是费了心思的,那些撒在湿漉漉的台阶上和路旁水沟里的彩色缎带和金粉,是花大价钱从别人手中买来的。就像放烟火一样,哪怕是浪费,康家也要为康山浪费一次。书卿看见康山时很吃惊。汉西说的康山结婚,原来在这里。康山也很吃惊。他记得她不是他的宾客。他目光落到子崖身上。一身黑色斗篷的子崖被压得矮了一点,但目光锐利。这家餐厅也接待散客,只是在楼上。

　　"恭喜康先生了,"书卿说,"真巧。"

　　"凌小姐也下来吃杯我的喜酒。"

书卿说:"好。"以康山和汉西的交情,他今天是一定会在的,不过这会儿却没有看到,她不由得将眼睛往康山背后的方向胡乱地扫了扫。子崖已经先上楼去了,书卿也不便久留,客气了几句就赶紧上去了。康山看着她的背影,心想她怎么穿得这么素。他还记得一年前她从船上下来的时候,拎着藤条箱子,手腕上搭着一件绿色的毛衣背心。好看得让人丢魂。

"都在找你。"有人拉了一下康山的衣袖,是汉西走过来了。他刚才到一旁抽烟去了。

"幸好你刚才不在,"康山指指楼上,"不然就尴尬了。"

"尴尬什么?"汉西笑着说,他今天穿的是伴郎的服装。

康山说:"你早出来一分钟,就能看见霍行长了。"汉西转身就要上楼去。"我劝你不要冒失地冲上去。"汉西不解地看着他的好朋友。康山拉住了他。正在这时康山的一个姐姐到了。他这个姐姐身怀六甲,不过今天穿得很隆重,枣红色的丝绒旗袍,脖子上系着一条金色的带了水貂毛的围巾,大声地叫着康山快过去帮忙扶她。

"今天的主角儿来了。"康山来不及给汉西说什么,就去迎他姐姐去了。汉西站在原地,看到康山上前去挽起了她的胳膊,又蹲下来帮她整理了一下旗袍的下摆,汉西觉得,康山将来一定是不错的丈夫。而他自己呢,还从来没有过做丈夫的体验。另一个伴郎走过来,拉走了汉西,宴席仪式就要开始了。

子崖走到靠窗的位置坐下。这张桌子隔开了婚礼宴席的闹腾,有一个四折的屏风挡着,上面画着山水。书远翻着菜单,说到了重庆一定要好好地吃吃重庆本地的特色菜,但选来选去,很多菜后头都贴了白色的纸条,显示"无货",最后他也只能挑选了一个鱼香肉丝了事。

"来二两桑葚酒,配一碟子豆腐干!"书远对店员说。子崖突然问书卿:"刚才那人是谁?"

书卿说，是重庆本地的一家子弟，姓康。"你和他熟悉?"他抱住双臂。书卿只好说，她只见过几次，来送报纸的。"世家子弟怎么可能送报纸?"子崖冷笑着说。

"我也还兼职给人上英语课呢。"书卿不理他了。

跑堂的伙计送上来哄嘴巴的小吃。看三人脸色各异，不好意思久留，只嘀咕了一声"请慢用"就赶紧走开了。书卿将筷子从竹筒里抽出来，她抽的这一双运气不好，筷子的一端生了霉，像刚从墨池里取出来的笔头。她又放回去摇晃了几下，想到自己这姿势真像在菩萨前抽签。她心中一阵悲哀，她怎么就抽中了那支最差的。喜宴的阵阵喧哗传上楼来，越发显得他们这桌人的冷清。最后变成了只有书远一个人说话，子崖闷声吃着酒和菜，书卿的碗里干干净净的，白色的瓷碗和她的脸色一样毫无生气，她的苗条中带着营养不良的影子。

楼下，康山开始被几个伴郎和伴娘簇拥着走到每一桌敬酒。这可能是王后酒楼这一年来人气最旺的一次，摆了三十多桌。上一次有这样大的排场，还是孙家预定的。但那件事，不提也罢。康山已经敬了一圈酒，他偏要自己斟酒，且不能掺假，所以这时已经有了七八分醉意。"你千万不要上楼。"康山自己提着小酒壶，脸红着提醒汉西。不过他的嘱咐没有用。

汉西走了上去，他在走廊上看见了书卿。她走到走廊上透透气。她看到旁边有一缸水，就舀水冲洗着双手，又把冰凉的手指按到额头和眼眶里，眼里干涩疲惫的感觉顺着手指传遍了全身。她从镜子中看到了汉西。洗槽旁就是饭店的厕所和杂物间，堆着粮食、辣椒、花椒、花生和干粉条。

汉西将她拉进最靠里的杂物间里。"跟我走。"他劈头盖脑地把心里话说出来。

"他回来了，还有我弟弟。"书卿急切地说。突然，她听到了什么，赶紧用手理了理已经蓬乱的头发。门外响起了一阵军靴踏地的声音，走到他们的木门前,又停下了,然后又朝旁边的梳洗室走过去,这时响起了敲门声和子崖的声音:"你在里面吗?"子崖敲了几下。没有回应。他准备要推门进去了。走廊里又响起了脚步声,书远小跑着过来了。

"姐夫,你是准备要闯进去吗?姐姐大概是肚子疼,这个时候她答应你该多难为情。回去吧,她一会儿就出来了。"子崖想了想,半信半疑地跟着书远返回餐厅去了。书卿听到自己的心跳在胸廓里空洞地响着。

"书卿,我们必须走了。"汉西心痛地说。

"好。"她恍惚地说。她心里想着书远的安顿。

汉西说:"最好,你现在就和我一起走,不要再回到那张桌子旁,不要回到你的住处。"

"明天我和你一起走。"她说。

"书卿,今天我去找船。就在我们下船的码头,明天早上八点我就在那等你,死等。"

"好。"她微笑着答应了。

"我爱你。"汉西吻她的头发。她的头发很软,她已经有好几根白发。她才二十多岁啊!战争把人的活力抽干了。他在她的额头上,重重地亲吻了一下,感到她还皱着眉头,他疼惜地用嘴唇摩擦她的脸。楼下打闹起哄的声音又响了起来,一架手风琴靠着窗,拉着蓬松的乐曲。不时响起的掌声,像冰河上咔嚓裂响的声音。

书卿回到饭桌旁时,子崖已经穿上黑斗篷。书卿感激地望望书远,书远却避开了她的目光。她知道,书远坐的那个位置刚好可以看到走廊尽头,他应该看到了这一切。

康山作为婚礼的主角,走路已经发飘。酒喝到高点后,就到楼上雅间的布沙发上躺一会儿。一两个时辰后,酒劲散了,他又扶着栏杆跌跌撞撞地下来了。最近几年里,不少家庭失去了亲人,流离失所中难得吃一顿荤菜。今天康山的婚事,几乎把全城的肉铺、米铺都买空了,海棠溪义渡上竟然有好事的报童给他做起了广告。

"康家办喜事啦！流水席，哪个都可以去吃！"

下午三四点，从南岸那边又涌过来几桌人，刚好把走了的宾客位置填满。八仙桌子中间，放着一壶沱茶泡的茶水，瓜子花生等干果在一双双开始还颇为羞涩最后却越来越肆无忌惮的手掌下，一会儿就只剩下空盘了。

康家的管家在桌子中间走来走去。看到哪桌需要添加瓜子，就赶紧让人上满。对于康山的婚事，康家上下都心知肚明：就是借这个婚礼办一场慈善席。抗战已经进行了好几年，不知道日本人什么时候才停止轰炸，康家作为本地几个有实力的家族，这个时候也该找一个由头提振士气，这是他父亲所在的商会的意思，也算是民间的义举。康山也感觉到了，中午的时候他是主角，到了下午，各色人等纷纷涌入，还来了几个袍哥，他父亲出面迎接后，几个人就进了楼上的雅间，并且拒绝了茶童。

"没有招呼不要进来。"他听见父亲说。他想，他们要讨论的，无非是如何发挥民间的力量，应对遥遥无期的抗战胜利。留给大家的歇气时间只有短短的几个月，在这个大的灾难背景下，他个人的喜怒哀乐算什么呢？他最后一次从楼梯上下来时，几乎没有人招呼他了。汉西和几位伴郎也不知道去哪里了，他站在木楼上，抚摸着木楼梯圆形的装饰，想起他的新娘子还在走廊那间屋子里。

他走过去，三梅脱了鞋，正在一张圆桌旁吃着瓜子。康山看周围没有人，就蹲下来，将鞋穿在她脚上。三梅慌慌张张地看着门口，生怕有人进来。康山帮她穿好了鞋，还蹲在地上不起来。"快起来，让人看到觉得你失了身份。"

"有什么身份，你是我的媳妇，我疼爱媳妇是天经地义的事。"他再出来的时候，仆人告诉他，汉西已经先道别了。

汉西在朝天门码头上,他连问了几家船,都说被军方征用了。挂有渝船号旗帜的几艘船在十七码头。渝船公司的几个股东中,有一位姓曾的和孙家交往甚密,小时候,他母亲老说要给他找一个干爹,就是这个人。

"汉西呀,好久不见哟!"就是这样凑巧,有些人注定会遇见。从趸船上走下来一位白头发老者,身穿深蓝色的中山装,领口扣得紧紧的,背又平又挺。

汉西招呼对方:

"曾伯伯,您近来可好?"

曾培新说:"你回来了在忙什么?难得看到你,上次还是……",他本想说,上次还是孙家的葬礼上。但他没有说出口,转而微笑着问道:"你一个人在江边转悠,该是有什么事吧?"汉西说,想找一条船,往下江方向的,明天早上八点就走。曾培新问他要得这么急,可是有什么紧要的事?毕竟现在船只运送物资也很紧张。

曾培新想了想:"船倒是有一艘,是装油桶的,条件比较艰苦。再说了,装油的船原则上是不让装人的。"他叹了一口气。"你是几个人?"

"两个人。"汉西说。

他又问汉西:"你去哪儿?"

"随便,到下游哪个码头,我们就下船了。"汉西双手作揖答谢曾培新,他其实是希望他不要问了。曾培新说,明天早上八点,你还是到这个码头来,报你的名字就可以登船。他伸出食指和中指,又补充了一句:"两个人。"

汉西向他连连道谢,说是千恩万谢也不为过。黄昏的江水上升起水雾,他仿佛看到船已经开动了。他回过神来时,曾培新已经让水手收起跳板,朝他挥挥手,消失在暮霭将至的水面上。

之前他对书卿说,第二天早上八点在码头见时,心里还没有底,只是确定自己会不惜一切代价去办——包括去求他的父亲孙廪实。假如他父亲不同意,他会连夜离开储奇门去她家门口等她。河岸蜿蜒潮湿,一人高的茅草中布满小路。他体内一股拨云见日的气息横冲直撞。他父亲从南洋回来后,卖了很多的店铺,也透露了如果有机会想举家搬迁到南洋去的打算。有几笔数目较大的钱,禀实让汉西保管着。他走完了河滩。先到七星岗那边去取了那本日记和一些物品。取完他就径直回储奇门去。

孙家大院今天和往常没有什么不一样。他到了自己房间,简单地收拾了行李,找到了几张厚实的报纸,把他母亲给他做的鞋垫、一家人的几张照片,还有写有自己生辰八字的纸包起来,这八字还是他上次偷偷从父亲的书房里取走的。这就是他心里看重的东西了,很小的一包,放在贴身的衣服里就行。

他没有什么带的,此时却觉得心满意足,感到自己拥有了世界。他还在房间里转来转去。他觉得自己就像一个刑满释放的犯人,那自由的光亮就快从门缝里钻进来了。

晚上十点,孙家大院被嘈杂声惊醒了。孙家昂贵而神奇的电话发挥了作用,一个电话打到了七星岗的教会医院,来了两个护工协助早就等候在此的接生婆。唐欣宜的接生婆是从唐家沱坐船来的,有一双古老如树枝的手,深陷在眼窝里的小眼睛闪耀着洞穿一切的光芒。

"大户人家。"接生婆一进门就先扫射了一下孙家的院子。显然这院子大得超出了她的想象。她自然也听说了,这家人在今年6月份发生的事。明摆着这个即将出世的小人儿会带给孙家不一样的意义,是儿子当然好,是女儿也很好。

禀实今天晚上也没有睡,总忍不住拿耳朵去听动静。刚开始唐欣宜使唤厨房送一点吃的去,似乎接生婆吩咐吃了才有力气。后来又说要吃葱油饼,厨房前几天专门买了葱油饼。多扇木门咯吱咯吱地响着,表示着大事发生前的忙碌开始了。

他翻了翻书，又给自己沏了一壶红茶。这个夜晚他特别希望汉西陪他坐着，随便说点什么。他已经失去了云晓，他不能再失去汉西了——从情感上，也不能。

他恳求汉西的最后期限——"等唐欣宜生完孩子"，说来就来了。这夜之后，最好等到孩子满月。虽然汉西没有答应他，但是他得往那个目标去推动。这兵荒马乱的，怎么能由着他乱来。

这时，他听见五月下到客厅里去打电话的声音，教会医院是前几天廪实就托人联系好了的，主要是应对突发情况。他听到五月说已经开始阵痛了。五月匆匆地返回后，廪实听到，那电话挂掉后又响了一声。当年汉西出生的时候他也没有这样紧张过。

他又给自己斟满了茶，电灯是不能开的，如此一来显得他太迫不及待了。油灯点着刚好，什么都看不真切，刚好对应了他那颤颤悠悠的情绪。这时，他听到客厅里的电话又响起来。开始他以为是自己听错了，但那声音就在空寂的空气中响着。也没有一个仆从听到电话去接一下，他整了整衣襟，决定自己亲自去听这个电话。

汉西收拾好物品后，头枕着被子，把灯关了，却没有睡着。他听见父亲的咳嗽、厨房里进进出出的声音。今天晚上，他家的仆人得忙得脚板朝天。明天的船已经找好了，一切顺利得难以想象。他相信书卿一定会赶到的，哪怕是鱼死网破她也会来。他想，曾培新已经明确地答应他了，应该就不会有差错。毕竟在江上行走的人，靠的就是一个"信"字。他担心自己睡过去，在枕头下放了一个闹钟。那时针咔嚓咔嚓走动的声音，却是十分地催眠，他竟然模模糊糊地睡着了。他坠入了一个虚无失重的黑色通道中，又慢慢地明朗，看清了眼前的一切。

是一条隧道，就在江边，他在这里等候着书卿。悬崖上有一座寺庙，里头供奉着观音菩萨，巨大的崖壁上还刻着"忠信涉险波"。意思是观音菩萨能保佑行船涉水的人。他想，他要不要去上一炷香呢？

正在这个时候，从河里爬出来许多的人，这些人全身却无一个地方打湿，穿着各种衣服的都有：对襟的、旗袍的、下力人的背心的、中山装和军装的，也有光着上身的。下身则统一着深色的下装，男女老少像没有见到他一样，全部涌到了江边，低头失神地看着江水。最让他着急的是，水里还在不断爬出数不清的人，很快就形成了密实的人墙，挡住了他的视线，他看不到菩萨，也看不到有没有船来。

他的书卿在哪里呢？

从王后酒楼回去的路上，书卿侧脸去看书远，中午他也喝了一点点酒，现在已经靠着车窗睡着了。子崖一回来就说有事要去办，洗了一把脸就走了。书远也在楼上楼下兴奋地走来走去。他似乎不相信，重庆在遭遇了五年多的轰炸后，还有一栋保存完好的小楼，楼里的各处收拾得有条不紊，透出惶乱里的避世之感。

书卿在楼下叫他，她的脸仰着就显得特别瘦削。书卿刚刚把遮在沙发上的布拿去洗，打湿水后特别沉，像一块铁皮。他们姐弟俩一人拽住一只角，书卿的手已经被冷水冻红了，但劳动起来却不觉得冷，书卿又把袖子往上挎了挎。书远使劲一拉，书卿站不住，差点摔倒，他便过来扶她，刚好捏住她露出手臂的部分。书卿手上有一道旧伤，是子崖推她时倒在炉子边上烫的。后来汉西问起，她也只说是自己不小心烫的。汉西开始不相信，可她说得那么真切，汉西也就信了。

书远拖过来一张长凳子，他们并排坐下。

"你这手怎么了？"书远问。

"烫伤的。"

"姐夫很心疼吧！"

"他不心疼。"

"怎么会？"书远站了起来。书卿则坐着不动。沉默了一会儿，她下了决心,她要告诉书远实情。明天她就要走了,再把他留在子崖身边实在不是上策,他是男孩子,在哪里都能有一口饭吃。她很平静地说:"我们的婚姻很不幸福。"

书远一下愣住了。书卿把拧成七成干的盖布晾晒到绳子上,平静地说起了她和子崖从认识到结婚,她怎么样被对待,怎样被踢到床下,以及家里随时都可能落下来的辱骂。书远听着就哭了。她却显得很镇定,她一直站在湿润的布旁,说到难受的时候,眼泪快要滚落出来,她就用手捭捭布上的褶皱。那块布被她理得平整如镜。她的语气那么淡然,只是偶尔停顿一下。她麻木了,对这个人,他们之间的恩怨,她都麻木了。

"那你为什么不离开他呢?"书远问。

"明天,"她承认,"我的心早就属于别人了,就是死去,我也无怨无悔。"

"那个人,他对你好吗?"书卿知道,书远指的是汉西。他今天已经从包厢的窗户看到他了。她点点头。

"那你就和他一起走吧。我掩护着你走。"书远看上去大大咧咧的,但在广西时,他在各个办公室里做小秘书,慢慢就磨炼出了察言观色的本领。"霍子崖这个人,我也不喜欢他。明天你就走得远远的,和他再也没有什么关系!"书远走过来抱住她。她抱着他嶙峋的、还显得幼稚的肩头,他比她还矮一点,不过几年就会长成一个真正的男子汉。她再也不想压抑自己了,痛楚从腹部升上胸腔,在喉咙里燃烧成剧痛,泪水从她眼里奔涌而出。

书远把摊好的衣服重新收拾到箱子里,他也要做好随时从这里抽身的准备。书卿把手上的翡翠镯子取下来,让他带回去。"你这是做什么?你觉得带个镯子回去,父亲就不伤心或者原谅你了吗?"书远微笑着说,他又恢复了没心没肺的神态。书远把她的手拿过来,把翡翠镯子戴在她手上。她的手太瘦了,镯子随时要掉下来。"别为家里人想太多,把值钱的都带上。"书远说。

书卿在衣柜底层取出一个小锦囊，里头是汉西给她的嫒芝的首饰，她爱不释手地捧在手里捂了一会儿。她自己的"珠宝"屈指可数：一只结婚戒指、一对耳环、一条细细的带有一个鸡心形状的金链子。她把戒指放在抽屉里。其他都用细缎布包了起来。

她轻轻地拉开衣橱，手穿过毛呢大衣和几件旧衣服，摸索起来。汉西给她画的人体像，上次她带回来了。汉西的屋子也不保险，之前就被小偷光顾过，不过人家只拿走了手表和围巾，对卷起来的画轴没有兴趣。经历此劫，她吓了一跳，说什么也坚持要自己保管了。她打开画，忍不住又借着窗棂透进来的光线看了一遍。女人在卧榻上的状态，是由爱她的男人塑造的。她的渴望和内心奔流的一切，如一道闪电照在了画布上。

藤条箱子有一个夹层，书卿放进去一件软的毛线上衣，再用绳子将画轴固定住。她来的时候带着这个箱子，有点旧了，她却一直舍不得换。她在灯下坐着，用手抚摸着藤条密匣的纹理。

孙家对这次生产太看重了，接生婆俨然成了大院里临时的主人。她搬来了各种纷繁复杂的道具，把产妇的房间搞得烟雾缭绕。虽然她有过于凸显自己重要性的嫌疑，但谁也不敢言语。接生婆用铁水壶烧了开水，在进门的地方一字排开。两只木盆用布擦得干干净净，里头摆着新的棉纱毛巾。

吃完了葱油饼后，唐欣宜终于做好了全部准备。接生婆从随身带来的布包里拿出几片树叶，揉搓到热水碗里，那水渐渐变成了茶色。"喝下去，"接生婆说，"等下你就会感到小娃儿在肚子里翻身。"

汉西是被唐欣宜的叫声所惊醒的。他坐起来，让睡意一点点减少、剥离，再拼凑起眼前的现实。他天亮后就要去坐船，昨天是康山的婚礼，他遇到了书卿，他们约定了今天早上一起走，去到哪里都行，这是他们结束彼此牢狱的日子。他长嘘了一口气，唐欣宜大概是已经生了，她连哭带喊的声音逐渐地弱了。不知道她生的是男是女？他第一次对这个小生命生出好感，其原因当然是他不必再对她负有责任了。

他没有睡意了。等着天亮。他提笔给廪实写信。他昨天准备好了纸和笔，无非是忏悔自己不孝和无所作为、辜负了养育之恩之类的客套话。他尽量把自己写得一无是处，以免父亲会念及他的好处而备感伤心。

"父亲：请您原谅儿的不孝……"

"父亲，当您看到这封信时……"

他写了几个传统的开头，似乎这语气立即就会将他带入忏悔的语境中，他不想这样悲悲切切的。他们只是出一趟远门，等到合适的时机，还是会回来的。他把信纸团起来扔了。想了想，他写道：

"兹有孙汉西先生与凌书卿小姐，两情相悦，死生契阔。相约于今日离开重庆，请众亲人不必挂念，若有伤风败俗处，则归咎于此二人，与家人及朋友无关。一九四一年十二月六日。"

他觉得廪实看到这封信就会知道他的决心。看起来时间已经差不多了。汉西把信放在桌子上。这时他听到院子的大门开了，有人走了进来，来人有好几个，齐崭崭的脚步声在屋檐下停住，夹杂着铁的器械杵在地上的声音。他感觉不妙，本能地将信纸反扣在桌上，从窗户往院子里看去。借着走廊尽头的灯，他看见，的确进来的是一队士兵。他们是冲着谁来的，唐家来抱走孩子吗，还是他父亲得罪了什么人？不管如何，在这个关头进来了这样一群人，而且还带着枪械，这在孙家大院里是从来没有过的。

他准备出去看看。他将门闩从里头取掉，门像是卡住了，他用力拉了一下却没有拉开。他再在门中央使劲儿，听到了哐当哐当的门锁声。他的门被人从外面锁住了。

014

枪声

康山的新婚之夜，体现了"好事多磨"这一规律。问题出在他妻子三梅的肠胃上。三梅半夜在床上疼得打滚。康山让家里仆从牵马把她驮到海棠溪渡口，不那么费事地，他们就找到了船。本来，南岸也有一家很好的教会医院，但日本人的炸弹投下来时，教会医院毁于一旦，唯余一座熏黄的大理石雕像。江水在木船下湍急地流着，三梅在上吐下泻的折腾中，已经奄奄一息，眯眼看着天空。水流的声音显得更大了。夜里过江，风比白天大，加之雾气升起，康山不禁打了一个寒颤。船缓慢地行驶到江中心时，雾气像一件巨大的布衫子，向他们包围过来。

　　小船开了一阵，按照经验应该快到对岸了，但船长却迟迟没有看到河岸线。"见鬼了，感觉我们走错了方向，船顺着水往下游漂移了大概一公里多，我有点找不到方向了。"

　　"一公里多？那不是弹子石、王家沱一带了？莫慌，这一段水面不宽，我们只要稳住方向，也可以就在朝天门上岸。"

　　"好，我稳住。这雾也是，平白无故地就来了。"

　　"可能又是一个太阳天。"康山和船夫有一搭没一搭地说着话，仆从却紧张得什么都说不出来，因为他感觉船一直在原地打转。三梅呢，刚刚她上船前就狂吐了一场，康山拿着牛皮水壶准备给她喂水，因为呕吐最怕的就是脱水，而且每次只能喂一点。天太冷，水一出壶口就凉了，加上她已经失去了知觉般双眼紧闭，康山只得自己打开水壶独自喝起来。船在江心吃力地划动，山、码头、被日本人炸成碎瓦堆的沿江的老房子，消失在米汤一般的雾气中。

"现在几点了？"船夫瞥见康山手上戴着的手表。康山凑在表盘上看，"六点了。这雾什么时候才散去啊！有时七八点钟都不散。难道我们就只能在江中间打转转。"他们知道，得等到太阳出来的时候了，与其徒劳地开足马力在江中乱窜，不如找一个水流平稳的地方静候。

"那儿有船！"船夫突然指着前方一艘熄火了静置着的船只说道。那船身只清晰地出现了半分钟，是一艘载满了圆柱形铁桶的货船。雾气又漂浮过来，船又神奇地消失了。这会儿，三梅她一动不动，鼻腔里发出柔软而均匀的鼾声。

"她把我们折腾到这江中间来，前不着村后不着店的，她倒是消停了。"

"少爷，我们可以回去了吗？"

"你还能找到回去的路？"

"我试试。"船夫说。

"你怎么看着有点儿面熟？"康山问。天已经快亮了，太阳跃出地面前，东方会出现一抹足以照亮大地的光亮，船夫的脸也看得很清楚了。"我是在义渡上卖报纸的。"年轻人说。

"那你怎么在渡船上？"

"我爸是开船的，但昨天晚上他喝醉酒了。我怕误了您的事，一开始就没有说，您别担心，我只是方向不是很熟悉……"

"你想害死我。"康山说。

"我哪敢啊！船不会翻的。要是我爸在，船可能早就开翻了。"

"大清早的不要说这个。"康山疲惫地挥了挥手，示意他别说了。

"现在，你把我们的小船靠在刚才那个货船的侧面。"

"好，等天亮了我保证能找到方向。"这会儿雾气又神奇地散开了，他们的船只熄了火，划动双桨，刚好靠到了货船的后部分，年轻人轻盈地甩出缆绳，将小船和货船套牢了。他们正准备收起木桨，爬上货船去一探究竟时，船头却传来了脚步声，来了两个人。康山示意年轻人先不要说话。来的是两个男人。雾太大,他们没有注意到船边多了一艘小木船,说话的声音自然未加克制。顺着船舷传下来的话,每一个字康山都听得清清楚楚。他脸上的表情越来越严肃。

"快想法离开这船,再想法找个码头靠岸!"康山费力地说出了一整句话。

这个年轻人遇事还算沉稳。他整理着听到的内容:

"一船的油桶值多少钱?"一个人说。

"别说油桶钱,就是船,霍行长也出了三倍的价格了。"另一人回答。

"这是杀人啊!我还是有点怕。"

"……"康山却听清楚了,这艘船,不是一艘普通的货船,是受到收买后要准时引爆的船。谁出钱,多少钱,他都听到了。现在他要拼尽全力,去告诉他的好朋友孙汉西,不要上这艘船,这是一艘预谋将他和书卿杀死的鬼船。

年轻的船夫悄无声息地将缆绳从铁桩上取下来,借着雾气的掩护,小船快速地退出了五六米远。康山看着远处若隐若现的山脉,判断他们已经误打误撞地走到了长江和嘉陵江交汇的区域。"就在洪崖洞的方向靠边。"康山说。船一头扎进了沙滩和荒草间,撞出了蒿草绿色汁液的香气,还有淡淡的鱼腥味。康山跳下去。

"少爷,少奶奶怎么办?"仆从惊骇地问道。

"她死不了。"康山小跑起来,他边跑边看表,现在是6点30分,他只有一个半小时的时间。他应该先去曾家岩还是储奇门?只要他们中任何一个人登上了船,都必死无疑。所以他觉得最稳妥的方式还是在那艘船停靠的码头边上等他们来。他穿过黑色的肠子般的小巷子,风呼呼地吹着。他跑起来,跑得上气不接下气的,今天心里没有来由地慌张着。

"这都是什么事儿啊,都要放火杀人了。"一股冷风灌进他的喉咙,直到他的眼泪落下来。他心里涌起伤感。

康山坐在临江茶馆烧水铁锅后的一个角落里，那几口大铁锅遮住了他的身影，他睁大眼睛，心跳起来。天空明朗起来，街道房屋和河上船只，都能看清楚。他注意到那艘装油桶的船就靠在趸船最前头，船头红漆写的"渝船"字样很显眼。他真希望一个浪打来，把这船给掀翻。但这是不可能的，那船稳稳的，巍然不动，船的排水孔往外吐着水，显得比其他船更加气定神闲。

　　"它不弄死人不作数，妈的。"康山骂了一句。他看到一个穿黑西装的男人从茶馆门前走过，是霍子崖。他上船去做什么？他追出茶馆，子崖已经不见了。

　　"阿弥陀佛，但愿我听错了，要杀汉西和书卿，霍子崖嫌疑最大。他总不可能这么疯癫，要三人同归于尽？"康山不停地看表、喝水。就在他怀疑自己这样做是否有效时，他听到了不一样的脚步声。女士皮鞋踩在青石台阶上的声音。他转过头来。和一年前他看见凌书卿时的感觉一样。她穿了一件黑底白点的宽袖旗袍裙子，脖颈处刚好有一圈白点的花纹，就像一串珍珠项链。在早上七点微茫的天光中，她低头疾行着。

　　康山看到，她身后不远，一个和她长相非常相像的男青年站着，目送着她。

　　刚才，书远问她："姐，你还会回来吗？"书卿没回答，却伸手去抹他脸上的泪。"都这么大了，还哭。"她勉力微笑着，自己也不免含满了泪水。

　　"你说姐夫昨天晚上没有回来，是不是听说什么了？"

昨天晚上，子崖没有回山顶洋楼，只在晚上十一点的时候打来一个电话，说银行里有很急的事情需要加班，晚上就在办公室的沙发上将就一下。说完就把电话挂了。"我一个月前给父亲写了一封信，不知道收到没有。你回到成都一定要好好照顾家里。"她说。书远点头说好。

他们能听到江水擦着船肚皮的声音。低沉而苍凉。书远说："姐姐你什么时候喜怒哀乐都那么平静了呢？"他说他见过她哭得最厉害的一次，是在他小时候。他那时长了一个麦粒肿。来了一个郎中，拿刀给眼里割了一下，流了很多血。后来用纱布包扎了很久才恢复。

"我那时以为你要瞎了，哭得很伤心。"现在她又哭起来了，手扶着棉花街巷子旁的青砖，眼泪从她总是善解人意的眼睛里流出来。巷子深处，一阵川剧清音吊嗓子的歌声飘过来，这附近有茶馆，常有川剧表演，歌声百转千回地在灰色的墙壁上攀爬着，到最高处又戛然而止。

"让我看着你走。"

"好。"

看书卿的身影消失后，书远转过身，头也不回地往台阶上走去。来时他就注意到了，走完这几十级台阶就有一个转角，他可以在那里痛痛快快地哭一场。

书卿走过茶馆门前时，康山把茶杯一放，从茶馆里闪了出去。挡在了书卿面前。书卿本来就走得很紧张，突然被人一挡，吓得脸色变了。她再一看，却是康山。四周没有人，康山领着她进到茶馆一张桌子旁。

"凌小姐，"康山一时语塞，他整理了一下思路才把话说顺，"你不要上船。"

书卿一听他说船，脸色煞白。康山这是第二次这么近距离地看她。要不是生死攸关，他简直觉得这一刻美得日月山川都失去了颜色。她脸上罩着淡淡的一层疲倦，如柔光中的雕塑。

"我和孙汉西是朋友，你晓得吧？"

书卿点头。康山把昨天晚上他的新婚妻子怎么闹肚子、他们又怎么在江上听到了那席话说给书卿听了。书卿问:"那汉西会到那条船上吗?"康山说,听那两人的意思,汉西会来的。但是霍子崖已经先上船了,他在这儿等汉西,还没有看到人影。书卿站起来。

"你在这里拦着汉西,不要让他上船。我和霍子崖的事情,我去解决。"她已经把箱子拎在手中,马上就要跨过那糊满了泥巴的木门槛。

"你这是何必呢?我们一起在这里等待汉西不行吗?"

"你知道还有其他路到码头吗?这只是其中一条,万一他从别的路上了船呢?"

"可你上船只有死!"

"或许。如果他死了,我也不会活。再说了,这个事情还得我和霍子崖去了结。"

"你怎么那么犟呢?"康山急了。

"你能保证他不会从别的路上船吗?"书卿问。康山摇摇头。河边还有至少两条道路可以上船,他不能撒谎。书卿把手按在他的胳膊上。"谢谢你了,我得走了。"

她平静而坚决地跨过了门槛。她的步子矫健,之前她因为担心什么而走得小心翼翼,现在她反而显得大大方方的。

康山一只脚站在门里,另一只在门外。他那只残脚的膝盖开始疼,可能之前走得太急了。他捂住膝盖,嘴里吁了一口气,他看到书卿提着箱子的背影远了,一队挑着簸箕、筛子、背篓等竹器的队伍出现了,她融入了绿色的竹器和衣衫简朴的人群中。他跺了跺脚,心想还有这样不怕死的女人。他就在码头乱走,说不定就能碰见汉西。他最好就去那艘船的周围等候。他本来是不信什么鬼神和宗教的,这时也不禁在心里祈祷。他把手按在胸口上,望着天空。雾已经散去了。

唐欣宜生了一个女儿。当接生婆走到楼下时，被眼前的场景吓了一跳。五六个荷枪实弹的警察站在院子中间，为首的一个胖子正拿出一张纸准备念。胖子将手中的纸抖了抖，以示庄严。"我以警察局的名义，宣布逮捕孙汉西。"

"请问他是什么罪名？"廪实扶着木头柱子，白色的胡须在抖动。

"道德败坏，勾搭已婚妇女，造成极度恶劣的影响。希望孙会长给我们行个方便。"

"道德败坏？勾搭已婚妇女？这是哪门子罪名？什么时候重庆的军警两界变得如此一本正经、高风亮节了？公开嫖妓、纳妾、出入窑子的人比比皆是，你们不去维持街上的秩序，怎么维持到人家的院子里来了？"廪实厉声反问道。

汉西摇着门，发出清脆的响声，似乎在回应着他父亲的问题。

胖子自知底气不足，他从鼻子里哼了一声。"他要是没有问题，干吗把他锁住？"

"这您就有所不知了。今天他老婆生孩子，您来之前，正叫得地动山摇的，我们只是按照风俗习惯把他锁起来了，以免他冲到产妇的房间里去。"廪实回道。另一个矮个子警察走到胖子身边耳语了几句。胖警察凶悍的神态又上脸了。

"孙会长，这人，我们今天必须带走。你同意也是这样，不同意也是这样。"

汉西隔着门缝听着，他大喊道："带我走吧！带我走！"

"你听，他自己也认罪了。"

"去，找人把锁打开。"胖子指使小个子警察。

"且慢。"廪实上前一步，挡在小个子前头，又抬头，声音沙哑地朝楼上喊道："老陆，把火药枪拿出来！"

"孙会长，你这是要作甚？"

廪实大声说道："你们不是来执行公务的，怕是给霍子崖行长办私事的吧？你们要把人抓走可以，不过要从我的尸体上踩过去。我就这样对着自己开一枪，我敢保证，你们走不出储奇门，商会的兄弟们就会把你们拦下。"那胖子听到他这话，脸色变了。因为他确实是伪造了一个逮捕证，也确实收受了霍行长的钱，就在昨天晚上。

自从这帮警察进门，陆舅就把在上楼的转弯处。他在孙家多年，感觉自己从未像今天这样手足无措。

先是老爷接了一个电话，那人来电说，少爷头天定了一艘船，但夜里船被人出高价包走了，还不是钱的问题，对方手上还有不可违抗的指令：军事征用。渝船公司的老曾连连道歉，说请转告大少爷多多包涵，人在江湖身不由己。

随后，电话又响了起来。这一次，廪实压低了声音。是霍子崖的电话。霍子崖说："孙会长，我们是先谈公事，还是私事？"

廪实说："霍行长请便。"霍子崖说，廪实通过他走账的事，不知道怎么被四大家族知道了，这部分资产可能充公。但罪名是洗刷不掉了，美汇银行要拿出一个员工来顶罪。

"你这是公报私仇。"廪实说。

"孙会长是明白人。不过，这个事情也不是毫无转机，如果孙会长天亮后愿意将令公子送到警察局的话，我就能保证您那笔资产还是好好的。"

"霍行长，你是商人，应该按照契约精神办事。至于我的儿子，他不在我们的交易条件中。"

廪实挂上电话后坐在客厅，没有点灯。他感到自己整个人都变大了一倍，整个客厅都能听到他的呼吸声。他当然知道汉西要做什么，他不声不响地包一艘船，是想偷偷地逃走。但汉西曾经"答应"过他——没有明目张胆地反对就是答应，等到唐欣宜生完孩子满月了再走，也就是一个月的事情，他怎么就等不及呢？他为儿子的冒失和不守信用感到愤怒。再说，一个月后唐家就要来吃满月酒，汉西如果缺席，孙家的尊严何在？

他已经忘记了就是在时限的问题上，他一直在不断地得寸进尺，汉西并没有答应他。

但廪实觉得一切理所当然，当父亲的悄悄挪动一点尺寸，不也是为了这个家吗？男人当然要多几个女人。这不是个人的贪欲而是家族繁衍的使命所在。他当初就是对汉西的母亲过于看重，后来纳妾太晚，未能再开枝散叶。他现在想起来还埋怨自己。他想，他一定要在儿子身上矫正自己的错误。今天无论如何也不能让他逃走。霍子崖天亮后就会有所行动，他看了看汉西房间还黑着，知道他对即将发生的一切还毫无知觉。

他必须把汉西留在孙家大院里。

是他亲自锁了儿子的门。

陆舅望向廪实，他怀疑自己听到的不是真的。老爷要向谁开枪？廪实的话，陆舅也不敢违抗，只好拖着脚步往书房方向挪动，边走边想该怎么办。胖警察看了看廪实，后者一副鱼死网破的表情。

"好了孙先生，"胖警察发话了，"您德高望重，我们惹不起您，您也犯不着动枪，我退到院子外头等候便是。"他使了一个眼色，"撤"字还没有说出口，却又听到那摇晃着的被铁锁锁住的门板后，传来绝望的喊叫声：

"带我走，我有话说！"

"我真的有罪，你们把我抓走吧。只要你们带我去朝天门码头，我什么都可以承认。"门锁又继续频繁地晃动起来，哐当哐当。

廪实觉得一口温热的液体从他喉咙往上涌。陆舅见势不妙，赶紧小跑下来把他扶到了凳子上。廪实指指心脏，告诉陆舅他那里剧痛。"您就不要管他的事儿了，让他们带走吧！"陆舅内心真的希望汉西走。因为人抓走了，白天总能想到解救的办法。但如果今天不让汉西走，他恐怕会把孙家大院掀翻。

胖警察示意手下去打开那门的锁。门一开，汉西抓着行李从门里冲了出来。他顺从地让警察把手铐给他戴上。经过他父亲坐着的椅子时，他"扑通"一声跪在地上，双手交错，额头触地，磕了三个头，随后爬起来第一个走出了院门。廪实闭上了眼睛。

楼上的小婴儿哭闹起来，不知道什么时候，从山峦上流泻下来的晨光，铺满了院子。一只长年累月在孙家的屋檐下打窝、生儿育女的燕子振动翅膀，飞越过天井的上空。"由他去吧。"廪实将一只手盖在眼眶上，不想让人看见他的泪水。陆舅点点头，把一床厚毛毯盖在他的肩上。

康山在码头上像无头苍蝇一样乱蹿。风吹得他的脸发麻，他焦灼的目光从一条条可见的路上碾过。他看到，那艘装满了油桶的船已经缓缓地退了出去。汉西上船了吗？他之前害怕看到他，现在看到船走了，他希望每一个走来的人，下一秒就变成他。

康山的劝阻失败后，书卿走得更快了。她几乎是冲上了跳板。脚掌一踩到甲板，她就放下行李，一转身就将几十斤重的跳板拉了上去，她做这一切用尽了力气。船上除了一船的油桶，还有一个懵懂的船长，他说自己刚刚学会开船。不过他的老板告诉他，这艘船走不了多远，因此不需要高超的驾驶技术。

"还有其他人吗？"年轻船长问。

"他已经上来了吧。"

年轻人点点头。

她想，霍子崖百密一疏，没有买通这个年轻人。

"那我们可以走了吗？"船长问。

"可以。我们去哪里？"书卿说。

"说最远走到明月沱就停。"船长说道。明月沱!又是一个回水沱。她和汉西的命运似乎都和这些回水沱有千丝万缕的联系。她在心里叹息了一声。船长发动了引擎。"他们是把你当陪葬的了。"书卿微笑着说。

"什么?"机舱内响着发动机的轰鸣,他听不见。他只看到这个像从画报上走下来的女子嫣然一笑,让他心里甜美了一番。

她从船长室退出来,向船尾那排房间走去。她可以听到那个人的呼吸声,想到他怒不可遏的眼睛。这一切多么梦幻,昨天中午,他们还在扮演一对恩爱的夫妻。像纸里包着的火,现在火已经把纸烧出了一个大洞,但她心里却没有畏惧了,倒有一了百了的痛快。她的脚步声在甲板上撞出笃笃的声音,故意走得响一些。康山说他上了船,那他此时就是静候猎物的猎人,只等她趔趄着踏入他的网中——多么讽刺,他们命运真正的交集始于船上,走了一圈,又回到了船上。

货船的尾部是船员起居的舱室,有三个房间。前两个的门都关着,她根本没有用手去推,径直走到了第三个房间门前。他一定在这个房间里。

子崖坐在简易的小木桌前,穿着黑斗篷,他今天看起来像一只愤怒的蝙蝠。他正在折叠那张军事征用的证明,他的身份不仅仅是银行家。此时的重庆,没有几个人的身份是单纯的。他用手指敲击着桌面,桌上放着一叠照片。

"你的算盘落空了。"书卿开口说。她放下箱子,很从容地坐下来。船突突地开动了。她开始取手上的手套,她日常没有戴手套的习惯,因此半天也没有顺利地拽下来。"怎么只有你一个人来了?"子崖问。

"两个人,你和我。"书卿说。

"怎么,你爱的人退缩了?"

"这本来就是我们两个人的事。"她听到子崖发出了一种近乎疯狂的笑声,把这四壁铁板的小房间震得发抖。子崖先是笑,最后歇斯底里地哭起来。

"你怎么可以爱上别人？"他抖动着手中的信。信纸下还覆盖着几张照片，是她和汉西从七星岗下来的照片。一个月前他们就被盯上了。信是她写给她父亲的，不知道怎么落到他手中。她姨娘，他母亲安插在她家的内线，都有可能。她在信中说她想离婚，想离开重庆。从那时他就开始调查她了。

"霍子崖，我们之间结束了。"书卿说。她补充了一句："早该结束了。"

"你以为那个人不来，我就不可以惩办他吗？告诉你，我还有其他的办法，现在抓他的人可能已经押送他到警察局了。"

"他有什么罪？"

"流氓罪，勾搭有夫之妇，道德败坏，在全民抗战的陪都，造成了恶劣的影响……"

"听上去很义正词严，你的证据呢？"

"证据？"

"对，如果我死了，你说的这些罪名就没有证据。"她已经拿下了手套，在她厚厚的蕾丝花边手套里，一支小巧的手枪绑在手腕上，在她宽大的旗袍裙子袖子里。

"你哪儿来的枪？"子崖的声音发尖。

朝天门码头上越来越挤，提着行李的、挑着粪桶的、牵着牛和羊的。出门的人和做买卖的人混合在一起，人越来越多。这让康山找人的难度加大了。他痛恨这早晨的繁华，眼看那些人布满了码头，他心乱如麻。突然，他听到了远处的一声枪响。随后是零落的爆炸声和闷响。正在行走的人抬起头来，望着江面发了一会儿呆，又停下来赶路了。爆炸声让河水无规则地荡漾起来，受到惊扰的船员走出舱门，往响声传来的方向远眺。

"好像有艘船燃起来了!"

康山听见趸船上有人大喊。这一切无可挽回了。颤抖的喊声和嘈杂的水声,谁知道那艘载着霍子崖和凌书卿的船究竟开向了何方。一艘小货轮突突地向爆炸的船只方向驶去,看它们悬挂着同样的旗帜,大约是一个公司的。船头的人大声地回应着其他船的询问,听说船一启动就发生了爆炸,如果有幸存者,估计还能从河里捞起来。

他顺着石梯子往河边走。他已经对遇到汉西不抱什么希望了,他想这一切都是命。那艘小货轮靠近燃烧的船只后,能从河里打捞起什么,他根本不关心了,他贴着石梯子旁的崖壁坐下来,看人们匆匆地赶路。冰凉的风抚摸着他的脸庞,他有沉浸到这风景中的冲动,心里又空又远。

"或许这就是他们所要的结果,总比被日本人炸死好。在死之前,遇到一场刻骨铭心的爱情,值得。"他这样想着,心里就好受多了。

所以,当他看见几个警察跟着汉西出现在路上时,他差点从梯坎上弹起来。没错,就是他最引以为豪的朋友:头发蓬松地堆在头顶,穿了一件咖色的西装,背上斜背着一个皮包。有几个比他矮小的警察跟着。康山拖着腿蹦跳着冲到他们面前。汉西也看到他了,他快步上前,对康山说:"帮我拖住他们。"

"你要去哪儿?"

"坐船。"

"你来晚了!船已经……走了!"

汉西看着他。他也知道晚了,他一路上是带着希望的,他甚至说服了那带头的警察打开了他的手铐,以一间药房为交换。"拣重要的说,康三儿。"汉西说。

康山说:"大概十分钟前,我看到凌小姐上船了,还有她那个丈夫。"江面上又喧哗起来,他们看过去,原来真的捞到了一个人。又一艘小船驶过去。

"有船爆炸了,听说船上有一男一女,被救起来的人还不知道死活。"一个刚从趸船上下来的人说。

"一男一女就有戏了,明天报纸就会登出来,搞不好是情杀哦。"

"浪费燃料!"

"日本人的轰炸都躲过了,自己人不能消消气呀?"

"活着多好啊!"

汉西明白了,康山眼神闪烁,躲躲闪闪不敢说话。江上突然有人大喊:"快把人横在地上,压胸口,压胸口。人还没有死。"果然捞上来两人,不过都穿着深色的衣服,男的是工人,女的矮胖,显然不是书卿和子崖。

汉西已经受不了这强烈的冲击了。"你把这帮警察给我拦着,我去去就来。"汉西说。康山还想拦住他。

"只有你可以帮我!"汉西有些急躁了。康山知道拦不住他,只有痛苦地转过头去。转眼,汉西已经跑到了河边。康山应付那几个警察是毫不费力的事。汉西一走,他就把手上的手表摘下来,往那胖警察手上一塞:"黄桷垭康家三少爷的信用押在你身上了,随时来找我取酬金。别再追他了。"

"我要的不是你,是孙家那少爷!"胖警察还想说什么。

"盯不到兆头①吗?"康山气呼呼地说,"还不闪一边去?要是出了人命,你们负得起责吗?"

"好吧,"胖警察顺水推舟,"今天我们尽遇到有钱人了。"

"赶快从我眼前消失。"康山说。康山的腿也不疼了,接下来会发生什么,茫然感让他的小腹一阵阵发紧。

汉西焦急地寻找着挂有渝船旗帜的船。他看到,就在燃烧的民生货船后面,一艘渝船号的油轮正在水上漂浮着。船像失去了动力一样,随江水的晃动随波逐流。这就是曾培新许诺给他的船,汉西的直觉没有错。

---

① 盯不到兆头:看不清形势。

康山说，书卿已经上船了，霍子崖也在船上，他必须穿过那燃烧的货船，到那艘渝船号上去。他的前方，前来救援的小货轮上的人抢着木桨，和他比赛着速度，向货船靠拢。

"太危险了！快退下！"船上的人喊道，"不然小心烧到你！"他们不想他去送死，对他手舞足蹈地大叫。

燃烧的货船在倾斜，跳板突然翘了起来，眼看汉西是跨不过去了。这条路行不通。他没有别的办法。他跳上了一块厚木板，以前靠小艇渡江的本事帮了他，他蹲下或是站立，保持着平衡，借着水流向下游漂去。他漂得快，很快就越过了民生号，抓住了渝船号的船身，他把包缠在脖子上，手脚并用蹬住排水口，攀上船舷。船上两扇门紧锁着，一扇门被倒塌的家具抵上了，他用力一扯，门裂开了，就在这乍开的缝隙里，他看到书卿靠在墙上。她看上去像睡着了，头发遮住了半边脸。

他拍门大叫："书卿！书卿！"

他猜她是被倒下来的家具砸昏了。他深呼吸了一口气，用力地将门撞开。他踩到满地黏稠的物质，随即反应过来那不是油污，而是一个人的血。

015

你是谁

今天是华人艺术馆画展结束的日子。

"有没有兴趣一起去？"

"我宁愿在附近散步。"

"为什么？"

"看自己的裸体画像，那感觉挺奇怪。"

"好。"他笑了。早上，爱丁堡飘起了小雨。越来越低的温度抽走了树叶的绿色。几只小松鼠在五角形的树叶上跳来跳去，寻找可以过冬的坚果。

"按黄色的按钮，门就会打开。回来时输入密码，我的英文名字。"他看上去心情不错，换上了亚麻色的西装，白色衬衫。他走后，我开始收拾我的行李。今天是我行程的最后一天。重庆这个季节应该是雾蒙蒙阴沉沉的天气，铅灰色的城市。

做好了一切后，我打算出去转转。我穿过那丛发出窸窸窣窣声音的竹子，再穿过木绣球丛和玫瑰花墙。铁门在我身后关上，和我几天前用力捶打它的情形似乎没有不同。小巷子里只有我的脚步声。一段鹅卵石铺就的坡路后，在教堂广场的转角，咖啡厅外的椅子上坐满了人。一队中国游客从我面前走过，导游看上去是个大学生，带着上海口音不耐烦地催促大家快点。咖啡厅靠窗的位置，一件有名牌 logo 的风衣却被揉成一团，随意地丢在木窗台上。又一个木窗下，一位五十岁左右的男士正襟危坐，津津有味地读着一本小说。让人忍俊不禁的古老。

我要了一杯卡布奇诺。各种小咖啡馆不计其数，乞讨的人也会守在门口,等待富有同情心的人给他们一杯热咖啡或者几便士零钱。仍是最偏爱最靠里的位置。这里刚好可以看到整个广场。这时我注意到广场下方有一个地下通道。像地面的一只眼睛。

我在电脑上查看最近的工作计划,好半天才把自己拉回到文案中。

下个月要开一个新的纪实题材,拍摄开始后,各种细节都要考虑到:场地、设备、人物采访、剪辑和合成,事无巨细。大脑里有清零的空白。风从敞开的玻璃门吹进来。戴上耳机,点开表格,卡布奇诺一会儿就底儿朝天了。大约一个小时左右,我试着从方案中解脱出来,准备迎接大功告成的愉快。

就在这时,我的头顶传来一声闷响,像一阵台风,一个人影扑到了我正前方的大玻璃上。他的一只手五指张开,像努力要撑住什么。我心中一惊,随即反应过来是一个乞讨者。他的脸变形地压在玻璃上,看起来非常恐怖。雪白的皮肤和粉红的舌头,变形地堆积在一起。一阵急剧的刹车声,他不是恶作剧,也不是向我乞讨什么,他被一辆飞驰的车撞飞过来,落在我面前的玻璃上。血顺着他的额头流下来,透过玻璃上的灰尘,仍能看到他的脸变成了红色,眼白翻着。我眼前一黑,似乎我的头没入了水中。身体向下方坠落,我仅存的意识让我紧紧地抓住了椅子的扶手。

咖啡厅里响起了一阵挪动椅子的声音。我猜一部分人跑出去看那个生死未卜的乞讨者,另一部分人朝我围了过来,人的声音水一般地漫过来。

一个地下通道的入口。很多人围着我。洞口里积满了水。只露出几步台阶,从岩缝上渗下来的水,落下来,每一声带着余响。我的呼吸声被放得很大,一声一声循环起来如推拉的风箱,顺着无边的水面向前流去。

从水下传来的一个声音,顺着我的身体爬上我的耳膜:"向前走,那个秘密。"有人在对我耳语。我踩到了通道的底部，是一层层淤泥，我每动一步，泥水就如同墨汁般地被搅动。有一盏灯亮起来。这黑暗的地下河道里竟然有电，还有工业感十足的马灯，里头拱立着菱角大小的灯泡。它们对声音特别敏感，滴水的声音也能引得它们此起彼伏，毫无规律地明明灭灭。

我渴望知道尽头是什么。

我在哪里，我为什么来到这里？我看到了那放置在视线尽头的透明的装置——之所以称它为装置，因为它是人工箱子，发着银色的邻光。我向前一步，里头坐着一个人，他靠在玻璃墙上，抬头望着盒子的顶部。我再向前一步，从那藏青色的夹克和土黄色的马丁靴，我认出是格子。

我扑到玻璃上，敲打它，却像捶打在厚实的墙上——玻璃隔住了所有声音。我徒劳地呼喊他的名字，他全无回应，只是凝视着前方。我这才发现他的眼睛变成了深灰色，眼珠和眼白之间没有分隔。他的皮肤看上去毫无光泽，如同某种特殊材质的堆积。

从他右手无名指处的一颗痣，我确定而绝望地明白这是格子，而不是蜡像。他不再是拥有热气和心跳的生命，虽然我不愿意说出那个字——"死"或者"亡"。但毫无疑问，这是被人为处理过的格子，我不确定包围着他的是什么，特殊的液体或者空气。水淹过来，变得又黏又凉，马上就要将我卷入深渊。玻璃装置突然向空中上升，它带离的水流从我头上流下来，冲洗着我的脸，我努力地睁开眼睛，只看见透明箱子像电梯一样升上了天空。

"格子！"我朝着电梯大喊。突然我脚下一滑，我跌进了水中。黑浊的水朝我的嘴和鼻子冲过来，我用手支撑着身体，呼吸着带着腥臭的空气。就在这时，我听到了我父亲的呼喊。声音从洞口传来。"婉诗，你在哪里？"

"里面似乎没有人。"另外一个声音说。

"我看到我女儿进去了。这是一条废弃的暗河！"

"有一条路可以进去,从里面大楼的电梯下到负十八层,就能到。"
"去你的负十八层!那不是地狱的层数吗?"

我只听到自己的一声声哀哭。我期望我父亲能听到。一股冷水呛进我喉咙,我终于失去了知觉。

我快速地移动着,在一辆滑动的担架上,轮子摩擦出吱吱的声响。电梯打开的声音。冰凉的皮手套触摸我的脸颊。头顶的白色无影灯打开。又是一片黑暗。

一滴有温度的水落在我的脸上,我醒过来了。

我从眯缝着的眼睛望出去,看到的第一张脸是格子的。他温柔的双眼皮。我伸出手去,摸到他有温度的皮肤。眼前的一切荡漾着,却变得越来越清晰,就像去眼镜店试戴一款眼镜。突然,格子的脸变成了孙约翰的脸。他握着我的手,看我醒来,他把脸轻轻贴在我的耳边。

"我是在哪里?"我慢慢坐起来。这是一个暖黄的小房间。墙上有英文字母和几张风景照片,白漆的铁床,地上有一个白色的铁桶,装呕吐物或者是清洁纸的。

"在爱丁堡保罗医院里。"
"我怎么会在这里?"
"你在一家咖啡厅晕倒了,估计是受了一桩车祸的刺激。"
"我想起来了,一个乞讨的人飞到了玻璃上。"
"看来你没有变傻。"

我说:"我现在头脑无比清晰。甚至以前忘记的,我都能想起来了。"我的记忆正在重新排列。格子走向水中,那不是最后的景象。我在地下暗河看到的才是。他的死亡方式是我难以接受的,于是那个场景成为一张曝光过度的照片,无论如何冲洗都无法正常显影——对我的大脑来说。

我晕倒后,父亲成儒带着人赶到了,他救了我的命,却把我送进了重庆一家医院的精神科，让我在那儿住了半个月。药物驱散了我眼里最后这幕的图景。我也理解了我父亲为什么那么着急地要将我塞给如柏，在他眼里，除了同样有缺陷的如柏，这世上没有一个男人配得上我。

从保罗医院回来的路上，我一言不发。他一直牵着我的手。我没有挣脱他，在一个房间里，我背对着他，我脱去那些隔开我们的伪装。他一开始似乎有所迟疑，随后走到我身后，侧过头，开始吻我。

距离上一次的亲密关系已经有两年多了，我如同身处冰窟窿里，没有欲望，早忘记了人间的欢愉为何物。他的呼吸在我的嘴唇上。"如果你想停止，"他的声音有点颤抖，"现在也可以。"

我的头摇晃着，抱住他，靠得更近了。他被弄乱的灰色头发贴在额头上，眼里现出沉醉的神态。窗一直开着，我可以看清他的脸，还有倾斜着映入屋内的天空和树。一曲楼下客厅传来的《卡比利亚之夜》。

"爱情来了，爱情走远。没人爱你了吗？别想了，擦干眼泪，和我一起唱……"

悱恻的吉他。他有双略显陌生的眼睛，却沉静地闭上了。他微凉的嘴唇在我的摩挲中渐渐变暖，我认真地亲吻他，而不是要做他的，猎物。我听到耳边有风的来来回回，在棕色木窗外，切断了外面的世界。我抚摸他的头顶，再往下移动，一个可以安慰我的人就在眼前。我的欲望升了起来，光线暗了下去。

当我躺在他的身体下时，我望向他身后。我为什么会来到这个房间？墙上有一块空白，曾经那里有一幅画。

"我已经爱了你很久。"他在我耳边说，他指的是什么？那幅画？那个人？我想再深究那到底是什么，他哀求我不要说了。他用力地把我拉向他，直到我成为一幅画，他从撕开的地方进入，再把我钉在雪白的床单上。

"还记得我们那天晚上所跳的舞？"他问。我抬起一只脚，夏天时紫外线晒过的痕迹还在脚背上，他把那些夏天含进嘴里。我听从了内心的指引,用力地回应着他,他所要的。我们对坐着,双腿交缠。我抱着他的脸放在胸前,再用嘴轻咬住他的耳廓。

"总是这样结束?"我说。

"难道不是开始?"他抬头看着我的眼睛。

"你想着别的,我却只有你。"他用力的方式很奇特,无论任何角度,他都能抓住我,满足我的期待。直到我们精疲力尽,全身湿滑地漂浮在看不见的热汽中。

我想要一杯酒。他起身,裹了一件衣服下楼去了。自从在医院喝下那杯热牛奶,我还没有吃任何东西。一会儿,他端来了两杯威士忌,以及面包、水果和酸奶。他喘着气,脸色发红。

午夜之后,我们之间放着七八个棕色的酒瓶,我眯缝起眼睛,他比我醉,这是我要的结果。从他的房间离开的时候,他还在熟睡着,我抱着我的衣服,光脚走到了楼下客厅里。

凌书卿的人像画卷放在沙发上。用一个深蓝色的画盒隆重地装着。下午和晚上都被我们消磨了过去。我坐在沙发上,不知道开灯的地方在哪里,就借着从大树的枯枝中投映下来的月光,打开了画。月光中,画轴飘动。她似乎从画中走了下来,坐在我的左边,拉起了我的手。她的脸离我很近,与我对视,和我在镜子中看到的自己一模一样。

她拉起我的手,放到她的乳房上。

"这是我,也是你。"

我感到一阵眩晕,想把手抽回来,她又轻轻地站了起来,绕到了我的身后,用双臂环住我。我的头靠在她锁骨的位置,紧张得一动不动。"忘了我。"她说。她呼出的气在我的耳廓边轻轻吹动。我很期待她对我多说几句话,当我凝神想听她再说什么时,她却再也没有声息了,她抱住我臂膀的地方还留有她手指按压的力量,轻轻地,落入了我的皮肤下。

一阵凉意让我回过神来。我缓慢地穿上衣服,现在我是这一片建筑群里最清醒的人。我把画收好。还有三个小时,足够我收拾行李。

他或许不喜欢我的告别方式。我能想象,当他在清晨醒来,看到被子里那个坍塌的人型的曲线。它乱糟糟的,或许乱得不成样子。用显微镜可以在白色的床单上看到我的毛发、皮屑或许还有酒痕和面包碎屑,但是绝不会有我了。

他起来后,坐在床沿边,低头努力回忆着昨天晚上发生了什么。那时,我正在爱丁堡的火车站。我提着我的白色旅行箱,还是穿着我来时的军绿色风衣,手上握着一杯滚烫的咖啡。我很担心上车的时间会被拉长,因此我一直朝着车来的方向张望。

一辆蓝色的列车终于进站了,没有晚点。我随便选了一个车厢走上去,每一节车厢都空空荡荡,和我来时的情形差不多。我把行李放在火车连接处,坐下来,脸贴上玻璃。窗外,那金色的草地、远处烟色的城堡,美得难以名状。我闭上眼睛,泪水流满了脸颊。

他从楼梯上跑下来,路过客厅的时候他看了看墙上的时间,距离我火车的发车时间还有十五分钟。他开车过去也来不及。他跑出院门,身后的门开着,风吹得它们砰砰地关上了。

在飞机上,我要了一杯香槟酒。客舱灯光调暗后,我喝完它,很快进入了睡眠。一路上感到好几次剧烈的颠簸,飞机像汽车行驶在原始的乡村公路上。快到达重庆上空时,我拉开遮光板,看到的仍然是一个浸泡在雾中的城市。

"有时真想去一趟远方,哪怕是飞上云层看看太阳也值得呀!"坐在我邻座的一位女士说。她同行的一位男士很快回应了她:"其实太阳一直都在,只是雾太大了。"

"这雾好像重庆独有!"她说。

"我小时候见到的雾和现在还不一样,那时的雾似乎更潮湿,更厚。到了冬天,要到中午太阳出来之后才会散去。"

"这雾是怎么形成的?"

"重庆周围都是山区,和两条江也有关系……"

"我要看看那江!"邻座女士趴在舷窗上,想往下看。但是我想她什么都看不到,因为穿越这雾需要好长一段时间,像船只孤独地航行在汪洋大海。

我想我快到了。机上广播说,今天温度20—22度,小雨。飞机从南山山脉向北部斜飞,可以望见那些丛林间扎眼的蓝色塑钢屋顶,那是一种被称为临时建筑的屋顶。我眼前不禁又浮现了爱丁堡的屋顶,有时间感的、上百年来不曾变化的屋顶。

我给约翰写了一封邮件。客套地表达了谢意。我说得那么轻松,自然,毫发无损。他没有回信。我不会指望他会理解我从他家仓皇逃走的理由和心情,我也不能告诉他,如果等他醒来,我就没有勇气离开爱丁堡。

在我父亲书架的顶层,我找到了一个用透明胶带封好了边缘的纸箱子。以前我对此熟视无睹,连打开它的好奇都没有。说起来它在那儿起码待了一两年了,上面有一层灰。我把它拿下来,再用小刀划开它。它从我的记忆深处向我滚来。一叠蓝色封面的病历、几张大脑神经和构造的黑色激光底片、白色的药物瓶子,药片如黄豆大小,却有遗忘整个世界的剂量。

放在最上头的是一则从报纸上剪下的新闻。

"不幸!水下摄影师葬身施工工地 本报讯 日前,一位水下摄影爱好者在拍摄与一工地相连的暗河时,不幸遇电线掉落水中,摄影师触电身亡。警方表示,这条河人迹罕至,日常少有人出没,电路管道也疏于维修。摄影师身亡属意外事故。警方提醒:我市因地形原因渐成国内外摄影爱好者天堂。但很多地下空间空气和照明达不到安全标准,请摄影爱好者不要擅自闯入,否则后果自负。"

新闻报道时间:2017年9月3日。我把这些东西卷起来,往我父亲成儒的办公室走去。

落地窗玻璃外,江水像要漫进来。这个城市的下水道爬满老鼠,下半城的曲折小巷像堵塞的血管一样老化和破旧,而成儒却能在城市最高处看最美的风景。

成儒走到窗边,开始修剪兰草。这一盆兰草,边缘透明,叶片秀美,在灯光下透出精巧的质感。他烦闷的时候总修剪它,体会它的叶脉在空气中"咔嚓"一声折断的脆响。文人空间里的那些摆件,琴棋书画,他这儿一应俱全,最近还引入了日本的盆石和菖蒲。

他的手颤抖了一下。

几天前,他看这盆兰草有一片叶子显得多余,如今修剪后却似乎少了一丝灵气,不太均衡协调了。他将这归结为心情不好,转而想到更深层的原因——是我让他心情不好。他甚至想到,是不是妻子那种我行我素的性格,在女儿的人生里也开始起效了。

"基因真是一个很神奇的东西。"想到这儿,他觉得可怕。他的办公室是他试探买家的门槛,既有高古艺术①的真货,也有逛市场时顺手收回来的罐子或者陶瓷,离婚后,他逐渐把对女人的兴趣转移到了收藏上。如果来人是识货的,眼光会掠过这些看上去花里胡哨的,眼里先流露出一股"不过如此"的神态来。但他只要往成儒的博古架上一瞧,眼里就像灌满了光,随即喉咙里发出愕然的吞咽液体的声音,那并非食欲,而是藏家特有的贪婪的汁液在分泌。

成儒对这个声音非常熟悉,如同动物界捕食者倾听猎物的反应。但不识货的,则流连在那些廉价的但是造型精巧的器物边上,那样的藏家他连一句多余的话都不愿开口,因为他觉得自己没有普及收藏知识的义

---

① 文物圈将唐代以前的艺术品称为高古艺术。

务。对我，他倒是个例外。每收到一件孤品，他总想第一个和我分享，从历史、论据、藏家传承到审美趣味，他喋喋不休地说着，不过是为了得到我的一句"嗯"或者"不错"。

我帮他换上一壶大红袍。80度，七点方向入水，迅疾出汤。轻转公道杯到左手，分斟到他和我面前的蛋形茶杯中。我屏息凝神，一言不发。这是泡茶时要守的规矩。

他喝完，拿起空杯，嗅着杯中的余香。没有问什么时候回来的，没有问我拿着什么。到这一泡茶味道变淡，他终于说话了："老蔡家的如柏不喜欢女孩，我也有所耳闻。我和老蔡啊，我们这一辈子，什么都躲不过。少年家破人亡，青年颠沛流离。好不容易有点积淀了吧，儿女又讨债来了。"

要是真正意义的门当户对，蔡家有什么资格和他的女儿联姻。但其他人的条件，和蔡家差太远了。这中间绵延起伏的每一个标准里都站满了人，如果他要去选择，一定会犯选择困难症。所以选最有钱的就好。上了年纪，他越来越不愿意在一些事情上浪费时间。他有他选择的标准，尽管这个标准和他日常谈论的那一套不相符合，但它坚若磐石。就算把他烧成了灰，那个标准还是一个锤不烂、灭不掉的环。

夜色渐浓，千万盏灯一点点地亮起来，江上什么都看不见了，只有落地玻璃照见的他坐立不安的身影。那玻璃上模模糊糊地将他的影子变形了，如同舞台上孤独的角色，一会儿细长，一会儿臃肿。

我听他说着。现在的我是从前的我，又不是，这仿若一个哲学命题。事实上，没有一个时刻我是不变的，连睡眠也是一次死亡和重生。

"你说的事即使是真的，也成为了过去。"成儒说。他点上了雪茄。

"要来一支吗?"办公室里有烟草的甜香气。

"不是说我不关心,而是过去血缘简直让我们受累,再不想回头了。"

"你爷爷,"他清了清嗓子,眼里有一层恍惚,"他叫凌书远。"

"在我十五岁的时候,他就去世了。你的曾祖父在成都是有产业的,解放后田产和房产都没有了。你爷爷读书还不错,在家附近找了一所学校教书。但他以前跟着他的姐夫在当时的政府里做过事。这就是污点,是一段说不清道不明的黑历史。"在我父亲的记忆中,他从小就低人一等。他的父亲凌书远对他最大的教育就是:少说话,因为祸从口出。他一度患上了口吃,后来通过每天晚上读报纸才矫正了。凌书远教书的学校也是他读书的地方,院墙厚实,几座连在一起的院子改成了教室,院子门前有一口荷塘。

"就算别人和我开玩笑,凌成儒,这学校以前可是你爷爷的房子啊。我也不敢回答是或者不是。我如果说是吧,那是地主阶级的不安分思想又在抬头了。我如果说不是吧,可能谁打个小报告,一节课都是对我的批斗。你不了解那种人心惟危的感觉,什么美好的情感都没有了,只有无尽头的怀疑。"

"就没有人提起过叫凌书卿的人吗?"我问。

"当然有。但每一次提到她就是灾难。当然有人要拿这个做文章,你爷爷最后也是因为这个死的。"

"为什么?"

"当时给你那姑奶奶定的罪名很重。说她是里通外国,畏罪自杀。"

"畏罪自杀?"

"关于她的死一直说法很多。有说是跟人私奔在船上被她丈夫开枪打死了,有说她是国民党特务和英国间谍的双重身份,当时死的不是她,只是一个替身。她出事的那天,你爷爷也在朝天门码头,亲眼看着两艘相邻的船起火了。你姑奶奶在其中一艘船上,她那艘船上有人开枪点燃了油桶,枪声在江面上特别响。"

"爷爷怎么会因为她而死?"

"先是大饥荒,那几年你爷爷就落下了肺病。后来又反复地要他熬夜写材料,要他回忆她到底是不是特务。他被整得死去活来。该说的都说了,但他留下了一张照片,舍不得烧,被人搜到后又罪加一等。你爷爷没有扛住,在去认错的途中心肌梗死过世了。"

"我知道,那张照片在我们黄沙溪家里的小箱子里。"

"嗯,我也知道最终瞒不过你。"

"你怎么保存下来的?"

"我把它藏在一张画里,卖给了一个有钱人。后来我们条件好了,我又花钱把它买了回来。"

"那为什么你以前不提?"

"有什么好提的?人家愿意提的,叫痛说革命家史。而我们这样的人家,没有什么可说的。"

"我关心呢?"

"你们这一代人,日子过得太好了,所以才有这么些稀奇古怪的想法。你要关心,那是你的自由,但你所做的很多事在我看来都是不合时宜的,总有一天你会知道厉害。"他说。这就是我父亲能告诉我的所有。他说起来轻描淡写。不过他还透露了一个细节,霍子崖的母亲听说最后也不得善终,她自然没有如愿以偿地被刻上贞节牌坊。

"你也不关心一下,那天晚上打伤我的人是谁?"他转过头来,他后脑勺那块头发有点乱,有一道头发向一个方向斜着,像刚被踩出一条路的草地。他说刚刚才拆了线,幸好只是表皮伤。"那幅画本来就是假的。如果那天小偷不是失了手,估计我们会赔得倾家荡产。更可怕的是,你知道操纵这一切的是谁吗?"他问。

"不知道。"我老实地回答。

"是你蔡叔叔。"

"怎么会?"

"画是他出面帮我借的,却给我一幅假画。再让人来偷。他最近资金遇到一些问题,但竟然打起了我的主意!你知道吗,索赔的金额是多少?六千万!"我感到惊愕,这是我无论如何也想不到的。而且,蔡叔叔和他是多年的朋友了,假如这是真的,他们多年的友谊也显得太脆弱了。

"你们不是多年的朋友吗?"

"朋友?生意场上没有朋友,只有利益。"

震惊之后,我心里一阵窃喜。这下,我父亲不会再逼着我和如柏结婚了吧?虽然我不会遂了他的愿望,但亲人之间的内耗最是烦扰人。他揉着后脑勺,说最近可能伤口正在愈合,老是发痒。他脸上又恢复了平时放松的神情。

"对了,你任叔叔你还有印象吧?他儿子刚从美国回来,在上海工作……"

"你又要给我张罗相亲?"

"这不是你我的重点吗?"

"我已经有我喜欢的人了。"我帮他把兰草换了一个位置,放在博古架上有堆砌之感,兰草应该放在一个大幅留白的墙边。"你又找了一个人来气我。"他说。我转移话题:"你认为我那个姑奶奶怎么死的?"

"时间篡改了很多真实,说实话,我不关心这些。"他又俯身开始研究一张从汉代陵墓出土的画像砖,他刚做了一张拓片。说是给任叔叔的见面礼。

雪山书店。

对老萌来说,只要有赠书就是过节。他门前正堆着无数个箱子,上有封条和编号,看上去是跋山涉水而来。"又到了好书?"我朝他喊道。他整理着一个破箱子里的一叠报纸,根本不回答我。听书店工作的小苗说,上海一位退休的医学老教授捐赠了他的整座书房。捐赠语也很有意思："书店是心灵的药房。"

今天到的只是一小部分，还有三十个箱子正从上海启程，沿长江逆流而上，正在赶来的路上。"就像他偶像卢先生的民生公司当年运输物资到后方一样，让书也坐坐船，看看江水，听听是否还有李白说的'两岸猿声'。"店员小苗挤了挤眼睛。

"浪漫。"我赞叹道。

"魔幻。"小苗说。闲聊着，我又走过了那排我熟悉的书架。总是发黄的书封面，一叠旧报纸。格子的书还在原处，中间有一指宽的缝隙，他似乎就在那里看我。我和一屋子书静静地待着。能听到院里的川楝子树落下果实，砸在地面的噼啪声。隐隐传来的，还有老萌推动滑轮车上坡的滚动声。数千本书像竖立起了耳朵。一只小苍蝇不知被困在哪堆书里，嗡嗡嗡。格子。我坐下来，我知道你在里头。

印满字的书页，投射到书上的反光，我都看作是你。那一段关于你的记忆被药物清除了，可现在我又把它找了回来。它像一段残缺的铁轨，当我把它安装上以后，我的生命又能向前了。

但我想和你说说别的。我又拥有了爱的能力：能接受一个人的热情、好奇和身体。我知道，没有一个人会无缘无故地到来和离去。

你在天上，还是在书中看着我？

老萌进来，拿过一张脏兮兮的毛巾擦手，似乎这只是一个清洁的习惯而无所谓结果。"告诉你一件事，前几天有一个晚上，那叠书突然倒了。"他指指我眼前的书。

"当时没有其他人？"

"我在院子里，听到响声后进来看，幸好书架下没人，但是画册裂成了两半，一副自暴自弃的样子。"老萌转身把上头的书小心翼翼地拿开。"是不是他一个人太孤独了，要弄出一点儿什么响动。"

"嗯，也许。"

"还有你,别整天带着过去生活。你知道吗?人的情绪是有能量场的。这次来了一批医学书籍,你可以看看。"我说我不想做一个博古通今的人。

"最近书店有没有展览的空间?"

"做什么用?"

我说想做一个文献展。"文献展?什么主题?"老萌在找一本傅高义先生的签名书,中午有一个狂热的藏书人来过了,他怀疑他把它顺走了。"就一本日记,一张画。"我说。

"是有特别关系的人吗?还是青史留名的人?如果不是,恐怕没有人看。"他说。

"本来就不是为了给别人看的。"我如实相告。

"都是一些在水上写字的人。"他踮脚把一本书放到高处。雨使整个城市一片静茫。夜晚静坐在书桌前,像留给自己的冥想时间。有半个月,我害怕打开邮箱,如果没有约翰的来信,我会失落。如果他对我说了什么呢?我该如何回复,我还没有想好。我将手放在鼠标上,呼吸变快,我紧盯着邮箱。闭眼,轻点。几声轻微的提示音后,跳出来十封未读邮件。其中的五封,是约翰发过来的。

"婉诗:昨天晚上温妮和一众华人到我家做客。我才发现我这么多年的生活堪称单调和重复。我想告诉你的是,我不那么'害怕'了。约翰。"

"婉诗:你还记得我花园里的那只白色狐狸吗?昨天晚上我看到它又到我厨房门外。但我去开门时,它却跑开了。我想起你说的聊斋的故事。冬天已经来临了,炉火和食物都不足以诱惑它。归根结底,还是我不好。约翰。"

他和我说每天发生的一切,像随时想起点什么就说说。我竟然刻意地不去了解他,将他隔绝在我的世界之外。我继续往下翻着。日期最新的一封信，是约翰昨天晚上发过来的。

"婉诗：我记得你在爱丁堡的时候，提到过一位叫丹妮莉丝的姑娘，因为她的名字和一部最近几年火热的剧[1]相同所以我记住了。她是突然来访的。"

家里没有任何聚会的时候，庞大的庄园和墓地一样宁静。敲门声响起时，约翰还以为是幻觉，谁会在黄昏没有预约地来访？他知道，邮差每周会送信来，粗鲁地从木门下留出的缝隙塞进来。稍微大一点的包裹，则直接越过围墙扔在花园的草坪上。这样做的通常是联邦快递的年轻人，他们将信件扔在同一个地方，当做检验自己身手的方式。

"有一个瞬间，我真希望门外站的人是你。但我知道不可能。我不记得这是第几次，我感到黄昏难以忍受。拖延了一阵，我才过去开门，如果是个流浪汉或者乞讨者，最好他自己走开。"

他打开门，却不是。站在他面前的是一个东方面孔的小姑娘，头上编着各种颜色丝线的发辫。他感觉从未见过她。她却说她见过他，也知道他的名字，在一位比她年长的华人少女那里，那女孩一直暗恋着约翰，但现在已经嫁到爱尔兰去了。

"你是来告诉我这个的吗？"他靠在门上，看着这个声音微微有点颤抖的女孩。她头上的绿色丝线，接近春天时树枝上的新芽。"嗯。还有别的。"丹妮莉丝的眼睛在细窄的脸庞上发亮，让他想到狐狸或者松鼠这样的小动物，而她像有一只口袋，那里头有无数的坚果准备拿出来分享。

"你要不要进来坐坐？"他看着她笑了。

"不了，"女孩探头往里头看了一下，伸了伸舌头，"翠西是我的好朋友，我给她发过誓，如果她不能成为这里的女主人，则我也不能进

---

[1] 注：《权力的游戏》，改编自美国作家乔治·R. R. 马丁的奇幻小说《冰与火之歌》系列。

去。"这是小女孩子之间的奇怪的约定。丹妮换了一只手撑在墙上。"我想来告诉你的是,我奶奶前天去世了。"

他从未见过她的奶奶,他双手合十做了一个祈祷的姿势。这是汉斯先生在华人协会里的约定,大家彼此互通有无,互相帮助。协会需要提供一些资金或者人力上的支持,他已经决定了数目和人员。丹妮伸手在衣服包里摸索,她的白色套头衫有好多深深浅浅的口袋,她终于找到了什么。她掏出来,是一个白色的信封。"是和汉斯先生有关的。"她说。

"他也已经……去世了。"

"我不太清楚。我奶奶很久前就让我送过来,但我参加了一个越野跑比赛,把这件事情忘记了。"她有些不好意思起来。

"没关系,"约翰说,"真的不进来坐坐吗?那我送你到大路上。"黄昏时爱丁堡的人就少得可怜,尤其是快到冬天了。可女孩拒绝了,她说她可以跑步。他看着她消失在视线的尽头。

他回到客厅。捐赠的事情,他打个电话到组委会就可以了。他对这封信很好奇,关上门就打开了。这封信很长,他在沙发上坐下来。

"一打开信,我看了几个字就站了起来。写信人自称姓潘,叫潘玉秋。她20世纪40年代曾经在重庆演戏。她在信中是这样说的。"

霍先生,见字如面。这些年,我们在一个城市里生活着,却很少走动。你和我都知道原因是什么。最近我整理旧物,又看到了在重庆时的一些物品,过去越来越清晰地敲打着我。

我想,如果我们的后代还有机会去中国,他们应该去看看,我们年轻时待过的那个地方,去寻访一些故人。而要做这样的寻访,有一些真相还是有必要让他们知道。

还记得那次在美术馆咖啡厅,我们偶然遇到。当同乡们告诉我,孙汉西先生到了爱丁堡时,我心里多么激动和感慨。在重庆,我们只有几面之缘,还是在修先生的引荐之下。当我见到你,我大失所望。你根本不是孙汉西。我的舞台功夫使我没有流露出半点惊诧,我和你握手,对你微笑,说以前只是听过你的名字,没有见过。我看到你如释重负。你在心里放下了。

从那以后,我一直在追寻着"你是谁"的答案。

爱丁堡信息闭塞,是一个很好的避世之地。我不能获取更多信息。有很多次,我都在想,或许是我的记忆出了问题。你知道,我们在重庆的时候,天天遭遇日本飞机的轰炸,那震天的响声,说不定已经在头脑里埋下了痴呆或者幻想的病症。

我看到,你小心翼翼地做着孙汉西。你似乎从中国带来了很多钱,而且也很有赚钱的本事。汉斯先生总是帮助其他华人,没有任何行为瑕疵,甚至终身未娶。我一直觉得,你是漂亮的汉斯先生,漂亮是我赞美别人时才说的。

很快,二十年、三十年都过去了,我差点忘记了我的疑问。但在一些猝不及防的时刻,我总会回想起那个叫孙汉西的年轻人。我记得,他家境很好,他爱着一位已婚的女士。这件事当时知道的人并不多。他们的爱不知道最后是何结局。

如果你是他,他又去了哪里?还记得有一次吗?在欢迎中国龙艺术团到爱丁堡演出的晚会上,我和你被安排坐在一桌。隔在我们之间的人起身到邻桌叙旧去了。那天我破例喝了很多酒,我想借着酒劲问你:汉斯先生,你到底是谁?

你坐在那里,闷头吃菜。我想向你表示友好,但我刚要说话,你就站起来,用餐巾擦擦手,匆忙地走了。我知道你感受到了我的探询。你的提防心如此之重,我相信你受过非常特殊的训练。不过从重庆走出来的人,谁身后的故事不是蜿蜒曲折的呢?那是我们距离坦诚相见最近的一次。从那以后,你主动地远离了我。虽然每年仍然会给我的剧团提供赞助,甚至加大了数量。

但我知道，你心里的门，再不会打开了。

我的香港朋友到爱丁堡来探望我，他们说起了一件重庆旧时的事。他们是当一个桃色新闻来讲的，说三个年轻人，如何争风吃醋命殒长江，后来还上了那一天的报纸。但官方新闻说，并没有打捞到他们的尸体，他们只是失踪了。他们从内部消息里打听到了三个人的名字，我的疑问一下子打开了。扮演孙汉西的人，只可能是霍子崖先生了。

可我感到不解。为何你要冒用自己情敌的名字？这不是对自己一辈子的罪罚吗？就像一道伤口，可能已经痊愈了，又会因为这个名字重新裂开。

你可以隐姓埋名或者叫其他的，将那痛苦的人生从自己的生命中彻底抹去。爱丁堡，本来就是一个遗忘之城……霍先生，如果那新闻是真的，当时在长江上，你们三个人为什么只有你全身而退？他们的死和你有关系吗？我真不希望你是杀人凶手，毕竟，战争已经对中国人犯下了滔天大罪。

为什么，你不能宽宥两个相爱的人？

汉斯先生，我的孙女告诉我，说你一年前就去世了。如果你活着，或许我不会给你写信，因为在生命最后的十年里，我渐渐理解了你。也理解了你对自己的惩罚，是你最好的救赎。那么，我这封信，到底要寄给谁？我不知道。我只留下字句，谁看到，就是寄给谁的吧。潘玉秋。"

约翰，孙汉西先生的日记和凌书卿的画，正在雪山书店展出。老萌说得对，几乎没有人来看展览。前几天，一位老人坐着轮椅来了，他本身是来捐赠老照片的。这位姓康的先生说，他父亲就是日记中的康山。他要求和所有提到康山的文字部分合影。

当我带着书卿的画像奔忙在布展的路上时，没有人注意到这个小小的画轴，它陈旧的包装盒上面不清不楚地滴着一些污迹，边缘的布还破了一处。开展那天是一个雨雾天，比晴天更像一场梦。她又回来了。我无意识地承担了一次"摆渡人"的角色。而我，又有谁可渡？

头天晚上，我躺在床上，借着微弱的落地灯，我再一次打开了她。展览之后，她的故事就将大白于天下，她或许备受争议，或许无人知晓。她的名字不会出现在牌坊上，也不会出现在家族的族谱上。她爱的人和爱她的人，早就化为了尘埃。

想到这里，我流泪了。我将她紧紧地抱在怀中。她的名字不要写到牌坊上。她就流淌在我的身体里，成为我生命密码的延续。未来，还会成为我的孩子。

这时我发现，画轴的底部更厚。我举起来透过灯光，找到了背面夹的一页纸。我用小刀子裁下来，我认出那是汉斯先生日记本中的一页。有人把一个秘密，藏在了这里。

约翰，让我来告诉你，那声枪声之后的事。

汉西抱着书卿，她胸前的血仿佛升起了红色的雾气。她的精神在一点点委顿下去，而她还在呓语。

"汉西，是你吗？你终于来接我走了，我们马上出发……我怎么受伤了？对不起，我，我恐怕要拖累你了。"她一口气说了这么多话，喉咙沙哑了，突然吐出一口血来。血已经渗透了她的五脏六腑，她的皮肤上像落了一层雪那么白。汉西去摸索她的手。她已经失去了力量，仅剩的一点力气集中在眼睛里。他看到她嘴唇在动，他贴近她，听到她说："你快走。"

"我们一起走。"汉西说。她听到后，眼里渗出泪水来。"你要活着。

你不要打死他,这样他还会缠着我。"

汉西想把她抱起来,他心里的力量坍塌了,他的双脚无力,甚至不能向外移动一步。他将她的手放到肩膀上,去抱她的腰,她的脸上却出现了痛苦的表情,"不要动我!"她哀求道。她又被嘴里的口水呛到,吐出来的却又是血。她断续地说,她不该带枪出来,她怎么会对子崖起杀心?但子崖却红了眼来夺,两人拖拽中触动了扳机,她躲避不及伤到了自己。

"他在哪儿?"

"没有走远,就在船上。"她却不让他去找他,因为她知道自己时间不多了。书卿勉力地笑了一下。她抓起他的手按在左胸伤口上,似乎要让他永远地用手记住她的心跳。

"我还会回来的。"她用一种微弱的声音说。

子崖的确就在他们旁边的房间里躲着,只有一个铁板隔着他们。他一直紧紧地咬着嘴唇,以免自己胸腔里的嚎叫冲出嘴巴。他看到书卿流血了,那血多到让他发抖。听到他们说话,他从舱室里跨了出来,站到了他们面前。汉西想扑过来打他。但他一放手,书卿脸上就现出了极度痛苦的表情,伤口被拉扯得更大,血涌出来。他只有抱着她,眼里冒出的火足以烧掉这艘船。

"你走开!"他对霍子崖大吼道。子崖捡起地上的枪。"我现在就可以朝那些油桶开枪,让我们同归于尽。"他冷静地笑着,脸色和牙齿一样惨白。

"等一等。"汉西说。他看了看他放在墙角的皮包。

"我的包里有我的身份证明,还有钱。一起死?我们三个人还要继续纠缠吗?"

霍子崖最开始没有明白他说什么。等他听懂了,他的脸上涌出怒气,枪在他的手上,他随时可以让这艘船化为火海。

"算我求你了,你走吧。"汉西说。

"我知道你在为谁做事。要你帮他们敛财的人会杀你灭口,重庆不会有你的活路。你可以远走高飞。我们欠你的,一笔勾销了。你走吧!"他低下头去,泪水滴到了书卿的额头上。她的眼睛已经闭上了。仿佛世界上只有他们两个人。没有船,没有码头,没有无穷无尽的轰炸声,也没有子崖。书卿,你还记得我们第一次在修先生的书房里读的那首诗吗?还记得,那一个战争中的书房吗?我和你。让我读给你听吧,书卿。晚霞生辉,夕阳。含着笑。给小岗上抹上一层霞光。在苍茫的暮色中……

"今天,从这里开始。"他的声音哽咽了。河水流动的声音包裹住了他们。

康山在那个码头没有等到汉西和书卿,也没有注意到戴着帽子从他身边疾走而过的霍子崖。子崖听到了船上的枪响,他知道那个他仇恨的男人,已经开枪自尽了。枪响后子崖站立了一下,他明白自己不可能爱一个人到那样的程度,那么,他所得到的一切都是命定的。

就如汉西所说的那样,子崖刚刚走到棉花街一带,就看到大量的军警开始了盘查,而目标就是一个叫霍子崖的人。这两年,他帮国民党的人完成了巨额财富的聚敛和转移,如今他们心愿达成,他再也没有什么用途。

一个年轻警察喊他站住:"叫什么名字?"他从提着的皮包里掏出一张纸。"孙汉西。""干什么去?""刚从码头下来。"他晃了晃手里的行李。两个人的行李他都带上了。最开始他只是带着恨和好奇,虽然他也感到屈辱,那屈辱让他走下趸船的时候流下了眼泪。

"再说下你叫什么?"又一个警察问。

"孙汉西。"他大声地回答道。

我走到窗边，江对岸的灯火正一盏盏地熄灭下去。这个夜晚和其他夜晚并无不同。远处的天空只有漆黑的一片，全无白天时这个城市鳞次栉比的景象。

> "它的名字等同于雨、兽牙状的山路
> 无风的小巷
> 荒无人烟的河床
> 和蜂巢般的居所
>
> 那古罗马斗兽场般的吊脚楼
> 那两条大地的伤口
> 凝结的迷雾
> 湿润的叹息，哀伤。
>
> 没完没了的雨天，那是丝绸的舌头？
> 手风琴般的台阶，那是神的弹奏？
>
> 它转动晦暗的天光
> 它剥落夜的灰烬
> ……"

这半明半暗的夜里沉睡着巨兽一般的城。多少人会关心这里发生过什么？多少人会回望长河？微尘移动，旅人抵达，江上的潮汐经年地流淌着，只有远方的星辰半睁着眼睛，似笑非笑地看着世间的人和事。我问约翰，你相信汉斯先生在日记里对最后这一幕的记载吗？我等待着你的回信。

写好了信，我感到十分累乏。夜晚，原本是我一天中最平静的时刻，今天却布满了不安。终于，电脑屏幕又发出轻缓的提示音，表示又有新的邮件发过来。是约翰的回信。他说，"我相信。"

"还有，当你读到我下一封信的时候，我已经在路上了。"

爱丁堡。

他抚摸着汉斯的墓碑，一群乌鸦低鸣着从他们头顶飞过，这时的声音有鸟鸣、花园里虫儿发出的低语。风穿过门洞，翻越墙体，一排排低矮的鼠尾草、紫苑、蓝盆花和刺芹，它们已经枯黄了，彼此碰撞时却发出脆落的声响。他都听到了，他觉得这就是汉斯先生在和他说话，借着一杯香槟他就可以听到，但需要闭着眼睛。他感到这样的对话方式美妙极了。

结尾就是原因。

他对此应有预感。三年来他不疾不徐地往中国写信，发邀请函，也是因为心里充满了犹豫。他渴望知道真相，却害怕真相到来的那一天。就像他邻居家院子里的巨型白色雕塑，几个雨季之后，从耳垂那个位置开始溃烂，雕塑完美的脸部出现了一个大洞，他每次走过都感到脸上发麻，并一次次控制着自己不要多管闲事让他们挪走或者修好。

那个结尾回荡在他的脑海里。他的祖父，看上去和蔼可亲的汉斯祖父，一桩旧年感情中的失败者。他体会着汉斯的心境。他需要多么强大的理性，才能遏制一次次将画像撕碎的冲动。他的手一定无数次地伸出去过，又收回来了，因为如果这样做，他就彻底地失去了自己的起点和回忆。

这是汉斯对自己的惩罚。他辗转在伦敦、牛津郡，最后来到爱丁堡。这里梦境中的枯寂，终于一点点地祛除了他的疼痛，是哪一年他不知道，他所能回忆起的，全是汉斯祖父和蔼的样子。他那时应该七十多岁了。

他长久地坐在汉斯先生的墓地旁。这是他们自己的领地，他愿意坐多久就坐多久。进入冬天，精心培育的绿色草皮在冷风的吹拂下枯索。沙砾石被雨水冲洗得干干净净，汉斯的墓碑是一小块黑色的石头，上头只有他的出生年月日和英文名字。这是他特别嘱咐的，他终究选择了汉斯这个全新的名字。

他返回客厅，把音响里的钢琴声放到最大。独处并非让人难以忍受，每天他会出去散步，在路上思考一个教堂改建的方案。他还是爱走那条从公园穿过的近路。路过 H 酒店门前，会有熟悉的中国话传来。他站立着，看他们大惊小怪的面孔。

上周，乔和温妮又在家里组织过一次艺术沙龙。他们最近好像在谈着恋爱。看到温妮他觉得亲切。他对温妮比以前周到和热情多了，她不知情，总说自己最近魅力大增。以前，每次聚会完后总有喜欢他的女孩悄悄留下来。她们藏匿自己的手法花样百出。有的趁他不注意溜进他的卧室，有的躲在洗手间里，最离谱的一个竟然溜到旁边一栋建筑的阁楼上，躲避了一夜不知道如何出来。

他对此只是一笑置之，只要她们不坐在汉斯先生的墓碑旁呕吐和唱歌，他放纵这些女孩对他的爱慕。当然流言也越来越多。他想，之所以没有发生离奇事件，是因为他运气还不错。

回想那些细节使他厌恶自己。酒醉后的他似乎变了一个人，虐待别人或者自己。在夏天的水池里和楼梯上他都做过出格的事。有一个夏天，一个皮肤偏黑的女孩常来，就在地板和厨房和他周旋，黑皮肤女孩喜欢把红酒涂得满身都是，醉了则裸身在房间里模仿鱼游来游去。她走后，他通常需要两天时间来收拾残局。

后来那女孩怎么没有来了？他来不及问为什么，因为又有新的人闯入了他的生活。有人反复地离开又回来，他就像一个不计前嫌的免费房东，给她们提供一夜或者多夜的住所。他从不问她们从哪里来到哪里去，她们的面目越模糊，则他感到自己越安全。

他害怕真正爱上一个人。

上周，乔和温妮走了后，也有一个从伦敦过来的女孩留下来。开始，她一直躲在人群里，他几乎没有注意到她。等所有人都离开了，他发现她坐在钢琴旁，像一个小孩子，垂着头，看上去已经醉了。他走过去，她细眯着的眼睛开始看他，猫一样的眼神，他想她可能是装醉。要是几年前，他可能就将计就计地抱她上楼了。他在她面前坐下来。

他认真地看眼前这个粉雕玉琢的姑娘。她的单眼皮上涂着粉红的眼影，锁骨处文了一条细细的蛇。他把手伸给她，她不知所措地将手放到他手中。她的手洁白无瑕，手腕间的皮肤尤其白，细血管像两条小河。她的手比她的脸庞还美。

看他在看她的手，她解释起来说，自己是家境很好的孩子，父母的掌上明珠。所以在国内的时候从来不做任何家务。但今天，她却想要一次放纵，来报复把她丢在这里多年的父母。

他当然不能配合她的计划。

他给她倒了一杯冰水，给她说了客房在几楼。那女孩子一下从钢琴旁站起来，扯了花瓶里一枝玫瑰花的花瓣扬手撒了他一脸。她脱下自己的衣服在空中挥舞，差点打到他的脸，她嘴里还咒骂着他，再把内衣用力地扔他脸上。他任由她发泄，因为若要清算他对女人的无情，这点咒骂实在算不了什么。

在墓地旁，他坐得发冷。他回到自己房间，酒意让人异常清醒又兴奋。一种可怕的感觉出现了，心里空落的感觉。那幅画已经永远地离开了这里，只在墙上留下一个淡黄色的印记。他走到她待过的那个房间的窗户前。就是在这里，他站在她身后，她的脸侧过来，是她主动的——

是谁主动的,已经不重要了。她的嘴唇没有迟疑,她裸露出肩头以下的部分,他很清楚地知道那道紫红色的胎记就在左乳上。这让他想起了他对着那片红色自我安慰的时刻。

距离那最初的仪式已经过去了十几年。

他抚摸她时,她像淋过了雨一样潮湿。她的滚烫和充沛或许和她心脏相连。他去找那个离心最近的地方,他用力挤压她时,她有强烈的痛和快乐。

停下来时,她说起她失踪的恋人。她也试过找追求她的人来敲敲身上的冰,聚后就散,但最后都以尴尬收场。他说自己也不是什么道德上没有瑕疵的人,一个条件优越的单身男子的情感总是多姿多彩的。

夜里,他们喝了酒。他醒来,看到她睡在自己胳膊上。她在喷薄的快乐中哭过了,他吻她的脸,她脸上的泪痕微咸。他们一直保持着两个人都舒服的姿势,她全身赤裸着蜷曲起来,他想到海马的形象。他紧紧地贴着她,从脖颈到脚跟。她的呼吸经由后背传给他,微微的战栗。彼此信任的姿势。

天快亮时,她坐起来,在他身边看着他,还把手放到他的头顶,掌心的热度传到他的头皮。

几分钟后,她抱起衣服下楼,他听到了她在楼下客厅里走来走去的声音,她拉上箱子的拉链割着他的耳膜。她咕噜喝水的声音,怕惊扰到他,她放杯子的时候也轻轻的。直到他听见她关门的声音。她从院子里走出去,拖动着箱子在地上滑行的声音。她一定也路过了他们第一次面对面时所站的那个花木扶疏的窗洞,她当时勇敢地迎着他的目光,没有一丝隐藏。

他屏息凝神地听着,抑制着自己快疯了一样的愿望。

他没有起身阻拦她,因为他一直认为,爱就是给对方自由。每天,躺到这床上,他就想:她对他,是情欲还是爱情?他给予她的,是自由还是放手?辗转反侧间有催眠的作用。像一颗石头投入了湖中,梦中也是它打着旋的意向。

　　他无法入眠。

　　坐起来,他打开灯,计算着自己的假期,他好几年没有休过年假,这个教堂改建项目从五年前就开始了,每一次方案要等待半年以上才有回音。这一次公示,因为有一位原住民投诉说玻璃颜色过于艳丽,修改后得再等公示三个月。

　　他不想再枯燥地等下去。

　　他点开手机上的地图软件,查找那条蓝色的晶亮的河流:北纬29.53度,东经106.58度。重庆。时间早上八点。天气晴,温度17。飞行距离12000公里。他选了距离现在最近的一班飞机。这时,她那里的清晨正在熙熙攘攘的街头升起,城市冒着雾气。就像她说的,一个高楼多得让人喘不过气来的城市,大地长出的危崖和河流。潮湿的天气和街道。雨天,天空落下一条条深灰色的光。

　　这个世界上,还有那么多美丽的地方他没有去过。如果见到她,他要告诉她这些天他的感受:就像一生那么漫长。